U0028642
運
的
女
孩
Luckies
Girl Alive
「機敏、黑色幽默，不寒而慄的感
會鑽進您的骨子裡，久久揮之不去。
——梅根・阿伯
《Dare Me》和《The Fever》作
潔西卡・諾爾
Jessica Kno

獻給世上每一位蒂芙妮・法納利，

我懂。

第一章

我細細檢視手上的刀子。

「這把是旬，比起三叉牌真的很輕吧？」

我用手指刺一下銳利的刀鋒，測試。照理說手把應該要防潮，可是它卻馬上在我手中變得潮濕。

「我想這把的設計應該比較適合妳的身材。」我抬頭看著店員，準備接受一般人對矮個子女孩的形容，渴望聽到對方說出「苗條」、「嬌小」。他微笑，一副我應該有感受到他的奉承。如果真要讓我收起獠牙，也許他應該說出一些讚美的形容詞，像是窈窕、細緻和優雅。

畫面中突然出現另一隻手，膚色比我還淡了好幾階，伸過來握住手把。「我可以感覺一下嗎？」我同樣抬頭看著他：我未婚夫。我不覺得這個名詞有什麼問題，不過隨之而來那個就沒那麼輕鬆了，丈夫。這個名詞就像內衣蕾絲繫繩，越來越緊，擠壓著器官，導致喉頭竄起一陣恐慌，顯然這是壓力的訊號。我大可不要放手，直接將不鏽鋼鍍鎳刀鋒（我決定比較喜歡旬這把），二話不說刺進他的肚子。說不定店員頂多帶著欽佩，冷靜地「噢！」一聲，問題是他後面那個寶寶鼻子鬧乾荒的媽媽，這女人一定會大呼小叫。看得出來她是那種沉悶和小題大作的綜合體，十分危險。想必在攻擊事件發生之後，她應該會流著眼淚面對蜂擁而至的新聞記者，興高采烈地回顧事件發生過程。我反手將刀子交出來，免得我更為緊繃；免得我發動攻勢；免得我全身每一吋肌肉像是進入自動駕駛，永遠在警覺狀態。

※ ※ ※

「我好興奮。」路克說道，我們走出五十九街的威廉斯所羅莫家具百貨，店裡的冷氣在我們後方凝結。「妳呢？」

「我好喜歡那些紅酒杯。」我跟他十指交纏，顯示我有多認真。一想到「成套」，我就如坐針氈，然而無法避免地，我們最後還是會買下六個麵包盤、四個沙拉盤和八個餐盤，而且我永遠都沒機會將整套瓷器小家族收集完整。它們會在餐桌上鬱鬱寡歡，當路克老是說要把它們收走，我就會怒斥他。「等一下。」直到有一天，婚禮過後許久，我突然像發瘋似地靈光一閃，跳上四／五號往市區的地鐵，像瑪莎・史都華戰士般衝進威廉斯所羅莫，卻發現我們先前挑的羅浮花紋瓷器，早在好幾年前就停產了。「可以去吃披薩嗎？」

路克笑著捏一下我的腰。「妳都吃到哪裡去了？」

我握著他的手變得僵硬。「全都消耗掉了吧，我好餓。」午餐吃了厚重的魯本三明治讓我噁心到現在，塞得滿滿的粉紅色牛肉活像婚禮邀請函。

「帕齊（註1）？」我一副臨時起意的樣子，其實我幻想撕下一片他們家的披薩很久了，

1　Patsy's，紐約知名義大利餐廳。一九四四年開業至今，廣受政商名人、明星喜愛。

看著白色起司拉長的畫面，而且還不會自己斷掉，我必須捏著它，用力拉斷，另外還附贈從別人披薩掉出來的馬茲瑞拉起司塊。上週四我們終於決定星期天要去註冊，這個畫面就不斷在我腦中重播。（「大家都在問，蒂芙。」「我知道，媽，我們會去。」「距離婚禮還有五個月！」）

「我還不餓——」路克聳了聳肩。「不過妳如果很想就去吧。」還真隨和。

我們手牽手穿過萊辛頓大道，閃過一群穿著白色及膝短褲和健走鞋的女人，她們健步如飛，手上還拿著從第五大道維多利亞的祕密買來的戰利品，裡面應該裝著明尼蘇達州沒有的好東西。我們還遇到一大隊長島女孩，她們穿著羅馬涼鞋，鞋帶就像藤蔓盤旋在樹幹上，繞著她們蜜色的小腿肚。她們看了看路克，再看了看我，臉上沒有質疑的神情。我很努力拚了命讓自己成為一個可敬的競爭對手，就像卡洛琳對小約翰・甘迺迪（註2）那樣。我們左轉第六街，然後再右轉。現在才下午五點。我們穿過第三大道，看到餐廳桌子已經擺好，而且都沒人。有趣的紐約客現在還在吃早午餐，我也曾是其中一員。

「坐外面嗎？」女領檯問道。我們點頭，她從空桌抽出兩份菜單，引導我們跟在她後面。

「麻煩來一杯蒙特布查諾紅葡萄酒。」女領檯不悅地挑眉，我可以想像她應該在想——那是服務生的工作——但我只是給她一個甜美的笑容：妳看我多客氣啊？沒必要這麼激動？妳不覺得很丟臉嘛。

2 美國前總統甘迺迪獨子，死於墜機意外。他的妻子卡洛琳與他一同死於墜機。

她轉頭看路克。「你呢？」

「水就可以了。」她離開後。「我不懂，這麼熱的天氣，妳怎麼還喝得下紅酒。」

我聳了聳肩。「吃披薩不能配白酒。」白酒是留給我覺得輕鬆、美麗的夜晚，喝著白酒，可以讓我直接忽略菜單上的義大利麵部分。我曾經在《女性雜誌》上寫過一段小訣竅。「研究發現，決定好要點什麼菜之後，闔上菜單那一刻，會讓你更滿意自己的選擇。所以就在你決定點鍋燒比目魚之後，用力闔上菜單，免得眼睛上了伏特加茄汁管麵。」蘿蘿，我的老闆，她會把「眼睛上了」劃起來，在旁邊寫上「爆笑」。老天，我討厭鍋燒比目魚。

「還有多少事沒做？」路克往椅背一靠，雙手抱著後腦杓，像是準備作仰臥起坐，分明就是一句挑釁的話，卻一副無辜的樣子。怨毒矇上了我棕色眼睛，我趕緊把它們趕走。

「很多。」我伸出指頭開始算。「還有一堆文書工作——請帖、菜單、節目表、座位卡，一大堆。我還要去找髮型和化妝師，還有給妮爾和女孩們的伴娘服。我們還必須回頭去找旅行社——我真的不想去杜拜。我知道——」在路克開口前，我舉起雙手。「我們不能一直待在馬爾地夫，總不能一直躺在沙灘上什麼都不做，到時會無聊到發瘋。但是之後，我們可以安排幾天去倫敦或巴黎嗎？」

路克點頭，神情十分熱切。他一整年鼻子上都有雀斑，等到五月中就會蔓延到整個額頭，一直到感恩節。這是我跟路克在一起的第四個夏天，每年我都會看著他作那些陽光、健康的戶外活動——跑步、衝浪、高爾夫、風箏衝浪——鼻子上不斷增生的金色雀斑，就像癌細胞。他有時也會帶我一起，整天把時間奉獻在創造腦內啡，真的挺讓人憎惡的。就算宿醉都不能阻擋他充沛的精力。我通常會在星期六把鬧鐘設定在下午一點，路克覺得這樣很可愛。「妳這麼小一隻，居然需要這麼多睡眠。」他會在下午緊挨著我，把我叫醒，一邊這麼說：「小隻」，另一個我厭惡的形容詞。我到底要怎麼做，他們才會用「苗條」來形容我？

不過我終究還是起床梳洗了。問題不在我需要無節制的睡眠，而是當你以為我在睡覺，其實我並沒有真的睡著。我無法想像自己像一般人那樣熟睡，只有當太陽從自由塔爆發出來，逼得我必須移到床的另一邊，我才有辦法真的睡著——我說的是真正的睡眠，臉上可不會掛著多年練就、伴隨我度過上班日的刻薄嘴臉——還可以聽到路克在廚房忙的聲音，煎蛋白歐姆蛋，還有隔壁鄰居吵著上次是誰倒垃圾的。平庸到不行的日常，一再提醒我人生有多無趣，怎麼可能讓人覺得恐怖呢。這些單調沉悶聲音全都在我耳邊嗡嗡叫，那才是我睡著的時候。

「我們應該設定每天完成一件事。」路克總結道。

「路克，我每天都完成三件事。」我的語氣透露出不爽，這部分我原本是想消除掉的。而且我也沒資格不爽。我每天應該要完成三件事，可是我卻癱在電腦前，不斷自責沒有遵守自己訂下每天完成三件事的承諾。我決定比起每天真的去完成他媽的三件事，還不如這樣做更耗時間，而且壓力更大，因此，我也更有資格生氣。

我想起有件事我是真的把它擺在第一位。「你知道我花了多少時間跟那個印請帖的人周旋嗎？」我問了那個印刷商——乾癟的亞裔女人，緊張兮兮的讓我超火大——超多問題：請帖用凸版印刷看起來會不會很廉價？可是回覆卡就沒關係吧？如果我們特地請專業書法家寫信封上的地址，請柬卻用手寫印刷體，會有人注意到嗎？結果她一副壓力很大的樣子。我超怕作出的決定會曝露出真正的自己。我已經在紐約待了六年，如何毫不費力表現出有錢的樣子，就像延伸的碩士課程——我現在是曼哈頓下城風。第一學期上的是Jack Rogers（註3）涼鞋，大學時，大家都很崇拜這款鞋，穿上它彷彿大聲宣誓：「我唸的小文理學院永遠是世界中心！」我像是發現新軸心，超愛那些垃圾，穿過金色、銀色和白色款的。同樣地，我也喜歡過迷你Coach法棍包（噁爛）。再來是Kleinfeld（註4），他們的婚紗看起來超級美的，我一直以為這是一間紐約在地的經典婚紗店，原來其實只是一間俗不可耐的婚紗工廠，通常都是過橋和過隧道的人（註5）買的（同時也學會什麼叫B & Ts）。我選擇了肉品加工區（註6）的精品小店，架上井然有序掛著Marchesa、Reem Acra和Carolina Herrera的婚紗。另外，那些燈光昏黃、擁擠的俱樂部，入口還有肌肉男控制紅絨進出，每個人隨著ＤＪ提雅斯多的音樂瘋狂扭腰擺臀的地方，可不是有尊嚴的都會人士星期五晚上消磨的地方。不，我們寧願到東村的地下酒吧付十六塊吃一盤綠捲鬚萵苣，再配上伏特加汽水，腳上穿著看起來很便宜的Rag & Bone四百九十五塊短靴。

我花了六年寶貴的時間，才變成現在的我：有個在金融界的未婚夫，到了Locanda

3 因美國前第一夫人，賈桂琳・甘迺迪愛穿而聲名大噪的品牌。

4 美國東岸最大婚紗店，熱門實際節目《我的夢幻婚紗》拍攝地點。

5 bridge and tunnelers，又稱B & Ts，必須過橋和隧道才能到紐約市區的人，具有貶義。

6 原是紐約屠宰場，如今聚集許多潮店和個性小店，果菜批發等活動仍在凌晨進行。

Verde（註7），可以直呼女領檯的名字，最近我都戴著Chloe手鐲（不是Celine，但至少我知道比拿超可笑的Louis Vuitton出來炫耀好多了，當那是世界第八大奇景啊）。我花了很多時間琢磨自己的技巧，不過籌備婚禮可不一樣，你必須在短時間內學會許多困難的東西。十一月訂婚，首先，你有一個月的時間研究手邊素材，結果卻發現藍色山丘（註8）的穀倉——妳原本計畫要在那裡結婚——已經被約滿了，而改建舊銀行的場地費竟要價兩萬美金，可是那裡就跟狗屎沒兩樣。再來，你有兩個月的時間研究所有婚禮雜誌和部落格，跟《女性雜誌》的男同性戀同事諮詢，結果卻發現原來普通人會覺得無肩帶禮服很冒犯。現在，妳有三個月的時間把這一切組織起來，結果卻還在尋找資料夾裡沒有任何一張嘟嘴新娘照片的攝影師（說得簡單，真的很難找），還要尋找一點也不像伴娘禮服的伴娘禮服，以及在非花季期間也確保找得到秋牡丹的花店，因為，芍藥？現在是怎樣，會不會太不專業了？只要出一點點差錯，所有人都會看穿你偽裝出來的品味，就像噴上仿晒劑，製造出來的古銅色肌膚，其實根本是滿身廉價地攤貨的檳榔西施，連鹽和胡椒必須一同傳過來都不曉得。我以為到了二十八歲，我可以不必再證明自己，終於可以放鬆下來。然而這場戰爭卻隨著年齡增長更加血淋淋。

「你那邊的地址還沒給我，我還要給書法家。」我說道，雖然我偷偷鬆了口氣，這樣我就可以繼續折磨那個神經纖細的請帖印刷商。

「我還在整理。」路克嘆了口氣。

7 美國傳奇影星勞勃・狄尼諾投資飯店裡的高級法義餐廳，十分熱門。

8 紐約熱門餐廳，標榜從農場到餐桌，自然、無汙染、有機。

「如果你這禮拜不給我，請帖就沒辦法如期印出來。我跟你要了一個月了。」

「我一直很忙！」

「你以為我不忙嗎？」

小鬥嘴。比起互丟盤子、激烈爭吵醜陋多了，是吧？至少在那之後，你們會在廚房地板上做愛，地上的瓷器碎片，會在你背上烙下羅浮紋路。可是當妳嘰嘰歪歪罵他大便沒沖乾淨，沒有男人還會有興致撕開妳的衣服。

我手掌攤開，兩指收進來，以為可以像蜘蛛人那樣，將憤怒像網子一樣發射出去。快說出來。「對不起。」還附上我聽起來最可憐兮兮的嘆息。「我只是很累了。」

我賞了路克一記無形巴掌，掃去他臉上對我的失望。「妳為什麼不乾脆去看醫生？妳真的應該吃使蒂諾斯之類的安眠藥。」

我點頭假裝考慮他的提議，可是安眠藥效果就像鈕釦那樣脆弱。我真正需要的是回到前兩年那樣的感情，像是短暫的緩刑，當我與路克交纏在一起，那個晚上會從我身上悄悄溜走，而我也不覺得有必要追上去。有幾次我醒過來，看著沉睡的路克嘴角揚起。路克是個天性善良的人，他就好比我們夏天去南塔克特用的驅蟲噴劑，他父母在那裡有房子，他的威力驚人，總是能讓我平靜下來，掃去我一直覺得有什麼壞事就要發生，那種無所不在的驚恐。然而曾幾何時——嗯，老實說，大概就在我們訂婚前八個月——失眠的狀況又回來了。星期六早上，路克試圖把我叫醒，一起去布魯克林大橋路跑，我開始將他推開，過去三年來，我們幾乎每個週末都會這麼做。路克對愛情可不是那種對小狗似的憐愛——他看出我的退步，但是神奇的是，這竟然讓他對我更投入。就像一種挑戰，他要將我變回過去那樣。

我不是膽識過人的女中豪傑，號稱完全不曉得自己擁有與生俱來的美貌和變幻莫測的魅力，不過有段時間，我真的很懷疑路克究竟看上我哪裡。我是個漂亮的女人——我花了不少時間在這方面，不過的確也是天生的。我比他小四歲，雖然沒有像差八歲那麼理想，但還是不錯。我在床上也滿喜歡做些「奇怪」的事。儘管路克和我對「奇怪」有不同的定義（他：狗爬式和拉頭髮，我：電擊我的妹妹，還要在嘴裡塞顆球，防止我尖叫），以他的標準看來，我們的性生活怪異迷幻、非常圓滿。所以沒錯，我很清楚路克看上我什麼，可是在市區酒吧裡，到處都是像我這樣的女孩，個性甜美的金髮凱特們，她們一定二話不說，甘願為路克跪在地上，扶著地板，甩著她們的馬尾。凱特說不定成長在一間有著白色實木百葉窗的紅磚獨棟房子，屋子後面絕不會像我家那樣用廉價假牆板。但是我能給路克的東西是那些凱特永遠沒辦法給的，那才是我的優勢。我就像布滿缺口的刀鋒，生鏽、充滿細菌，與路克明星四分衛人生的缺口完美結合在一起，威脅要將它們四分五裂。而他也很喜歡這種威脅，喜歡我潛在的危險性。不過他並非真的想知道我能做到什麼程度，能造成多少凹凸不平的破洞。這段感情大部分時間，我都在表面摩擦，進行壓力測試，究竟要壓迫到什麼地步，才叫太過分？免得見血。我逐漸厭倦了。

可愛的領檯將紅酒重重放在我面前，顯然很故意。紅寶石液體升到杯緣，再滿溢出來，流到杯座，像是中槍的傷口。

「妳的酒來了！」她尖聲尖氣說道，給了我一個的笑容，其中惡意甚至超出我的評分標準。

於是，簾幕拉起，聚光燈打開：好戲上場。「噢，不。」我倒抽一口氣，敲了敲自己門牙之間。「妳這裡有好大一片菠菜。」

領檯立刻摀住自己的嘴，整張臉脹得通紅，連脖子都紅了。「謝謝。」她咕噥說道，迅速溜走。

午後慵懶的陽光下，路克的藍眼睛迷惑地看著我。「她的牙縫沒卡東西啊。」

我緩緩傾身直接從杯緣喝下一大口紅酒，免得滴到白色牛仔褲。絕對不要惹到有錢又機歪的白女人和她的白色牛仔褲。「她的牙縫是沒有，屁話倒是一堆……」

路克的笑聲就像觀眾起立致敬一樣。他搖搖頭，滿臉激賞。「妳真的可以很壞，妳知道嗎？」

※　※　※

「花店會收隔天清潔費。」星期一早上。艾蓮諾・塔克曼，娘家姓波達斯基，她跟我都是《女性雜誌》的編輯，我他媽的當然得跟她一起搭電梯，這女人平時上班只會像吸血蛭偷我的創意，不上班時還以為自己是婚禮和禮儀權威。艾蓮諾一年前結婚，之後每天講個不停，那副肅穆崇敬的德性，以為自己是在講九一一事件或曼德拉過世。我想像這種狀況將會延續到她懷孕，下一個國家寶藏的誕生。

「真的嗎？」我倒抽一口氣，加重語氣說道。艾蓮諾是專題主編，我必須跟她報告，而且她比我大四歲。我必須讓她喜歡我，這點並不費力。女孩都喜歡你看著她們瞪大眼睛，就像無辜的小鹿斑比，求她們把智慧傳授給你。

艾蓮諾點頭，就像討論癌症一樣嚴肅。「我再把當初的合約 e-mail 給妳，讓妳知道怎麼做。」同時讓妳看到我們是怎麼殺價的。她沒補上這句，可是那才是重點。

我驚呼。「這真的很有幫助，艾蓮諾。」露出才剛美白過的牙齒。電梯抵達的叮聲，宣示我的自由。

「早安喔，法納利小姐。」克利佛輕佻地眨了眨眼。他根本不理艾蓮諾。克利佛在《女性雜誌》當了二十一年的櫃檯接待，他對大部分經過他面前的人，都有各種荒謬的理由痛恨他們。艾蓮諾的罪過很簡單，就是她真的很糟糕，不過他們之所以結下梁子，要從一封電子郵件說起，有人發郵件說茶水間有餅乾可以吃。因為克利佛必須待在櫃檯接電話，於是他轉寄給艾蓮諾，請她幫他拿一塊，附帶一杯咖啡，加上很多牛奶，讓整杯看起來像駝色。艾蓮諾剛好在開會，等她看到那封信，餅乾已經被拿光了。不過她還是幫他拿了寶貴的駝色咖啡，可是克利佛根本不領情，從此，他跟她說話不超過五個字。「死肥婆說不定自己吃掉最後一塊，也不肯給我。」後來他氣呼呼跟我說「這件意外」。問題是艾蓮諾幾乎是我見過最厭食的人，我們笑到都要跪下來。

「早安，克利佛。」我朝他輕揮一下手，訂婚戒在農場日光燈照耀下閃閃發亮。

「看看妳的裙子。」克利佛吹了聲口哨，看著兩條皮管的尺寸，露出認可的表情，經過昨天的碳水化合物大屠殺，我其實花了點時間才把自己塞進皮褲裡。這同時是在恭維我，也是在挖苦艾蓮諾。克利佛這個人，只要不惹毛他，非常樂於展現甜美的一面。

「謝謝，小美人。」我幫艾蓮諾開門。

「死基佬。」她進門時嘟囔道，音量足以讓克利佛聽到。她看著我，等著我的反應。萬一我不理她就越線了，不優；笑了，就是背叛克利佛。

我雙手舉起，確認語氣中帶著謊言成分。「我愛你們兩個。」

門一關上，克利佛再也聽不到我們的對話，我告訴艾蓮諾，要到樓下做個工作諮詢面談，需不需要幫她帶杯咖啡，或到書報攤買本雜誌什麼的？

「堅果營養棒和最新《GQ》，如果有的話。」艾蓮諾回道。她一整天就靠那個，上午堅果零食，午餐乾燥蔓越莓。無論如何，她給了我一個感激的笑容，那當然是我的目標。

※　※　※

大部分同事都會自動刪掉那些主旨寫著「要不要一起喝杯咖啡？」的電子郵件，通常都是畢恭畢敬的二十二歲實習生寄來的，他們很容易受驚嚇，而且過度自信。這些人全都是看蘿倫・康蕾德的《比佛利拜金女》長大的，一心想著長大後要去雜誌社工作！結果發現我做的事跟時尚一點關係也沒有，通常都很失望（「跟美容也沒相關？」其中一個撇嘴說道，手上抱著媽媽的YSL手提包，放在腿上像抱新生兒一樣）。我很喜歡嘲弄他們。「我工作唯一拿得到的免費贈品，就是新書出版前三個月，可以先拿到校對樣本。你們正在讀哪本書啊？」從他們臉色刷白的模樣，答案已經顯露無遺。

《女性雜誌》是一本歷史悠久、功績彪炳的雜誌，內容涵蓋知識份子到一般普羅大眾關心的議題。不時會有嚴肅的新聞專業議題，偶爾也會刊登具一定聲望書籍的摘錄，或是少數好不容易打破玻璃天花板的女性主管介紹，以及敏感的「女性議題」，白話文就是計畫生育和墮胎，蘿蘿對這個不痛不癢的學術用語十分火大，就像她時常掛在嘴邊的「男人也不是每次上床都想要小孩」。也就是說，這並不是一百萬十九歲人口每月購買《女性雜誌》的理由。而基本上，上頭有我署名的文章，比較有可能是「九十九種塗奶油在他法棍上的方法」，而不是瓦勒麗・賈萊里（註9）的專訪。主編蘿蘿是個時髦、主張無性戀的女人，她像是一種邪惡的存在，讓我在逆境中越來越茁壯，永遠覺得工作岌岌可危，因此非常重要，感覺她一方面覺得我寫的東西很噁爛，一方面又覺得我寫的實在太讚了。

我一開始就被歸類在撰寫性專欄，我想是因為我的樣子。（我早就學會遮掩我的胸部，然而我似乎有一種與生俱來的粗野本性。）後來因為實在寫的太好了，結果就這樣被困在這裡。寫性專欄真不是個容易的差事，而那當然不是大部分編輯願意降貴紆尊去做的事，這些編輯通常都是《大西洋月刊》（註10）的訂戶。這裡每個人都把不懂性事當作一種炫耀，一副知道妳的陰蒂在哪裡會跟新聞專業產生嚴重互斥。「什麼是BDSM（縛綁與調教、支配與臣服、施虐與受虐）？」蘿蘿有一次問我。儘管她早知道答案，聽我解釋臣服者與支配者之間的差異，她的表情開心到不行。不過我還是順勢陪她玩下去。蘿蘿十分清楚讓雜誌每月在書報攤快速銷售的原因，並非「愛蜜莉名單」（註11）創始人的背景介

9　歐巴馬主政期間重用的心腹，擔任過白宮通訊聯絡主任和白宮婦女兒童委員會主席等。

10　獲得美國國家雜誌獎次數最多的月刊，讀者多為教育水準較高的知識份子。

11　美國促進女性參政的非營利組織。

紹，更何況她需要那些銷售數字作為她的後盾。去年一直有謠傳，只要合約一到期，蘿蘿就會搶到《紐約時報雜誌》編輯的位置。「只有妳能用這麼有趣、聰明的方式來寫性專欄。」她有一次這樣跟我說：「堅持下去，我跟妳保證，明年這個時間，妳絕對不必再寫口交了。」

我一直將這小小嘲諷放在心裡好幾個月，寶貝地就像吸附在指頭上亮晶晶的寄生蟲。結果路克下班回家竟宣布公司找他談，希望他能調到倫敦辦公室，紅利也將因此竄升，雖然本來就非常豐厚了。別誤會，若是有一天能住在倫敦，我會很開心，但不是因為某個人的派駐任期而去。路克很驚訝看到我深受打擊的表情。

「妳是個作家。」他提醒我。「在任何地方都可以寫作，這不是很美好嘛。」

我人在廚房，馬上轉身為自己辯護。「我並不想當個接案作者，路克。在另一個國家，哀求別人給我案子。我要在這裡當編輯。」我手指著地上，這裡，我們目前所在位置。「我說的可是《紐約時報雜誌》。」我雙手捧著這個機會，眼看就要成功了，我搖搖頭。「歐妮。」路克握住我的手腕，將它們拉回我身體兩旁。「別再想這些了，不要再去想跟所有人證明妳不只會寫性專欄，或任何事情。而且從現實面看來，有必要嗎？妳只會在那裡工作一年，然後就要回歸家庭，成為我的後盾，準備生孩子，到時妳根本不會想回到過去的生活。說實在的，我應該——我們應該——」噢，他竟然召喚出「我們——」

「只因為一時興起，就放棄這個機會嗎？」

我知道一談到小孩的事，路克會覺得我完全偏離典型凱特。我想要婚戒，也想要盛裝或一般盛裝皆可的結婚典禮，再加上豪華婚紗，我有一個在第五大道開業的皮膚科醫師，她是個很有錢的女士，只要我開口，她願意幫我注射任何東西，而我經常拉著路克去ABC Carpet & Home家具店看一對綠松石檯燈和高級摩洛哥貝尼毯。「這放在玄關不是很棒嗎？」我總是這樣建議，煽動路克翻開價格標籤，假裝被嚇到心臟病發。我以為他應該會因為我唸個不停才願意當父親，就像他每個朋友的妻子曾經做過的。他會跟朋友酒過三巡後，假裝抱怨——「她精心算過她的生理期」——大家會發出痛苦哀號，假裝支持他。我懂，老兄。然而在內心深處，其實很感激有人推了他們一把，因為他們自己也想這麼做，而且生的最好是男孩，不過拜託，反正如果第一次沒生出繼承人，總會有第二號寶寶。只是，男人永遠不會承認這點。而像路克這種男人呢？他永遠無法想像自己會指著手錶說：「時間不多囉。」

問題是，我才不想推他一把。我無法忍受小孩。

天啊，一想到懷孕，還有生孩子，就讓我焦慮到不行。這並不是恐慌症發作，比較像是暈眩，大約在十四年前，我突然出現這種特殊症狀，感覺自己像是坐在旋轉木馬上，機器半途突然沒電，慢慢停了下來，我的心跳也跟著越來越弱、間隔越來越長，彷彿在繞行我人生最後一圈。那所有的約診，碰觸我的醫師和護士——他的指頭為什麼還停在那裡？他感覺到什麼了嗎？是惡性腫瘤嗎？說不定我的暈眩永遠不會好了。我是那種易怒、討人厭的疑病性神經症，就算是對病人最和善的醫生，都會被我激怒。我曾經躲過一次命運的安排，不過無論如何，該來的總是會來，我很想跟他們解釋，讓他們瞭解我的神經症不是沒有道理的。我有跟路克說過暈眩的事，而且試圖告訴他，我不認為自己有可能懷孕，因為我會擔心過頭。他大笑把鼻子埋進我脖子，不斷呼嚕嚕。「妳好可愛，竟然覺得自己會這麼擔心寶寶。」我微笑回應，不過我也的確如此。

我嘆了口氣，在電梯裡按下大廳鍵，默默等著電梯門打開。我同事跟那些毛躁、笨拙的女孩面談，通常都會一臉不屑，就跟要他們寫跟會陰有關的主題一樣，不過我卻是以純粹娛樂角度來跟她們面談。這些女孩十個有九個都是姊妹會裡最漂亮的，擁有最棒的衣櫃，收集了最多 **J Brand** 牛仔褲。當我穿著 **Derek Lam** 寬褲出現，服貼的布料從臀部自然垂墜，配上蓬鬆的髮髻，凌亂幾綹髮絲垂落脖子，女孩臉上立刻罩上一層陰影，拉了拉身上洋裝腰線，原本品味高雅的A字洋裝，突然變得像歐巴桑，撫了撫過直的頭髮，終於明白自己完全弄錯了，她們臉上的表情我永遠都看不厭。若是在十年前，這個女孩會折磨我，如今，我每天早上從床上跳起來，就能讓她見識到我的威力。

那天早上與我面談的女孩，特別引起我的興趣。史賓瑟・霍金斯——我夢寐以求的名字——是我高中校友，布萊德利高中，最近剛從三一學院畢業（他們全都是），而她「十分欽佩」我「面對逆境的力量」。說的一副我他媽的是蘿莎・帕克（註12）之類的。不過讓我告訴你們，她這張牌打對了——我還真吃這套屁話。

我一出電梯馬上就看到她——寬鬆柔軟的皮褲（就算是假皮，品質也算不錯）和硬挺的白襯衫，配上犀利的銀色高跟鞋形成完美平衡，手臂上掛著香奈兒包包。若不是看到她圓圓的啤酒臉，說不定我會轉身假裝沒看到她。我不太能面對競爭。

「法納利小姐？」她試探地說道。老天，我真等不及要成為哈里遜。

「嗨。」我跟她握手，用力猛搖，她皮包鍊子互相碰撞發出聲音。「我們有兩個選擇

---

12 美國黑人民權運動實踐者。五〇年代，她以公民不服從方式對抗當局的歧視待遇。

——書報攤有賣意利（illy），自助餐廳有賣星巴克。看妳。」

「我都可以。」好答案。

「我無法忍受星巴克。」我朝她皺起鼻子，蹬著高跟鞋轉身，聽到她急急忙忙跟在我後面的聲音。

「早安，蘿瑞塔！」這是發自內心的問候，我只有在書報攤跟收銀小姐說話，才是最真誠的時候。蘿瑞塔全身遭到嚴重灼傷——沒人曉得是怎麼回事——她全身散發出腐敗惡臭。去年她剛來，人們都在抱怨——這裡那麼小，更何況周圍還有食物，根本讓人倒盡胃口。這家公司願意僱用她，當然值得敬佩，不過是不是應該讓她在類似大樓地下室的收發中心工作比較好呢？我親耳聽到艾蓮諾跟同事抱怨過這件事。蘿瑞塔來了之後，咖啡永遠都是新鮮的，牛奶罐永遠都是滿的——就連豆漿罐也一樣！——而且架上的最新雜誌擺設總是十分靈活。蘿瑞塔經手的每本書，她都會看，她捨不得開空調，把省下的錢放在自己的旅遊基金上，還有一次，她指著雜誌上漂亮的模特兒對我說：「我還以為這個人是妳！」她的喉嚨一定也有被燒到，因為她的嗓音濃濁悶悶的。她把照片推到我面前。「我看到她，心裡想著，這是我朋友耶。」她的話讓我喉頭一緊，眼睛濕濕的。

我會特地帶這些女孩來到書報攤。「妳是大學校刊編撰之一？」我會捧著下巴，鼓勵她們告訴我更多關於揭發學校吉祥物戲服透露出恐同訊息的新聞，而我也早就決定要根據她們對待蘿瑞塔的方式來判斷提供多少協助。

「早安！」蘿瑞塔對我燦爛笑道。現在是上午十一點，書報攤很安靜，蘿瑞塔正在讀《現代心理學》。她放下雜誌，露出混雜著粉紅色、棕色和灰色斑塊的臉龐。「這個雨。」

她嘆了口氣。「雖然我痛恨下雨，但是我希望繼續下一整個禮拜，這樣我們就能有美好的週末。」

「噢，我懂。」蘿瑞塔很喜歡談天氣。在她的國家，多明尼加共和國，下雨時，大家都會在街上跳舞。在這裡並不會這樣，她曾說道。這裡的雨很髒。「蘿瑞塔，這位是史賓瑟。」我指著最新獵物，她的鼻子已經皺了起來。我不會因此判她一記好球，畢竟這是身體自然反應，當你面對惡臭慘劇，實在很難克制。我懂。「史賓瑟，蘿瑞塔。」

蘿瑞塔和史賓瑟交換客套的笑容。這些女孩通常都會很客氣，不可能不這樣，但是他們總是會顯露某種不自然態度，被我發現。有些人甚至根本不想掩飾，等到只剩我們兩人，馬上露出機車本性。「我的天啊，那是她身上的味道嗎？」曾經有個女孩這樣跟我說，摀著嘴巴，忍住不笑出來，還用肩膀輕推我一下，一副我們是閨蜜，才剛偷了一堆維多利亞的祕密的丁字褲。

「有咖啡、茶，看妳要什麼。」我從一疊咖啡杯中抽出一個，注滿黑色液體，史賓瑟在我後面還在考慮。

「薄荷茶很棒。」蘿瑞塔提出有智慧的建議。

「是嗎？」史賓瑟問道。

「是的。」蘿瑞塔說道。「很提神醒腦喔。」

「妳知道嗎——」史賓瑟將經典菱格紋包背上肩頭。「我並不是喝茶派。不過外面這麼熱，聽起來真的很不錯。」

萬歲。說不定聲名卓越的布萊德利高中終於實踐其宗旨：「布萊德利高中作育英才，提供優異教學環境，並培養每位同學同情心、創意與尊重。」

我付了飲料錢。史賓瑟要拿錢給我，但我堅持不收，我通常都會這麼做，儘管腦中總是會浮現卡片遭拒刷的景象，不過這區區五塊二十三分擦去了這場沒營養的爛秀：更何況我已經是個時髦、成功，訂婚的二十八歲女子。美國運通卡的帳單是直接寄給路克，雖然我覺得這樣很可笑，但還沒可笑到不去用這張卡。我一年賺七萬美元，如果生活在堪薩斯，那我就是他媽的芭莉絲・希爾頓。但事實並不是。因為路克的關係，錢從來都不是問題，即便如此。「拒刷」這兩個字是我童年夢魘，看著媽吞吞吐吐跟收銀員抱歉，雙手顫抖，失望地勉強將卡片塞回皮夾，裡面滿滿都是刷爆的共犯。

史賓瑟輕啜一口她的飲料。「很好喝耶。」

蘿瑞塔開心地說：「我說的沒錯吧？」

我們在自助餐廳找到空位。雨天灰濛濛的光線從天窗照下來，籠罩著我們頭頂，我發現史賓瑟古銅色的額頭上有三條明顯皺紋，細如髮絲。

「真的很感激妳今天願意跟我面談。」她進入正題。

「不客氣。」我啜了口咖啡。「我知道有多難擠進這個行業。」

史賓瑟瘋狂點頭。「真的好難。我所有朋友都從事金融相關。畢業前，已經有一大堆工作排隊等著他們了。」她撥弄茶包上的線。「我從四月就一直在作像這樣的工作諮詢，但我真的開始懷疑，是不是應該想想別的方法。只是如果我有工作的話，狀況會變得尷尬。」她笑了出來。「要不然乾脆搬到這裡，繼續找兼職工作。」她疑惑地看著我。「妳認為這樣做好嗎？我擔心如果履歷上寫著不同產業的工作經驗，雜誌出版業不會認真把我列入考慮名單，但是又擔心萬一根本找不到工作，找工作時程拉得太長，那麼他們反而會把焦點放在我沒有實際工作經驗上。」史賓瑟說出自己想像的進退兩難，氣餒地嘆了口氣。「妳覺得呢？」

我只是很驚訝她竟然還沒搬到這裡，住在九十一街和第一大道（註13）的公寓，房租和生活費全靠媽咪和爹地。「妳以前在哪實習？」我問道。

史賓瑟低頭靦腆說道。「我沒有。我是說，我有，不過是在版權經紀公司。我想當作家，聽起來很蠢，像一種夢想，『我想當太空人！』什麼的，但我不曉得怎麼達成目標，有個教授建議我去相關行業工作，瞭解一下這個產業。我完全不懂雜誌業，不過天啊，雜誌耶，我超愛的，我喜歡《女性雜誌》，小時候我會偷看我媽買的——」千篇一律的小故事，我從來不知道應該要相信這是真的，還是這其實已經成為這些人的標準流程。「反正我從來不知道，原來有人專門在寫這些內容。然後我開始研究這個產業，研究你們在做的事，終於發現這就是我想做的。」她說完之後，呼吸變得急促。這女孩充滿了熱情，不過這倒是讓我滿開心的。大部分女孩只是希望有個工作能讓她們玩衣服和與名人為伍，還可以從容踏進 Boom Boom Room 這類夜店，因為她們的名字總是會在名單上。那些都是這個工作某些可以吹噓的部分，不過比起看到「歐妮・法納利」被印在書上的感覺，這都只是其次。同樣比不上看到我文章背後貼著一張紙條，上頭寫著「超好笑」或是「妳說的對極了」。我會把那頁帶回家，路克曾把它吸在冰箱上，一副那是我拿到A的報告。

13 紐約曼哈頓上東區，昂貴的住宅區。

「嗯，妳知道進來當編輯，在妳升職之前，大部分時間都在編輯，而不是寫作。」這是我面試的時候，曾經有個編輯跟我說過的話，讓我十分失望。誰會想大部分時間都在編輯，而不是寫作呢？如今，在這個產業待了六年之後，我終於懂了。《女性雜誌》裡真正稱得上報導的內容其實有限，我只能在文章中建議讀者要跟男朋友談敏感話題時，記得坐在他身邊，而不是對面，而且還提過好多次。「專家指出，男人感覺受到挑戰時，較不易接受意見，而面對面會有挑戰意味⋯⋯正如字面上的涵義。」然而，當你跟別人說在哪裡工作，看到他們眼裡閃著認可的光芒，其實還滿受用的，而我現在就需要這個。

「可是我一直都有看到妳的文章。」史賓瑟說道。

「是啊，等妳看不到的時候，就會知道，我掌管了這裡。」

史賓瑟捧著杯子旋轉，怯生生地說道。「妳知道嗎，我第一次在版權頁看到妳的名字，我不確定那就是妳，妳。因為妳的名字。但是後來我在《今日秀》看到妳，儘管妳看起來完全不一樣了——我的意思不是說妳以前沒那麼漂亮，妳一直都很漂亮。」她雙頰逐漸變得火紅。「我知道那是妳，雖然名字有小小地不一樣。」

我沒有說話，她必須繼續問下去。

「妳改名字是因為那件事嗎？」她提出這個問題時，語氣變得低沉，帶著敬意。

通常有人提出這個問題，我都會避重就輕，東拉西扯。「有一部分。大學時有個教授建議我這麼做，人們就能根據我的優點來評判我，而不是根據那些可能認識我的人。」接下來，我總是會聳聳肩，謙虛地說：「也不是說大部分人都會記得我的名字啦，他們記得的應該是布萊德利高中。」而現在，這才是真話：我上高中第一天就明白我的名字有問題。周圍全是擁有漂亮姓氏的同學，其中有許多純真、優雅的凱特們，沒有一位的姓氏是以母音結尾（註14），蒂芙妮・法納利（TifAni FaNelli）這名字看起來就像會在感恩節來訪的鄉巴佬親戚，還會喝光家裡所有昂貴的威士忌。若不是唸的是布萊德利高中，我根本不會知道這些事。再者，若不是唸布萊德利高中，若是繼續留在賓州，我可以現在就跟你保證，我會開著租來的BMW，停在幼稚園外，用法式指甲敲打著方向盤。布萊德利高中就像施虐的寄養家庭媽媽——她將我從官僚系統中拯救出來，只是為了用她有如毒品殘害的扭曲方式對付我。毫無疑問地，我的名字會讓一些大學行政人員眉頭挑起，他們一看到我的申請表，應該會從座位上半起身，喊著祕書的名字。「蘇，這個蒂芙妮・法納利是——」緊接著看到我是布萊德利高中畢業，馬上住嘴，回答了自己的問題。

我不敢挑戰自己的運氣去申請常春藤學校，但是有一大堆靠著它們往上爬的人會來告訴我，他們讀我的文章感動到哭，儘管我的人生才剛開始，卻深刻體驗到它的殘酷，這讓我學會了華麗的詞藻和戲劇化的陳述。喔，原來這會讓人痛哭流涕喔，那我會繼續保持下去。於是，我的名字和讓我學會痛恨它的學校，最後讓我進了衛斯理安大學，我在那裡認識最好的朋友，妮爾，最美麗的黃蜂（WASP（註15）），她的尖刺會叮每個人，除了我之外，並不是什麼睿智的教授，而是她建議我去掉名字前面的「蒂」，只用歐妮，唸作

14　有一種說法，姓氏最後一個字母為母音，表示祖先是農民階級。一般認為此為種族、階級歧視者製造出來的謠言。女主角姓氏「法納利」原文最後一個字母正是母音i。

15　White Anglo-Saxon Protestant，白人盎格魯・撒克遜新教徒，最早的定義是指美國社會的英裔移民，通常是領導精英階層，至今仍具有主導社會主流價值與文化優勢。小寫為「黃蜂」之意。

「歐—妮」，因為「安妮」（註16）對我這種人而言，實在太枯燥陳腐，世界級～乏味。改名不是要隱藏我的過去，我所做的一切努力，全是為了成為那個沒有人認為我配擁有的名字：歐妮‧哈里遜。

史賓瑟將椅子往前滑，善用這交心時刻。「我很痛恨別人問我高中唸哪裡。」我並沒有這種感覺，我很喜歡告訴別人我唸哪所高中，我喜歡有機會證明自己，究竟成就了什麼。於是我聳了聳肩，表情木然，讓她知道唸同一所學校，並不會讓我們變成好夥伴。「我不介意，我覺得這個部分也造就了現在的我。」

史賓瑟突然發現自己靠得太近，有一度我們根本看不到對方的眼睛，她這樣實在也太冒昧。她把椅子往後帶，拉開兩人之間的距離。「當然。如果我是妳，說不定也會有相同感覺。」

「我還會參與紀錄片拍攝。」我主動說出來，以示有多不在意。

史賓瑟緩緩點頭。「我才想問妳呢，不過他們當然會希望妳參加。」

我看了看手上的泰格豪雅錶，去年路克答應要送我卡地亞。「我會說，妳真的應該想辦法先從實習生做起，就算沒有薪水。」

「可是我要怎麼負擔房租呢？」史賓瑟問道。

我看了看掛在椅背上的香奈兒包。再看一眼，才發現接縫已經開始鬆了。這女生應該有一筆尚無法動用的遺產信託，從姓氏看來，她是好人家出身，住在費城韋恩區體面的

16　女主角的名字「TifAni」，一般音譯為「蒂芙妮」，改為「Ani」普遍唸法則為「安妮」，但女主角堅持唸作「歐妮」。

獨棟洋房，連一分錢也不會施捨給地鐵乞丐。

「晚上去當服務生或酒保。或者每天通勤。」

「從費城？」語氣聽來根本不是疑問，而是提醒我她來自哪裡，一副我的建議根本瘋了。我油然而生一股厭惡感。

「我們這裡曾經有從華盛頓特區通勤的實習生。」我說道，緩緩啜了口咖啡，歪頭看著她。「不是差不多坐兩個小時的火車就到了嗎？」

「我想也是。」史賓瑟說道，看來還是很不確定。她沒有接納我的建議，讓我很失望。事情進行地一直很順利溫馨，直到此刻。

我想給她機會挽回，伸手調整脖子上細緻的金鍊子。真不敢相信我竟然漏掉最重要的一段。

「妳訂婚了？」史賓瑟兩隻眼睛瞪得跟卡通人物一樣大，讓我既驕傲又開心：一顆又大又漂亮的綠寶石，鑲在兩顆燦爛的鑽石之間，戒指本身是純白金。這原本是路克祖母的戒指——抱歉，是他媽咪的——他給我的時候，還說如果我想把白金戒換成鑲鑽戒也可以。「我媽的珠寶商說，現在很多女孩都喜歡那樣。我想是比較現代吧。」

這就是我不想改裝的真正因素。不，我要戴著跟親愛、貼心的媽咪戴著它時，一模一樣的戒指：獨一無二且華麗非凡。傳遞出十分清楚的訊息：這是傳家寶。我們家不只有錢，還是代代相傳的豪門世家。

我伸長指頭，一副根本不記得自己戴著它的樣子。「噢，我懂。我正式變成老人了。」

「這是我見過最漂亮的戒指。」史賓瑟驚呼道。「妳什麼時候結婚？」

「十月十六日！」我對她燦笑。若是艾蓮諾目睹這場讓人臉紅的新娘胡言亂語，一定會側頭露出裝可愛笑容，然後提醒我，儘管十月不算是多雨月份，還是無法預料會發生什麼事。萬一下雨，我有沒有備案呢？當初她還特別準備了帳篷，以防萬一，儘管並沒有用到，預約費用還是花了她一萬美金。艾蓮諾滿嘴都是這些說的像真的一樣的小故事。

我把椅子往後一推。「我必須回去工作了。」

史賓瑟迅速從椅子上站起來，伸出一隻手。「真的很感謝妳，蒂芙妮，我是說——」她摀住嘴巴，緊張地像藝妓一樣咯咯笑。「——歐妮。抱歉。」

有時候，我覺得自己就像發條娃娃，必須把手伸到背後轉動我的金色鑰匙，才有辦法打招呼、發笑，做出適當的社交回應。我好不容易對史賓瑟擠出有緣再會的笑容，一旦紀錄片上映，她就不會再唸錯我的名字，當攝影機聚焦在我痛苦、真誠的臉上，所有對於我的誰，以及我做了什麼的最後一絲疑惑，將會慢慢消解殆盡。

第二章

八年級升九年級那年夏天，我都在聽媽大力讚揚幹線區（註17）。她說住那裡可以「用鼻孔看人」，我就要去上那裡的高中，真正體驗另一半人是怎麼生活的。當時我從未聽過「用鼻孔看人」這種說法，我是根據媽酸溜溜的語氣推論出來的。布魯明戴爾百貨公司的銷貨員慫恿她買下根本負擔不起的喀什米爾圍巾時，就是用這種喉音：「妳圍這條圍巾看起來好像有錢人喔」。「有錢人」是魔術字眼。她回家之後，爸根本不能認同，還把它拿來擦臉。

我從幼稚園就進一所天主教女校，位於跟貴族幹線區截然不同的幽靜小鎮，距離市中心大約十五英里。我並不是生長在貧民區什麼的，只是周圍全是病態的中產階級，一大堆俗不可耐的人，卻以為自己是上流階級。我當時不懂原來這會是重點，不懂原來歲月的痕跡也可以代表財富，而且越古老越陳舊的建築通常代表越尊貴。我以為有錢是一輛亮晶晶的紅色BMW（租來的）和五房麥式豪宅（註18）（貸款三次）。即便我們假裝有錢人，還是住不起五房的可笑山寨品。

我真正的教育始於二〇〇一年九月二日早晨，踏進賓州布林莫爾布萊德利高中成為高

17　美國費城西郊舊鐵路幹線，十八、十九世紀初，英國貴族移民多聚集於此，至今發展成費城高級住宅區，擁有許多美麗的歷史建築和私立名校。

18　外觀像麥當勞一樣毫無特色的豪宅。

一生（註19）那天。讚嘆大麻（或是「草」，如果你想跟我父親一樣讓我丟臉的話），讓我能走進這棟古宅，布萊德利英文與人文學科廳，我在橘色 Abercrombie & Fitch 工作褲上猛擦滿是汗的手掌。要不是吸毒，我還在蒙特聖德蕾莎高中部，說不定正衝過中庭廣場，刺刺的藍格子裙被風吹得卡在古銅色大腿間，那是我整個夏天泡在夏威夷助晒油裡的成果，我平凡的青少年生活第一天，絕對不可能有什麼特別進展，頂多跟臉書上那些陳腔濫調沒什麼兩樣。未來能證明我存在的東西就是一本本相簿，紀錄我在大西洋城的週末訂婚假期，以及在一間平凡教堂舉辦的婚禮，還有精心設計的新生兒裸體相片。

事情是這樣的：剛升上八年級，我朋友和我決定該來試試大麻了，我們四個人從我最好朋友莉亞房間窗戶爬上屋頂，輪流吸著一管溼漉的大麻菸，將它放進擦上 Bonne Bell 的光滑雙唇間。恐怖的感覺迅速擴散到四肢——甚至腳趾甲！——如此劇烈，我開始換氣過度，哭了出來。

「我覺得怪怪的。」我一邊喘氣、一邊笑著跟莉亞說道，她試圖安撫我，但最後還是屈服於大麻的威力，跟我一樣瘋狂大笑。

莉亞的媽媽過來查看我們究竟在吵什麼。後來她在半夜打電話通知媽，誇張地鬼鬼祟祟說：「女孩們不曉得染上了什麼。」

我五年級就有瑪莉蓮夢露的身材，父母們全都一口咬定我就是天主教女校毒品鏈的禍首。因為我看起來就是有問題的樣子。一星期之內，我從雄霸四十人小班的女王蜂，變

19　美國與台灣中學學制同是六年，但高中卻是從台灣的國三算起，所以是四年，歐妮進入布萊德利高中時，以台灣學制來看是國三生。

成惹人厭的蒼蠅，每天都在奮戰，小心不要被捏死。就算是那種吃薯條前會先聞一下的女孩，都不願意委屈跟我一起吃午餐。

後來行政單位聽到風聲，把媽和爸叫來跟校長開會，約翰修女是個跟怪物沒兩樣的女人，她建議我轉學。媽在回家車上不停抱怨，憤恨難平，最後結論是她決定把我送去幹線區其中一所貴族私校，讓我有更好的機會可以進入常春藤學校，有更好的機會可以嫁給真正的有錢人。「等著看。」她發表勝利宣告，雙手緊抓著方向盤，彷彿手裡扭的是約翰修女的脖子。我等了一下才敢說話。「幹線區學校有男孩嗎？」

當週稍晚，媽很早就來蒙特聖德蕾莎接我，開了四十五分鐘的車到布萊德利高中，這是一間男女合校的私立學校，沒有任何宗教色彩，位於滿是常春藤的富裕幹線區心臟。學校行政主任特別強調了兩次，一九〇〇年初，沙林傑（註20）第一任妻子就是唸這所學校，當時這裡是女子寄宿學校。我記下這個有趣的小知識，未來可以在面試時，跟雇主提到這件事，還有未來的公婆。「噢，是啊，我唸布萊德利高中——你知道沙林傑第一任妻子就是唸那裡嗎？」如果你很清楚自己讓人難以忍受，那麼做一個讓人難以忍受的人就沒關係。至少我是這樣自圓其說的。

結束參觀之後，我還必須參加入學考試。我來到一間很正式，像小客棧晚宴廳的房間，就在學校自助餐廳側翼，坐在一張很氣派的桌子前。門框上有塊青銅牌子，上面寫著【布倫納波金廳】。我不懂在英語世界裡竟然會有人叫布倫納（註21）。

---

20 J. D. Salinger，《麥田捕手》一書作者。

21 推測作者指的是布倫納氏瘤，一種病發於卵巢的罕見腫瘤。

我不記得大部分考試內容，除了一個題目，我必須描繪一個物體，卻不能明確指出該物體為何。我描寫我的貓，最後結束在她從我家後陽台跌下去，摔得血肉模糊死去。布萊德利對沙林傑可笑的謬誤，讓我覺得他們有折磨作家的特殊能力，後來證明我是對的。幾個星期之後，我收到學費補助核准通知，我獲准進入布萊德利二〇〇五年班級。

「妳會緊張嗎？甜心。」媽問道。

「不會。」我看著窗外說謊了。我不懂她為什麼這麼在意幹線區。從我當時十四歲的角度看來，這裡的房子沒有莉亞家的粉紅色灰泥怪獸好看。至於品味，我還沒學到，我覺得這裡巧妙融合了昂貴和樸實。

「妳會表現很棒的。」媽捏了捏我的膝蓋，露出笑容，陽光照在她嘴唇黏黏的唇膏上。四個女孩緊緊靠著經過我們ＢＭＷ，每個人的後背包都牢牢背在瘦削的肩上，粗馬尾就像斯巴達頭盔上的金色羽飾。

「媽，我知道。」我翻了翻白眼，更像是對自己翻，而不是對她。我都快哭了，好想窩在她臂彎，讓她長長的尖指甲輕劃過我的前臂，直到雞皮疙瘩都冒出來。「搔我的手臂！」小時候，跟她依偎在沙發上，我總是會求她這麼做。

「妳快遲到了！」她在我臉頰印上一個吻，留下黏答答的唇印。我回報她一個初為青少年的陰鬱「再見」。那天早上，站在三十五階的校門階梯底下，我還在彩排這個角色。

第一節在導師班，我很興奮，像個超級呆子。我在中學沒有鈴聲，也不必跑不同教室，面對不同老師。每年級有四十個女生，分成兩個班級，在同個教室上數學、社會、科學、宗教和英文，一整個學期都是同一個老師，幸運的話，妳可以遇到不是修女的老師（我從來沒有這種運氣）。而這裡每四十一分鐘打一次鈴，提醒你要去下一節教室，會有新的老師，不同的學生，這讓我覺得自己像是《救命下課鈴》裡的客串明星什麼的。

不過第一天早上，最讓人興奮的還是上英文課。

進階英文課，另一個跟我以前學校不同之處，感謝我那篇優異的一百五十字散文，描述我的貓死亡的悲劇故事，讓我得以進入這個班。我等不及要用在學校商店買的綠色螢光筆作筆記。蒙特聖德蕾莎逼我們像小嬰兒一樣用鉛筆寫作文，布萊德利才不在乎我們用什麼筆寫。只要保持成績優異，他們才不在乎我有沒有記下重點。布萊德利高中的顏色是綠色和白色，為了表示我的忠誠，我買了一支跟籃球運動上衣相同顏色的筆。

進階英文課學生人數不多，只有十二個，而且沒有個人課桌，大家都坐在三個長桌前，形成一個括弧。拉森老師是那種媽會無視的「大隻佬」，不過多出來的九公斤，讓他有一張親切的圓臉：眼睛瞇起，上唇微彎，彷彿想起某個晚上和好麻吉一起喝著半溫不冰的百威 Bud lights，其中一個朋友跟他說了什麼爆笑的話。他穿著褪色的淺色襯衫，一頭有點塌的淡褐色頭髮，似乎在告訴我們，不久前，他跟我們一樣都是預備學校小孩，而且他也確實辦到了。獲得我十四歲腰胯間的認可，每一個十四歲腰胯間的認可。

拉森老師大部分時間都坐著，總是伸直雙腿，時常一手放在腦後，捧著後腦杓問道。

「你們覺得荷頓為什麼認為自己是麥田捕手？」

第一天上課，拉森老師要大家輪流說一件今年夏天做過最酷的事。我確定拉森老師設計這個活動是為了我——其他大部分小孩都是從布萊德利國中部「免試直升」上來的，說不定夏天也都玩在一起。但是沒人知道新來的做了什麼，雖然我只是在後陽台作日光浴，汗流浹背，像個沒朋友的魯蛇，隔著窗子看肥皂劇，但他們不需要知道這些。輪到我的時候，我跟大家說我在八月二十三日去聽珍珠果醬演唱會，雖然並沒有發生，但也不全然是我憑空杜撰出來的。莉亞的媽媽確實有幫我們預留演唱會門票，只是後來發生大麻慘案，她一直懷疑我帶壞她的小孩，現在終於有了證據。反正莉亞和這些新同學隔了十萬八千里，而我也需要讓這些新朋友對我有好印象，所以我說謊了，我很慶幸自己這麼做。我在夏天做過最酷的事，讓我獲得好幾個認可的點頭，甚至還有個叫坦納的傢伙，真的說了聲「酷」，我這個夏天不只達成預定晒黑的目標，想不到竟還獲得了名聲。

遊戲結束後，拉森老師想談談《麥田捕手》，這本書是暑假作業。我一聽到馬上身體坐直，我在後陽台兩天內迅速看完這本書，每頁都有我潮濕的半月指紋。媽問我有什麼想法，我跟她說我覺得很爆笑，她歪頭看著我說：「蒂芙，他後來整個人崩潰了。」這點讓我十分震驚，又回去重讀了這本書，深深覺得自己竟然漏掉這個關鍵元素。有一刻還擔心我並非自己想像的文學專家，後來才提醒自己，蒙特聖德蕾莎的英文教學著重在文法（文法較沒有性和犯罪內容），他們會刻意避開文學，所以這實在不能怪我，如果我的觀察不像其他人那麼敏銳，將來我會進步的。

最接近白板的男孩痛苦地哀號。他的名字叫亞瑟，那個夏天做過最酷的事是參觀《紐約時報》辦公室，而從同學反應看來，這件事並沒有比去看珍珠果醬演唱會酷，但不會比在費城看《歌劇魅影》糟。就連我都明白那並不好玩，除非是去百老匯。

「看來你很喜歡，是吧？」拉森老師故意挖苦他，全班都在竊笑。亞瑟體重將近一百四十公斤，臉上的痘痘排列在他臉周圍活像括號。他的頭髮油膩到雙手插進去都會被卡住，髮際線就像油膩的皇冠，戴在額頭上。「荷頓會不會太缺乏自我認知啊？他說每個人都在假仙，而他自己才是最假仙的那個。」

「很有趣的觀點。」拉森老師鼓勵他。「荷頓是能信賴的敘事人嗎？」

就在有人來得及回答之前，下課鈴響了，拉森老師指示大家要讀《聖母峰之死》前兩章，本週晚一點要討論這本書。每個人都將筆記本和鉛筆收回書袋，踩著Steve Madden的木屐厚底鞋和一雙才剛長出腿毛的腿，匆忙走出教室。我不懂大家怎麼可以這麼快離開教室。這是我第一次注意到這件事，從此之後，我都在注意這件事：我動作很慢。對別人來說毫不費力，對我可不是這麼回事。

等我發現教室只剩下拉森老師和我，我的雙頰整個刷紅，媽說我需要化妝，而我也假設其他女孩都會化妝，所以我挑了Cover Girl來用。結果大家並沒有化妝。

「妳是從聖德蕾莎轉來這裡的，對吧？」拉森老師在他的桌子前彎下身來，一邊整理文件。

「蒙特聖德蕾莎。」我好不容易終於拉上書包拉鍊。

拉森老師抬頭看了一眼，唇上的笑意更深。「是啊。對了，妳的讀書心得寫的很好。非常完整。」

儘管後來我躺在床上，不斷重播這個畫面，一遍又一遍，直到咬牙、握緊雙拳，以免整個人自燃，不過當時我只想離開那裡。我從來都不是善於表達的人，而且此刻我的臉說不定就像我愛爾蘭阿姨喝了太多紅酒，開始撫著我的頭髮，跟我說她多希望能有個女兒。「謝謝。」

拉森老師微笑，兩隻眼睛全都不見了。「很高興妳是這堂課的學生。」

「嗯，明天見！」我才想揮手道別，卻半途改變心意。說不定我看起來就像有妥瑞氏症，會不自覺抽動之類的。我是在請病假時，看莎拉・潔希・瑞芙（註22）的節目知道什麼叫妥瑞氏症的。

拉森老師輕揮一下手回應。

距離拉森老師教室沒幾步，有張壞掉的書桌。亞瑟的書包放在上面。他正不曉得在翻找什麼，我經過時，他抬起頭來。

「嗨。」他說道。

「嗨。」

「我的眼鏡。」他說道，解釋自己的行為。

「喔。」我雙手伸到書包底下，用力拉緊背帶。

「要吃午餐嗎？」他問道。

我點頭。不過我原本預計要在圖書館吃，我可不想買了食物之後，環顧四周盡是一些不認識的臉孔，被迫坐在一個根本不想待的地方，因為你不會帶著食物到自助餐廳外面吃，我無法想像還會有比這更糟的事。畢竟高中生活第一天有太多事要說，絕對沒有人會浪費時間在新來的女孩身上，失去這個寶貴的八卦時間。我懂，要是我也會這樣。我知道事情終究會朝熟悉的方向發展，那個額頭隱約可見青筋，有著一頭紅色捲髮的女

22 Sally Jessy Raphael，美國知名主持人，可說是美國談話節目始祖。

孩，將會是班上智商最高的人，她將提早決定（註23）申請哈佛，並脫穎而出成為布萊德利高中二〇〇五年班第一個錄取的學生。（同年級七十一位學生中，一共有九名錄取。《幹線區雜誌》將布萊德利高中評鑑為「最佳」大學預備中學不是沒有道理）。謠傳那個矮壯、一身貨真價實胸大肌的足球員，去年夏天在他麻吉家地下室。「職業級」的琳西・漢斯幫他口交，而且好麻吉還在旁邊全程觀看。我終究能將這些臉孔和名字兜在一起，而我終究也會從路人甲變成某個人，附帶一些奇聞軼事，像是我怎麼會跟那些人坐在一起，為什麼要跟他們交朋友。不過在那之前，為了維護我的尊嚴，我要到圖書館預習西班牙文作業。

「我跟妳一起走。」亞瑟說道。

他將凹凸不平的背包背在一邊肩頭，走在前面，一邊走路，兩條臃腫、蒼白的小腿不斷互相摩擦。我很清楚被自己身體背叛的感覺——我才十四歲，看起來卻已經像大學生，而且還有新鮮人十五磅（註24）必須減掉。不過青少年男孩還滿蠢的，再加上相較之下，我的四肢比較瘦，而且穿上V領T恤，我的胸前就像色情照片，他們以為我這是完美身材。儘管事實上，在這身衣服底下只是一種基因錯亂，就算是為了穿上舞會禮服而進行的短暫厭食計畫都無法改變——肚子都是一層層肥油，肚臍都變成亞洲人的瞇瞇眼。那年夏天，剛好流行坦克背心型比基尼，我這輩子沒這麼感激過一件衣服。

23　美國大學入學申請方式有三種，除了一般申請之外，尚有提早申請與提早決定兩種，皆為高三（十一年級，台灣的高二）即提出申請，只是後者只能申請一所，且錄取後一定要去就讀。

24　上大學前大吃大喝，一開學馬上胖了十五磅（大約六點八公斤）。泛指新鮮人肥的現象。

「妳是不是跟這裡每個女孩一樣也愛上拉森老師了?」亞瑟笑道，將剛才找到的眼鏡從油亮的鼻子往上推。

「我之前都遇到修女老師，實在怪不得我。」

「天主教學校女孩。」亞瑟肅穆地說道，這裡應該沒什麼像我這樣的人。「哪間學校?」

「蒙特聖德蕾莎學院?」我等著他的反應，預期不會是好的。看到他面無表情，我再補上。「莫爾文?」技術上來說，莫爾文歸在幹線區頭，但就像部隊最低階的士兵，總是在最外圍當將軍盾牌，指揮官則在營區最舒適的中心。擁有輝煌歷史的幹線區居民，根本瞧不起這些邊緣地帶的庶民——莫爾文並非他們王國真正的一員。

亞瑟作了個鬼臉。「莫爾文?那很遠，妳住那裡嗎?」

這件事我已經解釋了好幾年了——不，我並非住在那裡。我住在更遠的切斯特泉，跟一群平民擠在一起，那裡有美麗的老房子，得到屋主許可就可以進去參觀，但我住的不是那樣的房子。

「多遠?」在我高談闊論之後，亞瑟問道。

「大概半小時車程。」其實是四十五分鐘，有時候要五十分鐘，這又是我另一個學會的謊言。

亞瑟和我一起來到自助餐廳門口，他示意我先進去。「請。」

※　※　※

當時我還不曉得要害怕誰，所以儘管自助餐廳散發出一種可解讀為危險的能量，我卻渾然不覺。我看著亞瑟跟某人揮手，他說：「過來。」我也就跟了上去。

自助餐廳位於古宅和學校新建築交界。木頭拼成的餐桌露出部分不太穩固的骨架，而且已經磨損到呈現義式濃縮咖啡的漸層色。深色搭配的地板直通寬敞的入口玄關，新建的羅馬門廊，天花板全是天窗，底下是閃亮的磨石子地，以及整片從地板延伸到天花板的落地窗，可以看到中庭有許多中學生在草地上走來走去，活像放牧的牲口。學生從古宅穿過新建的羅馬門廊，眼前寬闊的室內U型空間擺放著熟食吧，歡迎他們前來取用，途中經過幾雙骨瘦如柴的手臂，那些人正從厭食症中復原，伸手去拿沙拉吧的綠色花椰菜和無脂義大利沾醬。

我跟著亞瑟來到一張擺在古董火爐前的桌子，那個火爐看起來像好幾年沒使用了，不過爐口煤漬顯現出過去屋主十分滿意它的作用。亞瑟把書包丟進一張椅子，對面坐著有雙棕色大眼的女孩，兩隻眼睛分得相當開，根本是長到鬢角上了。同學在她背後都叫她鯊魚，但是那雙不尋常的眼睛，其實是整張臉最好看的部分，相信她未來丈夫會最愛那雙眼睛。她穿著笨重的卡其褲和白色運動棉衫，巨大胸部底下的布料擠成一團，變成了皺摺包。她身旁還有另一個女孩，雙手撐在桌上扶著下巴，棕色長髮從肩膀披散到手肘旁的桌上，不過她短裙下那雙腿才真的把我嚇到了，她竟然可以這麼大剌剌露出蒼白的雙腿。媽絕對不會允許我把白成那樣的腿露出來，肯定會先把我綁在日晒機上。不過這樣做似乎並沒有讓她扣分。坐她旁邊的傢伙穿著足球運動衫，彷彿在讚美他那張健康陽光的帥臉，他的手放在她後腰下，只有男朋友才能碰的位置。

「喲。」亞瑟說道。「這是蒂芙妮。以前唸天主教學校的，對她好一點，她已經夠慘了。」

「嗨，蒂芙妮！」鯊魚開朗地說道，塑膠湯匙在空布丁杯凹凸不平的地方，挖了一圈，努力將最後一絲黏黏的巧克力刮乾淨。

「嗨。」

亞瑟指著鯊魚。「貝絲。」然後是那個蒼白女孩。「莎拉。」最後是她的男朋友。「泰迪。」

單調一聲哈囉，我一手舉起，又說了一次嗨。

「來吧。」亞瑟拉拉我的袖子。我將書包背帶掛在椅子邊，往熟食吧排隊隊伍走去。輪到亞瑟，他點了個巨大三明治，包上烤牛肉和火雞肉，三種不同起司，不要蕃茄，只有萵苣，再加上很多美乃滋，他每咬一口都會發出那種黏膩的聲音。我點了起司、芥末和蕃茄，用菠菜捲餅包起來（喔，當時我們還以為捲餅的卡路里比麵包低）。亞瑟還丟了兩包薯片在托盤上，我發現大多數女生都不用托盤，所以我也沒用。我拿著我的捲餅和低卡思樂寶到結帳櫃檯，等待付帳。

「我喜歡妳的褲子。」這聲讚美讓我轉過頭去。第一眼看到這女孩，你會覺得她長相奇特到不行，她完全被我的橘色工作褲吸引，朝它點了點頭，我真等不及當下就永遠不要再穿它了。她有一頭草莓色金髮，顏色均勻到根本不可能是天然髮色，一雙棕色大眼，卻似乎沒有睫毛。膚色看來像是自家後院有座游泳池，而且暑假沒去找實習工作。她穿著亮粉紅襯衫和校服風格子裙，而且裙子長度絕對違反指尖規定（註25），在布萊德利高中，女孩大都走貴族學校中性風，她這身打扮在這邊根本是公然違抗，但是她卻十分有

25 裙子長度不得短於雙手自然垂下時的指尖位置。

自信，彷彿一切都在她的掌控中。

「謝謝。」我燦笑道。

「妳是新來的嗎？」她問道，沙啞的嗓音很像〇二〇四女郎。

她看著我點頭，一邊說：「我是希拉蕊。」

「我是蒂芙妮。」

「喲，希拉蕊！」自助餐廳裡最尊貴的那桌傳來某個宏亮的聲音，一群男孩圍著那桌，個個都有茂密的腿毛——貨真價實的腿毛，又粗又黑就跟我父親的一樣——夾雜著幾個服服貼貼的女孩，當他們互相打鬧說對方是娘砲、腦殘、速懶叫之類的，跟著咯咯笑著。

「喲，狄恩！」希拉蕊回應他。

「我要瑞典小魚。」他命令道。沒有托盤，希拉蕊兩手都滿了，她下巴夾著健怡可樂，手肘屈起，將椒鹽脆餅放在上面。

「我幫妳拿！」剛好輪到我結帳，我在她之前拿了那包糖果，不顧她的抗議，跟我的捲餅和飲料一起結了。

「感恩，我不會忘記的。」她說道，小指勾住那包糖果，竟然兩隻手就能拿所有她買的東西。

我跟上亞瑟，他正流連在結帳櫃檯不遠處。這場偶遇不禁讓我臉紅，希拉蕊竟會對我產生好奇心，女孩們偶爾能休戰一下還滿不錯的，這要比妳真心喜歡的傢伙約妳出去，即便已嘗到甜頭還是賴在妳身邊不走值得珍惜。

「看來妳遇到HO（註26）之一了。」

我轉頭看希拉蕊正將那包瑞典小魚丟到狄恩的托盤上，男人可以用托盤。「她是花痴？」

「希拉蕊（Hilary）和她的閨蜜奧莉薇亞（Olivia）——」他朝一個棕色捲髮女孩點一下頭，她正激賞地看著毛腿幫用空薯條盒蓋了一座城堡大笑。「兩人名字的首字母，剛好組成HO。不過我並不認為她們知道什麼叫首字母。」亞瑟滿意地嘆了口氣。「但這更增添了這件事的趣味。」

或許我一開始並不曉得荷頓・考菲爾德精神崩潰了，不過拜託，我當然知道什麼叫首字母。

「她們真的是公車嗎？」我從沒聽過哪個女孩會欣然接受這種綽號。我被人罵過淫蕩，那次我趴在媽腿上哭了一個小時，如果妳在十二歲就有成人的胸部，所有人的自然反應就是這樣。

「她們想得美。」亞瑟鼻子皺起。「說不定她們被懶叫打在臉上，都不曉得該怎麼辦。」

※　※　※

午休後就是化學課，我最不喜歡的科目之一，不過還是很興奮，因為HO也在同一班。然而當老師要我們分組實驗，那股興奮感馬上消失了，其實化學課也可以很殘酷。

26　意指妓女、婊子，極冒犯的用法，通常用於形容學校裡到處與男性發生性關係的女孩。

我絕望地往右邊看，隔壁同學已經把身體轉向一邊，對另一個他想同組的人打信號。左邊也是相同狀況。一對對快樂的夥伴往教室後方蜿蜒流動，遷徙的過程中，曝露出有個人跟我一樣也落單了，那男孩有著一頭淡棕色頭髮，即便遠在教室另一端，我都可以看到他的藍眼睛。他朝我點一下頭，眉毛挑起，無聲地要求我當他的夥伴，不過他也沒其他選擇了。我也點頭回應，接下來兩人一起朝課桌後的工作台走去。

「很好。」錢伯斯老師看到我們走在一起，隨即說道，雖然還是有點不確定。「連恩和蒂芙妮，你們就用最後那張靠窗的桌子。」

「啊不然咧。」連恩低聲嘟囔，這樣錢伯斯先生才不會聽到。「謝謝照顧新來的。」

我過了一下才明白，原來他也把自己歸類在「新來的」之列。我瞥了他一眼。「你是新來的？」

他聳聳肩，似乎在說這還不夠明顯嘛。

「我也是！」我興奮地低聲說道。真不敢相信自己的運氣，最後竟是跟他一組。新來的本來就有互相照顧的義務。

「我知道。」他一邊脣角挑起露出微笑，午後光線照到他的酒窩。就是這個表情，他這張臉絕對可以登上《Tiger Beat》雜誌的附贈海報。「像妳這麼漂亮，怎麼會找不到實驗夥伴。」

我大腿併攏，試圖壓下這股熱力。

錢伯斯老師開始講述實驗安全注意事項，大家都沒什麼興趣聽，直到她提到如果我們不小心的話，到時就會頭髮和眉毛都燒焦走出這裡。我回頭看她，發現希拉蕊那雙沒有睫毛的大眼睛正看著我，她似乎已經吃過苦頭了，關於錢伯斯老師最擔心會發生的事。我必須在瞬間做出決定——別開視線，假裝沒發現她在看我，或是微笑，交換一種無聲的對話，讓她更喜歡我。我在蒙特聖德蕾莎短暫的受歡迎生活所累積的直覺經驗，突然出現，於是我選擇後者。

讓我開心的是，希拉蕊也回我笑容，還用手肘輕推一下奧莉薇亞，她靠了過去，她低聲跟她說了些什麼。奧莉薇亞也對我微笑示意。「他好帥。」奧莉薇亞用嘴型說，特別強調「好帥」，朝連恩方向輕點一下頭。我快速瞥了他一眼，確認他沒在看，再用嘴型回應。「我知道。」

我的天啊，當鈴聲在三點二十三分響起，我真為自己高興。才第一天，我已經跟新來的帥哥建立起調情關係，這是一種新來的人才擁有的特權，而我們兩人都是新來的，再來，我還跟HO混熟了。感覺我應該寄賀卡給那個怪獸約翰修女：「親愛的約翰修女，我在新學校過的超好，而且還找到一個我可以獻上處女之身的對象。只能說感謝妳了！」

第三章

「二五、二六——引體向上！——二八——再兩次，盡力做到最好！——二九、三十。」我整個人往後一屁股坐在腳跟上，在「燃燒脂肪」之後，伸長手臂，往前延伸，而為了「燃燒脂肪」這個奢侈的承諾，我每個月得付出美金三百二十五元。說不定我也能擁有那種修長、瘦削的身材，若是我不要一回到家就拚命往嘴裡塞食物，有時候甚至連外套都還沒脫下，就開始掠奪廚房的話。

「把啞鈴放回箱子，手握扶手，準備作小腿上提。」這總是這堂課讓我最焦慮的部分——因為我必須先把啞鈴放回去，然後以迅速但客氣的方式，來到我最喜歡的扶手位置，但我只想用手肘去撞那些慢吞吞的傢伙，不要擋我的路。「我可是要上電視的，我來這裡並不是為了健康，賤人！」最後不得已只好使出意外撞到人那招，通常我都拿來對付那些唱歌的人。你知道那種人的，一副他媽的人生多美妙，手舞足蹈地走在街上，全身散發出令人作嘔的愉悅氣息，嘴裡唱著摩城（註27）經典歌曲。我經過他們時，都會很不客氣故意用巨大的包包撞過去，享受身後傳來憤怒的「喂！」沒有人可以這麼快樂。

我在課堂上會比較溫和。我可不想改變教練對我的印象，那可是我小心翼翼營造出來的人見人愛好形象：那個貼心但有點疏離的女孩，總是會選擇針對大腿部位的高階課程，無論兩隻腳抖得多厲害。

27 Motown，美國經典唱片品牌，黑人音樂的代名詞。發行曲風多為動感舞曲。

幸運的是，當我將啞鈴放回箱子，轉身看到我最喜歡的位置還是空的。我將毛巾掛在扶手上，水壺放在地上，腳尖踮起、放下，小腹收緊，肩胛骨聚攏。

教練說：「很好，歐妮。」

接下來一個小時，我縮小腹、深呼吸、小腿收緊、舉起，規律重複這些動作。最後一次伸展，四肢就像讓我垂涎不已的泰國麵條，我跟自己爭論乾脆放棄慢跑兩英里返回公寓的想法。走到教室前方的置物壁櫥，將墊子放回去，突然瞥見鏡中的自己，看到坦克背心後方明顯鼓起的部位，不禁重新考慮慢跑的事。

下課後在更衣室，某個草率混過所有三組腹肌訓練的女孩跟我說：「妳好厲害！」

「抱歉？」我當然有聽到她說什麼。

「剛才腹肌訓練最後那段，我真的很想放棄，根本連一次都提不起來了。」

「對啊，那是我最需要鍛鍊的部位，所以我一定會把自己逼到極點。」我拍了拍自己的肚子，很驕傲能穿上特小號的史黛拉・麥卡尼和愛迪達聯名系列瑜伽褲。自從展開婚禮計畫，我的社交生活又回到高中生活等級的緊急狀態。過去幾年，我星期天都有活動，偶爾星期三晚上也會有。其他時間都在拚命健身和嚴格約束自己，體重始終維持在五十四點五公斤（如果妳身高一七八，這樣就是苗條，如果是一六〇，就是矮胖）。為了婚禮，以及最重要的，為了紀錄片，我的目標是四十七點七公斤，而且不久就必須達成這個目標，正因為很清楚這點，最近似乎食慾高漲。感覺自己就像一隻發狂的熊，正在為厭食儲存食物。

「怎麼會！」女孩堅持。「妳身材超棒的。」

「謝謝。」她轉身去開置物櫃，我看著她的背面。她上半身修長、瘦削，臀部很寬，屁股扁平。我無法決定哪個比較糟——就此屈服去參加媽媽牛仔褲之夜，或是起身反抗，過程中持續打肉毒和餓肚子。

※　※　※

回家路上，我舉步維艱，拖著腳步在西區公路旁慢跑。兩英里的路花了我二十五分鐘，雖然還包括等紅燈的因素在內，我可不想被車子輾過，但還是很可悲。

「嗨，寶貝。」路克眼睛緊盯著腿上的 **iPad**，連抬頭都懶得。路克和我剛開始約會時，聽到「寶貝」這兩個字，我的胃還會抽一下，就像去遊樂場玩抓娃娃機，竟然奇蹟般抓到一隻娃娃，爪子就這麼懸在那裡，因為大家都知道那些機器根本是騙人，抓不到娃娃的。我高中和大學夢寐以求的場景就是，某個肩膀寬闊的曲棍球員從後面慢慢跑過來，環抱著我的肩頭說：「嗨，寶貝。」

「健身順利吧？」

「嗯。」我脫掉被汗浸溼的上衣，少了 **Lululemon** 的阻隔，濕頭髮黏在後頸讓我不禁打了個寒顫。我走到櫥櫃前，拿出一罐有機花生醬，把湯匙插進去。

「再說一次妳幾點要跟她們碰面？」

我看了一眼時鐘。「一點，我要去準備了。」

我允許自己吃了一匙花生醬，再加一杯水，然後去淋浴。我花了一小時準備就緒，比我要跟路克一起晚餐的準備時間要長多了。我必須為好多女人精心打扮。路上的觀光客（事情就是這樣運作的），還有銷售小姐，通常她們一看到我皮革皺摺包上的 Miu Miu 商標，馬上就會獻殷勤。今天最重要的是那個醫學院預科伴娘，她二十三歲時曾大膽宣告，如果三十歲以前沒生孩子，她就會冷凍卵子。「高齡產婦和自閉症有直接關聯。」她吸了一口伏特加汽水，用力到都噴出一個泡泡。「這些女人全都是在三十多歲生孩子，真是有夠自私。如果在那之前無法鎖定對象，那就領養。」蒙妮卡「蒙妮」•達爾頓當時確信自己會在陷入三十危機之前鎖定對象。她從《慾望城市》結束後，就沒吃過加工的碳水化合物，她的腹部就像PS上去的。

只是從現在算起三個月後，蒙妮將成為我們之中，第一個邁入二十九歲的人，而且床上沒有個男人來一發生日炮。她的恐慌聞起來就像化學物質。

為蒙妮打扮剛好也是最有趣的部分。我喜歡看她仔細端詳著我優雅的腳踝，上面還綁著涼鞋繫繩，以及她目不轉睛地盯著我的綠寶石的模樣。她對巴尼斯精品店並不陌生，只是帳單直送到她父母那裡。一旦過了二十五歲還這樣就很不優了。通常到了這個階段，只有妳的男人和妳自己可以幫妳付帳單。特別說明，我買東西都是自己付錢（所有東西，除了珠寶）。但是若非路克，我是不可能辦得到的。因為他負擔了其他開支。

「妳看起來很美。」路克去廚房路上，在我後腦杓吻了一下。

「謝謝。」我套上白色西裝外套。時尚部落格上寫的正確折袖口方法，我永遠都學不會。

「妳們等一下要去早午餐？」

「是啊。」我把化妝品、太陽眼鏡、《紐約》雜誌——故意露出半截，這樣大家都會知道我看《紐約》雜誌——口香糖和一張我們那個膽小的印刷商製作的婚禮請帖初稿全都塞進袋子裡。

「嗨，這週——我有個客戶真的很想跟我們一起吃個晚餐，他和他太太。」

「誰？」我把袖口放下，再捲一次。

「安德魯，高盛的。」

「說不定妮爾認識他。」我笑道。

「噢，天啊。」路克臉頰鼓起，突然擔心了起來。「希望不要。」妮爾讓路克很緊張。

我微笑在他唇上吻一下。從他口氣中聞到走味的咖啡，努力不要打寒顫。努力想起第一次見到他的情景，真正的第一次：當時我還是大一新鮮人，去參加一場派對，大家都穿Seven（註28）牛仔褲，我卻穿著褲腰超緊的卡其休閒褲。路克則是漢彌爾頓大四生，但是他在寄宿學校最好的朋友卻來唸衛斯理。他們這幾年經常到對方學校拜訪，但因為我是新鮮人，所以在秋季學期的派對上，是我第一次見到他。當時路克想追妮爾，他還不知道她是超級厲害的男性雄風殺手（他的形容詞）。幸運的是，或者不幸的是，後來妮爾跟路克最好的朋友在一起，所以兩人並沒有發生什麼。當晚回到家，我還在想著路克那聲敷衍的「哈囉」，讓我頗受傷，心中開始擬定作戰計畫。我想要的男人，真正要的是妮爾，於是我仔細觀察妮爾。我學她吃東西的方式，她幾乎都會留下盤中四分之三的食物不吃（她隨時庫存一堆藍色藥丸，抑制她的食慾，即便是最具殺傷力的碳水化合物，她

28 全名為「7 For All Mankind」一般簡稱Seven，創立於洛杉磯的高價牛仔褲品牌。

都能絲毫不受誘惑），感恩節假期回家時，我還會叫媽買妮爾穿的衣服給我。妮爾教我，我以前全都弄錯了：漂亮女孩必須表現出毫不費力的樣子，自然而然就很漂亮，我在布萊德利就是犯下了致命的錯誤。妮爾好幾次出門都穿著她父親的POLO衫，配上髒兮兮的舊UGG雪靴和運動褲，素顏，只為了宣誓自己對同性的忠誠。漂亮女孩還必須擁有自我貶抑的幽默感，臉上長出膿包青春痘，還要特別指出來給大家看，還要談論拉肚子炸裂的經驗，確保其他女孩明白，她們毫無興趣當肉食女，不是那種到處招搖的小賤人。因為一旦其他人嗅到任何蓄意營造出來的機巧，他們就會終結妳，到時妳就別想得到想要的男人。就算他也想要妳，面對一窩女孩瘋狂咆哮的威力，也足以讓任何男人不顧自己錐心的渴望。

等到新鮮人日子結束時，我已經可以完全不需要解開鈕釦，就能穿脫那件相同的卡其褲，雖然還不能算很瘦那種瘦，直到大學畢業後，我才又瘦了四點五公斤，不過大學的標準沒有紐約那麼嚴苛。三月有時候，在充滿誘惑的溫暖日子，我會穿著坦克背心去上課。陽光宛若受洗的熱水，灑在我頭上，我走過麥特•寇迪身邊，他是冰上曲棍球隊員，他會用硬邦邦的老二使勁去撞妮爾的大腿，在她腿上留下紅色鞭痕，久久不散，慢慢從紫色、藍色，再變成綠色瘀痕，將近一個禮拜都消不了。他會突然停下腳步，驚嘆地看著陽光在我頭髮和眼睛迸發，倒抽一口氣，真的發出「哇」一聲。

但是我必須小心謹慎。大學是我第一個重建人生的地方，我絕不能妥協，重蹈覆轍，落人把柄。妮爾說我是她見過最淫蕩的誘惑大師，我很常跟人親熱，很常上空，不過前提是，那個人必須是我男朋友。而我甚至學會如何讓事情發生，感謝妮爾和她所謂的海明威理論。海明威通常會為他的小說寫下另一個預計要刪掉的結局，只為了對比爭論強化他的故事，因為讀者總是能直覺想像出最後一段未曾出現的幽靈結尾。當妳喜歡上一個傢伙，妮爾強烈主張，妳必須馬上找到另一個傢伙，某個總是被妳發現盯著妳瞧的傢伙，說不定就是現代美國經典文學課上，那個頭髮抹了過多髮膠的傢伙，穿著醜牛仔褲。記得對他微笑，讓他約妳出去，去他宿舍房間喝淡威士忌，聽他談論戴夫・艾格斯的小說，營造浪漫氛圍，背景還放著鳳凰樂團的呻吟音樂。躲開他的吻，或是隨性所至，持續這麼做，直到真正喜歡的傢伙聽到風聲——妳身邊竟有別的傢伙。他會聞風而至，他會像鯊魚在水裡嘗到一絲血味那樣，瞳孔張大。

畢業之後，我在城裡另一個派對巧遇路克。這次可說是天賜良機，因為我當時有男朋友，而且，老天啊，那個混蛋的體味能滲透一整個足球場。他與五月花號移民的後代可說是天壤之別，我之所以跟他在一起只因為他是唯一勇於配合我對床上要求的男人。可以給我一巴掌嗎？他會低聲說：「不夠大力再跟我說。」然後興奮地反手給我一巴掌，用力到我頭骨神經就像碎裂的霓虹，眼前一片模糊、扭曲，彷彿有人在我眼前擰一條黑色毯子，一次又一次，直到我發出可笑怪誕的呻吟。如果要求路克這樣對我，他一定會嚇死，但是我願意放棄這種對野蠻刺激的需求，換得夢寐以求的姓氏，我願意付出一切代價冠上他的姓氏，當然我永遠都分不請楚自己這種性癖好究竟是天性，或是後天培養出來的。當我終於「為了」路克跟男友分手，兩人沉醉在瞬間的自由中——就像真正的情侶，一起吃晚餐、一起回家。我們進展神速，有如天雷勾動地火，一年後，兩人開始同居。路克當然知道我是唸衛斯理，他總是說，他去學校這麼多次，竟然都沒遇到我，真是有趣。

※　※　※

「這是愛彌兒，玫瑰花水色。」銷售小姐將衣服從架上拿下來，轉過來比在自己面前，用拇指和中指拎著布料。「妳們可以看得出來它的光澤。」

我瞄一眼妮爾。妮爾，這麼多年後，依然「美豔動人」（媽的用語）。她不需要靠結婚來證明自己，像我們其他人那樣。她曾經在金融界工作，是那個樓層唯二的女生之一，所到之處，男人都會從座位上轉到她的方向，只為了看一眼這位銀行界芭比娃娃。兩年前的聖誕派對上，她那些蠢同事之一——當然已經結婚、有小孩——把她整個人扛在肩上，繞著屋子奔跑，一邊發出猴子叫，害她的洋裝裂開，露出優雅的屁股，其他人則在一旁歡呼叫陣。

「為什麼發出猴子叫？」我當時這麼問她。

「我猜是在模仿泰山吧？」妮爾的肩膀都聳到耳朵了。「他並不是最聰明的。」

她控告公司，獲得一筆金額保密的賠償金，現在，她每天睡到早上九點，先去上飛輪課，再來是瑜伽，跟我們一起吃早午餐，總是在有人拿起帳單之前，搶先付帳。

妮爾挑起一邊唇角。「那顏色像沒穿衣服。」

「到時我們會噴仿晒劑。」蒙妮提醒她。窗外的光線直接照到她臉頰上巨大的青春痘，而且上頭的遮瑕膏也太粉紅了。看來「我比她早結婚」這整件事，真的造成她很大壓力。

「午夜款的色澤很誘人喔。」售貨小姐將玫瑰花水放回架上，大力推薦另一件淺藍色的，隨著她的動作，衣袖裡滑下一只卡地亞Love手鐲。她應該是天生金髮，也許一年至少去一、兩次瑪芮．羅賓森（註29），讓頭髮看起來更金。

「有人會多色混搭嗎？」我問道。

「經常。」她使出殺手鐧。「前幾個禮拜，喬琪娜．彭博（註30）來這裡幫朋友找衣服，她們就是這樣。」她拿出第三個選擇，一件恐怖的茄子紫，然後補充道。「配得好的話，會很時髦的。再說一次妳們有幾位伴娘？」

一共七個。都是衛斯理的同學，全部住在紐約，其中兩個通勤到華盛頓特區。路克則有九個伴郎，都是漢彌爾頓的，除了他哥哥葛蘭特，以優異成績從杜克大學畢業。他們也都住城裡。有一次，我還跟路克說，我們住在這裡卻完全不跟朋友往來，根本沒有真正體驗紐約生活，實在很悲哀。這裡到處都是怪胎，再加上許許多多狂野、神祕的夜晚，等著我們去探索，而我們根本不需要它們，所以也用不著去追尋。路克說我真的很厲害，總是能把正面的事說成負面。

妮爾和蒙妮去後面房間，準備跟我展示玫瑰花水和午夜配起來有多時髦，我則從皮包撈出電話，抬到下巴高度，瀏覽我的推特和Instagram。我們的美容總監最近為《今日秀》拍了一則短片，警告大家智慧型手機上癮的危險：趕緊離開手機象限，否則會提早

---

29 Marie Robinson，紐約高級髮廊。

30 前紐約市長、富豪彭博的女兒。

出現雞脖子，因為我們老是低頭只為了看誰被婊了、誰在SoulCycle（註31）淨化靈魂。

史賓瑟跟我見面後，就開始追蹤我的Instagram。我看到她發了一張加濾鏡的相片，裡面的人我一個也不認識，但我注意到一則留言，問她要不要參加「五人之友」的活動，在賓州維拉諾瓦星巴克旁的sad pub舉辦。部分的我開始想像，若是我去的話，會是什麼狀況：我會穿著簡約的喀什米爾毛衣，手上戴著跟蟑螂一樣大的綠寶石，路克站在我身旁，全身散發出充滿穿透力的沉著自信，我也一樣。我曾費盡心思，努力想融入的地方，如今被我踩在腳底下。那些從未離開幹線區的失敗者，他們住的公寓說不定還是鋪地毯的。老天，他們會在底下竊竊私語，一半的人很生氣，一半的人很欣賞，他們口中的「你看到誰在這裡了嗎？她真有種。」都各自不同解讀。說不定經過了這麼多年，還有男人堅信我欠他一炮。距離這個活動還有幾個月，如果到時能達到理想體重，也許我會去。

我關掉Instagram，打開信箱，妮爾剛好從更衣間走出來，玫瑰花水禮服從她有如長椅般挺直的身型垂墜下來，露出整片背部，只見肌膚和脊椎。

「哇。」Love手鐲驚呼道，那可不只是為了銷售目的所做出的反應。

妮爾粗短的手指撫著胸口，指尖平得就像我們在大學早餐點的薄片披薩。我必須別過臉去。妮爾把咬掉自己的附屬器官當作運動，她的指尖被她咬得崎嶇不平，不只流血，連肉都露了出來，它們讓我想起人的身體有多容易四分無裂。「如果有強暴犯侵入妳家。」有一次，我在看《法網遊龍》，問了她這個假設性問題。「妳用那雙變成小硬節的指

31 直譯「靈魂飛輪」，美國知名健身時尚潮牌，主打單車運動和頂級客戶。

頭，是要怎麼把他的眼睛挖出來？」

「我應該會先弄把槍。」妮爾才剛發表了一半宣言，藍眼睛馬上出現警覺。太晚了，當你出現一個念頭，神經元同時亮起，話也就這麼脫口而出，根本來不及阻止。「抱歉。」她笨拙地補上這句。

「不必抱歉啦。」我把遙控器對準電視，調高音量。「不必為了『五人』犧牲嘲諷的藝術。」

「歐妮，我看起來像是穿著鮮肉作成的禮服。」聽起來也許像是在抱怨，不過妮爾卻欣賞著鏡中自己那遼闊平滑的背部，禮服顏色與她的肌膚天衣無縫融合在一起，布料遮住了她那價值保密賠償金的屁股，你根本分不清哪個部分是衣服，哪個部分是妮爾的肌膚。

「妳真要我站在她旁邊嗎？」蒙妮抱怨道，拉開更衣室簾子。蒙妮再怎麼努力，都不可能成為妮爾的好朋友。她就是抓不到重點，根本不必去拍妮爾馬屁。妮爾並不需要。

「這顏色很適合妳，蒙妮。」我故意這麼說，妮爾假裝沒聽到她的話。看著蒙妮氣鼓鼓的臉，我就是忍不住要補刀，畢竟妮爾選了我，義大利種馬，而不是她，德瑞安公主。

蒙妮大驚小怪地說：「我這樣不能穿胸罩了。」Love手鐲趕緊來到蒙妮面前——鬆垮的胸部不利銷售，在她的眼皮底下，絕不能發生這種事！——開始調整禮服，抓住部分布料。「這樣折起來，妳覺得呢?很好看吧，適合各種體型。」她最後調整的結果，讓胸部看起來就像是被吊帶壓扁。蒙妮在鏡前提起衣服下襬，胸部在布料底下顫動，活像炸彈在幾千呎底下的深海爆炸。

「妳覺得其他女孩穿這樣會好看嗎？」蒙妮繼續勸說。其他伴娘今天沒辦法來，優雅地將決定權交給蒙妮和妮爾。路克的伴郎之中有三個單身——葛蘭特是其中一個，他是會戴著雷朋偏光眼鏡，一邊跟妳說話，一邊單手放在妳背後的男人。沒人敢在禮服上過於強勢，以免危害自己在婚禮派對上的地位，錯失跟葛蘭特配對的機會。

「我喜歡。」妮爾發出宣告。她只要說出這句話就行了，而且還漫不經心的。

「還滿酷的。」蒙妮贊同道，愁眉苦臉地以各種角度觀察自己的身體。

我回去看手機，這次是檢查信箱，看到一則信件主題，完全忘了早衰雞脖子問題，剛才吃下的那一湯匙花生醬，在未好好照料的肚皮裡翻攪：五友時程更新，已讀，標上緊急紅旗。

「該死。」我碰觸一下畫面打開它。

「怎麼了？」妮爾將裙襬拉到膝蓋上，想知道變短看起來如何。

我哀號道。「他們要把拍攝時間移到九月初。」

「之前是什麼時候？」

「九月底。」

「那問題在哪裡？」要不是打肉毒，妮爾應該會皺著眉頭。（「這是預防。」她會這樣辯解。）

「問題在我一直像野獸一樣吃個不停。如果我想在九月四號準備好，現在就必須吃得像得厭食症。」

「歐妮。」妮爾雙手放在三十二吋的臀部上。「夠了，妳現在明明就那麼瘦。」如果妮爾像我這樣「瘦」，她會殺了自己。

「妳應該試試杜坎節食法。」蒙妮插話道。「我姊在婚禮前就是這麼做。」她彈一下手指。「三個禮拜內，掉了三點六公斤，而她本來就只有四十幾公斤而已。」

「凱特・米道頓就是用這種方法。」Love手鐲說道，大家不約而同沉默認同她的話。凱特・米道頓在那場備受讚美的婚禮看起來超餓

「一起去吃早午餐吧。」我嘆了口氣。這段對話讓我好希望是一個人在深夜的廚房裡，面對滿滿的冰箱，給自己幾個小時的時間摧毀它。我很喜歡路克去跟客戶應酬的那些夜晚，我會提著滿滿兩大袋從附近酒店買來的最棒碳水化合物，狼吞虎嚥吃下最後一絲澱粉殘渣，再把證據全都丟進垃圾滑槽，路克並不是聰明人。吃飽後，我會花好幾小時看色情片，而且還是那種男人對著女人大吼，要她們像狗一樣吠叫，否則就不上她們。然後在短時間之內高潮不斷，最後癱在床上，告訴自己，反正我也不會想嫁給願意在床上這樣對我的人。

※ ※ ※

我們點好之後，蒙妮去洗手間。

「妳覺得那些禮服如何？」妮爾放下一頭銀白頭髮，酒保一直盯著她看。

「妳穿玫瑰花水很好看。」我說道。「不過妳的乳頭會是問題。」

「不曉得哈里遜夫婦會怎麼說呢？」妮爾將手放在心口上，表演穿著過緊胸衣的維多利亞時期衛道人士。我未來公婆對妮爾印象非常好，他們在紐約州拉伊市有一棟簡約的

房子，很容易讓人誤解他們的身價，另外在南塔克特還有一棟夏日別墅，他戴著領結，她則留著一頭時髦的白人短髮，用絲絨髮帶挽起。我不怪他們頂著典型斯堪地那維亞鼻子，對我嗤之以鼻。不過哈里遜太太一直想要個女兒，我還是不敢相信她竟願意接受我。

「我不認為哈里遜太太有看過自己的乳頭。」我說道。「這說不定對她來說，是一堂很棒的解剖學。」

妮爾假裝扶著根本不存在的左眼單片眼鏡，瞇著眼睛。「這就是妳們說的乳暈嗎？親愛的。」她故意帶著抖音，學地鐵裡的老人觀光客。這是對老太太的刻板印象，她聽起來一點也不像哈里遜太太。我可以想像我未來婆婆的表情，如果她聽到我們喝著一杯十四塊、灑上卡宴紅椒粉的血腥瑪莉，一邊在這裡吐槽她。她不會生氣——哈里遜太太絕不會生氣。她只會皺著完美的眉毛，妮爾的眉頭絕不可能像她那樣皺起，然後嘴巴微張，發出輕柔的「噢」一聲。

媽第一次去拜訪哈里遜家，鬼鬼祟祟到處查看那些漂亮房間，還把燭台和其他一些圖騰柱翻過來，想知道那些都是哪裡買的（「Scully & Scully？那間在紐約的精品店？」「媽，不要這樣。」），就算是這樣，她始終十分有耐性。最重要的是，哈里遜夫婦負擔了六成婚禮費用。路克和我（好吧，路克）負擔三成，剩下一成由我父母支付，儘管我一直跟他們說不需要這樣，儘管事實是，就算他們堅持，支票也永遠不會兌現。身為主要出資者，哈里遜夫婦擁有絕對否決權，他們可以取消我僱用的華麗文青樂團，也可以主導賓客名單：更多戴著髮帶的六十歲女人，少一點穿著倒胃口派對洋裝的二十八歲。但是哈里遜太太只是舉起她那從未作過指甲的雙手，跟我說，這是妳的婚禮，歐妮，應該照妳喜歡的計畫進行。當初紀錄片單位找上我，我跑去找她，恐懼彷彿卡在喉嚨的祕密口袋裡，像是沒喝水就吞下逐漸膨脹緩釋的阿德拉（註32）。我的聲音沙啞到自己都覺得不好意思，我跟她說，他們要挖掘布萊德利事件的真相，講述未曾揭露的內幕、真實的故事，指出十四年前，媒體報導的錯誤。如果我不同意加入拍攝計畫，事情會變得更糟，我說出必須參與的理由，若是拒絕，他們就可以任意描繪我在其中的角色，參加計畫，至少我還有機會為自己發聲——「歐妮。」她打斷我的話，神情迷惑。「妳當然必須參與，我覺得這件事對妳來說非常重要，妳應該去做。」老天，我真他媽的厲害。

妮爾從我閃閃發亮的眼神，看出這個話題讓我很開心。「所以選午夜？我喜歡午夜。」

「我也是。」我用餐巾折成兩端又尖又翹的反派鬍子，露出邪惡的笑容。

「不要擔心新的拍攝日期。」妮爾說道，她對我的瞭解，正如路克一點也不瞭解我同樣讓我不安。

※ ※ ※

我遇到妮爾的情景，就像你在街頭藝術展意外發現一張羅柏·梅普索普（註33）的作品，價值連城的寶物竟夾在一堆垃圾爛東西之中，絕對會讓人嚇一大跳。她當時整個人癱坐在奶油田宿舍廁所牆邊，我們後來都叫奶油手，因為住這裡的袋棍球員總是對喝 Popov

32 一種安非他命衍生藥品，用於治療過動症，在台灣屬禁藥，但在美國濫用情況十分嚴重。

33 Robert Mapplethorpe，被譽為二十世紀最偉大的攝影大師之一，作品大膽挑戰禁忌。

喝到腿軟的女孩很粗暴。儘管她的嘴巴張開，舌頭乾巴巴，上面都是核准藥品級興奮劑的白色結晶體，毫無疑問地，她有一張電影明星的臉龐。

「哈囉。」我說道，抓著她那仿晒床晒出來的古銅色肩膀——如果你年輕到認為二十四歲就是老人，要爬進那些像棺材的日光燈槽裡實在一點也不難——我一直搖她，直到她睜開眼睛，露出燦爛的藍色，有如衛斯理宣傳小冊封面上的湛藍天空，他們會把它寄給有望就讀的學生。

「我的袋子。」妮爾一直在痛哭，儘管我扶她起來，一手環抱著她瘦巴巴的身體，把她拖回到我房間。途中有兩次我都必須把她丟進樹叢，跳到她身上掩護，躲避開著高爾夫球車遊蕩的校園保全史坦警官，免得讓他找到一個血液中酒精濃度高達點〇〇一或更高的新鮮人。

隔天早上醒來，我發現妮爾趴在地上，在我床墊底下不曉得在挖什麼，她的挫折感就像沉默的哀號。

「我有努力去找妳的袋子！」我辯解道。

她趴在地上，抬頭看著我，驚恐地呆住。「妳是誰？」

我們沒有找到她的袋子，不過我最後終於知道，那個袋子對她為什麼那麼該死的重要。裡面有一罐藥丸——可以幫助她睡眠、幫助她不吃東西、幫助她一整晚保持清醒，待在圖書館裡唸書——她走路的時候，會像嬰兒搖鈴玩具那樣窸窣作響。這是我們唯一不會討論的話題。

※　※　※

妮爾伸出難看的手指蓋住我指間縫隙，緊握一下我放在桌上的手，我感覺有隻小蟲卡在兩人的手之間，她把手抽回去時，我看見她手上的藍色汙漬。我將鍛鍊的藥丸放在舌頭上，喝下一大口血腥瑪莉，吞嚥、等待。就算這部紀錄片無法洗刷我過去的名聲，就算沒有人相信我的話，至少我可以拿走他們的彈藥：她只是個噁心的死胖子，沒人要的臭香爐。藥丸殘渣留在舌頭上，像是錢的味道——麝香味、粉末——我讓自己相信救贖是唯一的可能性。

第四章

來到布萊德利高中才第二個禮拜，我就必須把整個衣櫃的衣服換掉，除了那件Abercrombie & Fitch橘色工作褲，希拉蕊的讚美認證了它的浮誇。我彷彿能看到她在我房間，讚美衣帽間裡那些在中等水準商場購買的衣服。她會在一疊卡其褲中，發現一抹橘色，像是沾滿糖果的舌頭，就這麼吐了出來。「想要嗎？」我會這麼說：「拿去吧。不，我說真的，拿去吧！」

媽帶我去普魯士王購物中心，我們在J. Crew花了兩百塊買了一堆毛呢麻花針織衣。然後又到維多利亞的祕密，我選了彩虹系列、附罩杯的坦克背心。媽建議我把這個穿在裡面，可以修飾我的「嬰兒肥」，我小腹的肥肉非常頑強。最後一站是諾斯壯百貨，我們在那裡買了一雙Steve Madden木屐厚底鞋，每個薄餅沙拉派的女孩都穿這種鞋。人未到腳步聲先到，只聽她們的腳板趴躂趴躂，踩著厚鞋底走在走廊上。「真想把她們的腳板跟鞋子黏在一起。」

我哀求媽買一條Tiffany Infinity項鍊作為今天完美的句點，但她說爸會殺了她。「聖誕節再說吧。」她笑道。「看妳的成績囉。」

另一個重要改變是我的髮型。爸那邊是百分之百義大利人，媽則有部分愛爾蘭血統，希拉蕊說我可以挑染金一點的顏色。她跟我說她去哪間美髮沙龍，媽在最快預約得到的設計師之中，選了最便宜的一個。那間沙龍遠在巴拉奇伍德，根本快到費城了，所以離我們真的很遠。媽和我瘋狂迷路，等我們到那裡已經遲到二十分鐘，媽說那個沒禮貌的接待真的沒必要他媽的提醒我們三次。我很擔心會被取消預約，試圖安慰自己至少他們有看到我們從BMW走下來——這應該有加分，是吧？

感謝那個最便宜的設計師勉為其難原諒我們的遲到，結果卻把我的頭髮染成一束束厚厚的黃色、橘色和白色，每束距離我的頭皮至少二點五公分，讓我在還沒走出大門，就必須好好修整一番。媽根本不管最後結果，不顧臉皮在現場大吵大鬧，逼這間沙龍為他們的爛服務至少打了八折。然後我們開車到藥妝店，花十二點四九元買了淡棕色染髮劑，與昂貴的失敗染髮融合成一種美麗的金色，就像媽的黃銅燭台，褪色速度跟我在學校崛起又隕落一樣。我發現這頭完美金色與我受歡迎程度還滿符合的，就連維持的時間都很一致，真的。

儘管希拉蕊和奧莉薇亞對我都很友善，但她們還是很小心。於是我一直低著頭，絕不主動跟她們說話，通常她們會在走廊上，或是走出教室時跟我說話。她們沒邀我一起吃午餐，讓我有點失望，再更進一步，沒有邀我週末到其中一人的家，這也讓我很失望，但我不想過度樂觀。我知道現在是評估期，我必須要有耐性。

在此同時，亞瑟和他朋友都會找我，無論如何，跟他們在一起還滿不錯的。亞瑟有很多八卦，我不知道他是怎麼辦到的，但他總是率先放送一些他根本不可能知道的丟臉事件。他是第一個爆出高三的昌希・高登——她平時總是很冷淡，臉上永遠帶著鄙視——在一場派對裡喝得大醉，被學生會長試圖指侵，而她竟然尿得他滿手都是。當天泰迪人在派對裡，但是連泰迪都不曉得這件事。泰迪臉上有許多紅斑，一般金髮運動型男孩似乎都有，他暑假會去參加馬德里的貴族網球營，裡面全是富家年輕運動員，他的夏日黝黑膚色正來自於此。布萊德利高中沒有美式足球隊，所以足球成為學生接受歡呼和崇拜的運動，這裡並不流行網球。然而，我一直覺得泰迪應該可以讓自己更受歡迎，去參加能跟那些毛腿同桌的運動，不過他似乎很滿意現在的狀態。亞瑟、泰迪、莎拉和鯊魚，彼此認識好幾年了，儘管亞瑟的體重突然直線上升，頗令人擔心（「他以前沒這麼胖。」有次他又去拿了第二個三明治，鯊魚小聲說道），還有他臉上那一圈青春痘，都無法危及他在他們午餐桌的位置。我覺得這還滿貼心的。

而且鯊魚幫了我一個大忙，她告訴我如果我們參加一項運動，就可以避開體育課。沒有一個薄餅沙拉女孩會上體育課，那是我一週最悲慘的三十九分鐘。

「不過缺點是……必須選一種運動。」鯊魚說道，假設我們都同意會有比體育課更糟的運動，並沒有那種東西。

我在蒙特聖德蕾莎曾經打過陸上曲棍球，但我不會說自己是運動型的人。不過，我是唯一不介意體育館慢跑課的人。我從來沒跑過第一，但我似乎能一直跑、一直跑、一直跑下去都不覺得累（媽說我的好體力遺傳自她），於是我選擇加入越野馬拉松。我的決定跟教練是拉森老師一點關係也沒有，真的一點關係也沒有。

我等不及開始慢跑，剷掉我身上的嬰兒肥。我和連恩之間的曖昧迅速萌芽，減肥有助我們之間的進展，無論那究竟是什麼。連恩是打袋棍球的，那是春天的運動，所以在這個時節，他沒有隊伍可以參加，沒有那些滿身汗臭的男孩可以混在一起，他。看得出來他在舊學校應該很受歡迎，他顯然是屬於毛腿桌的一員。他似乎終究會去坐那裡，已經有許多鯊魚開始在他身旁繞來繞去，虎視眈眈，評估他究竟是獵物或是玩伴。

雖然連恩和我上同一堂化學課，他卻是二年級。他是夏天從匹茲堡搬到這裡的，他父親是很受歡迎的整形外科醫生，臉頰有做植入手術，讓他看起來有點像《星艦迷航記》裡的卡達西上校（消息來源：亞瑟）。連恩在匹茲堡是上公立學校，就連我聽到都覺得很震驚，根據目前收集到的資訊，他之前很多學分，行政單位都拒絕承認，因為那些成績「並不適用」，據行政單位的說法是「公立學校太過草率」。他在之前學校已經睡了兩個高三生，這對跟ＨＯ一樣的女生來說，會讓他更具危險魅力。而危險很吸引人。幾年前，我們才看過李奧納多・狄卡皮歐在《羅密歐與茱麗葉》裡為克萊兒・丹妮絲崩潰失控，每個人都在等待折磨自己的少女殺手，他將不顧一切、生死相許，爬到我們兩腿之間。

也許你認為，我來自天主教學校，會把處子之身留在新婚之夜，我以前確實如此，不過我更害怕的是通姦受到的懲罰，因為那會被下放到怒火地獄裡。我有機會第一手目睹虛偽的修女和神父的怒火，真不是蓋的。口口聲聲說著仁慈、接受，卻是說一套作一套。我永遠忘不了二年級的老師，凱莉修女警告大家一整天都不准跟梅根・麥奈利說話，因為她尿濕了褲子。梅根一個人坐在課桌椅前，周圍都是自己有如黃板牙般的尿液，頹喪通紅的臉上盡是羞恥的淚水。

後來我得到一個結論，如果穿著這套服裝的女人，明明就是個超級大爛人，卻堅信自己能上天堂，那麼上帝一定比我所瞭解的還要寬大為懷，一直以來，我都被教導要信仰這點。那麼若是心靈和身體上有點不潔，那又會如何？

我的守貞有更多技術上的理由——會痛嗎？會流很多血，弄得自己很丟臉嗎？要多久才不會痛？才會開始覺得舒服？還有一個最重要的因素，萬一懷孕怎麼辦？除此之外還要擔心性病問題，還有可能招致壞名聲。我從亞瑟那裡聽到，布萊德利有很多女生到處跟男生上床，卻只有少數遭到羞辱。昌希是最主要的例子，儘管她尿在學生會長手上，她畢竟有個男朋友，因此似乎沒有受到太過嚴厲的指責。聽來似乎只要我是跟自己男朋友發生關係，就能逃過輿論的譴責。無論如何，這對我來說還滿好的。我並不想避免性行為（反正我很久以前就自己找出該怎麼做了）。並不想，我希望躺在冰涼的被單上，抱著膝蓋，聽著他低聲說：「妳確定？」我會點一下頭，臉上表情雖然害怕，卻又渴望，隨著他的推進化為疼痛，代表我對他的付出，因為我的犧牲，讓他更渴望我。只要我想高潮，隨時都可以——蓋著被子，不用一分鐘——但這不一樣，重點在有個男人想要我，要我為他而痛，這才是我內心最深的想望。

※※※

布萊德利要求學生每年必修兩個小時的電腦課程，連恩一踏進狹小的電腦教室，就選擇坐在我旁邊，儘管另外兩個高三生狄恩・巴頓和佩頓・鮑威爾旁邊座位都是空的，他們都是足球場上耀眼的偶像。

電腦老師帶領我們執行一連串複雜指令，設定學校的電子郵件信箱。我正在猶豫密碼該用那隻自殺貓的名字，還是 Lithium（鋰），連恩輕推我一下，示意我看他的螢幕。我斜睨一眼。「純潔測試：一百個問題決定妳究竟是需要來一炮的老古板，還是把腳合起來的婊子。」

連恩將滑鼠移到第一題。「妳有過法式熱吻經驗嗎？」然後看著我，像是在問。「如何？」

我翻了翻白眼。「我又不是四年級。」

連恩輕笑一下，我心想，幹得好，蒂芙。

接下來還有九十九題——連恩把游標移到問題上，看著我作答。題目來到妳跟多少人上過床，連恩的游標停在「一到二個。」我搖頭，他又移動到右邊。「三到四個。」我繼續搖頭，露齒而笑，他又移到。「五個以上。」我輕輕打一下他手臂。狄恩頭轉了過來。

「我們一定要改變這點。」連恩輕聲說道，將游標一路往左滑到閃著粉紅泡泡糖顏色的選項：「處女！」

下課後，連恩趕緊要關掉那頁，狄恩和佩頓卻突然停在我們桌前，狄恩問道。「她的分數如何？」其貌不揚的臉上掛著大大的笑容。我被佩頓蓬鬆的金髮和藍色雙眸吸引，他比任何一個布萊德利女孩都要漂亮。至於狄恩，他是很高大，體格又好，只是配上那雙大耳朵和本壘板，再加上一頭土色亂髮，整個人就像生物課本上人類進化史圖像中的半猴子狀態。

「很低，兄弟。」連恩笑道。「很低。」

沒有人問我，即便我人就坐在那裡，這是我的測驗、我的分數，儘管如此，我全身還是竄過一股不明所以的興奮。不管是什麼原因，我的純潔指數很重要，表示我也很重要。

那天之後，連恩午餐時間就開始跟毛腿幫和ＨＯ坐在一起。

兩個禮拜後，已經接近十月，有一天，閃電和雷雨將所有運動隊伍逼到體育館裡。拉森老師拿到籃球場通往地下更衣室的樓梯間位置，而足球隊一進來就獨占了籃球場。那天之後，我收到了邀請。

「一次兩階。」拉森老師說道，一邊示範動作，粗壯的大腿邁開大步。然後慢跑下階梯，一邊吹哨子，我們一次兩階爬上階梯，一次又一次，汗水從頭髮滴到我們後頸。

「兩腿併攏往上跳。」拉森老師兩腿併攏跳上階梯，像一支彈跳單蹺桿。他從樓梯上轉身往下看著我們，像是在問我們有什麼問題嗎。沒人發問，他隨即吹下哨子，回頭喊「開始！」

我前面只剩一階時，抬頭竟看到狄恩和佩頓，還有幾個足球隊員，他們背倚著牆，眼神邪惡。我每跳一階，巨大的胸部都會撞擊我的肋骨，讓我像胖子一樣大口喘氣。我一點也不希望有人看到我這樣，更別說預備學校的美少年裝置藝術。

這種折磨彷彿永遠不會結束，然後我就聽到「夠了，各位」。我看到拉森老師小跑步爬上剩下的階梯，直達一樓，寬大的背擋住狄恩和佩頓的視線。他跟他們不曉得說了些什麼，在肺部吵雜的抗議聲下，我根本不可能聽見他在說什麼，但我聽到狄恩說了一句：「噢，拜託，拉森老師。」

「派特！」拉森老師揮手叫男子足球隊教練過來。「栓好你的狗。」

「巴頓！鮑威爾！」派特教練的聲音像砲彈從體育館另一頭丟過來。「給我滾回來！」

我現在離一樓只剩幾個階梯，可以清楚聽到狄恩的聲音，就好像他們直接在我耳邊說話。「有人在做記號，劃定勢力範圍囉。」

拉森老師肩膀如刀鋒聳起，憤怒地逼近狄恩，用力抓住他的手臂，我都可以看到他指節泛白。

「喂！」狄恩表情扭曲怒道。

緊接著，派特教練已經過來，在拉森老師的耳邊大吼，逐漸升高的緊張態勢瞬間消散。

「怎樣了？」我在最後一階絆倒，下巴撞到水泥地。「啊。」我哀號了一聲。

拉森老師回頭看我，臉上滿是關心，我還以為自己受傷了，只是沒發現。我拍了拍雙腳，卻沒看到受傷或流血的跡象。

「蒂芙，妳還好吧？」拉森老師過來扶著我的肩膀，不過又馬上移開，假裝抓了抓後腦杓。

我抹掉上唇的汗水。「我很好，怎麼了嗎？」

拉森老師頭垂了下來，露出豐厚頭髮中間完美的髮線。「沒事，沒怎樣。」他雙手插腰，看著足球隊員在球場上跳舞，在擦亮的硬木地板上瘋狂轉圈圈。「女孩們，我們移動到重訓室吧。」

我後來發現狄恩被罰留校察看，因為對拉森老師說了那些話。隔天，希拉蕊邀我跟她一起吃午餐。這些事件似乎都有關連，只是當時我不曉得究竟是什麼關連，但我實在太想在他們那桌獲得一席之地，讓我根本不在意。

※　※　※

亞瑟對我新自助餐廳位置非常憤怒。

「妳去參加體育活動，現在又跟HO一起吃飯。」他在英文課後痛惜地說道。「接下來咧，變成狄恩．巴頓的女朋友？」

我做出噁心的聲音，主要是噁給亞瑟聽，而不是我自己。「絕對不可能，他長得有夠醜。」

亞瑟在我之前衝上樓梯，站在上面氣喘吁吁。他先抵達自助餐廳，兩隻手用力推開大門。門咻地一聲打開，猛力撞上一張金屬折疊椅，發出匡噹一聲。「我可以把他的老二切下來，塞進他嘴裡。」門片往後撞到我的肩膀，暫時阻斷我和亞瑟。我推開門看到他還站在那裡，惡毒地笑著。「妳知道嗎？我可以說是痛恨每個人。」他停頓片刻才走開。我痛得彎下腰，但假裝自己是要把椅子移到前面撐住門，因為歷史老師哈洛德先生總是會搖一搖門閂怒道。「該死！」當他放開以為自己已經修好它了，結果門卻挑釁地啪一聲關上。「如果發生火災，這會助長火勢的！」他警告周圍那些根本沒在聽他說話的學生，然後用椅子撐住門，好讓它保持敞開。我抬頭一看，希拉蕊正在餐廳另一頭朝我揮手。「芬妮！芬妮！」她們突然開始這樣叫我。我臉上馬上綻放笑容，循著自己的新綽號走去，活像一隻新生旅鼠。

※ ※ ※

「我九點三十分來接妳。」媽打入P檔，車子咻地往後搖晃一下。引擎警示燈已經亮一個月了。修車師傅跟媽說，要讓那個燈熄滅得花八百塊，她回他，你以為我昨天才出生嗎，但他只是重複他的話。「妳真的要趕緊修好。」他說道，結果是媽自己的臉紅地像車子。

我從未獨自參加過舞會，一想到走進體育館卻發現身邊沒半個朋友裝飾，就讓我對莉亞更加厭惡。不過幾個小時前，希拉蕊和奧莉薇亞才在午餐時間問我要不要參加秋季星期五舞會。

「我沒預計要參加，但是……」我屏息說道。等著她們其中有個人接上我的話，邀我去她華麗的家，磚牆上爬滿藤蔓，我們可以一直試衣服，一件試過一件，不斷否決，直到滿地都是衣服，毛衣袖子和褲子在地上扭得亂七八糟，就像粉筆劃上輪廓的屍體。

「妳應該參加的。」希拉蕊努力讓這句話聽起來像警告。「好了嗎？莉芙。」她們站了起來，我也跟著起身，儘管面前還剩一半薄餅，而且我肚子還想吃更多。

我不能穿這樣去參加舞會，而且那天有越野馬拉松練習，若要回家換衣服再趕回布萊德利，根本是不可能的任務。所以我跟拉森老師說我身體不太舒服，他叫我快點回家休息，和善的模樣讓我都不好意思直視他。我並不想對拉森老師說謊，但我也覺得這實在太不公平了，除了媽之外，沒有其他人可以跟我一起讚美我的坦克背心和牛仔裙，而我有權用盡一切力量改變這點。

「妳看起來很漂亮，甜心。」媽補充道，我的手指還放在門把上。有一刻，我突然好想趕緊離開停車場，我們可以一起去Chili's吃蘑菇和朝鮮薊餡餅。我們總是會點蜂蜜芥末沾醬，而且要另外放，服務生都會覺得我們很奇怪。

「我們應該太早到了。」我故意自信滿滿地說，讓媽知道我不只是在拖延時間。「我們是不是該再多繞一圈。」

媽甩一甩衣袖，把手錶露出來。「已經七點四十五了，一般來說，遲到十五分鐘還滿剛好的。」

*如果妳不去，情況會更糟。*在我自己都沒意識到的時候，門把已經拉開了，我用Steve Madden的厚木屐底把車門推開。

※ ※ ※

TRL（註34）十大金曲震翻體育館，再加上耀眼的粉紅、藍、黃頻閃燈，鐳射光跟著節奏移動。我得想好策略，必須在有人發現我一個人之前，迅速鎖定一個團體，加入他們。

我看到鯊魚，她跟幾個劇場小子一起在彩虹光舞池外。

「嗨！」我擠到他們身邊。

「蒂芙妮！」鯊魚的瞳孔在視角邊緣陰影搜尋獵物。

34 Total Request Live（1998-2008），廣受美國青少年喜愛的MTV現場節目。

「有什麼新鮮事嗎？」我喊道。

鯊魚突然長篇大論批評起那些跳舞的人（「根本只是想空幹而已」）但又補上，她會來這裡是因為亞瑟說不定能幫我們弄到大麻。我發現突然很希望能像她那樣，眼睛長在側面，就可以不經意掃視舞池裡的人，又不至於太明顯，被她發現我只是暫時找她說話而已。

「妳怎麼會不喜歡跳舞呢？」我示意她看看四周圍，只為了有機會掃過群眾。花了我五秒鐘，沒看到希拉蕊或奧莉薇亞，或連恩，或任何毛腿幫的人。

「如果我像妳這樣，就會下去跳舞。」鯊魚的眼睛停留在我處在危險邊緣的牛仔裙襬。自從參加越野馬拉松隊，我的體重在三個半禮拜內，掉了二點七公斤，所有衣服都變鬆了，讓我很得意。

「我還是很胖。」我翻了翻白眼，其實超開心。

「喲、喲、喲。」亞瑟巨大的身軀擋住我的視線，讓我氣到忘了他之前的宣告究竟有多傷人。「妳是想表演給聖靈看，要怎麼保持距離跳慢舞嗎？」

我怒道。「他們根本不會這樣，你知道吧。」剛開始，我並不在意亞瑟對蒙特聖德蕾莎和所有天主教矛盾的執迷，反正那可以製造一些話題。現在我只希望他別再提了，但他就是不肯放手。聽來似乎是無傷大雅的戲弄，可是在我眼裡他真正的目的卻是：故意把焦點放在我身上，提醒每個人——提醒我——記得自己的底細。

「問題是妳們真的可以跳舞嗎？」亞瑟緊咬不放，在體育館霓虹燈下，他看起來就像冒出水珠的水果潘趣酒。亞瑟總是在流汗。「那不是惡魔的消遣嗎？」

我不理他，稍微移動讓視線可以繞過他。

「HO沒來。」亞瑟說道

我往後退，就好像被他打了一拳。「你怎麼知道？」

「因為只有魯蛇才會參加這種活動。」亞瑟露齒而笑，肥臉頰閃著勝利的油光。

我掃視整個空間，搜索證據證明他是錯的。「泰迪在這裡。」

「泰迪只是想有人吹喇叭。」我隨著亞瑟的視線看到泰迪和莎拉，兩人在舞池裡，骨盆像家政課的縫紉作業，根本是黏在一起。

我不想讓亞瑟看到我的眼淚，喃喃說著要去洗手間，不理會他在背後叫我，堅持他只是開玩笑罷了。我在體育館轉了個彎，一路上都在對自己精神喊話。他們會來、他們會來。

我走到通往更衣室的樓梯口，看到正從洗手間出來，走上樓梯的人，整個人呆住，停下腳步。

「好點了嗎？」拉森老師穿著牛仔褲，我沒看過他穿牛仔褲。他站在離我幾個階梯下，我趕緊雙腿交叉，擔心從他站的地方，一抬頭就會看到我的裙子。

「一點點。」我故意發不出聲音，像生病的人那樣，讓他只看到我的嘴脣在動。

「別裝了，蒂芙妮。」拉森老師語氣滿是譴責，標準大人口吻，讓我怒火中燒，就像一般青少年：竟然這樣針對我？「妳知道不可以蹺掉練習的。發生什麼事了？」

我知道只要騙他生理期來了，他就會放過我，可是一想到要跟拉森老師談生理期，就讓我想吐。「我先前真的身體不舒服，但已經好了，我發誓。」

「好吧。」拉森老師微笑，雖然不是很真心。「很高興妳奇蹟式復原。」

「芬妮！」聲音從背後傳來，讓這個夜晚變得截然不同。希拉蕊的裙子短到我都能瞥見她櫻桃紅內褲。希拉蕊的穿衣風格正是我訓練自己要避免的，但是她之所以這樣穿，應該是為了反叛，而非習慣，不過真的超適合她的。

「快來。」她桃紅色指頭朝我勾了勾。

「妳們要是離開學校範圍，我就必須通告妳們父母。」拉森老師的聲音現在已經很接近了，我回頭看到他只距離我一個階梯。

「拉森老師。」我張大眼睛看著他。「拜託，不要這樣。」

我們依稀聽得見體育館舞池傳來糟糕的音樂聲，拉森老師嘆了口氣說他從未看見我在這裡。

※ ※ ※

一台藍色林肯Navigator停在路邊，引擎還在運轉。車門打開，我看到裡面坐著三排毛腿幫的人，包括狄恩和佩頓，奧莉薇亞開心地坐在連恩腿上。我的胸膛湧起一股嫉妒。不過是因為車子滿了。

希拉蕊坐進去，拍拍自己的腿。「坐在我腿上。」她開心地說道。其實只要擠一下，還是坐得下去，不過等我把自己縮成L型，貼在她身上，我聞到琴酒的味道，她應該是喝多了。

我問大家。「我們要去哪裡？」

「祕密基地。」開車的人從後照鏡跟我四目交接。戴夫是高年級生，他的手臂超細，而且沒什麼體毛，讓我這種一身毛的義大利女孩很嫉妒。他們私底下都叫戴夫榔頭，他就是個工具人，但是車子在高中可是很搶手，而他正好有一台。

祕密基地其實就是一塊獨立空地，就在馬路和布林莫爾學院宿舍之間，四周布滿四照花叢，短暫的花期還要大半年才到，還有密密麻麻的野生楓樹林。布萊德利人好幾年前就占領這塊地，大家會在那邊喝便宜又大碗的廉價酒，偶爾上演吹喇叭秀。

走路其實也很快。直接穿過壁球場後面樹叢和荒涼的單向道，五分鐘就能到那裡。但是戴夫繞過布萊德利校園，找了個地方停車，再從繁忙的街道，走好幾百英呎來到雜亂的森林路口。我們陸續下車，大家都跌跌撞撞、不斷嘻笑，聚集在路邊。狄恩走在最前面，幫我引路，儘管路就這麼一條，而且很爛，兩旁都是樹木，從盡頭狹小的遠景看過去，我發現遠方角落有棵樹樁。我迂迴向前朝它而去，拍了拍表面，確定它是乾的才坐下。

狄恩從口袋拿出一瓶啤酒。「我不能喝。」我說道。

光線太暗，我看不清狄恩的表情，不過他就矗立在我面前，挑戰地問。「妳不能？」

「我媽一小時後會來接我。」我解釋道。「她會聞到。」

「遜。」狄恩打開拉環，在我旁邊坐下。「我爸媽下禮拜不在，我邀了一些人來家裡。」路過的車燈照到我們的遊樂場，剛好能讓狄恩看到我的微笑。「酷。」

「不要跟ＨＯ說。」他警告道。

我想問為什麼，可是佩頓晃了過來。「喂，你們剛好坐在芬勒曼幫那個小基佬吹喇叭的地方。」

狄恩打了個濕嗝。「幹！滾開啦。」

「我是說真的，奧莉薇亞看到他們在這裡。」佩頓大聲說：「莉芙，妳是不是有看到亞瑟在這裡幫班・韓特吹喇叭？」

黑暗中傳來她的聲音。「超噁的！」

我撫摸平滑的木頭表面，心想那個電鋸肯定很銳利，才能把這棵樹切成如此平整。我心中有許多疑問，可是如果亞瑟比我想像得還要邊緣人，那我並不想把注意力扯到我跟他的關聯。這是很嚴重的指控。「誰是班・韓特？」我問道，試圖拖延時間，好讓我有機會消化這個新資訊。

狄恩和佩頓相視大笑，狄恩一手摟住我的肩膀。「不過是個小基佬，曾經在這裡劃開他那小巧可愛的手腕。」

佩頓靠上前。黑暗中，我調整焦距，發現他的臉靠得非常近。「很可悲，他自殺沒成功。」

「很可悲。」狄恩一手推開佩頓。他往後退，手上的啤酒掉在地上。啤酒罐邊滾邊發出嘶嘶聲，佩頓喃喃咒罵了一聲，趕緊去追它。

「他怎麼了？」我問道，希望自己的語氣沒有聽起來那麼震驚。

「噢，芬妮。」狄恩搖了一下我的肩膀，比我預期的還用力，讓我咬到舌頭。「妳覺得他很可憐喔？」

我吞一下口水，嘗到一絲自己的血。「沒啊，我又不認識他。」

「不過，我可以確定他男朋友很難過。」狄恩喝了一口啤酒。「小心那傢伙，亞瑟。他整個人毀了。」他的手掛在我肩上，不經意刷過我的乳頭。「不要忘了星期五，」我們的祕密讓他的嗓音變得低沉私密。「不要告訴希拉蕊和奧莉薇亞。」

我竟然蠢到照他的話去做。

※　※　※

我搭計程車去參加狄恩的派對，這個司機很有耐心，一點也不像我現在遇到的，通常我上班快遲到都會搭計程車，他們會飆車衝下西區公路，另外，晚上工作超過八點，我也可以報銷計程車費。他默默、驚訝地看著我將一堆硬幣放在他掌心，包括一張十元鈔票、九張一元、十一個二十五分、六個十分和一個五分，總共二十二塊四十分。這是我從學校搭計程車到狄恩位於阿德莫的家所需的車費。也是我喪失尊嚴所需的費用。

我下計程車時，太陽已經沒入樹林後方，我一邊肩上背著運動袋。身上還穿著汗溼的運動服，狄恩說我可以在他家淋浴。我超怕有人會闖進來，發現我身體的祕密，看到我的身材，所以狄恩一帶我到有獨立衛浴的客房，我隨即以最快速度進去。

我梳著新染的金髮，眼睛盯著吹風機幾分鐘。我在好幾年後才學會怎麼「整理」我又多又捲的頭髮，原來只需要圓梳和直髮夾，就能讓它們好好聽話。幸運的是，千禧年初期，很流行略顯凌亂、高高綁起的馬尾，於是我直接把溼髮綁起來，在下巴和鼻子擦上倩碧遮瑕粉底，再刷一些睫毛膏，一切就緒。之前求媽給我錢買內衣，就是為了這種特殊狀況，我故意把原本的內褲剪壞，再跟她說是因為跑步讓它們脫線。我在諾斯壯內衣部門買下我看到最性感的款式：三件豹紋絲質比基尼內褲。回家試穿後，發現褲頭蓋到我的肚臍——那時還沒有塑身衣，真的——但我只是聳聳肩，把它們拉到髖部，材質和花紋才是重點。沒有什麼比急著經歷性行為儀式，卻不懂性為何物的青少年更可悲了。

「嗨喲！」我踏進廚房，狄恩馬上跟我擊掌。他和佩頓還有幾個傢伙，圍著花崗岩中島，他們全都是足球隊隊員，大家正努力將二十五分錢硬幣從桌面彈進啤酒杯裡。我是屋裡唯一的女生。

「芬妮，插花一下吧。」狄恩吻一下硬幣。「妳是我的幸運符。」

佩頓跟他隊友小聲說了些什麼，他們大笑。我知道跟我有關，也許是粗俗跟性有關的內容，我的自尊心讓我漲紅了臉。

我根本不懂技巧，只知道利用動量一瞬間，我將硬幣靠近自己，正面朝下，用力敲一下花崗岩流理台。硬幣高高彈了起來，快速旋轉，鏗一聲跳起玻璃杯裡，啤酒激起憤怒的泡泡。

眾人一陣歡呼，狄恩又跟我擊一次掌，兩人手掌碰觸那一瞬間，他粗壯的手指一把扣住我的手，把我拉向他，用力抱住我，我都聞得到他身上刺激的體香劑，他平常練習完應該只噴了一大堆這個，然後乾脆不洗澡了。

「他媽的讚啦！」狄恩對著敵方大聲怒吼。

佩頓的藍眼睛看著我，讓我全身起了一陣暖意。「有夠棒啦，蒂芙。」

「謝謝。」我笑得嘴巴都裂到耳朵。狄恩給了我一瓶啤酒，我拉開拉環，把帶點酸味、冒著氣泡的液體灌進空腹中。我當時並沒有少吃一餐的習慣，可是那天晚上我實在被沖昏頭了，興奮到毫不費力就放棄晚餐。

我感覺有兩隻手在捏我的肩膀，而且有點太久了。連恩微笑環抱我肩膀，我沒穿鞋，剛好到他腋下，感謝老天，他沒有狄恩的味道。「看看妳有多小隻。」他說道。

「才沒有！」我抗議道，根本樂昏頭了。

連恩喝一口啤酒，看著我頭頂，不知思索什麼，然後又看著我。「陽台有個桌子超適合玩啤酒乒乓。」

「我真的很會玩啤酒乒乓。」我說道，往他身上靠過去，他的側面是精瘦的年輕男孩肌肉。

連恩又喝了一口，這次他把整罐喝光。他放下罐子，發出啊一聲。「女生怎麼可能很會玩啤酒乒乓。」他大聲宣告，跟著我一起走到落地窗，我赤腳踩在有點濕滑的陽台甲板上，可是我並不想回屋子找鞋子穿，說不定一走開，連恩就跑去找其他隊友了，我可不想冒險。

狄恩和另外幾個人跟著我們到外面，隊伍和規則都確定之後，連恩和我對上狄恩和佩頓。可以用拳頭敲桌子，也可以直接用硬幣鏟，輸的人一次喝兩杯。五分鐘後，連恩和我贏面越來越大。

狄恩和佩頓沒多久就追上我們。每次輪到我拿起紅色塑膠杯，喝下一口啤酒，我的意識就更模糊一點。最後佩頓和狄恩擊敗了我們，我以為遊戲就這樣結束，我們可以走開了，但連恩說以他家鄉傳統，為了展現運動家精神，必須喝掉最後一杯，剛好換我，於是我乖乖喝下剩下的酒，有一陣想吐的感覺。

「哇靠！」狄恩拍手叫好，接下的話有些消散在十月嚴寒的空氣之中，剩下的穿過黑夜——「沒看過女生這麼豪氣的。」這些話的效果就像英文科拿到A，讓我自豪到不行，幾年後，我得到一份在華麗高樓上班的工作也有相同感覺。跟他們混在一起的小女孩是誰啊？我得意地微笑，知道那是在說希拉蕊和奧莉薇亞。我大方接受連恩沒有味道的腋下，整個人重重靠過去，讓他差點站不穩。

「喝慢點。」他說道，不過他也放聲大笑。

後來我們回到室內，盤腿坐在地上，圍著客廳桌子，繼續玩硬幣遊戲。只是這次換威士忌，我每喝下一口，喉嚨就像被燒灼。狄恩說了一些很好笑的事，讓我笑到倒下去。連恩——不，等一下——佩頓坐在我旁邊，他撐著我坐起來，勸我不要再玩下一輪了。我的視線越過他，找尋連恩。我想要連恩。

「她沒事。」狄恩繼續在杯裡添酒。

有人說佩頓沒種，他說：「看看她現在這樣，我可不想占她便宜。」

他應該是這麼說，後來我睡著了。因為接下來我只知道自己躺在客房地板上，身旁放著我的運動袋。我痛苦呻吟，抬起頭來，有個男孩在我兩腿之間同樣抬起頭來。佩頓。他撫摸我的大腿，又回去做他正在做的事，不管那是什麼，以為這樣會讓我好過點。我完全沒有感覺。

門外傳來動靜，有個人把頭伸進來要佩頓快點，說什麼要去哪、做什麼事。我累到連遮住自己的力氣都沒有。

「我快好了。」佩頓怒嗆，有人大笑，然後門就關上了。

「我必須走了。」看著他漂亮的臉蛋在我兩腿間，腦子突然興起一絲絲希望，說不定我也可以跟連恩這樣，但隨即細細抹去。「有機會再一起出去玩，好嗎？」

我睡著了。

「喔、喔。」我發出呻吟，睜開眼睛，確認痛苦的來源。連恩，就是他。他的臉就在我上頭，痛苦地扭曲，他上半身沒有動，但臀部卻壓著我的，而且越壓越近，附帶極度掙扎的節奏。

我趴在客房浴室馬桶上，冰涼的磁磚就在我的膝蓋下。我吐血了嗎？為什麼馬桶裡有血。

事件發生後幾個月，我才能停止欺騙自己，終於承認我成為媽媽們跟女兒們說的警世故事主角，我假裝自己只是在火車停在布林莫爾站前睡著而已。接著我一路搭著R5到費城，抵達之後再打電話到學校。「噢，我的天啊！我在火車上睡著了，醒來就在市中心了。」

「糟糕。」鄧恩太太沙啞的聲音說道。她是馬校長的助理，已經做很久了，是個超級大菸槍。「妳還好嗎？」

「沒事，但應該趕不上前兩節課。」我說道。

鄧恩太太犯了個錯，她聽起來絲毫沒有懷疑，反而非常關心，於是我並沒有搭下一班R5繞回幹線區，而是在三十街車站閒晃。我找到一間中菜自助餐，即便現在早上十點不到，看著那一排排靜靜躺在那邊，油亮的肉和蔬菜，我實在招架不住。我盛了一整盤，拿起塑膠叉子，把它們塞進嘴裡，咬下一口神祕餡餅，裡面的食物爆開，一種鹹鹹的化學素肉讓我差點噎到。

彷彿那晚最後一輪，我第三個嘗到的味道。沉澱在我舌頭那團惡臭、苦冽的味道，伴隨著男孩狂喜的呻吟。

※ ※ ※

等我醒來時已經是早上，躺在陌生房間床上，太陽有如飛行路線般灑落下來，溫暖又貼心，就跟我一樣，在醒來那一剎那完全忘記自己前一晚的悲劇。

我聽到身後有些動靜，回頭之前，我好希望那人是連恩，這樣我還可以接受，但明知根本不可能。然而在那麼多人之中，偏偏就是狄恩。他赤裸著上半身，露出精瘦的身材，有一瞬間我還以為自己要吐在上面。

他嘟囔一聲，摩擦自己的臉。「覺得如何啊？芬妮。」他用手肘撐起上半身，低頭好奇地看著我。「因為我覺得糟透了。」

我這才發現身上還穿著維多利亞的祕密的坦克背心，但只有那件。我坐起來，把被子拉到胸前，環顧整個房間。「呃，你知道我的褲子在哪裡嗎？」

狄恩大笑，好像這是他聽過最好笑的事。「誰知道啊！妳大半夜都沒穿褲子走來走去啊。」

狄恩說的一副這只是我們那場狂野派對另一樁無傷大雅的趣事，就像某個高年級宣布要回家，結果隔天早上，所有人卻發現他根本昏死在車道上的車裡，鑰匙還插不進鑰匙孔。或是半夜大家吃三明治，有個足球隊傢伙竟忘了把火雞肉放進三明治裡，結果變成在吃美乃滋三明治。因為實在太好笑，所以應該傳唱下去：蒂芙妮爛醉到沒穿褲子走來走去好幾個小時！

我睡著的時候，人生發生劇烈轉折，但是狄恩看我的樣子，就像我們是後派對天啟夥伴，相較於另一個我經歷的真實世界，我實在難以抗拒現在這個，於是我虛弱地笑著接受了。

狄恩給了我一條毛巾，帶我到客房。我在那裡看到我的褲子變成一團豹紋小球，被丟在梳妝台旁。我把它掃進背包裡，刻意忽略上面的血跡。

第五章

「噢，拜託。沒有人要吃？」《女性雜誌》主編就像穿著 Phillip Lim 的餐桌轉盤，上頭擺著一盤馬卡龍要給辛苦耕耘、營養不良的編輯吃，只是轉了一圈，卻沒有一個人要吃。

「我禁糖。」我趕緊辯護道。

潘妮洛普「蘿蘿」文森將托盤放在辦公桌上，癱坐在椅子上。她朝我揮揮手，指甲塗著壞疽的顏色。「廢話，妳要結婚了。」

「好好好，我來犧牲！」愛麗兒・佛格森是我們的助理編輯，很貼心的人，對自己穿八號的身材毫無認知。她上前挑了一塊甜點，看著在她指間的粉紅馬卡龍，粉紅到我都覺得怪怪的。*啊，愛麗兒，我真想傳訊息給她，蘿蘿是要給厭食編輯吃的。*

蘿蘿吃驚地看著愛麗兒張口吃下兩百卡垃圾卡路里，所有人都屏息幫她捏了把冷汗。艾麗兒開心吞下甜點。「真好吃！」

「*是啊*。」蘿蘿拉長尾音，活像被打亂計畫的母雞。「好了！今天有什麼要給我看的？」她今天穿 YSL Tribute 羅馬鞋，她鞋跟一踩，將椅子轉了半英吋，雷射般的視線盯著艾蓮諾。「塔克曼，妳先來。」

艾蓮諾用手腕迅速把落到肩前的金髮往後一甩。「前幾天我跟歐妮聊天，她提到有個在金融界工作的朋友，在那個產業，至今都還存在驚人的性騷擾惡習。」她朝我點一下頭。「是吧，歐妮？」我緩緩回她一個微笑，艾蓮諾才繼續說下去。「歐妮和我談到，我們花了那麼久的時間才認知性騷擾是不對的，也開始教育民眾瞭解。這是很棒的事。不過我們卻同時對相關議題非常黑白分明而熱衷，現今流行文化，處處可見猥褻的幽默——特別是從女人口中說出來。甚至連女人說話和開玩笑的方式都受到影響，導致某些遣詞用句的界線越來越模糊，什麼會讓女人覺得不舒服，什麼是不能接受的，甚至在職場上違法的？我很想做一篇檢驗什麼是性騷擾的文章，在這個口無遮攔的二〇一四年。」

「真迷人。」蘿蘿打了個哈欠。「標題呢？」

「這個嘛，呃，我想用『二〇一四年版的性騷擾』？」

「不。」蘿蘿細細檢視她的指甲。

「關於性騷擾的趣味真相。」

蘿蘿把椅子轉到我的方向，輕快地一笑。「不錯，歐妮。」

我瞥一眼腿上的筆記本，咬牙看著上面那幾個字。「關於性騷擾的趣味真相」全部大寫，把我對此所有的研究撇到一邊。「最近有一本很棒的書要出版，我們可以把它放進這篇報導，作者是兩位哈佛社會學教授。明確指出流行文化對職場的影響超乎我們理解。」這本書的校樣已經在我桌上，要跟蘿蘿提出這個想法之前，我事先跟出版商要了樣書讀過。

「很好。」蘿蘿點頭。「記得把資訊傳給艾蓮諾，如果她有任何需要，盡量幫她。」她額頭血管不停跳動，像是文字上的憤怒心。「任何需要。」我一直都在納悶，蘿蘿是不是比看起來的知道更多。她其實很清楚艾蓮諾是個了無新意的庸才，只會逢迎拍馬。艾蓮諾出身西維吉尼亞州的無名小鎮，喔，那只是她搬來紐約之前住的地方。她很有毅力，至少我肯定她這點。我們其實有很多共通點，但就是和不來，甚至明爭暗鬥，我思考過為什麼會這樣。我們同樣都是努力爬到現在的位置，儘管毫無背景，所以我們都很害怕哪個人會被擠掉。

「好了——」蘿蘿敲著椅子上的扶手。「哈里遜太太，妳要給我什麼呢？」

我調整一下坐姿，把備案告訴她，本來想在提出實際提案前，先用這個讓氣氛輕鬆一下，很棒的掩護，一旦她開心買單，我再說出真正想做的。開會前，艾蓮諾總是會先跟我討論本次主題，確定內容順序，正經的和噁爛的比重。她通常會拿走我最犀利的想法，當作是自己的提出來，我都還在努力處理這個半成品，結果就這麼被她掠奪、重塑所有素材，變成足以贏得美國雜誌編輯學會的報導。「美國運動協會最近調整了某些活動消耗的卡路里數字。」我開口道。「性行為也在其中，幾乎比十二年前制定的數字還要高出一倍。如果我們能寫一些性行為健身之類的文章，應該會滿有趣的。讀者可以戴著Jawbone手環和心跳監視帶，實際評估過程中究竟消耗了多少卡路里。」

「太棒了。」蘿蘿轉頭看著執行編輯。「可以把十月的『Dirty Talk』擠掉，改成『性健身』嗎？」對方還沒回答，她就對數位總監喊道。「先把數位封面準備好，馬上測試。」她收起下巴看著我。「幹得好。」

※ ※ ※

艾蓮諾跟著我回到座位，活像一隻懺悔的小蚊子。不，她實在太瘦長，不會是隻小黑蚊。比較像那種更大的蚊子，吸了我們的血之後，還想吸更多。「希望妳不要介意，我剛才在會議上提到妳朋友的狀況，我知道那是私人的事。」

我桌上電話亮起紅燈，表示有語音留言。我稍微拉高長褲才坐下——過去七天我都在實行杜坎節食，現在坐下的時候，裙頭和褲頭都會鬆到皺起來。每當睡不著時，腸胃不停翻攪，腦袋裡都是失眠夜晚看著環法自由車賽的記憶，我會從衣櫃翻出一疊褲子，站在浴室鏡子前，一件換上一件，不可思議地看著自己完全不必解開扣子，就能穿上二號的褲子。帶著這小小、私密的勝利爬回床上，幾乎足以彌補路克把沉重的手臂放在我二十六吋腰上，再加上還得忍受他在深夜呼出令人不快的燒灼呼吸。當年我們約會時，他的口氣有那麼差嗎？應該不可能。我不可能愛上口氣這麼差的人。應該是有原因的，也許是他的扁桃腺。早上再跟他提這件事，這可以解決的，所有事都是可以解決的。

我親切地說：「當然不會，艾蓮諾。」

艾蓮諾靠著我的桌子，她穿著白色寬褲。「我喜歡妳的褲子。」她進辦公室開會時，囉囉這麼說，所以現在很不幸地，我知道她高潮的表情了。

「她會不會想談一談她的故事呢？」

「也許。」我說道。桌上躺著一枝筆蓋沒關上的藍色原子筆，我用手肘慢慢把它推向艾蓮諾的褲子，直到筆尖輕擦過艾蓮諾褲子的縫線。我始終跟她保持視線接觸，順從地保證今天下午就會問她。

艾蓮諾的指關節輕敲我的書桌，嘴巴張開，但不是微笑，而是一種安撫的假笑。「說不定我們可以把妳的名字放在這篇報導的附加列名，如果可以的話，對妳來說就太好了。」實習生才會附加列名。我寫的那篇關於生育控制和血栓的文章，去年被美國雜誌編輯協會提名年度報導，這件事艾蓮諾永遠不會原諒我。她的屁股離開我的桌角，我欣賞著自己的成果，油性筆曲線看起來就像她外側大腿的靜脈曲張綠色血管。

「真是太好了。」我附和她的話，我終於真心露出微笑，艾蓮諾用嘴型說「謝謝妳」，雙手合十走開，一副我真是個貼心的好人。

我勝利地拿起電話，撥了我的語音信箱，聽完路克的留言再掛斷回撥。

「嗨。」

我喜歡路克在電話裡的聲音。彷彿他雖然很忙，但很開心也很自信能抽空跟我說一些事。是我逼他訂婚的——用很惹人厭的方式逼迫。我收到HBO製作人那封電子郵件，已經是一年前的事了，問我是不是要參與那部紀錄片拍攝，暫定名為五個朋友。我並非那五人的朋友，但這是可以讓我為自己發聲的機會，以我的角度來訴說這個故事——這點讓我垂涎。不過如果我決定要做這件事，就必須做對。如果沒有萬全準備，我是不會在攝影機前賣力演出的，確認完成所有「完美人生」熱門競爭項目：很酷的工作、讓人眼睛一亮的郵遞區號；瘦巴巴的身材，以及最重要的一點——金龜婿。跟路克訂婚能讓我的崛起無懈可擊，一旦嫁給路克・哈里遜四世，我將變得無敵。我不曉得幻想過多少次，在鏡頭前述說自己的故事，伸手拭去一滴優雅的眼淚，就讓綠寶石戒指象徵我的得意洋洋。

路克和我在訂婚前，已經交往三年，當時我愛他，而且時間也到了。時間到了，這就是我對路克的說法，有一天晚餐，我很嚴肅地跟他這麼說：「我想等明年紅利下來再說。」當時他這麼說。不過最後他還是投降了，把他媽媽的戒指套在我小小的指頭上，於是我欣然同意加入紀錄片拍攝。我知道自己不該落入這種一定成為某個人的古老窠臼，只要手上沒有套上戒指就不算真正「成功」。去他的《挺身而進》（註35）巴拉巴拉，我的人生應該不只這樣，應該作一個更有自信的女性。但我不是，好嗎？我就不是。

「今晚跟我客戶一起吃晚餐，妳覺得如何？」路克問道。這件事他安排了一個禮拜。我還在杜坎減肥法的「衝刺期」，再過兩天，我就可以吃一些特定蔬菜。想都別想吃綠色花椰菜，死胖子。

我緊握一下聽筒。「過幾天可以嗎？」

耳邊只有路克的樓層傳來有如兄弟會男孩的叫喊聲。

回到我們剛開始約會時，我超怕讓路克見到媽。因為她一定會鼻翼抽動──沒錯，真的嗅得出來──她會叫我蒂芙，還會問路克賺多少錢，到時就沒戲唱了。路克會瞬間清醒過來，明白我只是那種在酒吧認識的女孩，上過幾次之後，他會愛上一個天生金髮的女孩，有個中性的名字，還有一筆穩定的信託基金。然而，讓我驚訝到不行的是，就在我們跟狄娜和巴比・法納利一起晚餐後，回到他的公寓，他緊緊抱著我，滾到床上，一邊親我，一邊說：「不敢置信竟然是我拯救了妳。」說的一副我身上流著大量藍血。一大

35　暢銷書。作者為臉書營運長雪柔・桑德伯格，以自身職場生涯鼓勵女性勇敢追求自我實現。

堆翻垃圾的在我面前排隊，爭先恐後要把我娶回家，好把我身上的垃圾味消除。

「沒關係。」我說道。「今晚沒問題。」也許吃點綠色花椰菜會有幫助。

※ ※ ※

晚餐前，我來到時尚衣櫥。我身上穿的衣服還不夠醜，越醜、越潮越能顯現出我是雜誌編輯，越能震懾人。

「這件？」我拿出一件寬鬆的 Helmut Lang 洋裝和皮夾克。

「妳當現在二〇〇九年啊？」艾文嗆道。拜託，機歪ＧＡＹ時尚編輯真的是基本配備。

我嘟囔道。「那你選。」

艾文的手指掃過一整排衣服，每個衣架在他指頭下活像鋼琴琴鍵，最後終於停在一件 Missoni 條紋上衣和圓點短裙上。他回過頭來，視線越過他那皮包骨肩膀，不爽地盯著我的胸部。「算了。」

「去你的。」我靠著配件桌，朝一件花朵圖案的襯衫式洋裝點一下頭，後面還有露背剪裁。「那件呢？」

艾文凝視那件衣服，手指放在唇上，沉吟著。「Derek 的剪裁通常會讓身形更挺。」

「Derek？」

艾文翻了翻白眼。「Lam。」

我也朝他翻白眼，把那件衣服從衣架拿下來。「我瘦了三公斤多，應該可以穿這件。」

我套上那件洋裝，艾文把上面幾顆鈕釦解開，形成V領，再幫我戴上一條長墜鍊，細細端詳著我。「還不錯，妳現在又是用什麼減肥法？」

「杜坎。」

「凱特・米道頓那個？」

我對著鏡子開始畫眼線。「我選擇它是因為最極端。除非感覺糟到不行，否則不會有用。」

※　※　※

「妳終於來了。」路克跟我打招呼，整個人介於鬆一口氣和惱怒之間。準時對路克來說就是遲到，我很討厭他這種軍事化的準時要求，我總是會晚個幾分鐘，象徵一種反叛。

我故意大動作拿出手機看時間。「我以為你說八點？」

「是啊。」路克的吻要不是消氣，就是和解。「妳很美。」

「現在也不過八點四分。」

「他們要等人到齊才能入座。」路克的手放在我裸露的腰背上，帶領我走進餐廳。這表示沒事了，對吧？這就是我們，彼此還是有火花吧？

「老天，我最討厭那樣了。」我說道。

路克露齒微笑。「我知道。」

我注意到有對夫妻站在領檯桌前，視線不是很清楚，看起來像是等待被介紹。客戶和他妻子，看那個身材和肌肉，應該是在春分健身俱樂部練出來的，一頭金髮往後梳得十分飄逸，應該是花了九十美金在沙龍吹整出來的。通常我會先看妻子，我喜歡先瞭解競爭對手。她的穿著是典型凱特風：白色牛仔褲、裸色楔形鞋和絲質無袖上衣。粉紅色的，我想她應該花了幾分鐘掙扎要選什麼顏色——膚色晒得夠深嗎、是不是該換上海軍藍絲質無袖上衣，海軍藍百搭——肩上背著白蘭地色Chloe，跟她的鞋子一模一樣色系，完全符合她開始出現皺紋的脖子所顯露出來的年齡。我判斷她至少比我大十歲，不禁鬆了口氣。等我到了三十歲，真不知道該怎麼辦。

「惠妮。」她伸出一隻手，炫耀下午才去做的指甲，她的握手很無力，像是希望我知道，在她的世界裡，作為一個待在家裡照顧小孩的家庭主婦，是多麼重要的一件事。

「很高興見到妳。」我回道，自從第一次見到哈里遜先生，聽他這麼跟我說之後，我就把「很高興認識你」改成這句。多年來我一直都說「很高興認識你」，超怕因此洩漏自己的出身，被人看出這一切全是靠後天鑿斧營造出來的成果，掩蓋原本低下的出身。出身良好的美麗在於——對那些含著金湯匙出身的幸運兒來說——幾乎不可能被精確複製，就算再怎麼會裝腔作勢，終究會露出馬腳，而且通常都是以特別困窘的方式洩漏。每當我覺得已經從中產階級坑裡爬出來，就會發現自己做錯了什麼，然後又被我的同類拉了回去。妳騙不了人的。就舉生蠔為例，我以為只要假裝喜歡那些帶著鹹味的痰狀物就行了，但你知道一旦把它吃下去，記得要把殼倒過來放嗎？從這些小事都會透露出訊息，魔鬼藏在細節裡。

「這位是安德魯。」路克說道。

我握住安德魯巨大的手掌，不過一看到他的臉，笑容馬上凍結。「嗨？」我說道，他抬起頭來，同樣帶著有趣的表情看著我。「妳是歐妮？」

「麻煩跟我來。」領檯說道，帶著我們進餐廳，我們像磁鐵一樣跟著她走。我走在安德魯後面，仔細端詳他的後腦，已經摻雜許多白髮（現在就？），而且漸漸希望他就是我以為的那個人，這種願望實在滿滑稽的。

我們決定哪一對要坐長椅位置時，出現了一些小塞車，路克建議讓「女孩們」坐，因為我們比較嬌小（惠妮笑道。「我想這是讚美吧，歐妮」）而這邊的餐桌就像紐約許多東西一樣都是玩具屋大小。這就是為什麼大家終究都要離開的原因。餐廳裡有很多嬰兒，鬆垮垮的購物袋和潮濕的雪靴，門廊還堆了好幾箱廉價如杜安里德藥妝店的聖誕節飾品，等哪一天有人被中型購物紙袋提把絆倒摔傷，就會在威斯切斯特或康乃狄克展開漫長訴訟過程。我說出來的時候，路克吹了聲口哨——「放輕鬆」——他媽的說的簡單。那些在Dorrian's和Brinkley's餐廳獵夫的怪物太太們，一旦房子租約到期，馬上誘捕他們搬到郊區，不久便不再節育。我年紀小的時候也常去Dorrian's，不過我也喜歡這裡，狹小、昂貴的餐廳和滿是粗魯怪胎、人聲鼎沸的地鐵，還有《女性雜誌》辦公室光鮮亮麗的大樓，野心用錯地方的雜誌編輯小姐，老是要求少點腥羶色，更多紮實內容。九月編輯會議，沒有一個人提出跟口交相關主題，蘿蘿氣得大吼。「我們老是叫讀者抓好抓滿男友老二，妳們以為我不想用髮圈勒死自己嗎？但這就是賣點。」如果獵夫女閃一邊去的話，也許紐約所有一切不會感覺那麼玩具屋尺寸，走到哪都寸步難行。然而這就是我最愛紐約的地方——你必須努力爭取自己的位置。我曾經奮力爭取過，為了待在這裡，不計一切代價。

最後是我坐在安德魯對面，路克坐在惠妮對面。是有提到要換座位，但被路克的老梗笑話否決了，他說他經常可以跟我面對面晚餐。安德魯的葡萄柚膝蓋一直碰到我的，儘管我的屁股已經坐到長椅背的沙發皺摺裡了，我只希望大家不要再說些五四三和難笑的笑話，這樣我就有機會瞇起眼睛問安德魯。「你是？」

「抱歉。」安德魯說道，剛開始我還以為他是因為碰到我而道歉。「妳看起來真的好面熟。」他盯著我嘴巴微張，慢慢揭去我的偽裝：顴骨——現在很銳利！——蜜色挑染突顯出我有如地府般漆黑的頭髮，像是一種讚美，沒有強迫它歸順於金色。「噢，甜心。」我的染髮設計師魯本第一次見到我，捏著一大把我黃色稻草般的頭髮，愁眉苦臉地看著它，活像那是一隻蟑螂。

路克正攤開餐巾，但他停下動作，盯著安德魯。

人生中有某些非常罕見的時刻，你會知道有什麼重要的事就要發生了，甚至是改變人生的事。我過去經歷過兩次，第二次是路克求婚的時候。「聽來也許有點瘋狂——」我清了清喉嚨。「不過，你是……拉森老師嗎？」

「拉森老師？」惠妮喃喃唸道，等她將所有事兜在一起，開心地大叫。「妳是他的學生嗎？」

他一定是離開布萊德利後，剪掉那頭蓬鬆的頭髮，若是像拔掉一塊樂高積木那樣，抽掉他那頭金融拖把男髮型，再用 Photoshop 擦去他的皺紋，然後重建下巴，過去的他就出現了：拉森老師。大部分人，你只要把嘴巴遮住，就可以根據眼睛形狀來猜他們有沒有在笑。拉森老師的眼睛像是陷入皺紋中，尤其是在爆笑後。

「世界真小啊。」拉森老師驚奇地大笑，喉結不斷震動。「所以妳現在叫歐妮？」

我瞥一眼路克。我們已經不同桌了，最好連談話內容也可以分開。拉森老師越是開心，他的表情越是酸。「我只是受夠有人問我蒂芙妮（TifAni）有幾個『f』而已。」

「真是太誇張了。」惠妮說道，看著我們三個人，最後目光落在路克身上，似乎懂了什麼。「所以我猜妳是布萊德利——」她突然住嘴，就在腦子把所有事情整合起來之後，她嚇得停頓一下。「噢，我知道了，妳是蒂芙妮。」

每個人都避開彼此視線，然後女服務生來了，完全沒發現自己的出現讓大家鬆了口氣，詢問溫水是否可以。總是如此。

「紐約竟然有全世界最乾淨的飲用水，這是不是很好笑啊？」惠妮說道，專業女主人，十分擅長運用對話處理尷尬氣氛。「畢竟紐約是個那麼髒亂的城市。」

我們全都同意這點。是的，真的很好笑。

「哪一科？」路克突然問道，沒有人回答他，於是他又補了一句。「你教的科目？」

拉森老師手肘放在桌上，靠上前。「進階英文。我大學畢業就去了，教了兩年。我都不敢想像沒有暑假的日子，記得嗎？小惠。」

他們感傷地相視會意一笑。「噢，我記得。」她說道，手一甩將餐巾攤開。「真恨不得你快點離開。」嗯，我不怪她，我也絕不會想跟老師約會。

安德魯看著我。「不過歐妮是我最好的學生。」

我故意忙著撫平放在大腿上的餐巾。「你不需要這麼說。」我囁嚅說道。我們兩人都很清楚，我是怎麼讓他失望。

「她現在可是《女性雜誌》最棒的作者之一。」路克說道，像個驕傲的父親。狗屁。路克明明就認為我的「事業」不過是我們生小孩之前一段可愛的補白階段。他手伸過來放在我手上。「畢竟她受了很多苦。」這句話是他的警告。路克不喜歡有人提起布萊德利的事，我曾經以為他是想保護我，還覺得很感動。現在明白了，路克只是希望大家不要再談起這些事。他還是不希望我去參加紀錄片。他不太能解釋為什麼，或者他可以，只是不想告訴我，不過我知道他的想法：妳這樣只是讓自己更難堪。在哈里遜的世界，沒有什麼比冷冰冰的斯多葛主義更讓人欽佩。

「嗯。」惠妮用指甲敲著下唇，指甲粉得就像芭蕾舞鞋。「《女性雜誌》？我好像聽過。」獵夫幫知道我在哪裡上班，總是會這麼說。並不是稱讚。

「我不曉得妳最後去了那裡。」拉森老師說道。「很棒啊。」他給了我一個最和善的微笑。

惠妮注意到了。「我超久沒看過這本雜誌了，不過在遇見安德魯之前，這本雜誌就像我的聖經。大家都是這麼說的吧？女性聖經？」她的笑聲優美。「我想像有一天，我會像母親以前那樣，從我女兒房間把它沒收！」路克禮貌地笑了，不過拉森老師並沒有。

只要一提到小孩，我都會擺出這副笑容。「幾歲？」

「五歲。」惠妮說道。「艾思貝絲。我們還有個男孩，布斯，快一歲了。」她的視線轉到安德魯身上。「我的小男人。」

噢，我的老天啊。「很棒的名字。」我跟她說。

酒侍來到路克身旁自我介紹。並詢問我們對酒單有什麼問題嗎？路克問大家白酒可以嗎，惠妮說她無法想像在這種大熱天還能喝什麼。

「就來這瓶 Sauvignon Blanc。」路克指著酒單上八百塊那瓶。

「噢，我喜歡 Sauvignon Blanc。」惠妮說道。

杜坎飲食不允許喝酒，但在社交場合上，面對這樣的女人，我必須喝。第一杯，氨基酸的泡泡在我的胃裡翻攪，這是唯一能讓我逼真假裝對她的世界有興趣的方法。她小孩的鋼琴課和她 Van Cleef（註36）的產後禮物。我真不敢相信拉森老師會看上一個人生最大抱負只是在超市購物的女人。服務生來倒酒時，我欣然接受他注滿我的杯子。

「敬終於見到你可愛的妻子。」路克舉杯。「可愛」，多噁心的字。我曾經多麼喜歡這樣的晚宴，曾經多麼喜歡去贏得妻子們的認同。就在她們終於露出認可的表情那刻，給了我多大的成就感。如今，我有的只是無聊，無聊、無聊、無聊。難道這就是我犧牲一切換來的生活嗎？難道我真的認為這可以讓我更完整嗎？二十七塊的烤雞晚餐和回到家會甜蜜跟我來一炮的未婚夫。

「還有你的。」安德魯的杯子跟我的撞了一下。

「還沒喔。」我微笑。

「安妮。」惠妮做了一件我最痛恨的事，把我的名字喊成「安妮」，而不是「歐妮」。

「路克說婚禮在南塔克特，為什麼選那裡呢？」

因為那裡是代表出身優越的地方，惠妮。因為南塔克特凌駕於所有階級，以及這個國家所有區域之上。如果你到南達柯塔州跟某個可悲、自以為是的家庭主婦說你在幹線區

---

36 法國奢華珠寶品牌。

長大，她不會懂得欣賞。而如果跟她說，你夏天南塔克特了——記得把這個地名當作動詞——那個女人他媽的就會知道自己面對的是誰。這就是原因，惠妮。

「路克的家族在那裡有房子。」我說道。

路克點頭。「我從小就常到那裡。」

「噢，我相信一定會是很美的婚禮。」惠妮往我這邊靠過來。她有一種飢餓的氣息。空洞、腐敗，像是嘴裡有段日子沒東西進去了。她問安德魯。「我們幾年前是不是有去南塔克特參加一場婚禮？」

「那是瑪莎葡萄園。」安德魯糾正她。他的膝蓋又刷過我的。白酒像咳嗽糖漿充滿我的喉嚨，我發現他老了真的好看多了。我有好多好多事要問他，路克和惠妮的存在，讓我又憤怒又討厭，他們綁架了應該屬於我們的時光。「你家族來自南塔克特嗎？」他問路克。

惠妮大笑。「沒有人是來自南塔克特，安德魯。」南塔克特一萬個居民應該會反對這種說法，不過像我們這種不是來自南塔克特的人，都是像惠妮這種想法。曾經有個像這樣的女人，假設我跟她相同出身，讓我興奮不已。這表示我的偽裝很有說服力。何時這種假設反而激起了憤怒？一旦婚戒到手，郵遞區號變成翠貝卡（註37），還有一個安格魯撒克遜白人騎士未婚夫，一旦我那過去留著法式指甲的雙手，不再忙著想盡辦法抓住這所有東西之後，我終於能退一步，好好評估這一切。對我來說，這些東西實在沒什麼高貴可言，甚至我還覺得為什麼會有人滿意、而且還是真的滿意這樣的生活。要不就是蘇

37　紐約最昂貴的區域，位於曼哈頓下城，鄰近華爾街。

格蘭格紋俱樂部每位成員都只是行屍走肉地活著，大家都避免談起這個話題，要不就是對他們來說，這些真的就夠了。我以為他們如果能像過去那樣挺身維護自己的價值，那一定真他媽的太偉大了。路克和他整個家族、他的朋友、他們的妻子，在二〇一二年大選，全都是投給麥特・羅姆尼。他的支持人格權（註38）屁話會阻止強暴和亂倫受害者，以及有生命危險的女性進行安全墮胎手術。這種理論有可能關閉計畫生育。

「拜託，那根本不可會發生好嗎。」路克輕笑道。

「就算不可能。」我說道。「你怎麼能投票給支持這種理論的人？」

「因為我並不在乎，歐妮。」路克嘆了口氣。他激起了我那愚蠢的女性主義怒火。「這不會影響到妳，也不會影響到我。妳知道什麼會影響到妳我嗎？歐巴馬的稅務政策根本是要吸我們的血，因為我們屬於最高階層。」

「那個無關緊要的部分確實有影響到我。」

「妳本來就有在節育！」路克怒吼道。「幹麼需要墮胎？」

「路克，如果不是計畫生育，我現在可能有個十三歲的孩子。」

「我不想扯這些。」他大聲說道，用力把牆上的電燈開關關掉，大步走回房間，摔上房門，留我一個人在黑暗的廚房哭泣。

路克迷戀我的時期，我跟他說了那天晚上的事，只有在這種情況，妳才能把這種丟臉的事告訴對方——當一個人為你瘋狂的時候，才有辦法容忍你恥辱的一面。每一分骯髒的細節，他越聽眼睛瞪得越大，而且越是沉默，像是這個故事實在太難承受，必須留

---

38 支持胚胎具有人格特性，不得扼殺其生命權。

待後來消化。如果我現在問路克那天晚上我究竟發生了什麼事，我不認為他有辦法說出來。「我的老天啊，歐妮，我不知道該怎麼說，這真的很糟，是不是？我知道妳發生了什麼不好的事，我懂，但妳也不必他媽的每天提醒我。」

至少他知道這件事很可怕，不該再提起。這就是我一開始考慮要參加紀錄片時，我們最主要的爭執點。「妳不會想談那天晚上的事，對吧？」「那天晚上。」多麼令人安心的借代用法。事實上，我還真有想過要在鏡頭面前操縱這個話題，大膽詳述佩頓、連恩和狄恩（我的老天，特別是狄恩），他們究竟對我做了什麼，不過倒是有個問題。我還沒戴上這顆祖母綠。我想在開始拍攝的時候，炫耀這只燦爛的綠寶石，讓它在我指間閃閃發亮。於是我像是喝下一杯龍舌蘭，咬下萊姆片般，嘴角扭曲地說：「當然不會。」

「我在萊伊長大的。」路克說道。

惠妮趕緊吞下口中的酒。「我來自布朗克維！」她用餐巾拭一下嘴。「你高中上哪？」

安德魯笑道。「甜心，我不認為妳跟路克會是高中同學。」

惠妮惱怒地用餐巾丟安德魯，假裝生氣。「你又知道了。」

路克笑道。「事實上，我是唸寄宿學校。」

「喔。」惠妮洩了氣。「這樣喔。」她打開菜單，這個動作就跟打哈欠一樣，大家都會跟著做。

「這裡有什麼好吃的？」安德魯問道。他的鏡片映照出扭曲的燭光，讓我分不清他是在問我，還是路克。

「都很好吃。」路克和我同時說道。「他們的烤雞很好吃。」

惠妮鼻子皺起。「我再也不在餐廳點烤雞了，會有砷。」家庭主婦又是《奧茲醫師秀》的粉絲，我最喜歡的類型！

「砷？」我單手放胸前，認真的表情暗示她繼續說下去。妮爾推薦我讀《孫子兵法》，我最喜歡的策略就是「卑而驕之」，假裝卑微，助長敵人驕矜之氣。

「是啊！」惠妮似乎很驚訝我竟然沒聽過這種說法。「養殖場會餵雞吃那個。」她嘴巴皺起，表現出噁心的樣子。「為了讓牠們長得更快。」

「這麼恐怖。」我倒抽一口氣。我讀過同樣主題的研究報告——真正的研究，不是那種《今日秀》為了譁眾取寵製造恐慌的言論。這裡他媽的並不會供應 Perdue 牌的冷凍雞胸肉。「我肯定不會再點烤雞了。」

「我真是太糟糕了！」惠妮大笑。「我們才剛見面，我已經毀了妳的晚餐。」她用掌心拍了一下額頭。「我必須住口。當妳整天就跟一歲小孩在一起的時候，一遇到成人就會嘰嘰喳喳說個不停。」

「相信妳孩子應該很喜歡跟妳在一起。」我微笑，一副迫不及待自己也有那麼一天。她這種身材一天沒在健身房待三個小時，絕不可能練得出來，當然也不可能一個人帶小孩。但是我的老天，你絕不能問起多明尼加保姆的事。他們可以盡量探究我在《女性雜誌》的工作，做點惡意的小評論，不過養育小孩是嚴肅的工作，所以你最好避開這個話題，千萬不要讓她們懷疑你看輕他們真正的工作。

「我很幸運每天都能跟他們在一起。」惠妮的嘴唇殘留白酒，閃著微光。她抿了抿雙唇，雙手扶著下巴。「妳母親有工作嗎？」

「沒有。」但她應該要有，惠妮。她應該放棄當個家庭主婦的幻想，負擔一些家計。我不能說這會讓她開心點，但是我們的狀況不能奢求開心。我們破產了，而為了負擔媽布魯明戴爾百貨的採購行程，她每隔一個月就要申請新的信用卡，不過當我們家那棟誇張的麥氏豪宅的廉價石膏夾板長滿黴菌，我們卻因為「無法負擔」，沒辦法換新。不過妳說對了，惠妮，她很幸運每天都能跟我在一起。

「我媽也是。」惠妮說道。「這真的有差。」

我保持微笑。就好像比賽的最後衝刺，如果現在停下來就再也跨不過去。「差超大。」

惠妮愉悅地甩一下頭髮。她很喜歡我。她的肩膀輕刷過我的，嗓音低沉性感說道。

「歐妮，妳得告訴我們，妳有參加那個紀錄片拍攝嗎？」

路克一條手臂掛在椅背上，玩弄著他的銀餐具。我觀察銀光在低矮的天花板上舞動。

「我不該談論內容的。」

「噢，那表示妳要參加囉。」惠妮猛拍我的手臂。「他們也這樣跟安德魯說——對吧？安德魯。」

我不斷重複做一種夢，不曉得發生了什麼不好的事，我必須打九一一，但是我的手指卻不受控制，一直從鍵盤上滑過去（我撥的總是那種舊式室內電話），每次意識到又做了這種夢，我就會告訴自己這次要更聰明，只要慢慢來。慢慢來總不會搞砸吧。找到九，按下去，一，按下去。越是迫切渴望某種東西，越是要有耐性。我現在就必須知道拉森老師為什麼要參加紀錄片拍攝？何時？在什麼地方？他準備說什麼？他會提到我嗎？他會幫我說話嗎？「我完全不知道你也會參加。」我說道。「他們想從你身上知道什麼？以旁觀者的角色加入嗎？還是什麼？」

拉森老師的上唇弧度變得更深。「歐妮，現在妳應該知道我不該談的。」

大家都笑了，我還必須逼自己加入。我張嘴努力笑大一點，不過拉森老師說：「我們有機會應該喝個咖啡什麼的，好好談談這件事。」

「沒錯！」惠妮附和，她完全是真心興奮，讓我都興奮不起來。哪個女人對自己老公要跟另一個女人喝咖啡可以這麼熱衷，想必一定有個堅若磐石的婚姻，更何況對手還是比自己年輕十歲的女人。

「應該的。」路克補充道，真希望他什麼都沒說。因為相較於惠妮，他的語氣聽起來根本赤裸裸地不誠懇。

※ ※ ※

惠妮走出大門絆了一下，她自嘲地咯咯笑，說自己很少出門。她完全受到酒精的影響。

吃完甜點，拉森老師就叫了Uber，路邊一輛黑色休旅車正在等著他們，準備載他們回斯卡斯戴爾裝潢得就像情景喜劇般的家。惠妮親了我的臉頰，輕快地說：「真開心認識妳，世界真小啊。」安德魯跟路克握手，一手放在他肩上。然後路克退到一邊，讓我有空間插進來道別。我踮起腳尖，臉頰貼在安德魯臉上對空氣吻一下。他雙手握住我的後腰，一發現沒有布料，隨即抽手，一副我讓他觸電的樣子。

我們看著車子的噪音沒入車陣，我渴望路克能環抱著我，讓我靠在他的 Turnbull & Asser 襯衫上，他就會發現我在發抖。

但他只是說：「很怪，是吧？」我微笑表示同意，這次的碰面讓我心中激起了許多想法，但我並沒有表現出來，不過我自己很清楚，現在已經無法回頭了。

第六章

狄恩的派對隔天早上，我爬上他的 Range Rover，同行還有連恩和兩個足球隊二年級的。狄恩的駕照被吊銷了（前置物箱塞了厚厚一疊未付的違停罰單），但還是無法阻止他在鎮上囂張飆車和輪胎掃過路面的刺耳噪音，大聲播著DMX的歌警告晚間慢跑的人趕緊跳進樹叢，免得被他輾過去。看到連恩上車時，赤裸無視我身旁的空位，直接選擇坐在狄恩旁的副駕駛座，我的胃開始翻騰。我們離開要去吃早餐前，我在廚房試圖跟他說話，結果卻不是很好。

「我真的不知道，最後怎麼會在狄恩房間，我真的覺得很抱歉，因為我並不想跟——」

「芬妮——」連恩大笑看著我，他努力融入狄恩那幫人，而這個狄恩取的小名只是更凸顯出這個事實。「拜託，妳知道我才不在乎妳也跟狄恩搞在一起。」

後來狄恩叫他，他從我身邊無動於衷地走開，我很慶幸有機會獨處，讓我可以整理一下情緒，我忍住淚水，最後流到我的喉嚨，在接下來煉獄般的幾天，融成淡淡鹹味的水滴，讓我受盡煎熬，痛苦難當。等我腦子終於清醒，只留下更令人難以忍受的感覺。時至今日，這種感覺似乎還潛伏在那裡，隨時準備發動攻擊，要是快樂和自信膽敢挑戰，隨即一躍而起。我竟然去跟強暴我的人道歉，還被他嘲笑。當你以為你快樂？當你以為有什麼可以驕傲的事？——這個記憶總是會跳出來恥笑你——哈！記得這件事嗎？總是會將我拉回現實，提醒我，自己有多卑微低賤。

等我們抵達Minella's小館，連恩還是坐在狄恩旁邊，而不是我。四十五分鐘間，只要男孩們說什麼、做什麼，我都無力地笑著，沒錯，那兩塊鬆餅疊在一起是有點像睪丸——不斷將食物吞進自己嬌小豐滿的身軀裡，免得吐出來。感覺像是過了好幾個小時，我終於可以放心打電話給我父母，輕快地告訴他們，我在韋恩跟奧莉薇亞和希拉蕊吃早餐，問他們可以來接我嗎？然後坐在Minella's和隔壁Chili's之間的人行道邊，把頭埋在兩膝之間。附近狹小裂縫傳來陣陣酸味，我開始出現妄想。我會得愛滋病嗎？我會懷孕嗎？這種感覺讓我好痛苦，我需要水，但我卻不渴，剛才在餐館裡，我已經喝了一大壺水，試圖撲滅那並非來自生理的口渴。幾年後，我仍然經歷相同感覺。我會灌下幾公升的水，我的焦慮也會隨著膀胱不停膨脹，最後並未在斐濟礦泉水瓶底找到舒緩。有一次我問精神科醫師關於這件事——我總是自願撰寫我們每月一則的強暴驚悚故事（「有個男人在街上主動要幫我拿購物袋，然後突然攻擊我！」），再偷偷夾帶我自己的問題和擔心的主題，即便它們本來就與主題有關，將它變成我個人療程——她指出口渴是很基本的需求，一種生物本能。「如果你並非真的口渴，卻感到渴，有可能是一種暗示，表示一個很重要的需求並未得到滿足。」

四十分鐘過去，媽才開車緩緩出現在Minella's招牌前。我等她在停車場繞了一圈，停在我旁邊。等我終於打開車門，聽到席琳・狄翁哀怨的歌聲，還聞到她那噁心的Bath & Body Works香草乳液，我根本是癱坐在前座。至少這些東西有一種安慰作用，她討人厭的音樂和清潔保養品的品味，給我一種熟悉的安全感。

「奧莉薇亞的媽媽在這裡嗎？」媽問道，我這才好好看著她，發現她有特別打扮，等著與人交際。

「沒有。」我用力將門關上。

媽下唇吐出來。「她離開多久了？」

我繫上安全帶。「我不記得。」

「妳說不記得是什麼——」

「快開車！」我語氣中的盛怒，不僅我自己很驚訝，連媽也是。我手摀著嘴，壓下一聲沉默的啜泣。

媽用力打到後退檔。「妳被禁足了，蒂芙妮。」她駛出停車場，雙唇緊抿，那個嚴苛的線條總是讓我很害怕，我發現自己跟路克吵架時，也會複製那種表情，這才明瞭當時的我應該也很可怕。

「禁足？」我大笑。

「我受夠妳惡劣的態度！妳完全不知感恩。妳知道為了讓妳上這所高中花了我多少錢嗎？」她說到「知道」這兩個字，單手用力拍打方向盤。我啞口無言，媽猛然轉頭看我。「妳是不是喝酒了？」她突然往右轉斜插進一個空車位，用力踩下煞車，突如其來的衝擊讓安全帶陷進我的肚子，我終於吐在自己手裡。「不要吐在BMW！」媽尖叫靠過來，把我的車門推開，包括我。我就在史泰博停車場裡，把胃裡的東西全部清空。啤酒、威士忌和狄恩鹹味的精子——我沒辦法更早把它吐出來。

※ ※ ※

星期一早上，我胃裡什麼也沒有，只剩下胃酸，燒灼我的內臟，就像那個深夜，意外的威士忌拼酒。我凌晨三點就起來了，我的心跳就像憤怒的父母敲在青少年上鎖房門的拳頭，叫醒了我。一小部分可悲的我，希望自己做過的事，就像一般派對蠢事，很快就會被遺忘。馬克吃了美乃滋三明治，蒂芙妮被足球隊輪流上了！但是，儘管是當年的我，還是沒那麼天真。

氣氛很微妙——人們沒有看見我就繞道而行，也沒有在我襯衫翻領別上紅字。奧莉薇亞假裝沒看見我，一些高年級女生飛快經過我，竊竊私語，一旦距離我夠遠，就開始爆笑出聲。沒錯，他們已經在談論我了。

我一踏進導師班，鯊魚馬上抓著桌角，圓圓的屁股從座位上一轉，面對我的方向。我還沒坐下，她就抱住我的脖子。教室裡每個人都裝作沒聽見，甚至想辦法繼續他們的對話，她說道。「蒂芙，妳還好嗎？」

「當然很好！」我露出微笑時，感覺自己的臉像是乾掉的黏土。

鯊魚抱緊我的肩膀。「需要談談的話，我就在這裡。」

「好啦。」我對她翻了翻白眼。

回到我的位置，坐在椅子上，聽話地將老師說過的話，簡短記在筆記本上，我很好。下課鈴聲一響，所有人像閃避光線的臭蟲一樣迅速散開，就在此刻，恐慌伸長了雙臂，大大打了個哈欠，從間歇睡眠中甦醒過來。因為在那之後，我遊蕩在走廊上，像是在敵人領地負傷的士兵，發現自己眉間有個紅點，我受傷了，動作遲緩，什麼都不能做，只能繼續往前走，祈禱他們會失手。

拉森先生的教室就像找到了壕溝。亞瑟最近對我很苛刻，但應該有聽說狀況，願意減輕一點我的罪過，他應該會對我有點同情。他必須。

我坐下的時候，亞瑟朝我點一下頭。嚴肅地點頭，像是「有空我要跟妳談談妳做了什麼事」的點頭。不知為何，這比午餐更讓我緊張，這堂課結束後就是了。過去這幾週我常跟HO同桌，我實在無法決定哪個比較糟——到了自助餐廳，本來想跟他們坐，卻遭到拒絕，或乾脆退縮到圖書館，只是如果就這麼認了，會不會錯失他們有可能原諒我的一絲希望，如果我證明自己很有種，他們說不定會原諒我。甚至，歡迎我回去。

可是萬一亞瑟認為這樣很不好，那狀況將會比我原先想像的還要糟多了。

下課鈴聲響起，我慢慢整理東西。亞瑟走到我身邊，不過在他有機會說話前，拉森老師先開口了。「蒂芙？可以等一下嗎？」

「我等一下再找你？」我問亞瑟。

他又點點頭。「練習完再過來。」亞瑟的媽媽在中學部當美術老師，他們住在一棟搖搖欲墜的舊式維多利亞房子，就在壁球場斜對面，之前有個女校長在那裡住了五十幾年。

我點頭回應，儘管知道自己根本不能去。我沒時間跟他解釋我被禁足了。

學生們一下課馬上四散逃竄，飛奔自助餐廳吃午餐，英文和人文科廳陷入午睡沉寂。

拉森老師靠著他的書桌，雙腳交疊，休閒褲腳往上縮，露出一截古銅色毛茸茸腳踝。

「蒂芙妮。」他說道。「我不想讓妳不高興，但我今天早上聽到一些傳言。」

我等他繼續說下去，直覺告訴我暫時不要說話，先聽他究竟知道些什麼。

「我是站在妳這邊的。」他承諾道。「如果有人傷害妳，妳必須說出來。不一定要跟我說，但無論如何，一定要找個人談。一個成年人。」

我在桌子底下摩擦掌心，安心的感覺彷彿萌芽的花朵般盛開，就像Discovery頻道廣告上繽紛的花瓣迅速綻放。他沒有要通知我父母，也沒有要讓學校行政單位涉入。他給了我青少年最希望獲得的絕佳禮物：自主權。

我小心翼翼斟酌字眼。「我可以考慮一下嗎？」

我聽到西班牙文老師辛紐拉・莫帝斯的聲音從走廊傳來。「是的，低卡！如果沒有胡椒博士，那就百事！」

拉森老師等她關上教室門。「妳今天有去找護士嗎？」

「我不需要找護士。」我囁嚅說道，覺得很丟臉，根本不想跟他說我的計畫。我每天都會坐R5線到布林莫爾，途中會經過計畫生育中心。我只要在放學後過去，事情就解決了。

「無論妳跟她說什麼，都會是保密的。」拉森老師用指頭猛戳自己胸口。「無論妳跟我說什麼，我一定會保密。」

「我沒有事要跟你說。」我努力在話中注入一種態度，那種陰沉、自我折磨的青少年焦慮與絕望，正是我現在的寫照。

拉森先生嘆了口氣。「蒂芙妮，她可以確定妳沒有懷孕，讓她幫助妳。」

這就像那次爸進來我房間，說他要洗衣服，直接走到放著一堆髒衣服的角落。我躺在床上，讀著珍，當我看到他在做什麼，馬上坐起。「不要！」

太晚了，他正拿著沾到經血的內褲，血跡已經變成紫紅色。他當場僵住，就像銀行搶匪拿著一袋鈔票，結結巴巴地說：「我、呃，我叫妳媽處理。」我不曉得她會怎麼處理。爸從來不想要女兒，我不覺得他真的想要小孩，不過也許男孩可以。他和媽認識五個月就結婚了，就在她發現懷孕後幾個星期。「他超生氣的。」我阿姨曾這麼跟我說，她的嘴唇被梅洛染成紫色。「不過他來自一個傳統義大利家族，如果沒有負起責任，他母親會砍了他的頭。」當醫生跟他們說是男孩，他很明顯精神一振。安東尼，他們當初想幫我取這個名字。我不喜歡想像爸當時的表情，我出生時，醫生輕笑。「糟了個糕！」

「我會處理的，不要擔心。」我跟拉森老師說，推開椅子站起來，將書包背在肩上。

拉森老師甚至沒有看我。「蒂芙妮，妳是我最有天份的學生之一。妳未來很有前途，我絕不希望看到妳這麼消極妥協。」

「我可以離開了嗎？」我把重心放在一邊臀部，拉森老師哀傷地點點頭。

※　※　※

HO和毛腿幫窩在他們平常那桌，其實根本不夠全部人坐。總是會有幾個被邊緣化，坐到隔壁桌，他們會將椅子準確對著對角線，這樣就不會錯過每一句對話，雖然他們根本沒參與。

「芬妮！」我真的深深鬆了口氣，狄恩竟然舉起一隻手要跟我擊掌。「妳去了哪裡？」

那五個字——「妳去了哪裡？——」將我唯一的恐懼趕走。連恩跟奧莉薇亞坐得實在太近了，午餐時分的燦爛陽光照在她平滑的鼻子上，像是聚光燈直接射在她毛躁的啤酒棕捲髮上。幾年後，她可能會成為我眼中的漂亮女生。臉上撲一點控油蜜粉，配合持續角蛋白護髮，還有她那賽犬般的四肢，超適合穿寬鬆、長版、最好不要穿內衣的多件式 **Helmut Lang**。仔細想想，我真的會痛恨站在她旁邊。

「嗨。」我站在桌子前，抓著書包背帶，像是附在我背上的救生衣，如果少了它，我就會漂走。

奧莉薇亞根本不理我，不過希拉蕊勉強動了一下嘴角，少了睫毛的眼睛凝視著我，眼裡饒富興味。當我接受狄恩的邀請，早料想到會有這種下場，背叛ＨＯ似乎不是最聰明的行為，但是狄恩很有權威。只要討好他和其他傢伙，奧莉薇亞和希拉蕊暗地裡是不是痛恨我，根本無所謂。反正她們也必須隱藏起來，那才是重點。

狄恩在座位上往左移，拍拍身旁空出的一點點位置。我坐了下來，大腿剛好貼在他腿上。我吞下口裡的胃酸，多希望在我旁邊的是連恩的腿。

狄恩靠近我，透著薯條的口氣吹進我耳裡。「覺得如何啊？芬妮。」

「很好。」我們的腿之間有一層薄薄的汗水。我不希望連恩看到這些，我不希望連恩認為我在三人之間選了狄恩。

「練習結束後，妳要做什麼？」狄恩問道。

「直接回家。」我說道。「我被禁足了。」

「禁足？」狄恩根本是用喊的。「妳都幾歲了？十二歲？」

大家全都笑了出來，我漲紅了臉。「我知道，我恨我爸媽。」

「不會跟那個有關……」狄恩聲音逐漸變小。

「成績不好。」

「好加在。」狄恩抹了抹額頭。「我的意思是說，我喜歡妳，但如果被我父母發現那場派對，那麼我可就沒那麼喜歡妳了。」他的笑聲充滿恫嚇。

鈴聲響起，所有人都站起來，留下一桌油膩膩的紙盤和糖果包裝紙讓清潔工整理。奧莉薇亞直線穿過自助餐廳，她要趕在其他人到代數二教室之前先到。她是個好學生，緊繃的學生——化學隨堂小考得到B＋就會哭出來，其實大多數人都不及格。她沒發現我匆匆趕上連恩。

「嗨。」我的頭正好到連恩肩膀。狄恩太高、太壯，像一隻馬戲團大猩猩，如果你不肯抱牠，牠就會把你手腳扯下來。

連恩看著我笑。

「幹麼？」我不自在地回笑。

他單手環抱我的肩膀，有那麼一刻，我高興地鬆了口氣。說不定他並沒有表現冷漠，說不定全是我自己的想像。

「妳真是瘋狂，女孩。」

自助餐廳都沒人了。我停在門口把他拉向自己。「可以請你幫我一件事嗎？」

連恩把頭拉回去，哀號一聲。這是他表示「什麼鬼？」的方式，我想像他這樣跟他母親說，當他發現她一定是要問他，究竟什麼時候要整理自己髒到不行的房間。

我越說越小聲，像是在共謀什麼祕密。「你有用保險套嗎？」

「原來妳在擔心這個？」他兩隻眼睛瞪得又圓又亮，活像腹語師突然粗暴搖了他一下。有一瞬間，他的眼瞼蓋過藍色瞳孔，他其實沒有我認為的那麼好看。他的眼睛有點像炫彩蠟筆，讓他看起來很特別。

「我需要擔心嗎？」

連恩雙手放在我肩上，靠近我的臉，兩人的額頭幾乎碰到。「蒂芙，妳只有百分之二十三的機率會懷孕。」

我的天啊，這個隨口說出的數據卡在我腦海好幾年。《女性雜誌》檢核部門枯燥乏味的老人，連引用自《紐約時報》文章的數據都不接受。「你們必須提供原始來源。」她至少每個月會發一次給全體員工的電子郵件，提醒大家這件事。然而，我當時竟然接受了這個數字。我後來才知道這個人發現我躺在客房地板，肚臍到大腿全都裸露出來（佩頓只是草率幫我把褲子拉上），於是他把我拖到床上，奮力將我的褲子從動彈不得、沉重的腿上拉下來，連把我身上其他衣服脫掉都省了，就迫不及待插進我體內。他還說他這麼做的時候，我醒了過來還發出呻吟，所以他知道我不介意他這麼做。我失去了初夜，對象還是一個連我胸部都沒看過的人。

「嗯。」我交換一下腳步。「我想也許應該去計畫生育中心，去拿事後避孕藥（註39）。」

「但——」連恩對我露齒一笑，像是在說我這可愛的小白痴。「現在可不是隔天早上喔。」

39　事後避孕藥(morning-after pill)，和隔天早上同音。

「七十二小時之內應該都可以。」剩下的週末，我都待在地下室，在家裡的公用電腦搜尋事後避孕丸的資料，然後再搜尋如何隱藏我的搜尋歷史。

連恩看了看掛在我頭頂上的時鐘。「我們差不多是在午夜時做的。」他閉上眼睛，嘴唇動了動像是在計算。「所以妳還來得及。」

「是啊。我放學後要去拿。拉德諾有一間計畫生育中心。」我屏息等他的反應，當他說：「我再看看我們怎麼過去。」讓我驚訝到不行。

※　※　※

連恩安排我們坐戴夫的車，他可說是布萊德利高中的超級私人司機，儘管我們搭火車就能輕鬆到達，也可以避免多一個人知道我過去六十四小時，人生的屈辱時刻。六十四小時——我還剩下八小時。

樹葉才剛開始脫落，當車子打了個嗝，加速往前衝，透過光禿禿的樹枝，亞瑟的家就這麼閃過去，接下來車子直接開上蒙哥馬利大道。我現在沒那麼絕望需要找他了，而且坐在前座的連恩還回頭兩次，問我還好嗎。我心中有一個微小、瘋狂的部分，希望我們去得太晚，下個月我的月經沒來，那麼這齣將我們兩個連結在一起的「我們該怎麼辦？」肥皂劇，就可以繼續演下去。我很清楚這件事結束了，連恩也會消失。

我們開上蘭卡斯特大道，再一路直走就到那裡了。戴夫右轉開進停車場，不過他並沒有找車位停下來，只是把車開到診所入口，打開車門鎖。

「我要去繞一下。」我從後座下車時，戴夫說道。

「不要啦。」連恩緊張地說道，站在我身旁的人行道上。「在這裡等我們。」

「才不要。」戴夫打檔準備開車。「老是有一堆瘋子想炸掉這裡。」

連恩關上車門，我確定他的力道比他希望的要大多了。

等候區幾乎是空的，只有幾個女人分散坐在靠牆的椅子上。連恩挑了一張離等候區人們最遠的位置，掌心在休閒褲上擦了擦，環顧四周，眼裡滿是責難。

我朝櫃檯走去，透過玻璃隔屏跟裡面接待人員說話。「嗨。我沒有預約什麼的，可以看診嗎？」

女人將一份申請單從玻璃隔屏底下推出來。「填好這張表，說明妳到這裡的原因。」

我從麥當勞的七六人杯子抽出一枝筆，走回來坐在連恩旁邊，他湊過來看那份表格。

「她說什麼？」

「叫我寫下到這裡的原因。」

我開始填表格上的問題。名字、年齡、生日、性別、地址和簽名。我在「今天到這裡的原因」空白處，潦草寫下。「事後避孕丸。」

寫到緊急聯絡人那欄，我看著連恩。

他聳了聳肩。「沒問題。」他從我腿上拿走表單，寫上他的聯絡方式。並在「與病患的關係」欄位寫下。「朋友。」

我起身把表單交回櫃檯人員，淚水模糊了我的眼睛。「朋友」這個詞宛如刀子插進我胃裡，就像那把薄如紙張的旬刀，我想像有一天要沒入我未婚夫的臀裡。

十五分鐘後，一道白色的門打開，我聽到自己的名字。連恩看著我擠出鬥雞眼，還舉起大拇指，很蠢的表情，當我是要去打破傷風疫苗的小孩嗎，為了轉移我的注意力，所以做鬼臉。我勉為其難對他擠出勇敢的笑容。

我跟著護士走進問診間，迅速坐上診台。又過了十分鐘，門打開進來一個女人，修剪整齊的金色短髮，露出脖子，聽診器悠閒地掛在上面。她看著我眉頭皺起。「蒂芙妮？」

我點頭，醫師將我的資料放在桌上看著它，她的視線來回掃過我的資料。

「什麼時候有性行為？」

「星期五。」

她看著我。「星期五什麼時候？」

「差不多午夜的時候。」顯然如此。

她點頭，拿起掛在肩上的聽診器，壓在我胸口。她一邊檢查，一邊跟我解釋什麼是事後避孕丸。「這並不是墮胎。」她提醒我兩次。「如果精子已經進入卵子，那就毫無作用了。」

「妳認為已經這樣了嗎？」我問道，我心跳加速，讓她聽得更清楚。

「這點我就沒辦法知道了。」她滿臉歉意地說道。「我們能確定的是，在親密接觸之後，越快吃越有效。」她瞥了一眼我頭頂的時鐘。「再晚一點就會過時效了，妳剛好趕上。」她把聽診器滑進我襯衫裡，壓在我背上。她安撫地嘆口氣，說道。「深呼吸。」在某一世，她有可能是布魯克林的文青瑜伽老師。

她結束聽診，叫我坐好。過去十分鐘，有個問題一直卡在我喉嚨，當她去握門把那刻，我終於逼自己說出口。

「如果什麼都不記得，這是不是強暴？」

醫師嘴巴張開，像是要倒抽一口氣說「不會吧」。然而她只是用小聲到我幾乎聽不到的聲音說：「我沒有立場回答這個問題。」然後無聲地離開診間。

好幾分鐘之後，先前那個冷漠又高高在上的護士回來了，現在特別一副活力充沛的樣子，腋下夾著午餐粽紙袋隨著她的腳步搖搖晃晃，裡面裝滿五顏六色的保險套，她一手拿著處方藥，一手拿著水。

「現在先吃六顆。」她倒了六顆藥丸在我濕濡的掌心上，看著我喝水將它們吃下去。「另外六顆，十二小時之後吃。」她看了看自己的手錶。「設定鬧鐘在清晨四點。」她在我面前搖了搖那個紙袋，嘲諷道。「要玩就要小心點！這裡有些還是夜光型的呢。」我拿過紙袋，那些要玩就要小心點在裡面搖來搖去，用它的螢光絕育嘲笑我。

我回到等待區，沒看到連恩，紙袋在我手裡變得潮濕、脆弱，我突然想到，他可能已經閃了。

「請問妳有看到和我來的那個人嗎？」我問櫃檯小姐。

「我想他走出去了。」她回道。我瞄到那個醫師就在她後面，金髮有如盤根錯節的爪子環繞著她的脖子。

連恩坐在外面的人行道上。

「妳到底在幹什麼？」我聽到裡面傳來一個媽媽怒氣沖沖的聲音。

「我沒辦法在裡面待下去了，感覺他們好像以為我是基佬什麼的。」他站起來，拍了拍沾到屁股的泥土。「拿到妳要的東西了吧?」

在那刻，我很歡迎瘋子的炸彈在這邊引爆。最後一樁悲劇將我和連恩聯繫在一起，我想像當建築物燃燒的碎片罷罩天空，他會衝過來用他的身體掩護我。剛開始沒有人尖叫，每個人都太驚嚇了，專注於逃命。後來我在布萊德利學到最驚人的教訓就是：只有在終於真正安全之後，你才有辦法尖叫。

第七章

「我覺得自己好像在南法！」媽舉起手上的香檳杯。

我幾乎忍住，但還是沒辦法。「那是普羅塞克氣泡酒。」我不屑地說。

「然後咧？」媽把杯子放在桌上。杯緣染上唇印，如此粉紅，真是丟臉。

「普羅塞克是義大利酒。」

「我就覺得喝起來像香檳！」

路克大笑，他父母也感恩地跟著笑。他總是這樣，把媽和我從自己製造出來的窘境中拯救出來。

「這麼說來，妳肯定分辨不出法國和美國。」我們的婚禮規劃金柏麗補上這句，每次媽叫她金，她都會糾正過來，每一次。她誇張地手一揮，我們全都轉頭看向哈里遜家後院，一副沒看過的樣子，其實根本不曉得看過幾百次了，檸檬綠草地彷彿一路延伸到大海地平線，幾杯「月黑風高（Dark 'N' Stormy）」調酒下肚，看起來就像你可以直接走在海上跳起華爾茲，儘管事實上你會先墜落三十英呎下的沙地。有一條木梯直接嵌進岩壁，走二十三階就可來到刺骨的大西洋。水深只要超過膝蓋我就拒絕走下去，告訴自己那裡有大白鯊。路克覺得這種想法很爆笑，他喜歡在深水游泳，強而有力的手臂，每划一下就將他越帶越遠，海水也越來越冷。最後他還是得回頭，他的頭載浮載沉就像顆金蘋果，長滿雀斑的手臂舉在空中，召喚我。「歐妮！歐妮！」儘管心中驚恐已將我撕裂，我還是要很有風度地揮手回應——假如我露出一絲恐懼，他只會游得更遠，待得更久。如果他被鯊魚抓住，鮮血在水面形成一層薄膜，彷彿紫紅色的油漬，我會害怕到不敢接近。當然是害怕自己性命不保，不過同樣害怕看到他遭到殘殺的屍體，一條腿膝蓋以下完全不見，鋸齒狀的切口滿是血肉糢糊的肌肉和血管，人體被撕裂成那樣會散發出一種甜膩的麝香血腥味。我至今依然聞得到，儘管十四年過去了。彷彿有些分子一直被困在我的鼻道裡，當我幾乎要忘記的時候，神經細胞就會發訊號給腦子，提醒我記住。

當然更糟的是，萬一路克活下來了，那又該怎麼辦，因為如果拋棄失去一條腳的未婚夫，我不就成了不折不扣的賤女人。我無法想像有什麼比這更糟，每天跟一個身體銘記恐怖事件的人綁在一起，提醒你這樣的人生究竟有多慘，無時無刻提醒你一個現實，沒有人是安全的。路克，美麗的路克，他朋友和家人都很善於不露聲色，當我們踏進餐廳，他的手輕摟著我的腰，朝我們的桌子走去，餐廳裡那種稍微靜下來的感覺……剛開始我還很遲鈍，不懂這種恐懼。路克實在太完美了，他讓我無所畏懼。因為在那樣的人身邊，怎麼可能會有不好的事發生？

後來我們去參加紐約市為白血病募款的馬拉松活動，他父親曾在十年前戰勝了病魔，就在抵達終點那一刻，他單膝下跪跟我求婚。訂婚後，我們一起到華盛頓特區拜訪他派駐那裡的漢彌爾頓朋友。我在不同婚禮上，大都見過這些人了。但其中有一個完全沒見過，克里斯・貝利。他們都叫他貝利——一個精瘦的傢伙，牙齒亂七八糟的，留著一頭中分亂髮。他跟路克社交圈那些活像亞利安神話後裔的朋友一點也不像。晚餐過後，我在酒吧遇見他——他晚餐沒被邀請。

「貝利，幫我拿杯酒。」路克說道，有點命令語氣，同時也有玩笑成分。

「你要什麼？」貝利問道。

「這他媽的看起來像什麼？」路克指著他的 Bud Light 啤酒，標籤被水弄得皺巴巴。

「哇。」我笑了，剛開始是真的在笑，因為很好玩。「別激動。」我一手放在路克肩上，戴著沉重祖母綠那隻。他摟住我的腰，一把將我拉過去。「我真他媽的好愛妳。」他在我髮間說道。

「來了，給你。」貝利拿一瓶啤酒給路克。路克盯著它，表情威嚇。

「有什麼不對嗎？」我問道。

「我未婚妻的飲料呢？」路克命令道。

「對不起，兄弟！」貝利露出微笑，參差不齊的牙齒碰到下唇。「我不曉得她要什麼。」他看著我。「妳要喝什麼，親愛的。」

我的確需要飲料，但不是要貝利拿過來，不是像這樣。路克總是會跟他好朋友鬧來鬧去——真的，這些傢伙以前都是運動員，身體強壯又喜歡開玩笑，非常典型的好哥兒們。但他跟貝利的互動有一種不平等的感覺，我以前從未見過他這樣。貝利長的就像拚命想融入的弟弟，拚命討好，願意接受任何凌虐也沒關係。我太清楚這種狀況了。

「貝利，請原諒我這個混球未婚夫。」我看著路克，故意擺出一副討喜、懇求的模樣。拜託，小聲點。

然而那晚剩下的時間，狀況一直如此——路克大聲命令貝利，不斷斥責他拿錯東西給他們，路克越喝越醉，態度也越來越惡劣，我心中的恐懼也不斷膨脹。我想像路克大學時，折磨這個跟班的情況，說不定他甚至還在兄弟會凹凸不平的沙發上，占喝醉女孩的便宜。路克很清楚，如果她意識不清，沒有明確同意的話，那就是強暴，對吧？或者他認為只有像恐怖的怪物那樣突然從樹叢裡跳出來，蹂躪某個正要去圖書館的認真、低調的新鮮人，那才算是？我的老天啊，我要嫁的究竟是個什麼樣的人？

路克命令貝利開車送我們回家，儘管貝利已經醉了，儘管我們是在熱鬧的華盛頓特區，其實有很多計程車。貝利很樂意這麼做，可是我拒絕上車。引發極大混亂，我直接在街上對路克大吼，叫他去幹自己。

後來回到飯店房間，他眼裡噙著淚水，不久前那凶惡的霸凌德性全都不見了，路克說：「妳知道聽到妳罵我去幹自己，讓我有多難過嗎？我絕不會這樣跟妳說話。」

我一把火上來。「看著你這樣對待貝利，就跟你叫我去幹自己一樣！」路克又擺出那副表情了，只要他覺得我實在很可笑的時候，就會露出這個表情。像是在告訴我，不要再沉浸在高中的往事了。

儘管這次事件的路克，似乎不是平常的他，儘管隔天早上醒來之後，他就覺得自己昨晚的行為「很噁心」，然而經過那個週末，我不再認為路克是如此完美、純真的人。不再認為只要跟他在一起，我就能安心過日子，不會再有壞事發生在我身上。如今，我又回到時時擔驚受怕的日子。

我塞了一口龍蝦起司通心粉在嘴裡，這是第三口了。我終於確定外燴廠商，媽知道她是甘迺迪最喜歡的外燴商之後，馬上推薦我採用。即便是她，有時也懂得做對的事。

我幾乎等到試吃餐會前幾天才邀請我父母，也因此他們若要安排前往南塔克特，行程將會很趕，花費也會更高。要到這裡有三種方式——從甘迺迪機場搭 JetBlue 直達班機，票價通常不會低於五百美金。或者搭 JetBlue 先飛往波士頓，再轉與小約翰・甘迺迪墜毀在大西洋差不多大小的飛機，再經過四十五分鐘航程抵達。或者可以開六個小時的車到海恩尼斯港（我父母從賓州過去要八個小時車程），你可以在那裡搭渡輪，航程約一個小時，或是搭乘小飛機抵達目的地。但是我很清楚，就算我很晚才告訴她，她還是會想盡辦法前來，而一想到她開著那輛破舊的ＢＭＷ，自己一個人到海恩尼斯，找到正確的渡輪碼頭和停車的地方，再拖著仿冒的 Louis Vuitton 行李上船，我實在不忍心。

想都不必想，爸不會有興趣來的。他對我的人生一點興趣也沒有，從我有記憶以來，不曾見他對任何人的人生有興趣，包括他自己的。有一段時間，我猜他是不是有外遇，他該不會是那種其實還有另一個祕密家庭的人，他真正的家庭，他真正愛的人。高中時，有一次他跟媽說要去洗車。大概在他離開半小時後，我跟媽說要去便利商店買東西。走到一半發現忘了帶錢包，於是折返回去，穿過停車場，繞過等待開發的空地，原本濃密的森林全被砍掉，預計要蓋新房子，然後我看到了爸，獨自坐在車裡，盯著眼前的泥巴地。我在他發現我之前，趕緊往後退，飛也似地跑回家，剛才看到的那幕，讓我心跳加速，我試圖釐清那究竟是怎麼回事。最後我終於瞭解，沒什麼好釐清的。爸是個優柔寡斷的人，就那麼簡單。他只有我們，沒有第二個家庭。說不定他根本沒有愛過任何人。

路克慷慨提出要幫媽付 JetBlue 機票——那只是舉手之勞，真的，特別是只有她一個人——是媽星期五就開車到紐約，用我們的訪客證，把車停在我們車位。

「這裡真的安全嗎？」她神情苦惱地拿著鑰匙，按下中控鎖，車子嗶一聲回應。

「是的，媽。」我不耐地說道。「我們都把車停這裡。」

媽舔了舔塗了唇蜜的嘴唇，仍然不太相信的樣子。

我必須肯定哈里遜家人對我媽的耐性，還有她那愚蠢的努力，試圖讓他們留下好印象。我真的沒那麼好，我很想告訴他們，為什麼你們要忍受她？

「謝謝妳的提醒。」哈里遜先生那天早上才這麼說，媽跟他說，因為就要升息了，他必須注意一下他的有價證券。哈里遜先生退休前擔任貝爾斯登公司總裁九年，我實在不懂，那個男人怎麼沒告訴媽什麼才是對的。

「哪裡。」媽笑得很開心，我站在她後面，對著路克瞪大眼睛。他做了一個世界通用的放輕鬆手勢，掌心朝下，像是準備關上車子後車廂。

我們確定菜單，包括一口龍蝦起司通心粉、迷你龍蝦卷、芥末牛排丁、鮪魚韃靼匙、格魯耶爾起司布魯斯凱塔（註40）（「ch的正確發音有點像『k』。」媽說道，一副懂很多的樣子，即便根本是我教她的，那是我大三到羅馬唸書學到的）、生蠔吧、壽司吧，以及開胃菜吧。「那應該是為了我丈夫那邊的家人吧！」媽開玩笑說道。一堆根本不知道怎麼唸「bruschetta」的義大利人，像我們這種人真是糟透了。

我們會在星期天試吃主菜和蛋糕。「一次要吃這麼多食物，真的太超過了。」金柏麗上氣不接下氣地宣布，她的大腿都從哈里遜家的草坪休閒椅滿溢出來了。噢，她吃得下

40　bruschetta，一種義大利開胃小菜，簡單說就是一小片烤麵包，上面淋橄欖油和其他配料。

的，拜託。

「真不敢置信，他們就要結婚了，是不是啊？」媽對哈里遜太太滔滔不絕說道，像少女一樣雙手合掌。我最痛恨媽在我未來婆婆面前裝摸作樣，哈里遜太太是個低調、嚴肅的中性女人，不是那種超級戲劇化的人。問題是哈里遜太太實在太有禮貌，不好意思不回應。每次媽在她面前誇張演出，哈里遜太太還得努力回應，光看她那樣根本是酷刑，只是讓我更加深對媽的怒火。

「是很讓人興奮！」哈里遜太太努力擠出這句話。

下午三點，金柏麗離開後，路克朝天花板伸長手臂，建議一起去慢跑。

其他人都同意哈里遜太太的建議「去躺一下」，我也只想這麼做。沒有執行杜坎節食時，我整個人也跟著沒力。沒有運動。我會喝紅酒喝到拖著身體躺在床上，度過無眠的夜晚。盡量把食物塞進我縮水的胃裡，直到下次該再餓肚子的時候到來

媽和哈里遜夫婦回房間休息，我心不甘情不願地在路克身旁綁運動鞋鞋帶。「三英里就好。」他說道。「剛好讓我們覺得完成了什麼。」

路克和我左轉出了車道。我們才跑過他們家街道的小斜坡，我已經開始喘了，前方就是崎嶇的泥地，陽光毒辣地打在我頭皮中央裸露的細長分線。我應該戴帽子的。

「妳快樂嗎？」他問道。

「他們的蟹餅惹惱了我，難吃。」我氣喘吁吁說道。

路克鬆了聳肩，加快步伐。「我覺得挺好吃的。」

我們繼續跑下去。我固定一天運動兩次之前——早上芭爾健身課，晚上慢跑四英里

——慢跑會讓我覺得自己很強壯，所以會一直跑、一直跑。現在我的肌肉卻背叛了我，我從來不會覺得雙腳沉重，此時卻幾乎舉不起來。我知道自己過度運動，過度消磨精力，讓自己筋疲力盡，但是體重計的數字卻不斷上升，那才是重點。

「妳還好嗎？寶貝？」

我們大約跑了半英里，路克問道。他速度穩定，完全沒有慢下來，我卻要努力才趕得上他，突然間，我左下側肌肉一陣刺痛，還往下蔓延。我故意落後，作為一種反叛，心想我到底要落後他多遠，他才會發現不對勁。

我停下來，雙臂高舉過頭。「抽筋。」

路克慢跑到我面前。「妳停下來只會更糟。」

「我跑過越野馬拉松，我很清楚。」我怒嗆。

路克雙手握拳舉在身體兩側——這是跑步的錯誤姿勢，浪費能量。「我只是說說。」他露齒一笑，拍一下我的屁股。「加油，妳可是倖存者。」

路克最喜歡這樣說我，提醒我。我是倖存者。我最討厭用這三個字結束對話，根本是在暗示倖存者該要走出陰霾了。該穿著結婚禮服，拿著芍藥走上紅毯，克服傷痛，而不是沉浸在無法改變的過去。這三個字清除了某些我永遠無法清除的東西。

「你去吧。」我手臂朝前方道路用力甩了甩，像在控訴什麼。「我要回頭了。」

「寶貝。」路克說道，滿臉失望。

「路克，我身體不舒服！」現在換我雙手握拳，舉到眼睛上方。「我一直都沒吃東西！結果剛才一下子塞了他媽的將近四公斤的龍蝦起司到肚子裡。」

「妳知道嗎？」路克暫停在原地，搖了搖頭，活像失望的父母，苦笑道。「妳真的不應該這樣對待我。」他往前幾步。「待會見囉。」

我看著他迅速跑走，腳跟後揚起滾滾煙塵，隨著他跨步往前奔跑，離我越來越遠，龍蝦起司在我腸裡凝結。我從未關注過路克不好的一面，表面上的因素是我根本什麼也不敢做，只是努力讓他迷上我。這肯定聽起來很愚蠢，然而這是第一次，我明白在接下來人生中，直到死亡讓我們分開那一刻，我都必須時時維持這虛矯、光潔的表象，努力讓它一塵不染。萬一被路克發現，哪怕是一丁點汙漬，他都會為此懲罰我。我瞬間感到一陣暈眩，整個人陷進熾熱陽光漩渦中，我現在正坐在泥沼裡。

※ ※ ※

晚餐過後，路克的堂姊荷希過來一起喝點波本威士忌。「荷希？」路克第一次提到她，我重複唸著她的名字，一臉狐疑。他看著我，一副我需要冷靜點的樣子。

荷希的父母有間房子就在路克和我剛才慢跑的泥土路附近，哈里遜太太的父母分別也有房子在島的另一邊，斯康賽。當你騎著可愛的小假日單車進城，總是會遇到跟路克有血緣關係的珍貴成員。

荷希帶來一盒用特百惠裝著的布朗尼，那是從桑卡帝海德高爾夫俱樂部的雜役那裡拿到的，他雖然比她小二十歲，但還是在狩獵範圍內，哈里遜家族的人全都是那個俱樂部的會員。真奇怪，像哈里遜太太這種從小生長在大富之家的人，她就可以表現地很自然，富裕對她來說，根本平常到不覺得有什麼好炫耀的。然而其他人，像哈里遜太太的親姪女，卻是如此沒安全感，他們必須把那副瞧不起人的嘴臉掛在臉上，手上戴著俗不可耐的鑽錶。荷希也不過三十九歲，整張臉卻緊繃地像穿著Lululemon瑜伽褲的大尺寸女孩臀部。她從沒結過婚，她會告訴你，她根本不想結婚，儘管只要一杯酒下肚，她就會去騷擾每個有可能來一炮的傢伙，就算機率微乎其微，而他們只是輕輕將她有如棉花糖人的手臂，從他們僵硬的脖子上移開。無怪乎她手上唯一的戒指就是Cartier Trinity，就像她毀了自己的臉一樣，她花太多時間在沙灘上作日光浴，她應該多用一下跑步機才對。不過她的問題不只是胸口的曬斑和矮胖、懶惰的身材。荷希是那種人們會形容成「瘋子」、「怪咖」的人，其實那只是比較文明的說法，其實她就是個臭雞巴。

荷希很喜歡我。

對付荷希這種女人，我是專家。你們應該看看我跟她第一次見面的情景，就在我大放厥詞說出也許這個屋裡，沒有人支持歐巴馬的政治理念，但我想大家應該都會同意他是個極為聰明的人，她當時臉上的表情簡直在科幻電影才看得到。哈里遜先生、路克和葛蘭特繼續對話，根本沒人理我，不過我剛好看到荷希瞪視著我，等著我注意到她。「這個家根本不在乎歐巴馬是誰。」她咬牙切齒說道。在那一刻，荷希看到了我從未在路克面前表現出來的一面，但是我很快就恢復，朝她點點頭，一副很感激她的樣子。接下來對話中，我什麼都沒有說，只是輪流看向路克、葛蘭特和我未來公公，然後再重複一次，展現出我有多麼欣喜若狂，竟然能聽到哈里遜男人如此精闢的論點。晚一點，我們搭計程車到鎮上喝酒，荷希選擇坐在我身邊，到了酒吧，荷希問我在哪裡剪頭髮，她想找新設計師。我告訴她去莎莉・赫什伯格沙龍找魯本，荷希奮力想提起嘴角，卻因為打了肉毒，真的很吃力。也許你會認為像荷希這種人，應該會喜歡折磨像我這種人，但如果她真這麼做的話，不就是承認自己缺乏審美觀。只要我順從她，對她來說，接納我才是上策。這表示不需要嫉妒或覺得受威脅——自己就跟過度有氧運動的二十多歲女人一樣有魅力。

荷希還有個弟弟，瑞比路克小兩歲，比葛蘭特小五歲，她父母都叫他小子，還說出「小子能從大學畢業真是奇蹟」這類的話，儘管這跟奇蹟一丁點都沾不上邊，而是蓋茨堡學院即將有一座掛上哈里遜之名的新宿舍。瑞現在正跟他衝浪朋友在大溪地參加巨浪巡迴賽。妮爾跟他搞過一次，只是除了親熱之外，沒辦法再更進一步，因為他親吻的水準就像喝醉的五歲小鬼。「他舌頭超大。」她說道，一直壓著她的舌頭，在她嘴裡不停扭動，說有多噁心就有多噁心。每當荷希假惺惺抱怨跟瑞約會的那個二十一歲模特兒兼演員，我都會默默回味這件事，瑞只要到紐約住幾個月都會跟她約會。她超驕傲自己有個完美老練的花花公子弟弟，這讓她身價更為提昇。

荷希進來時，我正坐在後陽台。荷希將我披在椅背上的頭髮撈起來，用手指梳著它們，說：「美麗的新娘！」我頭微傾抬起來，她用那吐出毒素的嘴唇親了一下我的臉頰。我從不讓媽親我，如果讓媽看到，她一定會很不高興，為什麼我和荷希這麼要好，甚至是妮爾。幸運的是，她已經回去了，就在路克與我那趟慢跑行程之後，雖然我慘烈失敗，中途折返，不過在他回來沒多久，我們就一起開車送她去機場了。媽會很樂意留下來——她見過荷希一次，後來我再見到她，就發現她戴了一條假鑽石馬蹄項鍊，荷希戴的那款賣場版——但是路克和我幫她買了機票，多花了三百美金讓她在星期天飛回去。

掌握錢包有一種充滿權力的感覺，直到我想起來，若不是路克，我根本辦不到。

哈里遜先生從外面帶了一瓶巴素海頓波本威士忌，放在波本杯和布朗尼旁。荷希第一次帶僕人做的布朗尼來時，沒人告訴我，原來溼潤的蛋糕裡摻有大麻，我才吃了三塊就開始頭暈，只能回房躺在床上，其中一種效用終於降臨在我身上，用黏膩的咒語賜福我的睡眠，我不斷抵抗再抵抗，直到凌晨兩點尖叫著醒來，看見自己頭頂懸著一隻蜘蛛（根本沒有蜘蛛）。整段夢境實在太恐怖，導致我小腿抽筋。我哀號抓住自己的腿，而路克只是盯著我，彷彿這輩子沒見過這種場景。隔天早上，哈里遜先生邊喝咖啡邊抱怨。「昨晚的騷動是怎麼回事？」那是他唯一一次對我表示不滿，從此我再也沒碰過荷希的布朗尼。

不過今晚，我把手伸進特百惠保鮮盒，眼角餘光看到路克。「我只吃一塊。」我低聲說道。路克嘆了口氣，不過他的鼻孔看起來就像側三角形。「隨便妳。」

路克痛恨毒品。他大學試過大麻，他說吃了之後感覺呆呆的。大三時，他和當時的女友一起體驗這種怪異的狂喜，每天晚上都吞下一顆藥，連續四天，不過在那之後，路克・哈里遜就結束嗑藥人生。葛蘭特在那天下午也到了，他已經吃了第二塊布朗尼（我跟他曾在哈里遜家去年聖誕派對中，一起在浴室吸古柯鹼，我們都發誓絕不跟路克說這件事）。哈里遜先生和荷希慢慢吃著，但是哈里遜太太只是喝著她的伏特加。我覺得哈里遜太太應該跟路克一樣，都對毒品敬謝不敏——她不介意其他人適度使用，只是自己不用。

「你們的蜜月計畫終於搞定了嗎？」荷希問道。

「終於。」路克哀號一聲，給了我一個玩笑似地譴責表情。整個婚禮計畫中，我他媽的不過要求他做這麼一件事，真的有那麼困難嗎？

「謝謝妳讓我跟妳朋友聯繫。」我對荷希說道。

「噢，所以你們現在決定要去巴黎？」

荷希吞下最後一口布朗尼，然後打了個響嗝。荷希喜歡大刺刺不顧禮節，她覺得很好玩，以為這樣可以給人一種滿不在乎、更輕鬆自在的感覺，就跟男人一樣。這種策略對她來說還滿好用的。

「我們會先飛到阿布達比。」路克說：「在那裡過一夜，再到馬爾地夫七天，然後回阿布達比，再飛巴黎待三天。這真的沒那麼『順路』不過歐妮真的很想去巴黎。」

「她當然想去巴黎！」荷希對路克翻白眼。「這是她的蜜月旅行。」

「杜拜對我來說就像拉斯維加斯。」我說，努力聽起來不要像辯解。「我需要一點文化氣息。」

「海邊假期之後再去巴黎是最棒的對比。」荷希往椅背一靠，雙手枕著頭。「我很高興你們沒有選倫敦。」她說到「倫敦」還特別翻了翻白眼。「尤其在你們最後可能定居在那裡。」她毫不掩飾地嗤之以鼻。「到時只能祝你們好運了。」

我才要說我們還沒決定，不過路克已經抬頭看著他堂姊，表情疑惑。「荷希，妳大學畢業後不是住在倫敦嗎。」

「糟透了！」她哀號道。「到處都是土包子中東黑鬼，我還以為會被綁架賣去當白奴呢。」她一根指頭戳進髮裡，花了她六百美金的挑染。

葛蘭特發出低沉喉音笑聲，哈里遜太太起身推開椅子。「噢，我的天啊，我得再來一杯伏特加。」

「妳知道我說的是實話，貝絲嬸嬸！」荷希在她後面大喊。布朗尼讓我的腦子就像溫暖溼潤的泥土，等待埋下種子。而那句「妳知道我說的是實話，貝絲嬸嬸！」就這樣深植在我腦子裡，不斷、不斷再生。

「你媽媽同意我的說法，只是她絕不會說出口。」荷希驕傲地對路克說道，他正看著她笑著。「說到她絕不會說出口的事。」她轉頭看著我，嘴邊卡著一塊布朗尼碎屑，就像長毛的痔一樣顫動。「歐妮，妳必須答應我一些事。」

我假裝嘴裡都是布朗尼，這樣才不必回答她。這種拒絕方式，只是一種可悲的企圖，為了表達她的話冒犯到我了。荷希沒有挑惕這點。

「在你們婚禮上，千萬不要讓我坐在葉慈家人旁邊。看在慈愛的老天份上。」

「這次妳又做了什麼？」哈里遜先生嘲諷道。葉慈和哈里遜家是世交，雖然他們其實跟荷希父母比較好，他們有個兒子跟她差不多年紀。我聽說她在很多場合都會在眾目睽睽之下，醉醺醺去騷擾對方。

荷希一手放在心上，嘟著嘴以為這樣很可愛。「為什麼你會認定是我做了什麼？」

哈里遜先生瞪她一眼，荷希大笑。「好啦，我是做了什麼沒錯。」路克和葛蘭特發出哀號，荷希趕緊說：「可是我本意是好的！」

「到底是什麼？」我的語氣讓自己都嚇了一跳，其他圍在桌前的人也一樣。

荷希轉頭看著我，眼底似乎有挑戰的火焰在悶燒。「妳認識他們兒子，詹姆斯？」

我點頭。我見過他一次。醉鬼一個。當時我問他做什麼的，這個爛人竟然跟我說，這個問題很無禮。誰理他是做什麼的，我只是客氣地問他，這樣他才能反問我，我就可以炫耀我是做什麼的。

荷希低著頭，含糊不清地說道。「是說我一直都有個懷疑——」她手腕垂下，環顧每個人，確定大家都瞭解她的暗示。「——而最近有個人跟我說，那是真的。他出櫃了。」她聳聳肩。「所以我就送花給葉慈太太，並致上我的慰問之意。」她嘴巴都沒張開，拉長嘴角繼續說下去。「結果他並不真的是同性戀。」

路克爆笑出聲，雙手摀著臉，你還可以從指縫看到他的眼睛。「這種事還會發生在誰身上？」他哀號一聲，激起更多笑聲，除了我。布朗尼讓我注意力無法集中，對這種人間驚奇和不可思議特別敏感，我被眼前的灰女士迷惑，他們稱南塔克特為灰女士，因為每當太陽照耀，灰濛濛的濃霧就會籠罩整座島——就像現在，到處都是灰女士。

荷希猛打路克肩膀。「反正她現在不跟我說話，也不跟我媽說話，這就是整個事件。我只是想表達支持而已！」

路克大笑。每個人都在笑，我以為自己也笑了，可是我的臉在濃霧中毫無感覺。說不定那根本不是霧，說不定是毒氣瓦斯，我們被攻擊了，而我是唯一知道的人。我起身拿著我的紅酒杯，似乎是要去廚房重新加滿，這才是我應該做的事。根本不應該說出我接下來說出的話。「別擔心，荷希。」笑聲瞬間消散，所有人都回頭看著我，因為我站了起來，顯然是有什麼重要的話要說：「我們會把妳分配到肉鬆單身敗犬桌，讓妳跟同類坐在一起。」我並沒有像平常那樣，打開後門扶一下再關上。只是任它回彈啪一聲關上，像捕蠅草一樣，瞬間兇狠獵食。

※　※　※

幾個小時後，路克回到房間，我躺在床上，正在讀約翰・葛里遜的平裝小說。哈里遜家到處都是約翰・葛里遜的平裝小說。

「呃，嗨？」路克在床邊盤旋，活像個金髮鬼魂，欲言又止。

「嗨。」過去二十分鐘，我一直停留在同一頁。濃霧已經散去，我心想狀況究竟會有多糟。我剛才究竟做了什麼。

「剛剛是怎麼回事？」路克問道。

我聳聳肩，繼續假裝看書。「她不光是說了『土包子中東黑鬼』，還說了一個我這輩子聽過最無知的故事，你難道不覺得有問題嗎？」

路克把書從我手上拿走，一屁股坐下，床裡生鏽的彈簧發出嘎吱聲。「荷希根本是瘋子，所以答案是並不會，我不會讓她說的話影響到我，妳也不應該。」

「看來你是比我冷靜多了。」我瞪著他。「因為我的確會受到影響。」

路克哀號一聲。「歐妮，拜託。荷希做錯了一件事，這就好像——」他停頓一下，思考片刻。「就好像你聽到有人得了癌症，所以送花給對方。結果對方並沒有生病，就像她自己說的，她是出於一片好心。」

我瞪著路克。「重點不在她得到錯誤的資訊。重點是她認為同性戀是很可怕的『症狀』——」我特別在空中把那兩個字括弧起來，凸顯路克不恰當的比喻。「所以她才會送花並致上慰問之意！」

路克雙臂抱胸。「妳知道嗎，這就是我想說的，我真的他媽的受夠這些了。」

我手肘撐起，床單被我扯起來，白色棉質布料在我彎曲的膝蓋底下就像張開的開合橋。「真他媽的受夠什麼？」

路克指著我。「這個、這個……這個……動不動就使性子的德性。」

「我挺身反駁公然種族歧視和恐同，竟然是他媽的使性子？」

路克雙手抱頭，像是在保護自己的耳朵不受噪音干擾。他閉上眼睛，然後又張開。

「我去睡客房。」他一把從床上拿走一顆枕頭，離開房間。

※　※　※

我不指望今晚睡得著，乾脆來讀《最後的陪審團》。我在黎明前看完，陽光從黃色百葉窗縫隙透進來。我翻開下一本，《失控的陪審團》，我讀到幾乎一百頁，聽到隔壁傳來淋浴的聲音，還有路克大聲對哈里遜太太說，他的蛋要煎單面。他是故意讓我聽到的，我看得出來。他要我知道，我們只隔了一道牆，他大可直接從賓客屋進來，完全不需要跟我說話，展開新的一天。我把書頁角落折起來，心中小小痛很自己，我的指頭在折邊反覆來回，加強摺痕。緊接著，隨著淋浴聲越來越近，空氣越來越潮濕，我又更痛恨自己一點。我將浴簾往右一拉，走了進去，感覺他的雙手原諒了我，抱住我的臀，勃起陰莖周圍的恥毛濕濡又猥褻。

「對不起。」我嘴唇邊冒著汗。這是很難的事，道歉，但我做過更艱難的事。我將臉埋進他的脖子，灼熱、冒著蒸氣就像紐約的人行道，在盛夏無助地曝晒在陽光下。

第八章

狄恩的派對後，媽把我禁足兩個星期。她很喜歡發表演說：「這根本是暴動。」而那正是我的懲罰，一場暴動。為了我在狄恩派對上的表現，我將自己禁足。

不過，他們還是容忍我午餐跟他們坐在一起，這大部分要感謝希拉蕊和狄恩。其他人聽到我宣布，接下來一整個月都必須在家禁足，他們似乎鬆了口氣。這表示他們暫時不需要決定怎麼對待我。

不曉得為什麼，希拉蕊對我真的很友善。也許是我支援並助長了她毫無價值的青少年反叛價值，也許是因為她拜託我讀她寫的《聖母峰之死》讀書報告，而我基本上根本幫她重寫了一份，而這份作業幫她拿到了A＋。我全都不在乎，只要她需要我，我都會幫她。

奧莉薇亞發現狄恩那場派對後，努力裝作滿不在乎，就算明知我受邀，卻沒跟她們說，或是發現我跟連恩有一腿，她通通表現出一副沒什麼大不了的樣子，明明這些都是她想要的。「好玩嗎？」她開朗地問道，眼睛眨得飛快，活像啟動臉上的假笑電力。

「妳問我？」我雙手掌心向上，至少大家都笑了。

在電影和電視，學校最受歡迎的女生通常是最漂亮的，有著像芭比娃娃那種不可能的豐滿曲線和身材比例，但布萊德利和其他類似背景的高中，卻鄙視這種標準。奧莉薇亞是那種祖母會說美麗的女孩：「我的天啊，好漂亮的小姑娘啊。」她捲髮蓬鬆，用吹風機吹整時，整個會毛茸茸、怒髮衝冠。她喝了酒，臉頰會紅通通的，鼻子滿是黑頭粉刺，一整天下來堆積越來越多油份。連恩不會主動去找她，她必須處心積慮把他吸引過來。

後來妮爾教我，打扮地像要去拍啤酒廣告的樣子並不會加分，應該更低調一點。為什麼要這麼努力去營造美麗與身份的傳統符號——完美的金髮、完美均勻的古銅色肌膚、提包上都是黃銅名牌標誌——實在有夠丟臉。我花了好幾年的時間才學會這個道理，因為從十一歲開始，媽總是會抓住我的下巴，在我唇上「多加點色彩」，因為蒙特聖德蕾莎的學生，原本就以愛打扮聞名，而且絕不會被嘲笑。

跟我一樣，連恩也需要學習欣賞奧莉薇亞捲髮的魅力，而不是覺得它毛躁古怪，而且她的平胸其實比他以為的還要豐滿？我絕不會從中作梗。我發現這一生，我始終很難挺身維護自己，主動要求我想要的東西。我實在太害怕成為別人的負擔。我很想把它怪罪於那天晚上發生的事，還有隨後幾個星期以來發生的事，但我想這只是我人生的藍圖之一。請求連恩跟我一起去拿事後避孕藥，是我這輩子做過最大膽的事，看著他慢慢在表格填上「Friend」（朋友），像四年級那樣一邊寫一邊提醒自己拼字規則「『i』要在『e』之前，除非前面有『c』」，我突然想到自己為什麼很少這麼做。

奧莉薇亞只是需要一點時間確定我的退讓，並非一種手段。之後她就會接受我是真心的。狄恩的派對後，幾乎過了三個星期，我遠遠看到她在數學廳後面。當我朝她走過去，她停下來說：「妳瘦了。」從她口裡說出來像是一種指控，而不是讚美，就連十四歲女孩都知道要這麼說話。怎麼可能？妳是怎麼辦到的？

我整個人開心起來，輕快地說：「越野馬拉松！」然而真相其實是經過那天晚上，我只吃得下甜瓜。我拚命練跑，但是成績卻更加惡化，而非進步，拉森老師會大吼：「快點！蒂芙妮！」語氣不是鼓勵。而是惱火。

希拉蕊邀我星期六去奧莉薇亞家過夜，剛好是我禁足最後一個星期六，媽同意了，我早知道她會答應。她說我這段時間很乖，還會幫忙做家事，所以提早一天解禁。那根本是天大的笑話。她當時對希拉蕊和奧莉薇亞父母的背景很著迷，尤其是奧莉薇亞的媽媽，安娜貝拉・卡普蘭，娘家姓科因，是梅西百貨家族的後代，她開著一輛古董積架。媽很清楚千萬不要妨礙這段萌芽中的友誼，她付這筆學費可不是為了教育，實際的價值在於人際關係，正如我看到連恩摟著奧莉薇亞有如芭蕾女伶的肩膀，也知道只要別過頭去就好，儘管我的喉嚨彷彿灌了酸液，如此強烈。

※　※　※

星期六下午五點，媽送我到奧莉薇亞家門口。從前門看過去，並沒有多豪華，畢竟是梅西百貨老闆孫女住的地方，你以為應該會更奢華。結果原來只是樹木、藤蔓和常春藤遮蔽了真相，一旦你穿過後門，就會看到一棟接著一棟的房子，占地一英畝的廣闊庭院，有游泳池和一棟卡普蘭女傭露意莎住的高級宿舍。

我敲了敲後門。好幾秒過去，我才看到希拉蕊染得像草莓色的短髮，朝我走過來。我在奧莉薇亞家，從未見過卡普蘭。

她父親脾氣暴躁，奧莉薇亞時常悶悶不樂，手腕帶著瘀青，而她母親則熱衷於各式各樣的整型手術，似乎總是在復原中。這種父母組合——虐待與虛榮——讓奧莉薇亞的形象在我心中更為具體，認識她之後，有好幾年我一直渴望像她那樣，成為一個迷人的可憐富家女。儘管她曾經那樣對待我，儘管她後來發生了那種事，都無法澆熄我的嗜血。

希拉蕊把門打開。「喲，女孩。」希拉蕊和奧莉薇亞稱呼彼此女孩。我後來花了好幾年時間才改掉這個惹人厭的習慣。

希拉蕊穿著半截式T恤，我的目光停留在她平坦肚上的線條。男生都在背後叫她男人蕊，因為她寬闊的肩膀和運動員骨架。不過我發現她古銅色肌肉很有魅力，她沒有奧莉薇亞那麼瘦，但她的身體沒有一點肥肉，而且希拉蕊不運動，她母親還偽造一封「壁球教練」的信，讓她可以不必上體育課。她擁有皮拉提斯身材，而當時根本還沒有皮拉提斯這種東西。

我來這裡一路上都很緊張。奧莉薇亞並沒有邀請我——是希拉蕊邀我的。過去兩個禮拜，奧莉薇亞真的還滿熱衷於跟連恩的遊戲。我毫無反抗地放下他，宛如這只是朋友之間的事，他、奧莉薇亞和希拉蕊之間——我們發現原來加上我名字的首字母，我們現在是HOT（辣妹）——不過我很清楚哪個人有長期潛力。

「上來吧。」希拉蕊兩階併一階上樓，她每跳一階，後肌腱肌肉就彎曲對抗地心引力。希拉蕊總是喜歡做一些跟別不一樣、奇怪的事。這是她的花招之一。

樓上一整面側翼都是奧莉薇亞的房間——彷彿閣樓的大空間，跟她妹妹的房間隔一間浴室，她妹妹去上寄宿學校並不在家。希拉蕊曾跟我說過，奧莉薇亞的妹妹比較漂亮，也比較受寵。這就是奧莉薇亞幾乎不吃東西的原因。

奧莉薇亞雙腳交叉坐在地上，懶洋洋地靠著床柱。地上散落好幾包瑞典軟糖小魚和水果軟糖，一瓶伏特加和倒在一邊的一公升低卡可樂，這些東西圍繞著她，活像甜食戰爭事故現場。

「嗨，女孩！」奧莉薇亞嘴裡咬著一塊瑞典小魚，再咬成兩半，伸手去拿伏特加。「喝吧。」

我們用低卡可樂把伏特加沖下去，咬下糖果，整張臉皺在一起，努力消化那一口。窗外陽光逐漸消失，我們的瞳孔變圓，不過還是沒開燈。

「找狄恩過來吧。」奧莉薇亞說道，要不是我們喝多了伏特加，就會考慮到狄恩貪婪本性，就會知道事情一定會搞砸。

飢餓和糖份讓我腦筋混沌。奧莉薇亞對我露齒微笑，她的齒縫活像聖誕紅。「他知道妳在這裡，一定會過來。」

要不是狄恩的長相，還有他的精子在我舌頭的感官記憶，再再讓我想嘔吐，我就能回應他對我的感覺，說不定所有事情都會不一樣。

「他要來！」希拉蕊笑著翻過身來，抱著膝蓋滾來滾去。我都可以看到她的內褲。今天是螢光綠。

「不會吧。」我拿起伏特加，直接就口，當液體流進我的肚子，我全身抖了一下，有如熔岩般灼熱。

奧莉薇亞在電話中說：「等天黑再進來，要不然露意莎會看到。」

如果是蒙特聖德蕾莎女孩，我們一定會吵吵鬧鬧聚在鏡子前，興奮地刷腮紅，拿著像毛茸茸蜘蛛腳的睫毛刷，在睫毛擦上厚厚的睫毛膏。然而奧莉薇亞只是將凌亂的捲髮往後攏，用髮帶綁好。「他們會帶四十（註41）過來。」

「有誰？」我期待能聽到連恩的名字。

「狄恩、連恩和邁爾斯。」她用力咬著水果軟糖。「啊，還有戴夫。」

「他媽的戴夫。」希拉蕊同意道。

我跟她們說要去洗手間。我跌跌撞撞穿過走廊，進浴室鎖上門，我現在要做的事比抱馬桶還要丟臉：整理儀容。鏡中的我，臉頰紅通通的。我把水潑在臉上，希望能冷卻一下。我在抽屜裡翻來翻去，尋找眼線筆、唇蜜之累的。我找到乾掉的睫毛膏，不斷將刷子伸進瓶身，努力看能不能刮一些睫毛膏出來。

我聽到男生砰砰砰上樓的聲音，凝視著鏡中的自己。「沒問題，妳沒問題的。」我根本沒開燈，太陽餘暉照在我臉上，將我希望看到的自信掃去。

等我回到奧莉薇亞的房間，所有人已經坐成一圈，拿起濕紙袋喝著四十。連恩和狄恩之間有個空位，我坐下來，在能力可及的範圍內，偷偷盡量靠近連恩。狄恩把酒傳過來，我不知道一般啤酒和四十之間的差異，我拉下紙袋，看上面的標籤：麥芽啤酒。我沒有問那是什麼就喝下去。

經過一小時腦殘對話，那些話在我心中越來越含糊，奧莉薇亞宣布現在可以去外面抽菸了。

41 一瓶容量四十盎司的麥芽啤酒，美國人喝酒俗又大碗的選擇，簡稱「四十」。

我們偷偷摸摸下樓，一個個穿過廚房再魚貫溜出去，就像秩序良好的火災演習。我們找到遮蔽廚房窗戶的私密花園，大家擠在一起圍成一圈，兩邊低矮、濃密的楓樹林朝我們延伸過來，彷彿等著擁抱的雙臂。我不曉得那只是第二間廚房。「女僕的廚房。」奧莉薇亞解釋道，比我們家陽春麥式豪宅的廚房還大。奧莉薇亞父母很少用到這間廚房，她說道，只要我們保持安靜就不會被發現。

狄恩從菸盒抽出一根大麻菸，先用打火機在它底下燒一下，再把菸放進嘴裡點上。

我們從左邊傳過去輪流抽，奧莉薇亞和希拉蕊在我前面，她們都沒辦法把菸吸進去，全都吸一口就猛咳嗽，男生翻了翻白眼，小聲叫她們趕緊把菸傳過去，免得燒完。

八年級莉亞家那晚之後，我就沒吸過大麻。我很怕那種嗑藥的感覺，毫無預警從背後偷偷摸摸將我整個人籠罩在它威力之下。身上每一根血管全都充血，不停跳動，我都要以為這種感覺永遠不會消失，我再也無法變回正常。然而渴望與希拉蕊和奧莉薇亞競爭的心卻超越了恐懼。我拿著大麻菸，尾端正燃燒著，宛如初夏的螢火蟲。為了讓連恩印象深刻，我深深吸了一口菸，讓它進入我的肺裡，然後慢慢將煙吐出來，有如優雅的緞帶圍繞我的臉龐。

「我必須多認識一些天主教學校女孩。」連恩說道，雙眼迷濛。

「我聽說她們用牙刷。」奧莉薇亞細聲喃喃說道，似乎很緊張，不曉得這個笑話會得到什麼評價。大家爆笑出聲，奧莉薇亞嚇得半死，趕緊要大家小聲點，她對父親的懼怕，暫時壓過驕傲——她一直控制得很好。

狄恩摟住我的腰。「別擔心，芬妮，妳完全不需要那個。」

沒有什麼比無法控制自己的反應更糟了，現在的我就是這樣，當你的痛根本無處可藏。於是我笑了，笑聲與臉上表情形成強烈反差，這只是讓感覺更糟而已。

那管大麻被我們抽到變成一小截，連恩說要去上廁所，然後就回房子裡了。我心想是不是應該跟著他進去，所有對話聽起來都像嗡嗡嗡。我開始感受到剛才英勇行為導致的後果，大麻菸困在我胸腔太久了。當我發現奧莉薇亞也不見了，心跳在我耳邊震耳欲聾，她竟然就這樣偷偷溜走。我根本沒注意到。我從紅寶石般的楓葉縫隙看過去，越過窗戶底下那一片修剪平整的綠色樹籬，發現廚房空蕩蕩的。

「我好冷。」我說道，突然感到一陣驚慌，竟然這麼冷，我全身都在發抖。「我們進去吧。」我必須移動，必須專心一致，先踏出第一步再接著下一步，然後把手放在冰涼的門把上轉動它，怎樣都好，就是不要再抖個不停了，活像塑膠發條玩具，糖果紅的牙齦和突出的白色牙齒，底下只有一雙腳，在桌面上喀噠喀噠走來走去，根本就是穿著開襟毛衣的長輩冷笑話。

「我們再待一會吧。」是狄恩的聲音。狄恩一把將我拉過去，原來只剩下狄恩在外面，其他人去了哪裡？

「等等。」我頭垂得低低的，額頭都碰到狄恩的胸膛，只想避開他的嘴，他正低頭把嘴湊上來。

狄恩一根指頭不斷在我下巴和脖子間的凹陷扭動，強迫我的頭抬起來。

「我真的很冷。」我一邊抗議，一邊屈服於他。當我感覺狄恩濕濡的嘴唇碰到我的，我吞一下口水，心想，一下就好，還是必須配合一下，不能太無禮。

我玩弄狄恩肥大的舌頭，發現自己手掌正貼在他胸膛，持續試圖把他推開，只好順從地抱住他毛茸茸的脖子。

狄恩的指頭正在我的休閒褲鈕釦奮戰。太快了，如果現在就喊停，狄恩不會相信我。我盡量冷靜下來，推開他。

「我們進去吧。」我試圖讓自己聽起來像是在喘息，充滿誘惑，只是我們兩個都很清楚，屋子裡沒有地方可以實現我的承諾。太遲了，我發現自己的危險遊戲已被看透，我犯了致命錯誤，錯估狄恩這個人。他猴急地不顧我褲子鈕釦，猛力將它拉下骨盆，我整個人跌在地上，往後一倒，手腕扶著地板的角度，根本就要骨折了，我像受傷的小狗發出哀鳴，聲音穿透庭院。

「閉嘴！」狄恩凶惡吼道，雙膝跪地，用力打了我一巴掌。

在我來布萊德利之前，甚至一切證據都證明我跟其他人不一樣之前，我仍舊不是你可以打巴掌的女孩。殘酷的手打在我臉上那刻，打開了我的開關。我開始尖叫，一種發自喉嚨、古老的聲音，我從未聽過。當身體本能啟動，你會知道它要做什麼，為了求生，它會釋放出氣味和聲音，這在現代社會十分罕見。那天晚上，我被狄恩壓制在地上，不斷掙扎、尖叫，黏膩的汗水在腋下堆積，我發現了這件事，而且並不是最後一次。

狄恩終於把我褲子鈕釦解開，我的褲子被拉到臀部，前方屋子突然一亮，我們聽到奧莉薇亞的父親大吼。奧莉薇亞突然從後門冒出來，對著我尖叫，叫我滾，永遠不要再來。我迅速朝門口跑去，背後傳來狄恩的喘息聲，我雙手發抖試圖打開門閂。

「走開！」他推開我，解開門閂，大門應聲而開。狄恩衝了出去，又停了下來，不知道為什麼，竟然扶住大門，讓我也能一起逃出來。前方沒多遠就是車道，我聽到後方傳來更多腳步聲，其他男孩正朝戴夫停在街上的 Navigator 走去。

來到街上，我開始往右跑，根本不曉得能去哪裡，只是右邊正好可以遠離戴夫的車子，遠離它面對的方向。我一直往前跑，直到再也看不見奧莉薇亞家的燈光，四周一片漆黑，我有可能就這樣倒在路邊，夜晚的冷空氣刺痛我的肺，我的心臟就像車輪瘋狂轉動，彷彿這輩子沒一口氣跑過一英里，彷彿這不是我自己選擇的學校運動項目。

※　※　※

我深入幹線區腹地，每座豪宅都距離道路非常遠，位於樹林後面，體面且燈火通明。只要有車子震動聲，我就會躲進樹叢裡，等著車子離開，看著揚長而去的紅、黃色車燈，確定不是戴夫的 Navigator 才鬆了口氣。我的腎上腺素高得不能再高了，我一直在繞路，應該需要好幾個小時，我身上的伏特加和低卡可樂才能消化，幾個小時後，我才發現自己手腕腫成兩倍大，不停震動，跟我的心跳同步。

一個計畫在我心中成型：先找到蒙哥馬利大道，再直直走到亞柏路，在那裡我可以右轉到亞瑟他家。我會用小石子丟他的窗戶，就像電影裡，男生去喜歡的女生家那樣。他會接受我，他一定會。

我一直在不同路上轉來轉去，每次都確定那條路會通往主道路。我終於越來越絕望，當一組車燈出現在陡坡，我沒有逃開，那輛車的車身低矮光滑，肯定不是戴夫的車。

車子繞過坡道停在山下，我慢跑上前，對著車窗詢問怎麼到蒙哥馬利大道。面對車窗的太太嚇了一大跳，嘴巴張得大大地，車子在她腳底下發出刺耳嚎叫。她的賓士車飛快超過我衝進黑夜，說不定她正趕著去參加晚宴，想必她現在有個精彩的都市傳奇可以分享給那些全身鬆垮的朋友，跟他們說剛才在葛倫路上差點被劫車，有個小混混像怪物一樣突然冒出來。

經過彷彿永恆那麼久，也有可能只有一秒，我轉彎找到一長排路燈，再過去四分之一英里轉彎處，有個瓦瓦便利商店的T霸招牌。我沒耐心用走的，拔腿跑了起來，雙手放鬆垂在兩側，就像拉森老師教我們那樣。「握拳反而浪費體力。」他解釋道，還親自示範，用力握拳。「你必須盡量保存體力。」

我慢跑穿過加油站霓虹燈底下，伸手擋住突如其來的亮光，彷彿它是衝破雲層的陽光。我用肩膀推開店門，發現裡面真的好溫暖，一進到封閉空間才知道自己一身汗臭。我在櫃檯不遠處停下來，免得對方聞到我的臭味。

「請問再過去右轉是不是蒙哥馬利大道？」我發現自己口齒不清，嚇了一大跳。

收銀員正在玩拼字遊戲，他不耐煩地抬起頭來，眨了眨眼睛，像是在重新設定自己整張臉。

「小姐。」他一手放在胸口。「妳還好嗎？」

我先摸摸自己的手，再摸到頭髮，感覺到泥土。「我只是跌倒了。」

收銀員伸手去拿電話。「我打電話報警。」

「不！」我一躍向前，他往後退了一步，手上還是握著電話。

「別這麼做！」他吼道，我這才知道他也很害怕。

「拜託。」我說道。他的指頭只撥了九。「我不需要警察。你只要告訴我，怎麼到蒙哥馬利大道。」

店員暫停動作，兩隻手抓著電話，用力到指節都變白了。「還要很遠。」他終於說道。

我聽到後面傳來店門打開的聲音，整個人僵住，我可不想在店裡跟另一個顧客製造出混亂場面。「可以跟我說怎麼走嗎？」我低聲說道。

店員緩緩掛上電話，一臉不確定地去拿地圖。

我聽到自己的名字。

在我後面的人原來是拉森老師。是拉森老師把手放在我肩上，帶著我走出瓦瓦，將副駕駛座的外帶提袋拿開，叫我趕緊上車。在這種狀況下被找到，讓我無法再隱藏任何祕密。我所有的謊言——我跟每個人說的那些話，甚至對我自己。淚水從我雙頰滑落，細細一長條，劃破如午夜般漆黑的臉頰，根本就像一枝筆畫出來的，我開始跟他訴說發生了什麼事，而且根本無法停止。

※　※　※

拉森老師拿毛毯和水給我，還拿冰袋讓我敷臉。他原本想帶我去醫院，只是一聽到這個提議，我馬上開始歇斯底里，他只好同意帶我回他公寓。我看他處理這種狀況如此嫻熟——帶我到安全的地方，安撫我、讓我冷靜下來——當時我並不覺得驚訝，但現在卻會。他是個成年人，當然知道怎麼做，然而我當時無法理解的是，這對他來說是新鮮事嗎？當你已不是十四歲，二十四歲究竟算多年輕呢。不過兩年前，拉森老師才跟他兄弟會哥兒們在康乃爾大學的比比湖裸泳，這是新鮮人唯一要完成的目標，而他們全都會大喊哇靠，因為她實在太美了，當你一看到她，就會倒抽一口氣「哇靠」。我們看起來甚至沒有差那麼多歲。如果我化妝，穿上洋裝，他會在我們第一次約會後就帶我回公寓，因為約會過程超級順利。

我竟然到納博斯了，我從奧莉薇亞家至少走了七英里。現在幾乎凌晨一點了，拉森老師正從馬納揚克的酒吧開車回家，他大部分朋友都住那裡，要不是早上從那裡到布萊德利教書，根本算遠足健行了，他也會住在那裡。他告訴我，原本要去瓦瓦買零食，他拍了拍肚子說：「最近吃太多零食了。」他是想逗我笑，於是我笑了，出於禮貌。

我不覺得拉森老師胖，不過當我們回到他公寓，我根據客廳的周長，仔細端詳掛在牆上的相片，還有正從我肩上滑落的毯子，我想他以前應該跟連恩和狄恩一樣，結實有肌肉。充滿肌肉的肩膀需要在健身房苦練出來，不過瘦削的腰線可不是靠仰臥推舉練得出來的。我已經不再想著拉森老師是我真實人生中見過最好看的男人，就在他變成我的教練之後，就在他涉入我的事件之後，不過這些照片提醒了我，第一天到學校看見的情景。我將毯子緊緊圍住肩膀，突然覺得我的V領毛衣領口太低。

「來吃吧。」拉森老師出現在門口，盤子上放了一片濕濕的墓石披薩（註42）要給我吃。

我聽話吃下去。原本還堅持拉森老師不必弄東西給我吃，因為沒什麼胃口，不過當我

42 Tombstone，冷凍披薩品牌。

咬下一口微波披薩，裡面還是冷的，根本沒熟，一股飢餓感馬上來襲。我吃完那片，後來又吃了三片，最後才筋疲力盡癱在沙發上。

「好一點了嗎？」拉森老師問道，我陰鬱地點點頭。

「蒂芙妮。」開始了，他坐在沙發旁的La-Z-Boy椅，傾身向前。他坐在那張椅子上，始終小心翼翼的。「我們必須來談談下一步要怎麼做。」

我包著毯子，苦著一張臉。披薩給了我繼續哭的能量。「拜託。」我啜泣道。拜託不要跟我父母說，拜託不要跟學校說，拜託當我的朋友就好，不要讓事情變得更糟了。

「也許我不該跟妳說這些。」拉森老師嘆了口氣。「過去也曾經發生過類似問題，同樣是狄恩。」

我用毯子擦臉，抬起頭來。「什麼意思？」

「這不是他第一次強暴另一個學生。」

「企圖強暴。」我糾正他。

「不。」拉森老師肯定地說道。「三個禮拜前，在他家發生的事，並不是企圖，他今晚做的事才是企圖。」

儘管一切水落石出，儘管灰燼已經在草地上發酵，儘管我上了大學，後來搬到紐約，得到我想要的一切，拉森老師是唯一跟我說，這一切都不是我的錯的人。我甚至在媽眼中看到一絲猶豫。只能你主動對別人口交，不可能別人逼你口交。妳說的那種狀況，怎麼可能發生？妳怎麼可以去一個只有妳一個女生的派對，卻沒想到會發生這種事？

「我父母絕不會原諒我毀了這一切。」我說道。

「會的。」拉森老師保證道。「他們會的。」

我往後一躺，頭枕在沙發上，閉上眼睛，我的腳好痛，畢竟走了整個幹線區。我可以直接躺在這裡睡覺，但是拉森老師堅持我睡他的床，他不斷強調他睡沙發就好。

他輕輕關上房門，我鑽進羽絨被裡，深紅色的被單窸窣作響。拉森老師聞起來就是成人的味道，像父親。我心想在我之前有多少女孩睡過這張床，拉森老師吻著她們的脖子，在她們身上移動，緩慢出力，一切正如我想像中的性。

※　※　※

我在半夜尖叫醒來。我從未真正聽過自己的聲音，不過聽起來一定很可怕，因為拉森老師氣喘吁吁衝進房間。他打開燈，站在床邊，趕緊把我從惡夢中叫醒。

「妳還好嗎？」拉森老師看到我醒來，兩隻眼睛盯著他，輕聲說道。「妳還好嗎。」

我把被子拉到下巴，把全身遮住，只剩頭露出來，媽在沙灘上總是會用沙堆成這樣。

「對不起。」我難為情地輕聲說道。

「妳不必道歉。」拉森老師說道。「只是做惡夢而已，我想妳應該會想醒過來。」

我沒有身體的頭點了點。「謝謝。」

拉森老師身上的T恤順著漂亮的肩線舒適地垂下，他轉身準備離開。

「等等！」我抓緊被子。我沒辦法單獨待在房裡，我的心臟在胸腔宛如打嗝一般，非常可怕，這是暈倒的首要徵兆。再這樣下去，我的心跳會停止，萬一發生這種事，旁邊要有人在，我才能求救。「我沒辦法……我沒辦法睡，你可以留下來嗎？」

我望著拉森老師寬闊的肩膀，他回頭看著躺在床上的我，臉上帶著我無法理解的哀傷。「我可以睡在地上。」

我鼓舞地點了點頭，拉森老師走回客廳，回來時，手上拿著枕頭和毯子。他在地板安頓好，才把燈關上，蹲下來重新整理了一下枕頭和被子再睡下。

「試著睡一下吧，蒂芙妮。」他疲倦地說道。不過我並沒有試，我整晚都醒著，聽著他穩定、具有安撫作用的呼吸聲，讓我相信一切都會沒事的。當時我並不知道，在那之後將有一輩子無數失眠夜晚等著我。

※ ※ ※

早上拉森老師幫我微波冷凍貝果。他沒有奶油起司，只有表面變硬的奶油，不平整的切面上還有麵包屑。

經過一夜，儘管我的臉已經消腫，臉頰仍然被烙下淡紅色痕跡。但是我真正擔心的是我的手腕，拉森老師說要去便利商店幫我買 Ace 繃帶和牙刷，之後再開車載我回家，他答應幫我跟父母說，究竟發生了什麼事。我心不甘情不願地同意。

他離開後。我拿起電話，撥了家裡的號碼。

「嗨，甜心！」媽說道。

「嗨，媽。」

「喔！」她說道。「在忘記之前先跟妳說，幾分鐘前，狄恩・巴頓才打電話找妳。」

我像是見到一線曙光，握著電話。「他找我？」

「他說很重要，呃，等一下，我找一下留言。」我聽到媽忙碌的聲音，只能努力克制不要尖叫，要她快一點。「什麼，蜜糖？」

「我沒有說話啊。」我怒道，結果她其實是在跟爸說話。

「是啊，就在車庫冰箱。」她頓了一下。「就在那裡。」

「媽！」我吼道。

「蒂芙妮，不要緊張。」媽說道。「妳知道妳父親的。」

「狄恩說了什麼？」

「找到他的留言了。儘快打電話給他，要討論化學分組的事。他也留了電話號碼，聽起來很緊張的樣子。」她發出清脆的笑聲。「他一定是喜歡妳。」

「把電話號碼跟我說？」我在拉森老師的抽屜找到便利貼和筆，寫下電話號碼。

「我再打電話給妳。」我說道。

「等等，蒂芙妮，什麼時候去接妳？」

「我再打電話給妳！」

我掛上電話，馬上撥了狄恩的號碼。我必須在拉森老師從便利商店回來前，知道他想幹麼。

鈴聲響到第三聲，狄恩才接起來，他「喂」的口氣很差。

「芬妮！」他一聽到是我，語氣馬上就變了。「妳昨晚到底去哪裡了？我們一直在找妳。」

我說了個謊言，跟他說我後來去一個隊友家，離奧莉薇亞家不遠。

「很好、很好。」狄恩說道「聽好，昨天晚上發生的事，我真的很抱歉。」他溫馴地笑著。「我真他媽的搞砸了。」

「你打我。」我小聲說道，連我自己都不確定自己有沒有說出來，直到狄恩回應。

「我真的很抱歉，芬妮。」狄恩粗短的喉嚨哽咽了起來。「我很後悔自己做的事，妳可以原諒我嗎？妳不原諒我的話，我也活不下去了。」

狄恩的語氣充滿絕望，我也深有同感——如果這一切都沒發生就好了，而只有我們有能力辦得到。

我吞一下口水。「好」

狄恩的呼吸在我耳裡聽來十分沉重。「謝謝妳，芬妮。謝謝妳。」

掛上電話後，我打電話給媽，跟她說我會坐火車。

「還有，媽？」我問道。「妳有 Neosporin（抗菌藥膏）嗎？我睡覺的時候，奧莉薇亞家的狗抓傷了我的臉。」奧莉薇亞家沒有狗。

拉森老師回來後，我已經穿好衣服，準備好我的謊言。我堅持坐火車，堅持他根本不瞭解我父母，我自己來跟他們說會比較好。

「妳確定？」拉森老師問道。他的語氣顯露出他根本不相信我的話，一句都不相信。

我抱歉地點了點頭。「十一點五十七分有一班火車從布林莫爾開出。現在離開的話還趕得上。」我別過頭去，不去看他那張失望的臉，他也看不見我的。有時候，我會想是不是因為我的決定，才讓事情變成那樣。或者該來的總是會來，是不是真如蒙特聖德蕾莎修女說的，上帝對我們每個人都有祂的計畫，而祂早在我們出生前，就很清楚後果了。

第九章

我沒有騙路克。我們從南塔克特回來幾天後，我告訴他，我要寄電子郵件給拉森老師。我無法停止想起他，我一直在想像我們兩個肩併肩，一起在幽暗的酒吧裡，當我跟他坦承第二個黑暗祕密：我不確定自己是否有辦法承受這些。他臉上的表情混雜著關心與情慾。我想像他吻我的模樣——剛開始他會控制自己，畢竟他還有妻子、布斯和艾斯貝絲。但是他後來想起來了，這是我。

緊接著，這小小幻想清單就這樣消失不見了。拉森老師絕不會那樣對我，我甚至也不想那樣對他。我就要結婚了。這只是每個新娘都會發生的臨陣退縮，只是一種逃避心態。會有這種臨陣退縮心態是很正常的，當我跟媽說乾脆不要結了，也許我並未如自己想的，已經準備好要結婚了，媽聽了之後提醒我。「像路克這種對象可不是每天都遇得到。」她警告道。「不要搞砸了，蒂芙。妳不可能找得到跟他一樣好的對象。」

拉森老師說他永遠都會支持我。他看過我像流浪狗一樣，最慘的時候，但他始終在背後支持我，想盡一切辦法幫助我。他甚至在我自己都沒任何概念之前，就想像出我有可能擁有的未來，而他也正是讓我朝這些目標前進的推手。那就是信念。在我的成長過程，我曾經以為信念就是信仰為我們殉身而死的上帝，而如果我的信念堅定不移，就能在死後見到祂。然而信念對我來說再也不是那樣了。如今，信念就是有個人在你身上看到你未曾見到的自己，而且永不放棄，直到你自己也看到了。我想要那個、我想念那個。

「有必要嗎？」我跟路克要拉森老師的電子信箱，他這樣反問我。語氣中沒有懷疑，但也沒有激動。

「什麼有沒有必要？」我不爽地吐他，就像對付質疑我交付工作的實習生。整句話是有哪個字妳聽不懂的？「這真的很瘋狂，我們竟會在那種狀況下相遇。而且他也要參加紀錄片拍攝，我想知道我們是不是會同時拍攝，還有他要說什麼。」路克的表情不太買帳，所以我更戲劇化。「我要知道全部內容，路克，我有好多事要跟他說。」

路克的手臂重重摔在沙發上，哀號一聲。「他是我的客戶，歐妮。我只是不希望事情變得……不可收拾……」

「你就是不懂。」我嘆了口氣，淒涼地走回房間，默默關上房門。隔天我又跟他要了一次信箱，路克只是寫下來遞給我，沒再說什麼。

我在收件人位置鍵入拉森老師的信箱，拿出內心舞會皇后那面，寫了一封甜蜜、活潑的信給他。「真不敢相信，我們竟然在那種狀況下相遇！世界真小，對吧？我很希望有機會敘舊，感覺我們有好多話要說。」

我按了八次重新整理才看到拉森老師回覆。我將信件打開，紅著臉，滿心期待。

「要不要一起喝咖啡？」他回信。「妳覺得這樣會不會比較自在？」我白眼翻到剛才吃的葡萄卡路里都快消耗掉了。咖啡？他還是把我當他學生看待。

「相信喝一杯會讓我們更『自在』。」我寫道。

「妳還是孩子時就很犀利了」看到他的回覆，那句「孩子」讓我很不爽，不過他同意了。

我們見面那天，我穿了一件寬鬆T恤型皮洋裝和露趾高跟靴子去上班，心想這就是所謂「犀利」的人夏天的穿著。

「妳美極了。」蘿蘿在走廊經過我身邊說道。「妳額頭打了肉毒嗎？」

「這是妳對我說過最貼心的話了。」我說道，蘿蘿尖聲大笑，我就知道她會這樣笑。我以為我們只是互相交換幾句幽默對話，但是蘿蘿卻放慢腳步，往後退了幾步，示意我到角落。「妳那篇『復仇A片』（註43）寫得真棒，棒透了。」

許多女人遭前男友惡意報復，我極力遊說蘿蘿作這個議題，還特別寫了六大頁專題報導，然而目前的隱私和性騷擾法律卻沒有跟上科技的進步，技術上來說，根本沒有法律能制裁這種行為，幫助這些受害者。

「謝謝。」我心情整個好了起來。

「真的很棒，果然什麼議題都難不倒妳。」蘿蘿繼續說道。「不過我覺得這篇放在這裡的影響力還不如放在別的地方，妳知道我說哪裡。」她努力想挑高眉頭，但最後還是放棄了。

我本來想說：「這篇文章很應景，我應該很快就能寫好。」

「噢，我不認為我們會拖太久。」她微笑，露出香奈兒口紅雙唇後的咖啡漬牙齒。

我配合她的表情。「這消息真的太棒了。」

蘿蘿塗了黑指甲油的手指朝我搖了搖。「Ciao（再見）。」

感覺這是個好兆頭。

---

43 Revenge Porn，泛指情侶分手後，一方四處散布對方的色情圖片和影片等。

※ ※ ※

在酒吧一片戴奧尼索斯迷霧中，拉森老師健壯的背有如海市蜃樓。我穿梭在一群減價時段招來的 Theory 緊身窄裙和把婚戒收在口袋裡的金融人士，高跟鞋踩在地板的聲音彷彿唱誦著「理智、理智、理智。」

我拍拍他的肩。他要不是那天沒打領帶，就是拿掉了，他襯衫領口開到喉嚨，形成一個V，看到他露出的皮膚，就像我第一次看他穿牛仔褲一樣驚訝。提醒我，其實我並不瞭解他。「抱歉！」我嘴角露出懺悔笑容。「卡在工作中。」我吹掉卡在嘴巴的一綹頭髮，證明自己有多累。我這麼忙，還是撥空跟你碰面。

這當然不是真的。我大約七點二十分就在《女性雜誌》洗手間開始準備了。我噴上體香劑、刷牙，還將漱口水停留在嘴裡好久，眼睛都溼了。再來是化妝，我費了好大力氣才做出裸妝效果。我離開辦公室已經七點四十一分了，比計畫晚一分鐘，根據計畫，我應該在八點七分抵達熨斗大廈的酒吧。「完美的遲到可以顯示出妳並沒那麼在乎他。」妮爾說過。

拉森老師的嘴唇停頓在杯緣。「我應該罰妳跑操場。」他輕啜一口，我注意到他那杯蘇格蘭威士忌快見底了，發現他已經微醺。

想到拉森老師命令我做什麼，大吼要我跑快點、速度加快，投入，蒂芙妮，讓我頸後寒毛豎起。我趕緊假裝忙著在他身旁坐下，不能讓他看到我寒毛豎起。還不能。

我將一撮頭髮塞進耳後。「你知道我每個禮拜至少會做一次你教我們的山丘運動。」

拉森老師噗嗤笑了出來，儘管眼周皺了起來，他還是有一張娃娃臉，絲毫不受額頭灰髮的影響。「在哪裡做？這座城市有個特色——平到不行。」

「我知道，跟米爾克里克山丘根本不能比。我住在翠貝卡，所以必須到布魯克林大橋做。」我做作地嘆了口氣。我們兩人都很清楚住在布魯克林大橋旁的簡約一房，比住在破舊的布林莫爾豪宅要高級多了。

酒保注意到我，點頭詢問我要什麼。「伏特加馬丁尼。」我說道。「純的。」這是我的華麗編輯喝法。我平常不是這樣喝馬丁尼的，我會配上一袋經濟包巧克力椒鹽卷餅，不過當我需要微醺的感覺儘快降臨，這就是我的萬靈丹。有時甚至還能騙過自己，以為很累了，該去睡了。

「看看妳。」拉森老師稍微往後，為了看清楚我特別為他打扮的成果。叛逆的皮洋裝，別在耳朵上的鑽石，這是我故意要讓他看到的。我在他眼中看到驚豔的火花和認可，雖然只有一瞬間，卻有一種無法承受的感覺，像是不小心碰到灼熱的爐子。你身體產生的反應衝擊了整個系統。「我一直都知道妳將來會成為這樣。」

我根本快爆炸了，但我只是維持面無表情。「酒鬼？」

「不，是這個。」他雙手從我兩旁劃過。「妳就是那種人們在路上看到會納悶這個人是誰、做什麼的。」

酒保把我的酒輕滑到我面前，我喝下灼熱的一口。我需要它，免得接下來要說的話說不出口。「我現在的工作，不過是寫一堆口交技巧。」

拉森老師別過臉去。「拜託，蒂芙。」

拉森老師喊出我的舊名，語氣中帶著失望，就好像狄恩的手再一次掃過我的臉。我又喝了一口酒，這次特別大一口，嘴上全是伏特加，再趕緊回神過來。「從舊學生口中說出這種話太超過？」

拉森老師將酒杯放在掌心轉了轉。「我痛恨妳像這樣貶低自己。」

我一隻手肘放在吧檯上，坐在高腳椅，轉身面對他，讓他看見這整件事帶給我的娛樂性。「噢，我沒有。就算無法保有我的新聞工作者尊嚴，至少我還是以幽默態度看待它。相信我，我很好。」

拉森老師看著我，眼中的瞭解讓我幾乎無法承受。「妳看起來當然很好。我猜我只是想確定妳是不是真的如此。」

馬丁尼還沒產生作用，我也還沒準備好要進入正題。我以為我們要慢慢來，先來點性話題熱場子，再來一些跟我工作有關的自我貶低笑話，拉森老師看穿我的固定模式，總是貶抑自己的抱負，以及他妻子所缺乏的聰明才智。我是否也覺得路克缺乏些什麼呢？是的、是的，可悲的是，我應該會這麼說，可能還會流下幾滴清淚。*他就是不懂，沒幾個人懂*。然後直視拉森老師——讓他明白他就是那少數人之一。

「好、好。」我笑道。「紀錄片的事讓我心不在焉。」

拉森老師附和我的笑，我鬆了口氣。「我懂妳的意思。」

「我的確對它很有疑慮。」我說道。「但我還是超想參加的。」

拉森老師並未表現出理解。「為什麼會有疑慮？」

「因為我不曉得這部片的立場是什麼。我知道剪接可以做到什麼程度。」我聲音越來越低，靠了過去，就好像接下來要說的話，通常我不會跟別人說，但我願意為拉森老師開先例。「我是說，我很善於用文字操縱風向。我很清楚想要呈現出什麼效果，即便還沒開始做研究，也還沒電話採訪《今日秀》的工具人醫師。萬一他說的不符合我要的，我就換個方式提問。或者——」我頭微傾，回憶一下另一個選項。「去找《早安美國》的工具人醫師，再想辦法從他身上獲得適用的資訊。」

「所以事情就是這樣運作的。」拉森老師眼角瞇起，小心翼翼的，像是要瞇起眼睛透過窺視孔看穿我的面具。在他的直視下，終究會讓原本的龜裂的擋風玻璃整個崩塌。

我得意地微笑。「我想說的是，畢竟我不能把所有希望都放在這上面吧。」

拉森老師的肩膀放鬆下來，剛好跟我肩並肩。他的呼吸灼熱，帶著樂加維林威士忌的味道。「不，妳不能。但我不覺得妳有什麼好擔心的。我認為他們有興趣的，應該是沒有人聽過的故事，那就是妳的故事。只能說，」他稍微移開，如炭火般的熱氣就這麼消散，我整個人宛如浸入冰冷的海裡。「一切都說不得準。妳必須知道，不管他們怎麼說妳，最重要的是，在妳內心深處，妳很清楚真正的自己。」他一手放在胸口強調。整段話活脫是小時候看的宣導短片，有夠熱血的，如果這些話是從其他人口中說出來，我一定吐槽。然而這是從拉森老師口中說出來的，我會將它深深銘記在心中，在未來最低潮的時刻拿出來反覆品味。

我把玩著雞尾酒紙巾濕濡的邊緣。「拉森老師，真的沒什麼事可以撫慰我的。」

拉森老師嘆了口氣，彷彿才剛收到很糟糕的消息。「蒂芙，我的天啊。聽妳這麼說讓我好傷心。」

我整張臉皺起，露出恐怖皺紋，氣死我了，我用力拍自己的額頭，遮住屍橫遍野的皺紋慘案。

拉森老師彎下腰來，從我遮住的手底下看上來。「喂。」他說道。「別這樣，我不想讓妳難過。」然後一手壓在我背上，恰到好處的力道，稍微低了點，其實沒這個必要，我跨下有了感覺，如此猛烈的感覺，好希望快點結束，卻又如此甜美，讓人意猶未盡。

我給了他一個搖擺不穩的笑容，每個人都愛值得信賴的人。「我發誓我沒有一團亂。」

拉森老師笑了，他的手往上移了一點，像父親一樣，鼓勵地揉了揉我的背。我詛咒自己又弄錯方向了，但也在心裡作下筆記。*他喜歡破碎的我。*

「所以，現在是怎樣？」拉森老師問道，將手移開，坐直身體。「妳九月要回去那裡參加拍攝？」

合理的問題，沒什麼需要解析的。「是啊，你呢？」

拉森老師變換一下坐姿，苦著一張臉。這椅子對像他這樣的人來說太小了，他坐的很不舒服。「我也是。」

酒保過來問我們，要不要再來一杯。我迫切地點了點頭，但是拉森老師卻說他不用了。我稍微失望了一下，但努力不要表現出來。「惠妮支持你參加嗎？」我不爽地吐了一口氣。「因為路克並不支持。」

「路克不希望妳參加？」看得出來這讓拉森老師頗有意見，很好。

「他覺得那只會讓我回到非常黑暗的那面，而且還在我們籌備婚禮期間，就這樣。」

「嗯，他是擔心妳，我看得出來。」

我搖搖頭，很興奮有機會爆料偉大的聖路克。「他只是不想到時還要面對我和我那愚蠢的歐斯底里。他恨不得我永遠不要提布萊德利的事，真能如此，他一定開心死了。」

拉森老師指頭輕柔地劃過杯緣，我至今仍感覺得到，那晚在他公寓，他將ＯＫ繃貼在我臉上傷口，再撫平的那種感覺。他對著眼前的空杯子說：「聽著，往前看不代表不能談起這件事。或者不再受傷。我想傷痕永遠不會消失。」他瞥了我一眼，幾乎有點膽怯，不曉得我是不是同意這種說法，我們溫文有禮的路克絕不會這樣對我。不會，路克只會站上肥皂箱，發表一段簡明扼要的演說，告訴我應該想辦法將我人生中殘酷的一面消化掉。為什麼我會需要參加紀錄片拍攝？我根本不應該這麼天殺的在乎每個人怎麼看我。說的簡單，誰跟你一樣大家都他媽的愛你。

「我不是要對妳說教。」拉森老師說道。「對不起。」他的道歉讓我發現自己臉色有多難看。

「不會。」我眨了眨眼，甩掉路克。「你說的完全正確，謝謝你說這些話，從來沒有人跟我這樣說過。」

「我相信他應該盡力了。」拉森老師伸手過來想牽我的手，我竟然驚訝到四肢僵硬，讓他必須稍微費力才握得到我的手，他將我的手舉到空中，就像維多利亞時期，男人引領女人到舞池那樣。「他顯然很愛妳。」他用拇指壓了一下戴在我指間的證據，稍微移動一下寶石，挑眉看著我。

此時正是大膽說出實話的完美時機。「但我希望是別人。」

拉森老師小心翼翼將我的手放在吧檯上。我心想他是否有感覺到，是不是身上每一條神經都受到了衝擊。「這是兩個人的事，蒂芙。妳必須讓自己被愛。」

我把頭靠在手上。說出我們意外相遇後，我在腦子裡演練過無數次的台詞。「拉森老師。」我說：「你真的不想叫我歐妮，是吧？」

「這是妳問我能不能叫我安德魯的方法嗎？」他上唇揚起，撇到一邊，每當我想像他站在教室前面，臉上都是這種表情。什麼都騙不了他，我燃起一股需要他的欲望，宛如生物基本需求和野蠻本性般飢渴。「妳可以的。」

安德魯的襯衫口袋突然亮了起來，就像鋼鐵人的心臟。他拿出電話，我瞥見螢幕上出現「惠」，簡短的暱稱，唸起來像是一種背叛。「對不起。」他說道。「等一下我還要跟我太太吃晚餐，我不曉得這麼晚了。」

是啊，他等一下當然是要跟他太太吃晚餐，他媽的要不然咧，歐妮。妳到底在想什麼？難道你們兩個要在熨斗大廈這間毫無靈性與魅力的紅酒吧宣示彼此才是真愛嗎？然後一起離開去開房間？妳真是有夠噁心。

「我只是想跟你說一些事。」我說道，至少這句話將安德魯的目光從電話上拉回來。「有件事我很久就想說了。我真的很對不起，關於在馬校長辦公室發生的事，我竟然出爾反爾，這樣對你。」

「妳不需要道歉，蒂芙。」

他不會叫我「歐妮」的，但我不介意。「我真的應該道歉。而且我從未跟你說過……」我頭垂了下來。「那天早上我在你家跟狄恩通過電話，當你去便利商店的時候。」

安德魯愣了一下。「但他怎麼會知道妳在我家？」

「他不知道。」我跟他解釋我先打電話給我父母，說我在路上了，然後知道狄恩正在找我。「我真的以為星期一到學校，所有事都會解決。」我不屑地冷哼一聲。「老天，我真是白痴。」

「狄恩才是白痴。」安德魯將電話放在吧檯上，定睛看著我。「這一切都是狄恩的錯，從來就不是妳的錯。」

「而我卻讓他安全下莊。」我發出噁心的冷哼。「只因為我擔心若不這麼做，我就會變得不再受歡迎了。我真的好氣自己那樣做。」大學時，有人謠傳一些新鮮人被袋球隊的球員占便宜，我發現自己很氣她沒去舉報。當我跟她站在沙拉吧排隊，我真的好想大叫，千萬不能放過他們！然而當我看著她將花椰菜鋪在沙拉上面——沒有人會在沙拉放白色花椰菜——我的心就像被大鐵球砸到。讓我不禁納悶，那是不是她小時候最喜歡的蔬菜，她媽媽是不是都會特別煮給她吃，即便其他兄弟姊妹都痛恨白色花椰菜。我好想從後面抱住她，把臉埋進散發肥皂味的金髮裡，跟她說：「我懂。」

因為連我自己也辦不到。星期一早上，拉森老師第一件要做的事，就是頂著一頭塌髮去馬校長辦公室，就像我們原先說好的，要去跟他說，狄恩・巴頓又出事了，包括轉學生連恩・羅斯。我甚至沒有回導師班。還是鄧恩老師在走廊找到我，叫我馬上到馬校長辦公室。我拖著沉重腳步經過高三和高四休息室，穿過自助餐廳，裡面有幾個學生打著哈欠正在吃早餐，爬上樓梯往行政廳走去。拉森老師站在馬校長辦公室角落，很客氣地留了一個座位給我。我拒絕看他，我可以感受到他鼓勵的微笑。當我否認一切，我唯一能直視的只有我自己的 Steve Madden 木屐厚底鞋，鞋底被雨水浸出一圈白色。我心想媽是不是知道該怎麼清除。

「所以妳並沒有要舉報什麼事件？」馬校長根本是鬆了口氣，毫不掩飾他的如釋重負，畢竟巴頓家要捐助自助餐廳的新建工程。

我微笑說沒有。遮瑕膏根本遮不住我臉上的傷口，馬校長注意到了，卻假裝沒看到，演技真的很拙劣。

「怎麼回事？」到了走廊，拉森老師質問道。

「可不可以不要再提這件事了？」我懇求他，腳步並沒有停下來。看得出來他想拉住我，但我們兩人都很清楚，他不能這麼做。我加快腳步，試圖從他的失望中逃脫。失望的氣息宛如廉價古龍水，充斥整條走廊。

如今，經過這麼多年，安德魯細細檢視著我，就好像我是胸口突然出現的一顆斑。什麼時候出現的？有沒有危險？「妳必須給自己一些正面評價，蒂芙。」他說道。「妳只是想辦法度過難關而已。」在酒吧柔和的燈光底下，我在他寬闊、英俊的臉上，找不到一絲瑕疵。「妳現在的成功全是妳自己努力得來的，而且正正當當。不像某些我們認識的人。」

我情緒沸騰起來。「狄恩。」儘管有時候，我認為我們其實有許多相似之處，雖然我不願承認。

我們默默坐在那裡，享受夢幻的一刻，全身沐浴在柔和的光芒裡，填滿我們每一分空隙。我眼角餘光注意到酒保又在注意我們，我試圖用意念將他趕走，不過他卻開口問道。「需要什麼嗎？」

安德魯伸手去摸褲子口袋。「給我帳單就好。」我的第二杯馬丁尼在眼前閃耀，彷彿在嘲笑我。

「有機會可以一起吃午餐什麼的？」我繼續努力。「等週末都在城裡的時候。」

安德魯找到他要用的信用卡，交給酒保。他微笑看著我。「我很樂意。」

我微笑回應。「謝謝你請客。」

「對不起，我不能再多待了。」安德魯抖了抖衣袖，露出手錶，看著它挑眉。「我真的拖太久了。」

「沒問題，我就一個人坐在這裡繼續喝——」我威風地嘆了口氣。「享受人們盯著我，納悶我是誰，又是做什麼的。」

拉森老師大笑。「所以我算是嘗到甜頭囉。我以妳為傲，蒂芙。」

擋風玻璃上的裂痕又更深了。

※ ※ ※

臥室門關上，底下出現一條與地板平行的黑暗，路克一定提早上床睡覺了。我脫下皮洋裝，站在空調前一下。

我洗臉刷牙後，把門鎖上，關上燈。我將衣服留在沙發上，穿著胸罩和內褲，躡手躡腳走進臥室——我今天穿的是高級貨，以防萬一。

我打開抽屜時，路克動了一下。

「嗨。」他輕聲說道。

「嗨。」我將胸罩解開，任它滑落地板，過去我這麼做的時候，路克會跟我說，直接上床來吧，但他再也沒這麼說過了。我穿上短褲和坦克背心。

我鑽進被子。房裡的空氣冷淡而做作，窗型冷氣在角落暴躁咆哮著。燈已經關上，但我仍然看得見所有東西，感謝自由塔的餘光，派翠克・貝特曼（註44）正在高盛總部的摩天大樓裡熬夜工作，我看到路克的眼睛張開。在紐約找不到一間全黑的房間，這是我喜歡這裡另一個原因——外面的光線無時無刻都會照進來，跟我保證某些人還醒著，若是發生什麼不好的事，會有人可以幫我。

「有得到妳想要的訊息嗎？」路克問道，語氣平穩地就像西城公路旁的路跑步道。

我謹慎選擇我的字眼。「能跟他談談很好。」

路克翻過身去，用他的背批判我。「等這一切全都結束，我會很開心，妳也可以回歸正常生活。」

我知道路克想念的所謂正常，我知道他希望過去在床上的歐妮可以回來。晚上去**Chicken Box**的歐妮，那是一家南塔克特著名的酒吧，時常可見一群穿著**Calypso**寬鬆直筒短洋裝的女孩，活像復活節彩蛋，在門口排隊。那裡有個酒保叫雷茲，她其實叫麗茲，不過因為她長得像比較瘦的德爾塔・柏克，又喜歡穿迷彩裝，鼻孔中間還戴著鼻環，那些混蛋天龍人以為給她取個綽號叫雷茲（註45），就是足以媲美路易・C・K的喜劇天才。

---

44 電影《美國殺人魔》主角，在華爾街上班的菁英份子。

45 麗茲（Liz）是很女性化的名字，之所以叫她雷茲（Lezzie），是取「沒那麼麗茲（Less Liz）」的諧音。

路克朋友的妻子在雷茲面前都會很焦慮不安，但是我並不會。這是我們這群固定的笑話——叫歐妮去點酒，她回來的時候，至少會拿到一杯免費的「美好生活（Life Is Good）調酒」（覆盆子伏特加、雪碧、蔓越莓汁和紅牛的組合，很噁心），因為雷茲愛死她了，路克也愛她——因她之故，讓我跟其他女孩有巨大差異，她們會戴著腫脹的珍珠耳環和巴塔哥尼亞刷毛衣，漂亮，自以為很中性。路克找到一個不畏懼強悍T的女孩，不但能冷靜應對，還能如魚得水地跟她調情。

「我的小歐妮・藍尼克斯。」雷茲只要看見我就會這樣說：「幾個要用健怡？」

我會用指頭回答幾個女孩的「美好生活」要用健怡雪碧和低卡紅牛，雷茲則理解地笑道。「馬上來。」

雷茲調飲料時，路克會用鼻子刷過我一撮濕濡的頭髮，附在我耳邊問。「她為什麼又叫妳歐妮・藍尼克斯？」

而我總是頭微傾，把脖子送上。「因為歐妮・藍尼克斯是同性戀，而如果我是同性戀，她就可以上我。」

等雷茲把調酒放在吧檯上，路克的南塔克特紅短褲裡已經硬了，我們拿著飲料經過布斯、葛瑞爾和金賽斯時，我必須很有技巧地擋在他前面。

「上面有檸檬的是健怡。」我跟女孩們說道，這個謊話讓我露出殘酷的微笑。雷茲很喜歡提供「健怡」卡路里炸彈給穿著二十六號白色牛仔褲，很難伺候的小賤人們。

我們只喝了一點點，足夠對付外頭清冷的空氣。南塔克特有可能降到五十度以下，太陽下山之後，甚至會到四十度，即便是在酷暑的夏天。然後我們會叫計程車回哈里遜家，那裡的房間足夠路克整個兄弟會畢業班過夜。有些人會留下來吸大麻、玩啤酒乒乓，或是在廚房混合、微波一些奇怪的食物給喝醉的人吃，我和路克卻不是那樣的人。絕不，我們總是直接上床，在床單都還沒弄亂前，我的洋裝已經拉到腰間。很久以前我們就決定，只要去 Chicken Box，我都要穿洋裝，不管外頭有多冷。這樣我們回家才能以最快速度開戰。

我一直很著迷路克呻吟的臉，我躺在他下面，看著他臉上血管清晰可見，血液衝上他臉頰，雀斑瞬間消失在紅潮中，彷彿從來沒出現過。在這些夜晚，他從不在乎我有沒有高潮——就好像他已經決定這個儀式純粹只是為了他自己——但不管怎樣我還是有。因為我會想起差不多快兩年前那個夜晚，雷茲跟著我進洗手間，將我逼到背靠牆，她的唇出乎意料柔軟，焦慮地吻上我的唇。當我開始回吻她，她粗壯的大腿強行切入我腿間，我不禁貼上去舒緩自己的痛苦。

我跟自己爭辯要不要告訴路克這件事。並不是因為應該這麼做，或是什麼自以為正義的狗屎，而是因為我無法決定——他會因此性慾高漲？或是覺得噁心？跟路克在一起，總是無法滿足我怪異的高潮點，這一直以來都是難以解決的問題。

最後我還是決定不要說。如果雷茲長得像凱特•阿普頓，說不定我會說，如果她不要在我有如被遺忘在冰箱後面快餿掉的牛奶時吻我。

無論如何，我還是跟路克在一起，看著他閉上眼睛，發出最後一聲嚎叫。我喜歡男人完事後，待在我體內的感覺，但是路克很快就消風了，翻身離開，氣喘吁吁地說他真他媽的愛我。

也許我永遠也無法離開中產階級豬圈，但這並不表示我不是戰利品嬌妻。只是品種不同。

第十章

離開馬校長辦公室，我覺得非常平靜而堅定。也許我讓拉森老師失望了，而我知道他永遠不會讓我失望，但我現在沒時間去想這些，因為下一步已經很明確了。我要去找奧莉薇亞，跟她抱歉，說在她家製造混亂，讓她惹麻煩了。用盡一切辦法討她歡心。我覺得這是有可能的，因為讓我開心對狄恩有利。奧莉薇亞會聽狄恩的話，我確定。

我想在午休前找到她。我甚至到她最喜歡的淋浴隔間，從門板下看她在不在。但並沒有找到。我下一個機會是午休時間。這表示我必須在其他人坐下前先找到她，這點比較容易，因為奧莉薇亞總是第一個坐下的人，因為她從來不會去排隊買午餐。我看見她坐在平常座位上，正在做她最喜歡的病態儀式：將瑞典魚軟糖尾巴拔掉，再把它揉成球，丟進嘴裡。她右嘴角有個半月形瘀傷，我覺得很想吐。我真希望自己能說出，讓我反胃的原因是想到她父親對她做的事，但是我當時才十四歲，滿腦子只有自己。那個瘀傷就是我的喪鐘。

「莉芙。」我說道，希望叫她的小名能軟化她

「嗯？」她問道，一副聽到有人叫她的名字，卻不確定的樣子。我坐在她旁邊。

「星期六的事，我很對不起。」我想起狄恩跟我說的話，補充說：「我不應該酒後抽大麻，根本整個人茫掉。」

奧莉薇亞轉頭看著我，給了我一個超詭異的笑容，看不到一絲人類情緒，至今有時

候，我在半夜醒來還會想起這個揮之不去記憶。「我沒事。」她指著我的臉頰，遮瑕膏拙劣掩飾著那個傷口。「我們同病相憐。」

「原來妳他媽的在這裡，芬妮。」狄恩就在我旁邊，托盤裡的三明治都快滿出來了，還有洋芋片和汽水。他重重把托盤放下。「現在是怎樣？我以為我們講好了？」

我跟他說我不懂他的意思。

「我他媽的剛從馬辦公室出來。」他說道。然後對著那幫圍著桌子的同伴大聲宣布，因為週末一場「意外」，他被警告了，有可能沒辦法參加這週的哈弗福德大賽。所有人都憤慨地鼓譟起來。

「他媽的狗屁。」佩頓怒道，連恩也拚命點頭，儘管他根本不是足球隊員。

「哼。」狄恩嘟囔道。「從現在開始到比賽當天都沒出事，我就可以參加了。」

（我一直都希望自己當時說出，這兩天不要強暴人就行了。）

狄恩輕蔑地看著我。「不是說沒事了？」

「不是我說的。」我啜泣道。

「所以妳上午沒有去他辦公室？」狄恩咄咄逼人。

「有，但不是我自己要去的。」我說道。「是拉森老師和他叫我進去的，我沒有選擇！」

狄恩那雙小眼睛瞇起，看著我。「如果妳什麼都沒說，他們又怎麼知道要叫妳進去？」

「我不知道。」我心虛地說道。「我想他們只是假設。」

「假設什麼？」狄恩胸膛挺起，發出殘酷的笑聲。「他們並不是他媽的大衛・考柏菲，他媽的是會讀心術啊。」狄恩雙臂抱胸，旁邊揚起一陣笑聲。若不是矛頭針對我，我也會跟著他們一起笑。狄恩竟然知道誰是大衛・考柏菲，這件事有一種詭異的迷人之處，還懂得拿這個來比喻。「滾吧，蒂芙妮，快去舔拉森老師的老二，隨便妳。」

我環顧桌子。看到奧莉薇亞、連恩和佩頓的冷笑。希拉蕊並沒有這樣對我，不過也沒看我。

我轉身離開新自助餐廳，最後一根橫梁底下有一張牌匾，上面炫耀地寫著巴頓家族，一九九八。

※ ※ ※

當天練習，我以為拉森老師會對我好一點，畢竟我經歷了這麼多事，然而他卻比平常更嚴厲。我是唯一沒有通過一英里七分三十秒以下的人，因為我，每個人都被罰跑了好幾圈。我恨他。我跑完最後一圈直接離開，即便拉森老師說過，跑步後沒有伸展一下會導致肌肉粗壯。他叫我回來，我只是跟他說，我媽提早來接我，我必須走了。

我通常都是坐火車回家，但是那天媽過來接我，這樣我們才能一起去普魯士國王購物中心的布魯明戴爾提前拍賣會。

練習結束後，我通常不會用更衣室的淋浴間。沒有人會用，因為很噁心。不過那天我開了先例，因為我不想在接下來幾個小時，穿著汗溼的衣服發抖，一邊試毛呢外套。我迅速在蓮蓬頭底下沖水，不去理會臭味，那種味道就像這裡還是寄宿學校時就在水管裡了。我圍上毛巾，用腳板側面走到更衣室，盡量減少碰到黏踢踢地板的範圍。我轉過彎看到希拉蕊和奧莉薇亞，她們都沒有參加運動社團，也沒有上體育課，我以前從沒看過她們出現在更衣室。

「妳們為什麼會在這裡？」我問道。

「嗨！」希拉蕊說道，她奇怪的喉音比平常更有活力。從我在化學課看到她，除了草莓金髮色，她一直都留相同髮型，也就是抓起兩旁一部分的頭髮綁得高高的。其中有些沒綁好，又乾又毛躁的頭髮直接立了起來，就像她皇冠上的尖刺。「我們在找妳。」

「真的嗎？」我的語氣上揚。

「是啊。」奧莉薇亞附和道。就在休息室黯淡的燈光底下，她鼻子上的小小黑頭粉刺清晰可見。「妳，呃，妳今晚要做什麼？」

不管妳們要我做什麼都可以。「我應該要跟我媽去購物。不過如果有什麼事的話，我可以改天再去。」

「不用。」奧莉薇亞緊張地瞄了希拉蕊一眼。「不用，我們改天再約。」她開始走開，我驚慌了起來。

「不會的，真的。」我在她背後喊著。「沒什麼大不了的，我可以跟我媽說另外找時間去。」

「別擔心，蒂芙。」希拉蕊轉過頭來，她的剪影就像日本武士，那有如外星人的眼裡似乎帶著自責。「下次約。」

他們匆匆離開。該死，我太急切了。我把她們嚇跑了，我憤怒地穿上衣服，奮力梳著濕淋淋的頭髮。

我坐在體育館外人行道上等媽，亞瑟突然出現，將書包往我腳邊一丟，坐下來。

「嗨。」

「嗨。」我說道，幾乎是膽怯的。我們已經有好久沒說話了。

「妳還好嗎？」

我點頭，我是說真的。剛才跟奧莉薇亞和希拉蕊的互動，讓我又有了活力。還是有希望的。

「是嗎？」亞瑟抬頭看了一眼太陽，眼鏡後的瞳孔變成斜線，鏡片帶著髒汙，卻不知為何別有意涵，像是廢棄大樓牆面的塗鴉。「不過我聽說發生什麼事了？」

我扭頭看著他。「你聽到什麼？」

「嗯。」他聳了聳肩。「我是說所有人都知道狄恩派對上發生了什麼事。連恩做了什麼事，還有佩頓，還有狄恩。」

「謝謝你把他們一一列出來。」我陰鬱地喃喃說道。

「還有事後避孕丸。」他補上這句。

「我的老天啊。」我哀號道。

「他們都認為是妳闖進奧莉薇亞的派對，因為妳嫉妒她和連恩搞在一起。」

「大家都這麼想？」我把頭埋進膝蓋間，濕頭髮從手臂垂下來，像蛇一樣。

「是真的嗎？」亞瑟問道。

「大家難道不會納悶我這是怎麼回事嗎？」我指著自己的臉頰，淋浴後，我根本懶得用遮瑕膏蓋住。

亞瑟聳了聳肩。「跌倒？」

「是啦。」我冷哼一聲。「然後被狄恩抓到。」

我看到媽的BMW正開進車道。在一堆黯淡的黑色和古銅色房車和休旅車中，特別顯眼。蒂芙妮・法納利的媽媽開一輛像妓女一樣的紅車子，廢話，她的DNA裡本來就有淫亂成分。

「我得走了。」我對亞瑟說道。

※　※　※

冷冽乾燥的早晨降臨，真的很冷，我興奮地穿上黑色海軍短呢外套，把帶子繫上，這是媽昨晚買給我的。我在香蕉共和國看到它，並不在布魯明戴爾預先拍賣之列。但是媽說我穿起來好帥氣，無論如何一定要買給我。她必須一部分用信用卡付，一部分用現金，然後她跟我說，不要告訴爹地。老天，聽她叫他爹地真是有夠噁心。

搭火車去學校途中，希望仍然有如胖胖閃亮的氣球在我胸口。希拉蕊和奧莉薇亞還沒有要跟我絕交。空氣中有一種新的活力，而我看起來很「帥氣」。

我一踏進學校，發現有些異樣，像是一種脈動。充斥整條走廊，一種生氣勃勃的感覺。那天早上，有一小群九和十年級，還有早被放棄的學長聚在門口，不曉得在看什麼熱鬧，引領企盼有什麼大事發生。當我接近十一和十二年級休息室，通常只有十一和十二年級才能進去，大家都嚴格遵守這個規定，連父母和老師都非常尊重。他們寧願在門口喊要找的學生名字，也不會進去自己找。

今天，當我一接近，人群瞬間散開。就像慢動作電影，大家要跟某個人保持距離那樣。

「我的天啊。」艾莉森・考侯，跟我一樣九年級的，我第一天來這個學校，她也是故意冷落我的人之一，但她看到奧莉薇亞和希拉蕊接納我之後，就開始拍我馬屁。她摀著嘴咯咯笑著，充滿了惡意。

我努力擠過休息室邊界，終於發現這些人是被什麼吸引住了。我的慢跑短褲——昨天練習穿的那件——被釘在牆壁另一頭的公告欄，上頭還貼著一張手寫泡泡空心字體的告示：**聞一下淫亂的味道（小心……她超臭的！）**明亮的顏色和形狀，呈現出多麼開心的感覺，就像為癌症病童募款的愛心蛋糕公告。只有女孩才寫得出這種字體。我想起昨晚撞見希拉蕊和奧莉薇亞在更衣室的情景，她們兩個表現出詭異地和善，我現在終於具體明白她們究竟是在做什麼了。

我推開人群離開，就像剛才進來時那樣。對面就有一間廁所，我把自己鎖在隔間，想起昨天生理期來，我有多如釋重負，因為這表示事後避孕丸奏效了。跑步讓內褲無法完全包覆，等我脫下短褲才發現都沾到紅褐色血跡。我無法想像那看起來有多髒、多噁，汗水和經血的組合，聞起來有多恐怖。我打包的時候，因為希拉蕊和奧莉薇亞突如其來的和善，讓我驚訝到根本沒注意到短褲不見了。

廁所門打開，我聽到某個人熱烈辯論的最後一句：「活該。」

「拜託，這太惡毒了吧，妳不覺得嗎？」

一片沉默，我爬到馬桶上蹲下來。

「狄恩做的太超過了。」另一個說道。「以為這樣很好玩，不過是遊戲，等到她像班那樣自殺就知道了。」

「班是天生的同性戀，他無法控制。」第一個女孩說道。「她呢？天生妓女？」

她朋友笑了，我忍住抽咽。我聽到水流聲和紙巾在她們手中的窸窣聲，然後是門拉開又關上的聲音。

我這輩子沒蹺過課。到現在上班，連生病都不會請假，我骨子裡都是天主教學校女孩的服從性，但是那天真的擊垮我了，將我對不遵守規則的恐懼摧毀殆盡，根本顧不了後果。我在乎的所有規則全都在為這場羞辱增添榮耀，快把我壓垮，讓我不停喘氣。我在原地等待，手指不斷把玩頭髮（根據《女性雜誌》身體語言專家指出，這是一種「自我安撫行為」），直到第一堂鈴聲停止。我又多等了五分鐘，以免在走廊撞見遲到的邊緣人。我從馬桶下來，宛如蜘蛛人悄然無聲，推開廁所門，迅速溜進走廊，從後門跑出去。我準備搭火車到十三街車站，到城裡晃一整天。我走到停車場，才走到一半就聽到後面有人叫我的名字。是亞瑟。

※　※　※

「我記得還有一些剩下的千層麵。」亞瑟看進呼呼作響的冰箱裡面。

我瞥了一眼爐子的時鐘顯示：十點十五分。「我不用。」

亞瑟用屁股把冰箱門關上，手上捧著一個砂鍋，上面結了一層黃色起司。他切下很大一塊，將盤子滑進微波爐裡。

「喔。」他舔了舔手指的蕃茄醬汁，然後蹲下來在書包裡翻找。「給妳。」他把我的短褲丟給我。

那條褲子就像紙一般輕，不過當它落在我腿上，我發出一聲男中音「嗚拂」彷彿有人踢了我肚子一腳。

「你怎麼拿到的？」我倒抽一口氣。

「這又不是他媽的蒙娜麗莎的微笑。」他說道。

「什麼意思？」

亞瑟拉上書包拉鍊，看著我翻了翻白眼。「妳有去過羅浮宮嗎？」

「什麼羅浮宮？」

亞瑟大笑。「噢，天啊。」

微波爐嗶了一聲，亞瑟起身去拿他的食物。趁他背對著我，我快速聞了一下自己的短褲。我必須知道還有誰聞過。

很難聞。一種原始、犀利的臭味，就像疾病一樣，棲息在你肺部。我將它揉成一團，將這坨潮濕的混合物丟進我背包，單手撐住頭，淚水悄悄蜿蜒滑落，斜劃過我的鼻子。

亞瑟在我對面坐下，讓我盡情地哭，默默將熱騰騰的紅肉塞進嘴裡。中間還停下來說：「等我吃完，我要給妳看一些東西，妳會好過很多。」

亞瑟沒幾分鐘就清空那一大塊千層麵。他把盤子放進水槽，就這麼丟在那裡，連沖一下水都懶得弄。他輕揮一下手，開始朝廚房角落的一道門走去。我還以為那是儲藏室或櫃子的門，但是亞瑟一打開，卻出現一個黑漆漆的矩形。後來我才發現，亞瑟家的老房子有很多門——通往黑漆漆的樓梯、櫃子，以及裡面塞了滿坑滿谷書籍和文件的房間，角落還放著鬆垮的花沙發。亞瑟媽媽娘家曾經很有錢，但因為受制於信託基金和他們過去複雜的法律判決，結果沒有人可以花這筆錢。芬勒曼先生八年前離開亞瑟和他媽媽，這件事摧毀了芬勒曼太太，但她卻假裝沒有受影響。「少一張嘴巴要養！」只要覺得可憐，她就很愛說這句話。芬勒曼太太在亞瑟出生沒多久就在布萊德利工作，她很清楚芬勒曼先生不過中午是絕不會起床，也絕不會努力工作，而她的職位能確保她兒子可以占一個名額，而且也是個賺錢的機會。不是每個住在幹線區的人都很有錢，不過跟我住的區域相比，肯定對事情有不同的優先順序。教育、旅遊和文化——在錙銖必較的花費中，這才是應該優先考量的選項，而不是光鮮亮麗的車子、大剌剌掛著名牌標誌的商品或個人保養花費。

然而，在幹線區，沒落的有錢人，絕對比剛崛起的富豪還要受歡迎。這也是亞瑟看不起狄恩的因素之一。亞瑟擁有的資產，比最新賓士 S-Class 的投資報酬率要高得多：他擁有知識。他知道鹽和胡椒必須一起傳，牛排永遠要三分熟，諸如此類神祕的事情。他知道時代廣場是地球上最不值一提的地方，巴黎有二十個區。沒多久，憑他的關係和成績，他會去上哥倫比亞大學，他媽媽娘家那邊有校友優先錄取資格（註46）。

46　美國許多私立名校都有所謂「legacy」錄取名額，也就是校友子女優先錄取條款，通常必須對母校有貢獻（捐款），甚至連旁系親屬是校友都可獲得資格，簡而言之重點在捐錢。

他手放門把，回頭看我。「要來嗎？」

走近一看，除了前面幾階髒兮兮的樓梯，再下來完全沒入黑暗中。我一直很痛恨黑暗，睡覺時，走廊燈都還開著。

亞瑟在牆上摸索，直到發現電燈開關，一顆電燈泡閃爍一下才亮起來。他踏下第一步，揚起一團灰塵。剛才我們一進他家，他馬上把鞋子踢掉，他雙腳腫脹，看起來都快熟了，有如嬰兒肌膚一般光滑。

「我們家地下室不是長這樣。」我說道，緊跟著他。地板是灰色水泥地，牆面裂開，露出橘色蓬鬆內裝。一大堆雜物靠著地下室一面牆——丟棄的家具、好幾箱刮傷的唱片、蒙上一層灰的平裝書和一堆被黴菌侵蝕的《紐約客》舊雜誌。

「我來猜猜。」亞瑟回頭對我露齒一笑。在黃疸燈泡底下，他的青春痘變成紫紅色。

「鋪地毯？」

「是啊，那又怎樣？」亞瑟並沒有回應，繼續朝另一頭東西堆得亂七八糟的牆壁走去。我提高音量。「鋪地毯有什麼不對嗎？」

「聳。」他揭曉道，一邊跨過那些箱子。我決定接下來人生中只住木頭地板房子。

亞瑟蹲在地上，所以我只看得到他油膩、膨脹的頭髮。「我的天啊！」他突然大笑——「妳看這個。」他站起來，把手裡的死鹿頭舉得高高的，像是捧著祭品。

我鼻子皺起。「請告訴我，那不是真的。」

亞瑟將那顆頭翻轉過來，盯著牠溫和的眼睛，彷彿在思考答案。「當然是真的。」他總結道。「我爸的獵物。」

「我反對打獵。」我嚴厲說道。

「可是妳不反對漢堡。」亞瑟把鹿頭丟進空箱子。一邊有如雕塑的彎曲鹿角露了出來，宛如不知要往哪裡長的豆子藤蔓。「妳只是要其他人去做骯髒事罷了。」

我雙臂交叉在胸口。我是說我反對把打獵當作一種運動，但我不想跟他爭辯，延長這場田野之旅。我們下樓才幾分鐘，我就覺得又冷又乏味了，就好像穿了好幾個小時的濕泳衣。「你要讓我看什麼？」我催促他。

亞瑟彎下腰來，在另一個箱子不斷翻找，檢視每一件他挖出來的東西，當他決定那不是他要的，馬上把它丟到一邊。「啊哈！」他舉起一本像百科全書的東西，叫我過去。我嘆了口氣，隨著他剛才打造出來的垃圾場之路，走到他身旁，才發現原來他手上拿的是畢業紀念冊。

亞瑟把書翻到背面，打開書封斜舉起來給我看，粉紅色指頭指著寫在上面的字。

藝術人

我不必像基佬一樣說你是我的好麻吉，滾到一邊去！

巴人

我唸了三次才懂。巴人就是狄恩，是他姓氏的變體，巴頓。「這是哪一年？」

「一九九九。」亞瑟舔了一下自己指頭，開始翻頁。「六年級。」

「你和狄恩曾經是朋友？」

「他曾是我的麻吉好朋友。」亞瑟發出難聽的咯咯笑聲。「看。」他停在滿是拼貼側拍照的頁面，有學生午休的笑鬧照，還有在超級星期六（註47）做鬼臉的照片，也有跟布萊德利吉祥物綠色巨龍的合照。左下角還有一張照片，已經有些模糊，就跟一般放了幾年的照片一樣，讓過去的我們看起來有一種復古的優雅感，而我們全都明白，甚至有一點點輕蔑，當時的我們什麼都不懂，現在全都懂了。亞瑟和狄恩看起來一副冬天白的樣子，他們臉上大大地笑容和龜裂的嘴唇，非常需要擦點護唇膏。亞瑟是個肌肉發達的小孩，雖然並不像如今在我身旁這麼龐大。不過狄恩，當時看起來如此弱小，他圍在亞瑟鬥牛犬脖子的手臂，如此細小、脆弱，他可能是某個人的弟弟。

「後來到了夏天，他突然迅速發育。」亞瑟解釋道。「變得很強壯，然後變成一個大爛人。」

「真不敢相信你們曾經是朋友。」我湊近畢業紀念冊那頁，眼睛瞇起。心想蒙特聖德蕾莎高中部的女孩，現在是不是也會這麼跟莉亞說。真不敢相信妳和蒂芙妮曾是朋友。她們不敢置信地笑著——那是妳的榮幸，莉亞。就算她們現在不這麼說，不久之後也會。

亞瑟將紀念冊用力闔上，差點夾到我的鼻子。我嚇了一跳，輕呼一聲。「所以，不要一副自己是第一個被狄恩•巴頓的憤怒掃到的人。」他的拇指掃過封面厚厚的燙金字。「他會用盡一切力量，讓大家忘記他曾經在死基佬家過夜。」

---

47 聖誕節前最後一個假日。

他把紀念冊夾在腋下。我以為我們要離開了，但是他突然被角落的東西吸引。他繼續深入一堆箱子，彎身放下紀念冊，去拿他的新發現。他背對著我，所以我剛開始看不見他手裡拿著什麼，只聽到他興奮的輕笑。等他一轉身，我看到一把輕盈的長槍指著我。他舉槍靠近自己的臉，肥肥的臉頰抵著槍柄，手指扣在扳機上。

「亞瑟！」我尖叫往後退。一個重心不穩，我的手用力壓在一個舊游泳獎盃上。剛好就是我受傷的手腕，狄恩打我的時候，著地那隻手，我發出破碎的吼聲。

「我的天啊！」亞瑟彎下腰來，整個人猛烈、沒有出聲地大笑，把來福槍當拐杖撐著自己。「放輕鬆——」他倒抽一口氣，整張臉漲得火紅。「沒有上膛。」

「這真的不好玩。」我掙扎起身，揉著手腕，試圖舒緩疼痛。

亞瑟瞪大眼睛，嘆了口氣，驅除最後一波停不下來的大笑。我瞪著他，他嘲諷地翻了翻白眼。「我說真的，」他翻轉手上的來福槍，握著槍口遞給我。「沒有上膛。」

我不情願地放開手腕，握著槍把，因為亞瑟才剛握過，所以有些滑。我們一起握著它，像是兩個接力賽跑者，被攝影機捕捉到接棒那一剎那。然後亞瑟突然鬆手，剩下我一隻手握著來福槍。沒想到槍枝的重量比我認知的還要重，緊接著槍管就往下一垂，還刮到了水泥地板。我趕緊把另一隻手滑到冰涼的槍身底下，再次把它舉起來。「你爸為什麼把這個留在這裡？」

亞瑟盯著鋼鐵槍管，他的眼鏡在閃爍的燈光底下開始起霧，變得不清楚。我差點要彈著指頭，捏著嗓子高唱。「有人在家嗎？」但是下一秒，他突然把屁股挺出來，手腕往下一甩。「為什麼。」他說道，聲音像羽毛般輕柔。「為了讓我變成男人啊，小笨蛋。」他口齒不清說出最後那三個字。「朽笨盪」，屁股又往外挺了一點，我大笑，不確定這反應是否恰當，還好他正希望我大笑。

※※※

十一月快到了，氣溫終於影響到我們，將夏天最後一絲溫暖帶走。儘管如此，當我按下亞瑟家門鈴，運動胸罩底下還是有汗珠滴下。女子陸上曲棍球助理教練已經幫拉森老師代班好幾個禮拜了，她根本不曉得要做什麼，只是叫我們每天跑五英里。只要能擺脫我們一個小時，她就可以盡情跟布萊德利體育總監調情，他已婚還有兩個上小學的孩子。我跑了三英里之後，直接穿過樹林去找亞瑟抽菸。要不是貝瑟妮教練根本沒注意到，我後來並沒有歸隊，要不就是她不在乎。我想是後者。

亞瑟將門打開一小縫，只夠他的臉壓在門框上，變成正方形，就像《鬼店》的傑克・尼克遜，只是長滿粉刺。

「喔，是妳。」他說道。

「還會是誰？」過去幾週，從那天蹺課之後，我結束越野馬拉松練習就會過來。毫無意外地，我被學校抓到，媽和爸罰我禁足，這也不意外。我父母問我為什麼這麼做，有什麼事「這麼重要」，必須在大白天離開學校，我跟他們說，我超想吃 Peace A Pizza（註48）的伏特加茄汁管麵。「超想吃？」媽怒氣沖沖。「妳是怎麼了？懷孕嗎？」她想到

48 披薩連鎖店。

這年頭老是有高中女生懷孕，整張臉垮了下來，而且帶著十四歲女兒去 A Pea in the Pod（註49）購物，會是多麼丟臉的事啊。

「媽！」我氣惱又憤憤不平，儘管我沒權利這樣。不過她的話與事實也相去不遠。

我認為布萊德利校方有懷疑那天在休息室有事情發生，而且是違反布萊德利卓越道德戒律的事，不過亞瑟早在他們發現究竟發生什麼事之前，就把我的短褲拿下來了，而我當然也不要成為告訴他們的那個人。

比我身價瞬間暴跌更糟的是——拉森老師離開了，而且完全沒有說明原因。如果去問行政人員，他們只會說「他有新的工作機會，所以離開我們」。我只有跟亞瑟說過，那天晚上我是在拉森老師家過夜。我跟他說，我們睡在同一個房間，他那雙在髒兮兮鏡片背後的眼睛瞪得大大地。「哇靠！」亞瑟倒抽一口氣。「妳有跟他上床嗎？」

我給他一個噁心的表情，亞瑟大笑。「開玩笑的。他有女朋友了，很辣。我聽說她是 Abercrombie & Fitch 的模特兒。」

「誰跟你說的？」我怒道，突然腦子一片空白，差點站不穩，原來拉森老師只是可憐小胖魯蛇。

亞瑟聳聳肩。「大家都這麼說啊。」

即便被禁足，但我父母搞不太清楚越野馬拉松練習結束時間，所以我幾乎每天都可以去找亞瑟。這是第一次，我慶幸自己住得很遠，必須搭火車回家。「有時候要練一個半小時，有時兩個小時。」我跟媽說：「要看當天的英里數。」她都把我的話當真，所以我要做

49 孕婦嬰兒服裝專賣店。

的只是在布林莫爾車站用滿是細菌的公共電話打電話說：「我會搭六點三十七分的車。」其實練習早就結束了，就連我第一波嗨到爆的感覺也宛如陷進濃稠、溫暖的爛泥裡。掛上電話後，我會看著手錶滴答滴答停在六點三十七分，筋疲力盡地吐出一口白煙。不曉得是我動作遲緩，還是所有東西都變成這樣。

亞瑟突然看向我後面的壁球場，以及更後面的停車場，保姆正等著接結束練習的小孩，他們開著破爛的本田汽車，聽著沒有廣告的Y100電台，音樂聲砰砰響。「總是有人過來按了電鈴就跑。」

「誰？」我問道，覺得有點噁心。

「妳覺得呢？」他譴責地看著我，活像是我把那些人帶到他家的。

「讓我進去好嗎？」一顆顫抖的汗水從我運動胸罩跑出來，慢慢滑進我的內衣。

亞瑟把門打開，我從他手臂底下鑽進去。

我跟著亞瑟爬上樓，有三階樓梯在兩人體重下發出難聽的嘎吱聲。夏天時，他會從原本臥室搬出到閣樓，他第一次帶我上來時有跟我解釋。「為什麼？」我不安地環顧梁柱外露的房間，一邊撫平手臂上的雞皮疙瘩。牆壁裡沒有絕緣體，拿來當臥室感覺很勉強、脆弱。一點家的感覺也沒有。亞瑟會把手伸出窗外，輕敲屋簷旁堅硬的水管，揚起一陣黑色煙灰，彷彿燒焦的雪花。「隱私。」他當時這麼說。

他搬到這裡不會帶太多東西，甚至衣服都還放在舊房間裡，所以每天早上去學校前，他都會回原本房間穿好衣服，把那裡當更衣間。不過有一個很重要的物品，在他往北遷徙的旅程中始終帶在身邊，占據他那疊教科書床頭櫃最主要的位置：一張他小時候與父親的合照。在那個夏天，他們一起在海邊歡笑，看著汙濁棕色的海水。相框上貼滿了粉彩貝殼。有一次我拿起那張相片，故意挖苦說：「看起來好像幼稚園手工藝作品。」亞瑟迅速把它從我手上抽走。「我媽幫我做的，不要碰。」

放在這張相片底下的正是布萊德利中學畢業紀念冊，在我們新發現最愛的消遣活動之一，它扮演了不可或缺的角色：破壞ＨＯ和毛腿幫的班級照。破壞他們國中時期的照片比較好玩——牙齒矯正器、毛躁的頭髮、竹竿四肢和醜陋的嘴臉。

我們會在抽完大麻後做這些事，然後跌跌撞撞跑下樓，腿都軟了，還一邊吃吃笑著衝進廚房大肆搜刮。芬勒曼太太在學校教室待到五點之後，還會多待一到兩個小時處理文件，所以她不在的這段期間，我們可以為所欲為。這實在是完美的安排，而她完全不知情。

有些人在壓力下會體重減輕、吃不下。事情剛發生時，我也以為自己會這樣，然而當焦慮自己會變得怎樣的酸楚消融後，才發現自己已經變了，就在這學期，七週之後，原先那個新來的辣妹已經消失，食物嘗起來前所未有美味。

亞瑟好幾年前就明瞭這個道理了，而他可謂一個充滿熱誠的共犯。我們共同策畫各式各樣的計畫來餵養自己空虛的心靈——微波加熱後的Nutella（註50）會變成硬巧克力餅乾。這是在滿坑滿谷到處都是Nutella之前的事，第一次在櫥櫃裡找到。「這什麼鬼？」我問道，亞瑟當時聳了聳肩回答。「奇怪的歐洲玩意。」我盯著它做了個鬼臉，印象非常

50 義大利費列羅集團出品的巧克力榛果醬，八〇年代才引進美國。中文註冊商標「能多益」。

深刻。我們也會把一坨餅乾麵團直接放在烘焙紙上，整條沒切放進去烤，直到邊緣烤成金黃色，裡面都還是生的，滿是蛋糊，然後用湯匙挖來吃，媽在學期開始買給我的衣服全都開始跟我作對，我的休閒褲拉鍊根本拉不上，腫得像佩頓的頭就埋在裡面，拒絕合起來，不管我多努力拉上。

今天，在我們砰砰砰跑下樓衝進廚房，亞瑟把紀念冊夾在腋下，就像我未來婆婆夾著香奈兒頂級手拿包那樣，亞瑟宣布他想吃玉米片。他兩手把櫥櫃門整個打開，彷彿在指揮他的交響樂團。

「你真是天才。」我說道，嘴巴飢餓地嘰起來。

「妳是說玉米天才。」亞瑟朝我回眸一笑，我笑到膝蓋都軟了，就這麼躺在他家舊廚房磁磚地上，媽會說這種磁磚「老派」。一想到「老派」這兩個字又讓我笑破肚皮。

「蒂芙妮，快點。」亞瑟喝斥道。「妳沒多少時間了。」他指著爐子上顯示的時間，現在是五點五十分。

一想到有可能得不到想要的，我趕緊從地上爬起來，開始從冰箱拿出配料——一大塊閃亮的橘色起司、血紅的莎莎醬和一盒水水的酸奶油。

我們默默組裝玉米片，呆滯無神、隨隨便便將材料丟進裡面。最後端著食物到鋪上防油氈布的桌子坐下來，還是沒有人開口，忙著搶食沾到最多起司的玉米片。整盤玉米片被我們吃到不一點渣之後，亞瑟起身從冰箱拿出一加侖薄荷巧克力片冰淇淋。他找到兩根湯匙，把它們插進粉彩色表面，在再把一整盒放在我們之間。

「我好肥。」我哀號道，挖出一大匙巧克力。

「誰在乎啊。」亞瑟把一匙塞進嘴裡，再慢慢抽出來，舔得一乾二淨。

「我今天在走廊碰到狄恩。他說『妳真的是恐龍妹，是不是啊？』」我最喜歡盒子邊的冰淇淋，融得比較快，當我沿著紙盒邊緣挖一圈，很容易就可以挖起來。

「去他的有錢白人垃圾。」亞瑟用湯匙猛刺冰淇淋。「他們的惡劣程度，妳根本連一半都沒見識到。」

我用舌頭去舔後臼齒，把薄薄一層巧克力清空。「那是什麼？」

亞瑟對著冰淇淋，眉頭皺起。「沒什麼，當我沒說。」

「好了——」我暫時停下湯匙。「現在，你必須告訴我。」

「相信我。」亞瑟頭低下來，從眼鏡上方看著我，脖子擠出一圈肉。「妳不會想知道。」

「亞瑟！」我語氣堅定。

亞瑟沉重地嘆了口氣，似乎很抱歉提起這件事，但我知道他並沒有。越是神聖不可侵犯的資訊，守門人越是拚命想揭露，你必須更努力釋放她的負擔。讓她不會覺得吐露祕密是一種背叛，也不會有可怕的罪惡感——她還能怎樣？她是被逼的！我說「她」，因為這自古以來都是女人的遊戲，如今回想這一切，亞瑟有一種在原野中找尋球的天性，我明白這不只顯示出他自己所宣示的性向，如此戲劇化、如此過火，我永遠無法分清楚，他是否只是在跟大家胡鬧而已。扮演大家分配給他的角色，完美演出。

「在所有人裡面。」我說道，語氣十分認真。「我覺得我最有權知道。」

亞瑟雙手舉起，一種世界共通語言「停止」的手勢。他撐不下去了！「好。」他勉強同意，把湯匙插在冰淇淋上，掌心貼在桌上，思考怎麼跟我說，接下來要說的事。「有個學生叫班・韓特。」

我記得是在秋季星期五舞會聽過這名字，我跟HO和毛腿幫偷溜出去，看著他們在祕密基地喝酒。奧莉薇亞極嫌惡地說她看到亞瑟幫班口交，佩頓補充說班曾經試圖自殺，還惡毒地總結說，他沒有成功。我從來沒有真的相信第一段故事，覺得那只是奧莉薇亞骯髒的謊言，為了吸引好奇觀眾，刷存在感。儘管如此，似乎有一種感覺阻止我把這件事告訴亞瑟。其中一小部分的我，相信這可能是真的，而且我不想知道真相。我無法接受亞瑟曾經在祕密基地口交，怪胎一號吸怪胎二號的老二。亞瑟是我的智慧羅盤，並不是另一個狂暴、好色又飢渴的動物。不像我。

我假裝沒聽過班・韓特。「他是誰？」

「呃，他被狄恩逼到自殺——」亞瑟把眼鏡扶高，在左邊鏡片上又多加上一個指紋。

我把湯匙丟進已經不冰、變得黏膩的冰淇淋裡，湯匙緩緩陷進彷彿綠色流沙的液體，剩下湯匙柄。「怎麼會？要怎麼逼到一個人想去自殺？」

亞瑟眼神木然。「經過好幾年的折磨，把他們羞辱到——」他臉色很難看。「過程很噁心，妳確定真的想知道？」

我哀號一聲，冰淇淋咕嚕咕嚕流進我喉嚨。「可以快跟我說嗎？」

亞瑟嘆了口氣，有如足球後衛的肩膀垂得更低。「妳知道凱兒希・金斯利嗎？」我點頭。我們有相同經驗。「她國二辦了一場畢業派對。她家幾乎有三英畝——游泳池、網球場，什麼都有，但大部分只是一大片土地。反正呢，狄恩、佩頓和其他足球隊垃圾出現。他們當時已經升高中了，所以那真的很噁心，不過佩頓看上凱兒希，他喜歡幼齒。」

亞瑟用下巴指一下我，活像我是最佳案例。「他們說服班跟他們一起進森林裡，說是有大麻。」亞瑟挖起高爾夫球大小的冰淇淋，再張開嘴巴時，露出綠色牽絲。「我不知道班為什麼要相信他們。我永遠都不會知道。佩頓和那些傢伙？他們把班壓在地上，脫掉他的上衣，然後狄恩——」亞瑟吞下冰淇淋，被冰到抖了一下。

「狄恩做了什麼？」

亞瑟指頭壓著太陽穴，吐出一口氣，挑眉看著我。「狄恩在他胸口大便。」

我背往後一靠，雙手蓋住嘴巴。「有夠噁心。」

亞瑟挖起更多冰淇淋。「早跟妳說了。」他聳了聳肩。「他們放了他之後，他趕緊逃跑。在失蹤幾乎二十四小時後，有人在郊區廣場的Rite Aid（連鎖藥局）廁所找到他。身上帶了一把剃刀——」亞瑟舉起右手，模仿割腕的動作，咬牙切齒宛如那種疼痛是真的。

「但他沒有死？」我這才發現自己正握住自己手腕，壓著想像的傷口。

亞瑟搖搖頭。「一般人通常都切得不夠深，不會傷到主動脈。」他一副很自豪懂這些知識。

「那他現在在哪？」

「療養院吧。」亞瑟聳聳肩。「想想這才不過是六個月前發生的事。」

「你有跟他說話嗎？」我問道，仔細觀察他的反應。

亞瑟整張臉皺起來，輕搖一下頭。「我喜歡那孩子，但他有問題。」他把紀念冊推到桌子中央，把那桶冰淇淋推到一邊。我的湯匙整個翻過去不見蹤影。

「為了班，我們來惡整狄恩的相片。」他建議道，翻開我們最喜歡的那頁。我們在狄恩照片畫上猴子耳朵，將「猴子看，猴子死。」寫在他微笑的臉上方。我本來是寫「猴子看，猴子學。」但是亞瑟把「學」劃掉，寫上「死」。

還有一頁也是我們平常愛玩的。奧莉薇亞在這頁獲得很多存在感，我在她鼻子畫上許多黑圓點裝飾。寫上。「我需要蜜妮妙鼻貼。」「還需要隆乳。」亞瑟補上這句。

比起奧莉薇亞，亞瑟比較喜歡佩頓。這是三年前的紀念冊，當時我們是六年級，佩頓國二。說實在，佩頓國中時更漂亮。我們之前在他的太陽穴畫上豬尾巴，雖然是我畫的，每次打開紀念冊，看到他的相片，我都要眨眼睛提醒自己，他不是真的女孩。「快幹我漂亮的屁股。」亞瑟之前寫上這句。「記得邊做邊扣我的脖子。」他補上，最近他才跟我解釋，有一次在巴士上，佩頓用他的圍巾繞住亞瑟脖子，最後還留下一圈瘀青。「接下來一個月，我他媽的都要穿高領遮住。」亞瑟冷哼。「而且妳知道我有多怕熱嘛。」

亞瑟在狄恩嘴邊畫了一個思考框：「紳士狄恩・巴頓今天在想什麼呢？」他還在決定要寫什麼時，大門開了，我們聽到芬勒曼太太喊著哈囉。亞瑟趕緊把桌上的碗拿走，塞進口袋裡。

「在廚房，媽！」他喊道。「蒂芙妮也在。」

我從座位上轉過身來，看著芬勒曼太太走進廚房，將細長的圍巾從脖子解下來。

「嗨，甜心。」她對我說道。

「嗨，芬勒曼太太。」我微笑道，希望自己看起來沒有一副慵懶嗑藥的樣子。

芬勒曼太太摘下眼鏡，從寒冷的外面到溫暖的屋裡，讓她的鏡片起霧，她用衣角擦著鏡片。「要留下來吃晚餐嗎？」

「噢，我不行。」我說道。「但還是謝謝妳。」

「妳知道這裡隨時歡迎妳，親愛的。」她戴上眼鏡，兩隻眼睛炯炯發亮，鏡片像是穩潔擦過的窗格。「隨時。」

※　※　※

拉森老師警告我們的事發生了。緊接在《聖母峰之死》的討論之後，我們要上兩週的文法課。一聽到這個消息，全班哀鴻遍野，拉森老師露出淘氣的笑容，我想像他在約會時，就是露出這樣的笑容，然後把手伸進金髮，上前輕柔地親吻對方。

因為我在蒙特聖德蕾莎，也曾受過文法課慘烈的教訓，這個消息讓人十分失望，不過讓我驚訝的是，卻同時讓我腎上腺素上升。試試看啊，回想九月時上過得的動名詞片語、現在分詞和名詞修飾語——我會擊垮這些業餘者。現在，因為拉森老師離開，我的競爭心也沒那麼強了，只是慶幸有機會輕鬆過關。

他們找來接手拉森老師的代課老師，赫斯特太太，她有十歲男孩的身體，衣服——休閒褲和粉彩色襯衫——則是在GapKids買的。從後面看起來，她就像高中部某個學生討人厭的弟弟。她女兒是布萊德利高四生，因為她早就提早決定申請上達特茅斯學院，還有一個又大又尖的鼻子，眼睛周圍就像紫色逗號，我以前都假設她是無害的書呆子。但是長年遭受漂亮女生和沒那麼飢渴男生的無視，讓她變得尖酸刻薄又愛八卦。她母親坐在教室前面，一隻瘦巴巴的腳踝交疊在另一隻上面，喊出我的號碼。

早上紀念冊會議有人帶了 Krispy Kremes 甜甜圈，赫斯特太太把剩下的切成兩半帶到班上，即便有十一個甜甜圈，而我們只有九個學生，每個人拿一個也綽綽有餘。她從我的號碼開始叫，我假設她這樣做是讓我們能配其他口味，所以拿了半個波士頓奶油和半個糖粉。

「蒂芙妮。」赫斯特太太嘖嘖表示反對。「拜託，留一點給其他人。」

她的羞辱聽起來很輕微，卻激起同學一陣嘻笑，雖然大家都很小心，猶豫要不要涉入這種社會政治學。進階英文課的學生都有長春藤等級的母親，不是她理想的觀眾（若是在滿是惡毒墮落學生的化學課，她會比較幸運），不過無論有什麼回應，她都樂於接受。

赫斯特太太也看得出來亞瑟和我是朋友。亞瑟是這間教室最聰明的人——同時還是意見領袖——而且他對此也絲毫不謙虛，說不定他是比我更大的箭靶。

有一天早上，課堂上剛好解釋到一句特別錯綜複雜的同位語片語，亞瑟在筆記本隨手寫下他自己的例句，我們時常會把這本筆記傳來傳去，即便是在自助餐廳，我們可以說話時也會。「赫斯特太太，蠢貨新老師……」我趕緊摀住嘴巴免得笑出聲，但還是來不及全部擋下，發出了一聲清脆的高音。只見赫斯特太太有如雪杖般的肩膀緩緩轉了過來，全班同學瞬間呆住，她手上的紅色白板筆畫了下來，就像槍傷流下的血。

「很好。」她拿著白板筆指著我。「就請妳上來幫我吧。」

其他學生要是感受到這種即將到來的羞辱，都會擺出高高在上、被寵壞的特權姿態，雙臂交叉拒絕。寧願冒險去學務長辦公室，也不願在同儕面前遭到懲罰。只是我仍然深陷天主教女孩的恐懼枷鎖中，當老師叫妳做什麼，妳就必須照做。我起身時感受到亞瑟斜睨的目光，拖著沉重腳步走向教室前面，就像死刑犯往講台刑場走去。

赫斯特太太把白板筆塞進我手裡，站到一邊，空出位置給我。

「也許這個例句會有幫助？」她過度親切地說道。「寫下來。」

我舉起白板筆等著。

「蒂芙妮。」

我從舉起的手臂底下，看著赫斯特太太，等著接下來的句子。

「寫下來。」赫斯特太太輕聲鼓勵道。「蒂芙妮。」

我寫下自己的名字，胃裡升起一股恐懼。

我在「i」上面點一下，赫斯特太太繼續說：「逗點。」

我在名字旁寫下逗點，等著下一個指示。

赫斯特太太說：「一個廉價逛街妹，逗點。」

全班同學倒抽一口氣，有可能是因為赫斯特太太所說的話，也有可能是因為亞瑟怒吼「幹你娘」，我不確定。不過後來亞瑟站起來，繞過桌子朝赫斯特太太走過去，她嚇到無法維持臉上臭雞巴的表情，畢竟有個身高一八八，體重一百三十六公斤的公牛朝妳衝過來。

「亞瑟・芬勒曼，馬上回到你的座位上。」赫斯特太太的話全都黏在一起，亞瑟走到我面前，像一隻正面對決入侵者，保護主人的忠犬，她嚇得往後縮。

亞瑟指著赫斯特太太的臉，她倒抽一口氣。「妳他媽的以為自己是什麼東西？妳這個蠢賤人。」

「亞瑟。」我一手放在他臂上，發現他ＰＯＬＯ衫底下的皮膚火燙。

「巴柏！」赫斯特太太突然尖叫，失控瘋狂規律地尖叫，停不下來。「巴柏柏！巴柏柏柏柏！巴柏柏！」

對面教室的英文老師巴柏・佛萊德曼衝進教室，看起來很茫然，拇指和食指之間拿著一顆咬到只剩果核的蘋果。「怎麼了？」他滿口富士蘋果，上氣不接下氣說道。

「巴柏。」赫斯特太太語氣顫抖，不過仍站直身體，他薄弱的存在讓她壯膽。「我需要你護送芬勒曼先生到萊特先生的辦公室，他企圖攻擊我。」

亞瑟大笑。「妳真是瘋婆子，女士。」

「喂！」佛萊德曼先生拿著蘋果殘骸指著亞瑟，大步朝教室前面走去，中途還絆到書包，差點跌倒，就這麼跌跌撞撞來到前面，幾乎連眼鏡都掉了。他把眼鏡推回鼻梁，一手浮在亞瑟背上，沒有碰他。我們都有聽說老師每年都必須參加性騷擾研討會，他們根本不敢碰我們。「走吧，到萊特先生辦公室，馬上。」

亞瑟不屑地冷哼一聲，聳肩把佛萊德曼先生在他背後的幽靈手甩開，大步走出教室，逕自往前走，根本不理會佛萊德曼先生。

「謝謝你，巴柏。」赫斯特太太說道，裝得一本正經，沒事的樣子，拉了拉上衣，挺出平胸。佛萊德曼先生點頭，匆忙跟上亞瑟。

好幾個學生摀住嘴，其中有兩個書呆子忍住淚水。

「很抱歉發生這種事。」赫斯特太太說道，試圖讓自己聽起來很堅定。可是當她用板擦擦掉我的名字，並叫我回座位時，手不停發抖。至少在那之後，她沒再煩過我。

※　※　※

那天我沒再見到亞瑟。練習過後，我穿過老路到他家，地上樹葉稀少、腐敗，在我運動鞋腳下碎裂。

我敲門，亞瑟並沒有來開門。我敲了又敲，窗戶的百葉窗晃了一下，但他還是沒來應門。

※　※　※

亞瑟隔天也沒來學校，我以為他那週被停學了，可是午休時，我在老位置坐下，這裡已經是我永久的家了，鯊魚噙著淚水，輕聲跟我說，亞瑟被開除了。

「開除」這兩個字就像我聽到「癌症」或「恐怖攻擊」一樣，讓我驚恐萬分。「他們怎麼可以開除他？他根本什麼都沒做，他並沒有真的動手啊。」

「我想這只是最後一根稻草。」鯊魚眨了眨眼睛，出現一滴淚水。我不可思議地看著淚水從她臉旁邊流下，而不是她的臉頰。她擦掉淚水，像是把爬到大腿上的螞蟻趕走。「經過魚事件之後。」

她該不會在說西班牙文，我很努力才勉強得到C。「魚事件？」

「喔。」鯊魚變換一下坐姿。「我以為他有告訴妳。」

「我根本不曉得妳在說什麼。」沒耐性讓我聲音變大，鯊魚指頭放在嘴上噓我，叫我小聲點。

她壓低音量。「我不知道，我不在現場。但他去年因為在生物課上踩死一隻魚被停學。」

我可以想像，我懂。我可以想像亞瑟齜牙咧嘴，瞪大眼睛盯著赫斯特太太，那張臉，還有他的大腳踩在一隻滑溜的藍色身體上，牠就躺在濕地板上身體不停抖動，掙扎求生，他知道若不用盡全力踩下去，這小東西就會滑走。「他為什麼要這麼做？」

「那些傢伙。」鯊魚搖搖頭，就像看到音樂錄影帶中的暴力畫面，一臉驚愕的母親。

「狄恩。他們笑他不敢做。」她指頭揉著太陽穴，變成亞洲人鯊魚。「可憐的亞瑟。有這種紀錄，他永遠進不了哥倫比亞大學，就算是用校友優先錄取名額。」

※　※　※

當天傍晚，原本要跑五英里，我跑了一英里就假裝抽筋，用手勢要其他女孩先走。然後再折返學校，七分鐘就完成原來的路程。

這次我一直按著電鈴不放，直到感覺亞瑟的腳步過來將門打開，他面無表情看著我。

「亞瑟！」我怒吼道。

「好啦，冷靜。」他轉身上樓。「來吧。」

※※※

我們坐在他床邊，他把碗傳給我。

「真的確定了嗎？」我問道。

亞瑟張大嘴巴，從粗大的管子吸入一口菸。「真的確定了。」

「真正該退學的是該死的狄恩。」我喃喃說道。

「自助餐廳以他們家的姓命名不是沒有道理的。」亞瑟把碗敲一下床框，讓裡面的東西鬆動一點。等他再把它傳給我，我搖搖頭。

「是啊，如果我有種的話，他應該會被退學。」我說道。

亞瑟哀號一聲，整個人倒在床上。我藉由床墊振動讓自己維持平衡。「幹麼？」我不爽地問。

「但妳並沒有。」亞瑟說道。「妳沒有！所以不要再說這些自我厭惡的狗屁了。」

「你氣我沒那麼做嗎？」我抱著肚子，我受不了再多一個人氣我了。

「妳才應該氣自己！」亞瑟吼道。「妳本來有機會把他擊垮，卻沒有去做，只因為妳——」他是真的在大笑，從肚子發出來的紮實笑聲。「真以為可以挽回名譽。」這句話讓他笑得更用力。「我的天啊、我的天啊。」他一直重複，就好像這是他聽過最他媽的可笑的事。

我感覺一切都靜止下來，寂靜無聲。「我的天什麼？」

亞瑟嘆了口氣，滿是憐憫。「妳真的看不到嗎？妳不懂嗎？妳打從一開始就受傷了。

而妳只是——」他抓著自己的頭髮，然後放開，頭髮亂七八糟立了起來。「妳就是個傻逼，根本搞不清楚狀況。」

我寧願被狄恩賞一百萬個巴掌，也不願聽到這些。至少他想要、卻憤怒得不到的是這個世界上最基本、原始的需求，所以跟我這個人一點關係也沒有。沒想到亞瑟竟是這樣看我，跟我想像的完全不一樣，我實在太震驚了。我以為我們是朋友、同學，最重要的是，我們站在同一陣線上，都看不起毛腿幫和HO。我被大家排擠，而亞瑟好心收留了我。而不是反過來。我用唯一知道的方式反擊他。

「呃，是啊。」我氣急敗壞地說：「至少狄恩還要我。我還有機會，不像你。他媽的頂著三歲的小雞雞肖想他。」

亞瑟的臉稍微皺起，非常輕微，而我以為自己也要哭了。他曾經幫我說話，除了拉森老師之外，他是唯一這麼做的人。我還來不及踩煞車，亞瑟原本平和的表情已經換上惡毒和冷酷的視線。一切都太遲了。「妳說什麼？」

「你知道我在說什麼。」我金色馬尾往後一甩。我的頭髮、我的胸部，所有讓我陷入許許多多麻煩的一切，瞬間成了我在這裡唯一的防禦武器。「你騙不了人的。」我環顧四周，一眼看到放在亞瑟桌上的紀念冊。我跳下床拿起它，翻到我們最喜歡的那頁。

「讓我們來看看啊。」我找到狄恩的相片。「『肛我，用力到流血。』」狄恩照片上有很多塗鴉，亞瑟還從狄恩臉上一路畫了一條長箭頭到頁面底下，繼續寫更多字。「噢！這句真是經典：『把我的老二切掉。』」我抬頭看著亞瑟。「說不定你每天晚上都抱著它睡覺，就像抱著小毯毯一樣。他媽的死基佬。」

亞瑟朝我衝過來。爪子般的手用力把書從我手上抽走，我試圖搶回來，卻重心不穩，往後一倒撞到牆，然後像小嬰兒一樣被疼痛激怒，哇哇大哭，摸著受傷的部位。

「妳有沒有想過。」亞瑟氣喘吁吁，他那肥油層層包覆的心臟被我們的小扭打刺激。「我不想上妳並不是因為我是同性戀，而是因為妳很噁心？」

我張口想反駁，亞瑟卻打斷我的話。「妳應該要把那對砍掉——沒有一個做大事的人有那對奶子。」他兩手捧著自己的男人乳，使勁地搖。

如果我繼續練跑的話，這時候已經爬到新哥爾夫路的上坡道，就算如此，也不會像現在喘得這麼厲害。我一把抓起亞瑟床頭櫃的照片，他和父親一起在水邊歡笑的合照，就在亞瑟來得及抓住我之前，飛快逃跑衝下樓。我在樓梯聽到他追上來的聲音，跟恐怖電影不同的是，這次的殺人犯痴肥、動作緩慢，嗑藥嗑到茫了。我跑到門邊，把書包甩上肩頭，亞瑟根本還沒到二樓。我衝出門外繼續跑，直到確定亞瑟遠遠落後，我才彎下腰抱著膝蓋，上氣不接下氣，情緒激動憤怒。我幾乎跑了半英里，停下來才知道已經到了羅斯蒙車站，雖然過頭了，但亞瑟絕對想不到要到這裡找我。我終於開始用走的，看了看手上的照片，裡面的亞瑟擁有他一直渴望的快樂，心想是不是該掉頭回去。然而一想到他爸爸根本是個爛人，說不定拿走這張相片對他是好的。說不定可以幫他走出陰霾，不要再當個死胖子混球。我停在路邊，心想先找地方收好，我把它塞進一個資料夾，保護相框那些可笑的貝殼裝飾。

幾天後，我發現亞瑟轉入湯普森高校，位於拉德諾的公立學校。二〇〇三年，湯普森高校三〇七名畢業生中，只有兩個進入常春藤大學。亞瑟註定不在其中。

第十一章

我收到一封電子郵件，如果現在的我是二十二歲剛畢業，一心一意只想找到工作，我會打電話給妮爾，大聲唸出來。「我的天啊，聽聽這個！」

親愛的法納利小姐，

我是艾琳‧貝克，泰普傳媒人力資源部專員。目前敝公司《Glow》雜誌有一個專題主編的空缺，我們很高興邀妳前來面試，如果妳有興趣的話。本週是否有空一起喝咖啡，討論一下這件事？薪資優渥。

衷心的
艾琳

我關掉這封信，不急著回覆，因為我一點興趣也沒有。沒錯，專題主編是從資深編輯往上爬的第一步，而且薪水更高，可是我並不需要擔心錢，雖然並不盡然如此。無論他們提供的薪水是多少，都不能跟《女性雜誌》的經典地位相提並論，重點是蘿蘿已經將他媽的《紐約時報雜誌》擺在我前門，就像家貓把一隻無頭老鼠丟在門口一樣。

儘管我在《女性雜誌》這個萬年職位，不曉得寫了多少次「他的會員」，不過這個名字得到的認可保護了我，差不多就像跟路克訂婚一樣。當我跟人們說我在雜誌社工作，他們問我哪一間，我每次都會客氣地抬起頭，音調拉高回答。「《女性雜誌》？」享受這種感覺，語調的轉折像是在說——有聽過嗎？就像那些自以為是的哈佛混蛋——「噢，我在劍橋上學。」「哪裡？」「哈佛？」是啊，我們大家他媽的都聽過哈佛。那種馬上得到認可的表情讓我很興奮。我受夠了高中時期一直在解釋，在一堆貴族中，為我自己庶民身份辯護——「我住在切斯特泉、離這裡沒有很遠、我家沒有很窮。」

我登出信箱。晚一點再回覆這個艾琳・貝克，回一些屁話就好。「真的很感謝你們想到我，但我很滿意目前的工作。」

苔蘚綠的指甲敲著桌面，心想妮爾在哪裡。過了幾分鐘，我才知道她已經到了。餐廳進門處開始有一堆人回頭，這是是首要跡象。第二是妮爾的頭，史上最讓人震驚的金髮顏色，朝我走了過來。

「對不起！」她坐了下來。妮爾個子很高，坐下時，修長的腿總是塞不進桌子底下。她雙腿交叉在走道上，一隻靴子掛在另一隻上，細長尖銳的鞋跟就像獸爪。又一個日常的夜晚。「我招不到計程車。」

「明明妳家有地鐵直接到這裡。」我說道。

「地鐵是給上班的人搭的。」她朝我一笑。

「爛人。」

服務生過來，妮爾點了一杯紅酒。我已經點了一杯，去了半杯。我希望可以一杯到底，我只允許自己喝兩杯，畢竟是晚餐必須。

「妳的臉。」妮爾說道，故意把臉頰吸進去。

終於。「我快餓死了。」

「我懂，糟透了。」妮爾打開菜單。「妳要什麼？」

「韃靼鮪魚。」

妮爾掃過菜單，神情疑惑，菜單在她手上就像小公禱書。「在哪裡？」

「開胃菜。」

妮爾大笑。「我真他媽的慶幸自己沒要結婚。」

服務生送來妮爾的紅酒，詢問我們要什麼。妮爾點了漢堡，因為她有反社會人格。反正她不會吃完，阿德拉會讓她吃了幾口就不想吃了。真希望那對我有用，通常我吃了妮爾的藍色小藥丸，就算在偶爾嗑藥的夜晚，我的胃口總是會悄悄爬回來。唯一對我有用的方法就是純粹、艱辛的鍛鍊。

我點好菜後，服務生說：「說明一下，這道菜份量很少喔。」他示意只有一個拳頭大小。

「她要結婚了。」妮爾對他眨一下眼睛。

服務生發出「喔」的聲音。他是同性戀，個子小小地，長得很漂亮。說不定下班後，要跟一個肌肉發達的熊男上床。他拿走我的菜單時說：「恭喜妳。」這句話像冰塊卡在牙齒裸露出來的神經。

「幹麼？」妮爾倒抽一口氣。我的額頭皺成V型，通常這表示我要哭了。

我雙手摀住眼睛。「我不曉得是不是真的想這麼做。」我終於說出來了。承認這件事就像一顆細小的石頭從山坡掉下來，如此微不足道，根本不可能導致白色雪崩。

「好了。」妮爾冷靜地說道，蒼白的嘴唇皺起。「是最近發生的事嗎？妳有這種想法多久了？」

我深吸一口氣。「很久了。」

妮爾點頭，雙手浮在紅酒杯兩旁，盯著那一片紅色。昏暗的餐廳裡，看不見她眼底的藍色。有些女孩需要燈光照出那一對燦爛的池水，然後你才能決定，是的，她很漂亮。但妮爾不需要。

「如果妳現在喊停，如果路克只是妳人生中的過客。」她說道，鼻孔迅速抽動。「妳會有什麼感覺？」

「妳這是在引用高提耶的歌嗎？」我怒道。

妮爾頭微傾看著我。金髮滑落一邊肩頭，就像懸在屋簷的冰柱。

我嘆了口氣，思考片刻。

不久前有天晚上在酒吧，有幾個好鬥的傢伙以為我插他們的隊，罵我是醜婊。

「欠幹！」我冷笑嗆回去。

「那妳可賺到了。」他掛在脖子的鍊子在燈光下閃閃發亮，以他的年紀，脖子不該皺成那樣。要是他像我一樣，堅持不要去好萊塢仿晒沙龍就好了。

我伸出最重要的那根指頭。「你很可愛，但我已經訂婚了。」

看著他臉上的表情。那個戒指彷彿有神奇魔力，讓我充滿勇氣，保護我不受傷害。

我對妮爾說：「那會讓我很哀傷。」

「哪個部分讓妳哀傷？」

因為當妳二十八歲，住在翠貝卡區有門房的大樓，出門都是計程車代步，足蹬GZ鞋，正計畫在南塔克特結婚，對象還是血統純正的路克・哈里遜，妳是人生勝利組。換作是二十八歲、單身，外表跟妮爾完全不能比，老是穿同一雙在eBay買的尖頭高跟鞋，因為妳還有電費要付，好萊塢還會拍一些關於妳悲慘生活的電影。

「因為我愛他。」

她接下來的回答聽來如此純淨，但我瞭解妮爾，她是故意選擇最具衝擊力的。「這樣甜蜜喔。」

我朝她點一下頭表示歉意。

緊接而來的沉默，彷彿發出嗡嗡聲，就像我賓州家後方的公路。我從小在那樣的環境長大，早已習慣到以為這就叫安靜。直到我在蒙特聖德蕾莎時，邀朋友到家裡過夜才發現這件事。「那是什麼聲音？」莉亞嚴肅地說道，鼻子皺起控訴地看著我。莉亞現在已經結婚了，還有個寶寶，在她臉書相簿裡，我看到她小孩從頭到腳穿著一身糖果粉紅。

妮爾雙手合十，做出最後的懇求。「妳知道嗎，人們並沒有妳以為的那麼在乎妳。」她笑道。「聽起來很糟。但我的意思是說，說不定只是妳自己告訴自己，說妳必須證明什麼。」

如果那是真的，這表示押金退還，在我衣櫥裡的Carolina Herrera婚紗生氣了。少了這顆四克拉的腫瘤，要怎麼在紀錄片裡證明我比自己過去被認定的還要有價值。「並不是。」

妮爾如墨水般的雙眸緊盯著我。「就是。妳應該好好想想，認真地想，在妳犯下大錯之前。」

「真是諷刺啊。」我充滿敵意地大笑。「這種話竟是從教我如何操控人生中每一個人的人口中說出來的。」

妮爾嘴巴張開，似乎在說話，卻沒有說出口，後來我才明白，原來她是在重複我剛才的話，說給自己聽，試圖釐清那是什麼意思。她的表情從挫折轉為驚奇。「那是因為我以為這個——」她兩隻手瘋狂轉圈圈，稱呼我努力的成果為「這個——」「是妳想要的。我以為妳想要路克，我以為這小小地裝模作樣能讓妳快樂。」她單手拍了一下臉，激動地說：「我的老天啊，歐妮，如果妳會不開心就不要去做。」

「妳知道嗎？」我把一隻手臂疊在另一隻上，小心翼翼作出一道界線，將她阻隔在最重要的部分之外。「我邀妳來是希望妳安慰我，而不是讓我心情更糟。」

妮爾身體坐直，裝得一副啦啦隊長活潑的模樣。「好吧，歐妮。路克超棒的，他看到了真正的妳，而且真心接受妳，並沒有期望妳成為另一個人。天啊，妳真應該好好感謝自己這麼幸運可以遇見他。」她怒視著我。

我們可愛的服務生又出現了，手上拿著一個籃子。「對不起。」他囁嚅說道。「也許妳們不需要這個，但是，需要麵包嗎？」

妮爾對他燦爛一笑，令人火大的笑容。「我很想來點麵包。」

她的關注顯然讓他很開心，他的臉瞬間刷紅，眼睛都亮了起來，更為敏銳，只要妮爾灑出她的神奇魔法塵，每個人都會有這種反應。就在他的手臂伸進我們兩人之間，把籃子放在桌子中央。我心想他是不是也感受到那邊的空氣劈啪作響，充滿警告意味。

※ ※ ※

好幾個星期過去，紐約離夏天越來越遠，九月漫不經心地與熱氣奮戰。拍攝行程也展開了，無論我是不是準備好了。我去試衣服，女裁縫發現我的腰圍縮小，還穿得下六號緊身胸衣，驚訝到不行。我之前預定尺寸時還很猶豫，六號？「婚紗尺寸跟一般衣服完全不同。」售貨小姐跟我保證。「也許妳在香蕉共和國穿的是二號，或甚至零號，但婚紗妳有可能要穿到六號，或甚至八號。」

「別訂八號。」我當時說道，希望我驚恐的表情同時也說明，我絕不會在香蕉共和國買衣服。

星期四晚上，我開車「回」幹線區。第一天拍攝是在星期五，紀錄片團隊尚未得到學校的拍攝許可，不曉得為什麼，這讓我如釋重負。布萊德利不會希望有任何負面宣傳，而我的故事當然會導致這種結果，所以這表示紀錄片的角度會比較偏向我的觀點。我納悶團隊還找了誰，除了安德魯之外。我之前有問過，但他們拒絕透漏。

我離開前先去搜刮時尚衣櫥：黑色金屬光澤牛仔褲、Theory 絲上衣，以及不會太高，也不會太低的麂皮靴子。我還去找了配件編輯，借了一條可愛小巧的項鍊：優雅的玫瑰金鍊子，中間還有一小條鑽石閃閃發亮。這在鏡頭前會很好看——很有品味。當天下午，我還去沙龍將我那一頭亂髮好好吹整漂亮。目標是看起來低調奢華。

我聽到路克的鑰匙開門時，正把一件黑色罩衫摺好放進我的週末旅行袋裡。

「嗨，寶貝。」他喊道。

「嗨。」我說道，不夠大聲，所以他沒聽見我。

「妳在嗎？」路克穿著Ferragamo，腳步聲越來越近，沒多久整個人已經堵在門口。他穿著華麗的海軍藍西裝，上好的發亮窄管褲，兩隻手撐在門框上，往前傾，胸膛擴張。

「戰果輝煌喔。」路克說道，朝床上那堆東西點了點頭。

「別擔心，不用花錢的。」

「我不是那個意思啦。」

路克看著我將一疊疊衣服，從床上移動到袋子的空位裡。

「覺得如何啊？」

「很好啊。」我說道。「我覺得我看起來應該很棒，感覺很好。」

「妳看起來一直都很棒的，寶貝。」路克笑道。

我沒心情開玩笑。「我希望你能跟我一起去。」我嘆了口氣。

路克同情地點了點頭。「我知道，我也想。但是我很怕，不曉得什麼時候還有機會再見到約翰。」路克原本預計這週末要跟我一起去，但就在幾週前，他發現他朋友約翰要來紐約，約翰一直都在印度幫助孤兒什麼的，諸如此類的屁事，反正就是那種會讓我覺得自己現在做的事根本是只會整形的賤人。他只在這裡待兩天，然後就要回印度再待一年，甚至沒辦法參加我們的婚禮。他會帶他未婚妻艾瑪，同樣是義工，二十五歲。我一聽到她美麗的名字和完美的年紀，馬上就受傷了。我仍然無法相信自己再過兩年就要三十歲了。「二十五歲？」我對路克嗤之以鼻。「誰啊？該不會是郵購兒童新娘？」

「二十五歲也沒那麼小吧。」他直接吐回來，後來發現自己的語氣又補充說：「我是說以結婚年齡來說。」

我瞭解約翰對路克有多重要。儘管妮爾和我現在關係冷颼颼，如果她搬到世界另一頭，回紐約只能待兩個晚上，我也會丟下所有事情去見她，我不認為這有什麼問題，問題在於路克發現可以不去那種明顯鬆了一口氣的感覺。這種痛苦是我無法自欺欺人的。我寄信給拉森老師，心想，這是你逼我的。「要不要就在幹線區吃那頓午餐啊？」

「雖然我愛妳。」路克說道。聽起來像問號：「雖然我愛妳？」「但我可是實話實說，妳的表現一定很棒，寶貝。」他突然笑道。「真理必定使你們自由！天啊，我好久沒看那部電影了，不過金凱瑞到底怎麼了？」

我很想告訴他，這句話是來自聖經，而不是《王牌大騙子》，可以他媽的就這麼正經一次嗎。我就要毫無防備地去龍潭虎穴，只有我指頭上那幾克拉的古董綠寶石，可是那怎麼夠呢？但我還是說：「他有演《名魔生死鬥》，還真的滿好笑的。」

※ ※ ※

我問導演艾倫幫我訂了哪間飯店，他雙眉挑到額頭一半高，驚訝地看著。「我們以為妳會住家裡？」

「他們住很遠。」我說道。「如果你們幫我訂在附近飯店會方便多了，拉德諾的飯店價格很合理。」

「我必須查一下有沒有這筆預算。」他說道。但我知道一定有的。雖然沒有人跟我說過，但我懷疑我的故事是將全部組合在一起的關鍵。缺乏我的視角，這部紀錄片根本毫無新觀點來分析這個事件，同樣有幫助的是我的胸部，亞倫的視線似乎不經意會飄到那個部位。

我上大學後就沒在家裡住過，很偶爾才會。我每年夏天都會去實習，新鮮人暑假在波士頓，後來到紐約。逢年過節，我盡量都去妮爾家過。我在妮爾家睡的非常好。

但是在我父母家則是天差地遠，我在家總是幾乎一整晚都醒著，驚恐地緊抓著愚蠢的八卦雜誌不放。我房間沒有電視，而且那是在筆電就像衛生所免費保險套一樣普及之前，而唯一能讓我從奔騰的焦慮中分心的就是讀珍妮佛・安妮斯頓─布萊德・彼特─安潔莉娜・裘莉的三角習題，讓我不去想這個房間、這個屋子帶給我的噁心感，可以從過去不堪的陰影裡爬出來。對我來說，唯一值得與荒蕪、黯淡的記憶競爭的，就是膚淺的八卦。二者完美的互斥。

隨著年齡漸長，我賺了更多錢，像是一種頓悟──我其實付得起飯店費用。只是如果我帶路克一起回家，我父母絕不會讓我們睡同一間，就算現在我們都已經訂婚了，所以我就用這個藉口比較簡單。「我只是覺得讓你們在我的屋簷下，睡在同一張床上，感覺不太舒服，畢竟你們還沒結婚。」媽一副假正經地說過，看到我大笑，她還瞇起眼睛看著我。

我在最後一刻才跟我父母說，路克決定不來了。面對媽要我住家裡的虛偽堅持，我冷靜地跟她解釋，製作公司已經訂了拉德諾飯店的豪華客房，而且住那裡對我來說也方便多了，畢竟距離布萊德利只有五分鐘。

「應該是十分鐘吧。」媽糾正我。

「總比四十分鐘好吧。」我怒道，隨後又覺得後悔。「星期六晚上要不要一起吃晚餐？路克請客，他很抱歉取消行程。」

「他真貼心。」媽開心說道。「那就妳選個地方？」然後又加上。「不過我很喜歡陽明軒。」

※ ※ ※

星期四晚上，我拖著枯萎的身軀塞進路克的吉普車（我們的吉普車，他總是這樣糾正我），上面掛著走路有風的紐約車牌，帶著走路有風的紐約駕照。我每轉一次方向盤，路燈就像裝飾小球照在我手上，互相碰撞爆出翡翠般的光芒，如此銳利、令人炫目。凱莉‧布雷蕭（註51）說從紐約「一眨眼就到費城」，感覺真是差遠了。那裡就像另一個次元，彷彿另一個人的人生，如今我為她感到抱歉。她對即將到來的事毫無防備、如此天真，不光是一種悲哀。還讓自己陷入險境。

51 影集《慾望城市》的主角。

※　※　※

「首先，我們希望妳報出姓名、年齡，以及事件，」亞倫突然語塞。「嗯，意外發生時的年齡。也就是事件發生的日期，二〇〇一年十一月十二日，妳當時的年齡。」

「我還需要補妝嗎？」我焦躁地說道。「我的鼻子真的很亮。」

化妝師過來詳細檢視那有如舞臺妝的粉底。「妳沒問題的。」

我坐在一張黑色凳子，後方背景也是黑色。星期五我們在費城梅迪亞星巴克附近的攝影棚拍攝，那是一間挑高拱形房子，整個地方發出糖尿病美國人燃燒價格過高油料的味道。我要在這裡講述我的故事，星期六早上，學生還在為昨晚狂歡昏睡之際，我們會去拍一些我在布萊德利外圍的畫面。亞倫希望我指出「相關地點」。我假設他的意思是說，在我的人生從普通到複雜的航點，現在叫作相關地點。

「假裝妳和我在交談。」亞倫說道。他希望一鏡到底，也就是開始說話之後就不要停，直到結束都不中斷。「情緒連貫很重要。如果覺得想哭也沒關係，繼續說下去。我會跳來跳去，讓妳不要離題。但我們希望妳繼續說下去。」

我想告訴他，我不會想哭，但說不定會覺得噁心。把濃稠的膽汁吐在馬桶、手裡，或是車窗外，這是我許久以來處理的方式。(「這很正常，沒什麼好擔心的。」悲傷情緒諮詢師曾這樣跟我父母保證)。我深吸一口氣，罩衫衣襬隨著胸口起伏提了起來。

「就像我剛才說的，我們就從最基本的開始。」亞倫壓著耳塞式耳機低聲說道。「請大家靜下來。」他看著我。「現在要進行三十秒聲音測試，請安靜。」

工作人員——大約十二名——靜了下來，亞倫看著手錶數秒。我首次注意到他戴著婚戒，很粗的金戒指。難道他妻子是平胸，所以他的眼睛才離不開我的胸部？

「聽到了嗎？」亞倫問道，其中一個收音師點頭。

「很棒。」亞倫拍手，走回攝影機旁。「好，歐妮，我們一喊『開拍』，我要妳先說出那三點——妳的名字和妳的年齡——喔！對了，這點很重要。妳的年齡必須根據這部紀錄片上映日期推估，也就是八個月後——」

「我們雜誌也會這樣做。」我緊張地嘮叨了起來。「根據本期上市時間推算年齡。」

「沒錯！」亞倫說道。「還有，別忘了說出二〇〇一年十一月十二日時，妳當時的年紀。」他朝我豎起大拇指。

八個月後，我就二十九歲了。我幾乎無法忍受，但我突然發現有件事讓我很開心。

「八個月後，我的名字也會不一樣。」我說：「我是不是應該改掉？」

「當然，這是一定的。」亞倫說道。「謝謝提醒。如果我們沒發現，到時還得重拍。」他往後退，又對我豎起拇指。「妳一定可以做得很好，妳看起來非常漂亮。」

搞得一副我他媽的在拍晨間脫口秀。

亞倫朝某個工作人員點一下頭，對方喊出「第一場。」現場氣氛立即變得嚴肅。他拍下場記板，亞倫指著我用嘴型說：「開始。」

「嗨，我是歐妮・哈里遜。今年二十九歲。二〇〇一年十一月十二日時，我十四歲。」

「卡！」亞倫喊道。隨即語氣變得柔和。「妳不需要說『嗨』。只要說『我是歐妮・哈里遜』。」

「喔，也對。」我翻了翻白眼。「聽起來很蠢喔，抱歉。」

「不必道歉！」亞倫說道，實在太寬容。「妳做的很好。」我發誓真的有看到一個工作人員翻白眼，她有著一頭爆炸捲髮，凸顯出她的小臉，也許成人後顴骨才變得明顯，奧莉薇亞長大應該就是這樣。

這次他們喊卡時，我全都做對了。「我是歐妮・哈里遜。今年二十九歲。二〇〇一年十一月十二日，我十四歲。」

卡。他特別殷勤地跟我說，我做得很好。那個女人絕對有翻白眼。

「我們來拍一些妳說自己名字的片段，好嗎？」

我點頭。現場一片安靜，亞倫示意我繼續。「我是歐妮・哈里遜。」

亞倫用手指數到五秒，指示我再做一次。

「我是歐妮・哈里遜。」

卡。

「還好吧？」亞倫問道，我點頭。「很好、很好。」他整個人充滿精力。「所以現在，妳要開始說下去了。告訴我們發生什麼事。最好是看著我說發生什麼事，不用直接盯著攝影機。就假裝我是妳朋友，而妳正要告訴我妳的人生。」

「瞭。」我很努力才擠出笑容。

現場寂靜無聲，場記板像斷頭台一樣砍下去。什麼都不用做，就是訴說。

第十二章

若不是要去買瑞典魚，我也不會在那裡，正中藍紅色、撲通撲通的靶心。我上布萊德利之前，根本不愛吃瑞典魚，但那是奧莉薇亞唯一會吃的東西，而她很瘦。理性上，我了解奧莉薇亞的瘦並不是因為瑞典魚是她節食計畫的附屬食物，而是因為它們就是她節食的食物。但那並不重要。我好想咀嚼，嘴角需要有那種強烈氣味的刺激，我迫不及待來到自助餐廳，有時甚至來三次。沒有什麼阻止得了我。就算我之前朋友固定坐的位置距離收銀櫃檯危險地近，就算我褲子緊到必須用大洗衣夾當鈕釦。（可以多撐大一、兩吋。）

我穿過中庭。經過熟食排隊區，今日熱食、沙拉吧和汽水區——泰迪正在那裡咒罵總是壞掉的製冰機——我加入結帳隊伍。這裡就像一般藥局，糖果、巧克力、口香糖都放在收銀櫃檯。目前有兩條隊伍，當我要去排較短那排，發現狄恩也跟我有相同想法，兩人差點撞在一起，真是有夠尷尬。我二話不說讓他先排——那條隊伍距離他桌子最近，反正我也想避開。我看著狄恩拖著腳步往前走，一副很不耐煩的樣子。從背後看一個人其實可以透露許多訊息，還有走路的樣子，我總覺得有一種讓人不安的親密感。也許是因為背面不像正面那樣具防衛心——下垂的肩膀和背部肌肉的收縮都能讓你看到一個人最真實的一面。

正午陽光從左邊中庭照進來。狄恩脖子纏繞著好幾撮捲毛，我心想真的好奇怪，竟然是金色，而且跟寶寶一樣細軟，可是他其他部分都是又粗又黑的毛，狄恩突然往旁邊一跳。

*狄恩為什麼跳起來？*這是我第一個想法，儘管自助餐廳新建區已經冒出濃煙，我還在想這件事，那裡正是不再歡迎我的座位區，我被驅逐之地，卻也是我的救贖。

我倒在地上，原本受傷的手腕更痛了。然後有人衝過去踩到我的手指，我痛得大叫。事實上，我有一種尖叫出聲的感覺，喊得喉嚨都啞了，卻聽不到任何東西。有人抓住我受傷的手腕，把我拉起來，我的胸膛再次感受到尖叫的壓迫感，等到喊出聲時，卻馬上被灌入肺裡的濃煙切斷。我瘋狂咳嗽，感覺宛如再也吸不到乾淨空氣。

原來是泰迪抓住我的手腕。我跟著他折返回我剛才進來的地方，從入口衝進舊自助餐廳區，那裡的熟食區早上十一點五十一分就開始供應第一輪午餐。我感覺掌心熱熱、黏黏的，等我低頭一看，還以為會看到血，結果只是一袋瑞典魚，我竟然還抓著它。

自助餐廳裡滿是黑煙，我們無法從平常進來的地方出去，泰迪和我不約而同轉彎，宛如為了選秀節目彩排的舞蹈。後面就是通往布倫納波金廳的樓梯，我們在梯上絆倒，那裡我只去過一次，參加入學考試時。

如今回想起來，當時的記憶是無聲的。然而在現實中，火災警鈴的刺耳高音早已響徹校園，而且一定到處都是尖叫和哀號。後來有人告訴我，希拉蕊痛得像哈士奇般嚎叫，希望能把疼痛趕走，她只是個小女孩，不斷哭著喊。「媽、媽。」躺在地板上發抖，蒼白、乾枯的頭髮裡都是碎玻璃，有如鑽石般閃亮。她左腳還穿著 Steve Madden 木屐高跟鞋，但已經跟她身體分離了。

奧莉薇亞躺在她旁邊，完全沒有喊誰，奧莉薇亞已經死了。

泰迪把門拉開，在那張重要的橡木桌底下看到了其他人，馬校長就是在這裡舉辦牛排宴，只有捐款的白金貴賓父母受邀。鯊魚、佩頓、連恩和安絲麗・切斯，在學校戲劇上時常看到她的演出，每一齣都演得很誇張。在這場臨時的年度大戲和社會地位。這是最糟糕的組合，卻將我們永遠連結在一起。

我第一個記憶就是當他進來時，安絲麗的喘氣聲和她激動地說著。「我的天啊、我的天啊。」就在我們進來不到三十秒後。他拿著槍的手，漫不經心地垂在一側，正好就在我們眼前。當時我並不知道，他拿的是英特拉泰克 TEC-9 半自動手槍。看起來就像迷你版潛艇。我們默默懇求安絲麗閉嘴，每個人都用顫的抖雙手摀住自己的嘴巴。無論如何，他都會發現我們。這裡真不是好的藏身處。

「啊哈！」他的臉突然從優雅的細椅腳間冒出來。蒼白的小臉配上蓬鬆的黑髮，看起來就像嬰兒新生的頭髮般柔軟。

安絲麗整個人崩潰，嚎啕大哭，開始爬開，想要遠離他，當她匍匐爬出桌底，他把一張椅子推倒，朝她的腳射了一槍。現在我們看不見他的臉，只看到膝蓋以下的小腿。他穿著短褲，儘管現在是十一月，他的小肚腿很白，不可思議地光滑。我很想說，我們其中有個人過去想救她——她已經提早申請錄取哈佛，她不能死——但是，這才是我說的版本。「我們全都嚇傻了！一切發生太快了。」

槍聲根本比不上安絲麗的身體倒在地板的衝擊聲。「哇操，我的老天。」連恩倒抽一口氣。他就在我旁邊，抓著我的手，看著我一副很愛我的樣子。硬木地板上鋪著一張很大的東方風情地毯，然而安絲麗的頭撞到地毯那刻還是發出了可怕的聲音，顯示出這張地毯沒有表面看來那麼厚實、豪華。

鯊魚把我抱在她胸口，我感覺到她巨大的胸部不斷起伏，就像羅曼史小說封面。他的臉又出現在椅腳之間。

「嗨。」他微笑道。那抹笑容跟人生中與歡樂有關的一切毫無關聯，像是蕭瑟的冬天過後，美麗的春日，或是新郎第一次看到新娘興奮的臉龐出現在白紗後。他舉槍瞄準我們，由右至左，我們每個人都有被槍口對準，一個個發出微弱呻吟。槍口對到我的時候，我緊盯著地上，叫自己不要發抖，不要當最明顯害怕的那個，因為不曉得為什麼，我知道若是如此，會讓我成為他最感興趣的目標。

「班。」鯊魚低聲說：「求求你。」我感覺她的指頭壓進我的皮膚，她腋下的汗水流到我肩上，我想起了班這個名字。

「幹你娘。」他並沒有針對我們任一人。他默默看著我們許久，消磨我們的意志力。然後他的表情突然軟化下來，就像蠟燭火焰融入蠟裡。「噢，太棒了，是佩頓。」

「班——」佩頓整個人抖得相當厲害，連地板都在震動。「嗨，你不需要——」佩頓的話到「要」就再也接不下去了。多麼愚蠢的遺言。他漂亮的臉蛋被轟爛了，佩頓一顆牙齒正好飛到我面前，雪白完美的形狀就像一塊芝蘭口香糖。

這一槍又低又近，連恩一聽到聲音趕緊躲到鯊魚和我後面，盡量離佩頓越遠越好，卻又沒有離開桌子的掩護。泰迪已經躲到遠遠另一頭，緊抓著椅腳，活像那是他媽媽的腳，他正在求她星期六晚上不要出門。我的耳朵像是縮進頭顱裡，我一根指頭伸進去，感覺濕濕的。一滴血滴到地毯上，紅色彷彿音波震動在布料擴散。只有這滴血是我的。

班就這樣蹲在原地有點久，欣賞自己的作品。椅子接住了佩頓的身體，讓他的身體立了起來，兩條手臂張開像稻草人。整張臉鼻子以下都不見了。鮮血有如湧泉將他整個人圍繞，有如冷冽夜晚的笑聲。

連恩躲在我背後，嘴巴貼在我肩上，連口水都流出來了，所以他並沒有看到接下來發生的奇蹟。但是我們其他人全都不可置信地看著班站起來，只見光滑雪白的小腿離我們越來越遠，左轉往後走向通往一樓的樓梯，那裡正是語言教學廳。上面則是布萊德利寄宿學校時期留下的宿舍，如今已廢棄，只會用來當作校內停學教室。

我都沒發現自己一直屏住呼吸，直到我有如越野馬拉松衝向終點線時，大口喘氣才發現。「他是誰？」我在鯊魚胸口不斷喘氣。「怎麼會這樣？」我又問了一次，儘管我早就知道。

「安絲麗還好嗎？」連恩抽咽說道，語調尖細，可悲又陌生，那個裝腔作勢的酷轉學生轉瞬間消失無蹤。他只能轉頭看後面才能回答自己的問題。因為我看了，安絲麗的頭活像打開的珠寶盒。

「他媽的，這根本是科倫拜（註52）翻版。」泰迪在桌子另一頭嘟囔道。這個事件發生當時，我們都還是國中生。我不曉得布萊德利的反應，但是在蒙特聖德蕾莎，我們聚在圖書館，圍在那台唯一的破電視前盯著電視報導，直到丹尼絲修女將插頭拔掉，威脅如果

52　科倫拜高中事件，一九九九年四月二十日發生在美國柯羅拉多州的校園槍擊事件，兩名學生在校園大開殺戒，造成十二名學生和一名教師死亡，二十四人受傷，兩名槍手自殺身亡。

我們不馬上回教室，每個人都會被記過才離開。

自助餐廳傳出陣陣濃煙。我警覺到我們必須離開，但是唯一脫身的方法是跟著他走。

「有人帶手機嗎？」那個時代不是每個青少年都有手機，但是在那個房間裡的每個人都有。不過根本沒用，因為大家忙著逃命，根本沒人有時間拿書包。

「我們該怎麼辦？」我看著鯊魚，確定她會有答案。但她卻沒有回答，於是我說：「我們必須離開這裡。」

沒有人想從桌子底下爬出來。可是濃煙已經飄進來，混雜著人類毛髮的惡臭和加工品融化的味道：聚酯纖維書包、塑膠托盤和Abercrombie & Fitch的螺縈布料。我把椅子推到我們右邊，在另一頭的泰迪同樣也這麼做，我們四個人從桌底下爬出來。角落剛好有座可充當英雄的櫥櫃，我們全都聚到那裡，剛好能用來擋住我們的下半身，有一種小範圍的保護作用。

我們開始爭論。連恩想留在這裡等警察，相信應該已經在路上了。泰迪想離開。火勢蔓延太快，牆頂有扇很大的窗戶，陽光透過窗子照在桌上，佩頓和安絲麗就在底下等著被接引。經過妥協，泰迪把椅子推到有可能成為我們脫逃的出口下，途中還不小心撞到安絲麗的肩膀。泰迪發出使勁的聲音，用力想推開那扇窗，卻一點作用也沒有，而他還是現場最強壯的人。

「我們必須離開這裡！」泰迪堅持。

「他可能在外面等著我們！」連恩說道。「那兩個科倫拜小孩就是這樣！」他一掌朝櫥櫃拍下去。「臭甲廢物！幹你娘臭甲廢物！」

「閉嘴！」我吼道。火災警報聲在我們耳裡不斷鳴叫，你必須用喊的才聽得見。「就是因為你們這樣，才讓他做出這種事！」連恩看著我，一副很怕我的樣子。我當時並不懂這件事有多重要。

「如果我們跟著她，他就不會傷害我們。」泰迪指著鯊魚。

連恩惡毒地大笑。「他也不會傷害你！所以你才想要離開。」

「不，」泰迪搖頭。「班和我從來就不是朋友，不過他很喜歡貝絲。」已經好久沒聽到鯊魚的本名，我剛聽到還以為泰迪在說誰。

「我好久沒跟班見面了。」鯊魚抽了抽鼻子，用前臂抹過鼻子。「而且那……那個人根本不是班。」

突然傳來椅子翻倒的聲音，四個人啪地一聲，緊張地擠成一堆。突如其來的呻吟聲，又讓我們分了開來。

「我的天啊。」鯊魚說道。「佩頓。」

他努力想呼吸，聲音卻像是吸入液體。鯊魚和我悄悄繞過櫥櫃，蹲在佩頓身邊。他好不容易才將自己一半身體拖出桌底，雙手不停在空中抓啊抓，指頭扣緊，彷彿石膏還沒乾之前就陷了進去。他試圖說話，然而只有血從面目全非的嘴脣流下來。

「拿條毛巾什麼的過來！」鯊魚對泰迪和連恩大叫，兩個人都像相片一樣呆立在角落。

他們瞬間動了起來，當他們在櫥櫃翻箱倒櫃，我聽到銀器餐具匡噹作響的聲音，終於拿出繡著春天綠布萊德利校徽的亞麻布，然後把那些餐巾丟給我們。

鯊魚和我分別將餐巾壓在佩頓美麗、飽受摧殘的臉龐兩側。鮮血和黏膩的肌肉組織將布料黏在他原本下巴的位置，瞬間將餐巾染成紅色，如此快速、根本像是變魔術。眼睜睜看著他的五官和皮膚脫落，真的十分恐怖，然而這就像一直重複說著「這」，一次又一次，直到完全聽不出來自己在說什麼，反覆的威力會將正常轉化為陌生。對佩頓來說則是反過來：只要一直盯著他的臉，會發現越看越沒那麼荒謬，比起你從未見過，或是只能靠想像臆測究竟還能多糟。

佩頓奮力發出一聲呻吟。他的手還是在瘋狂打信號，我握住他的手，把它拉回地板，溫柔地緊握他的指頭。

「沒事的。」鯊魚說道。「下週你要參加重要比賽。」她哭得更用力。「下週你會打贏那場大賽。」

所有人都很清楚布萊德利根本毫無機會。佩頓啜泣著，捏緊我的手回應。

我不知道我們坐在那裡多久。不斷跟佩頓說話，告訴他，他父母愛他，他們需要他回家，加油，不要放棄。千萬不要放棄，你做的很好，你真的很堅強，我們這樣告訴他，即便他的手在我手上變得冰冷，即便他開始呼吸不順暢，因為他很快就要呼吸不過來了。

在這期間，自助餐廳的火苗已經延燒到樓梯間，我們現在都能看到火焰頂端，虎視眈眈就要席捲走廊，將我們困在布倫納波金廳，我們將永遠出不去。

「警察到底他媽的在哪裡？」連恩哭喊道。至少在十分鐘前，我們一聽到警笛聲，全都鬆了一口氣哭了出來。

「我們必須離開。」泰迪說道。他看了一眼佩頓，隨即別過頭去，用手腕壓著腫脹的雙眼。「對不起，各位，但我們必須走了。」

「可是他還在呼吸。」我低頭看著佩頓。當他被自己的血噎到，我把他的頭放在我大腿上舒緩。我跨下全是黏膩的鮮血，而在我心底某個狂野、噁心的角落竟興奮了起來，想起那次他的頭埋在我腿間的記憶，彷彿半夜突然一道刺眼光亮打開，將你從沉睡狀態驚醒。至少在那段畫面中，佩頓的眼睛是張開的，清澈、無知的親切，以為自己在做什麼好事。

「蒂芙妮，如果我們再不走就要死在這裡了！」泰迪說道。

鯊魚懇求著。「可以帶他一起走嗎？」

泰迪努力嘗試，我們大家都想幫忙，甚至是連恩，但是佩頓實在快不行了，全身沉重地就像一大塊水泥。

屋裡越來越熱，而且噁心，泰迪最後一次求我們。

溜進走廊之前，我們一個牽著一個人的手，四個強悍的青少年連成一直線，就像幼稚園小朋友手牽手過馬路，連恩在櫥櫃狂搜可以拿來防身的工具，不管什麼都好。結果他能給我們的只是牛排刀。

「我媽告訴我，絕不要拿刀子對抗強暴者。」我說，被熱氣薰得頭昏眼花，根本沒想到這個變態的笑話對連恩的影響。「因為他力氣比妳大，會把刀子搶過去，反過來對付妳。」

「他不是強暴者。」鯊魚輕聲說道。

「噢，很抱歉。」連恩說道。「她剛才是不是說了『變態臭甲廢物殺手』？」

我們還拿了剛才用在佩頓臉上剩下的上好亞麻餐巾，圍在嘴上當作繃帶使用。

離開前，我最後再看佩頓一眼。他的胸口嘆了口氣道別，似乎在作最後的懇求：我還活著。放他一個人在這裡，我真的覺得好難過，畢竟他還活著，我的哀痛宛如懷孕的感覺，如此全面、涵蓋一切，強大的威力足以改變我的人生。

我們以最快速度在走廊移動，再左轉進入樓梯間。當我們一竄進門裡，原本完美的直線也變成一個緊密的圓圈，四個人手腳纏在一起轉圈圈進去——沒有人知道我們在那裡會發現什麼，沒有人想站在隊伍最前面。

讓我大大鬆了口氣的是，樓梯間裡沒有人，我們慶幸地把臉上的餐巾拿掉。

「如何？」鯊魚問道。「往上或往下？」

「我選往上。」泰迪說道。「他不會往上。」舊宿舍會通到另一個樓梯間，可以帶我們下去到數學教室廳。那裡有個出口。

「好主意。」連恩說道，泰迪微笑。當子彈準確射進他的鎖骨，鮮血噴灑在他後方牆壁上，彷彿我們在當代藝術課學到的傑克遜・波洛克畫作。

我只知道子彈來自樓上。於是我往樓下衝，飛快滑過樓梯轉彎處，當子彈射到欄杆，我撞上鯊魚和連恩，金屬與金屬碰撞的尖銳鏗鏘聲，一點也不像我以前聽到的任何聲音。

出了樓梯間就是一樓語言教室廳，而我人生最漫長的時刻，就是接手轉門把的鯊魚，把門打開，那幾秒已經足夠讓班接近我們。那扇門又舊又重，我們衝出來之後，門還是敞開的。班根本不必停下來開門，直接穿過去追上來就可以了。他身材瘦小，動作迅速，絕對是個優秀的越野馬拉松選手。

連恩緊急右轉，錯把一間空教室當掩護。卻無意間成就一樁高貴行為，其實他的轉彎不過是本能自我拯救（這麼說並不是要怪他），不過卻救了我。「為什麼不跟著他？」故事來到這裡，總會有人這麼問。

「因為。」我說，很不爽被打斷，不管是哪個白痴打斷我的話，他們根本搞不清楚班已經步步進逼，我都能聽到他與我們完全不同的呼吸聲。銳利而急促，就像動物進化的肺部，以利於追逐獵物。「他就在我們後面。我很清楚他會看見我們，展開追蹤並將我們逼入死角，事情就是這樣。」

「這就是連恩的遭遇？」亞倫問道。

「這就是連恩的遭遇。」

「回到接下來發生的事。」

鯊魚和我衝過語言教室廳，飛快爬上樓梯，當我們踩上最後一階，看到有一道門通往自助餐廳。緊緊關上，哈洛德老師總是警告我們說這樣會助長火勢，結果根本沒有。它反而將火勢鎖在自助餐廳舊區，而且更往內部延燒，已經蔓延到布倫納波金廳，也就是我們剛才待的地方，佩頓和安絲麗還在那裡。從那道門過去有條通往新建區的通道還可以行走，天花板灑水器已經開始運作，澆熄大部分火勢。那裡正好有個通往中庭的出口。鯊魚和我的腳步一直沒停下來，不斷往前衝。

然而就在平時毛腿幫和HO坐的位置前，我們停下了腳步，腳底下水已經淹到我們腳踝，頭頂上仍不斷灑下來，我們的頭髮全都平貼在臉兩側。我看到了亞瑟，我以為自己會把心臟都吐了出來。

亞瑟擋住我們的出口前，站在瓦礫和屍體之間，臉上布滿水珠，把父親的獵槍背在身上，活像走鋼索的人拿著棍子保持平衡。狄恩倒在翻倒的收銀機上，右手臂可以說是整個被炸開，大理石地板上混雜著白色肌肉和鮮血，那種來自身體深處的濃稠就像瀝青一樣。

「原來妳在這裡啊。」亞瑟對我說道，他的笑容讓我嚇得魂飛魄散。

鯊魚說：「亞瑟。」然後開始哭。

亞瑟不滿地看著她。「馬上離開，貝絲。」他把槍口對著她，往身後的中庭一揮，那裡象徵她的自由。

鯊魚沒有動，亞瑟駝著背與她那怪異的眼睛平視。「我是說真的，貝絲。我喜歡妳。」

鯊魚轉頭看著我啜泣。「對不起。」然後腳尖踮起，小心翼翼繞過亞瑟，就在他對著她大叫。「妳他媽的幹麼跟她對不起！」她拔腿狂奔。我看著她，感受她腳下乾燥的草地。她往左邊奔跑，最後轉向國中部停車場。於是我再也看不到她了，只聽得見她瘋狂的尖叫聲，確定自己終於逃過一劫。

「過來。」亞瑟用槍管召喚我過去，活像巫婆的長指頭。

「要幹麼？」我覺得好丟臉，自己竟然哭了。我痛恨等這一切結束後，我知道自己會有什麼反應，那就是我無法勇敢面對。

亞瑟舉槍往天花板一射，狄恩和我不約而同發出尖叫，火災警報器仍在哭號，似乎在怒吼竟然還沒人來處理。「過來！」亞瑟咆哮。

我照他的話去做。

亞瑟槍口指著我，我乞求他，跟他說我很對不起，拿走他爸爸的相片。還說我會還他，我把它放在置物櫃裡。（其實並沒有）。我們可以一起去拿，那是他的物品。只要能拖延他即將要做的事，什麼都可以，我知道他接下來要做什麼。

亞瑟怒瞪著我，濕頭髮落在眼睛上，但他根本不去理會，也不撥開。「拿去（註53）。」他說道。剛開始我還以為他是指「吞下去。」像是說不管等一下發生什麼事，叫我勇敢吞下去。後來我才明白亞瑟的槍並不是指著我，而是要把它拿給我。

「難道妳不想做這件事？」他看著狄恩。恐懼讓他有如猩猩的醜陋嘴臉變得完全陌生，不再是我認識的那個人，也不是傷害我的那個人。「難道妳不想轟掉這隻速懶叫的老二嗎？」亞瑟現在離我很近，我發現他嘴角有硬掉的白色殘渣。

我的錯在於竟接受了這個餌，伸手試圖去拿槍。「才怪。」亞瑟把槍抽回來。「我改變主意了。」

緊接著，他舉起槍桿，動作出乎意料優雅，直接朝狄恩兩腿之間轟了一槍。狄恩發出根本不像人的喊叫聲，鮮血有如泉水直接往上沖到他眼前，活像艾波卡特中心的噴泉（註54）。

牛排刀滑過亞瑟的肩胛骨。傷口很淺，直接往旁邊滑過去，就像拆信刀滑過信封封口底下的感覺。刀子就這麼滑出來，正如它滑進去時，毫不費力。亞瑟轉頭面對我，嘴唇挑起，明確地說出了「嗯？」我重心往後，這是我爸教我的，丟球前必須先把重心往後，這也是這個男人在我這一生中，唯一教我的有用的事。我把刀子用力插進他側面脖子，亞瑟踉蹌往旁邊倒，發出像是要清胸腔卡痰的聲音。我跟著他的動作，順勢將刀子

---

53 take it，同字多重意義。

54 美國迪士尼樂園的一個主題公園。

抽出來，再刺一次。當我把刀子埋進他胸口，聽到骨頭碾碎的聲音，知道自己戳到了胸骨，而這次我再也無法抽出來。不過沒關係，因為不需要。亞瑟費力發出像漱口的聲音，說著像是「我只是想幫忙。」明亮的鮮血從他口中奔流出來。

我總是讓故事停在這裡，對亞倫也是。

不過還有一件事，我從未跟任何人說過的部分。那就是當亞瑟雙膝跪地，上半身的體重讓他往前倒時，我真的以為，他們現在必須原諒我了吧。而在最後一刻，生存本能讓他靈光一閃，明白若是胸膛著地會讓刀子刺得更深。他試圖往後倒，然而大腿肌肉過於緊繃，最後他只能往側面倒去，激起巨大水花，一隻手臂壓在頭底下往外伸，兩條腿疊在一起，膝蓋微彎。芭蕾健身課的大腿運動總是會讓我想到亞瑟，我覺得自己藉以緊實身上游泳圈的運動，就跟他的姿勢一模一樣。「再十下！」教練活潑地下令，我抬起我的腳，肌肉出賣了我，渴望放棄的感覺是如此美好。「你們辦得到的——加油！——再十秒！」

第十三章

「太棒了。」亞倫拍手打破屋子裡的寂靜魔咒。工作人員伸了伸懶腰，開始走動。我聽到「要喝飲料嗎？」抹了一下自己的臉。

亞倫走到我面前，雙手作成尖塔型。「謝謝妳敞開心胸，對我們毫無保留。」

我趕緊將故事從我臉上抹去。「不客氣。」我囁嚅說道。

「妳需要喝個飲料什麼的嗎？」他彎下腰，輕捏一下我的手臂。我確信他有感受到自己的動作讓我全身僵硬，於是把手抽回去。

亞倫讓我想到大學約會過的一個災難追逐者（註55）。這個他媽的跳霹靂舞的emo（情緒龐克），竟然問我佩頓脖子的肌腱，還有他緩緩閉上的藍眼睛的事——他眼裡的光芒是慢慢不見，或是他早就知道？已經接受了？我曾經以為這也是一種愛，我人生中血腥時刻的紅利。如今鐘擺換到另一邊。

亞倫清了清喉嚨。「想喝什麼自己來！」他僵硬地笑道。「記得，明天早上飯店晨呼是七點。」這是為了髮型梳化，結束之後，他們會收起圓梳和睫毛夾，一行人直接前往布萊德利拍攝「外景鏡頭」。

「瞭。」我起身，整理一下衣服。就在我快到門口，亞倫叫住我。

「呃，好吧。」他說道。「今天一整個下午，我都在想要不要問妳這件事。」

---

55 專門追逐發生車禍等各種意外事件當事人的律師，說服對方興訟以求取鉅額賠償金。

我瞪著他以示警告。

不過他還是靠上前，說了一些我意想不到的話。那些話讓我舌頭又嘗到熟悉的酸味。他說完提議，雙手舉起——不要生氣！——說：「當然這必須在妳不會覺得不舒服的前提下。」

我沉默片刻，讓他不安一下。「這是在耍我嗎？」我雙臂抱胸。「想拍一些可以賺錢的鏡頭或是怎樣？」

亞倫表現出大吃一驚的模樣，甚至是受傷。「歐妮，我的天啊，當然不是。」他低聲說：「妳知道我是站在妳這邊的，對不對？我們全都是——」他指著整個空間。「站在妳這邊。我可以理解為什麼妳不這麼認為，畢竟妳經歷了這麼多事。拜託，我也是被所有人懷疑。」他的「拜託」聽在我耳裡還滿溫暖的，像是爺爺會說出來的話。「但我希望妳信任我。這並不是在耍妳，我絕不會耍妳。」他後退對我點一下頭。「妳要不要考慮一下？我們有一整個週末的時間。」

我雙唇緊抿，再一次檢視他的婚戒。重新思考亞倫這個人，他其實是在展現善意，而不是示好。我不禁納悶是不是一直都是如此，如果是這樣，我還看錯了什麼。

※ ※ ※

我打開攝影棚大門，走進涼爽的九月天。慶幸夏天結束了。我痛恨夏天，總是如此。這似乎很奇怪，畢竟那段記憶與秋天緊緊連結在一起，然而每當我呼吸到初秋的空氣，看到落葉紛飛，都會覺得很興奮。秋天永遠都是重新打造全新自己的機會。

我跟幾個工作人員揮手道別，他們正將攝影機和器材放進一台普通黑色廂型車後面。有一刻我還想拍照傳給妮爾，寫上「是有沒有這麼像強暴廂型車？（註56）」可是我想起那次晚餐，她是怎麼用眼神逼迫我的，在她完美的臉上，混雜著失望和噁心，我決定不這麼做。我將拉德諾飯店的地址加入吉普車的衛星導航系統。我高中時也很少到這裡，再加上我後來幾乎沒有「回家」，這些過去常走的路，如今只是模糊的似曾相識場景。我有來過這裡，但是什麼時候？這種迷惑的感覺讓我心中興起一陣驕傲。這表示這裡不再是家，紐約才是。不是你拒絕我，是我拒絕你。

我從停車場慢慢倒車出來。我是個蹩腳駕駛，不常開車。我會像三寶老太太緊抓著方向盤，我把車子開上門羅路，聽見袋子傳來手機震動聲，但我必須停下車才能檢查是誰打來的。幾年前，蘿蘿逼我們簽下誓約，好像是跟歐普拉合作的，絕不在開車時傳簡訊。但真正讓我沒有去拿手機的原因，並不是遵守誓約，而是顯示在我簽名上頭的數據：開車傳簡訊非常危險，發生致命車禍的機率提高百分之兩千。「哪有可能。」我質問馬丁，我們的檢核員。馬丁是個十分嚴謹的人，我們有一次還因為我寫的一段話發生爭執。「你的人生需要這支唇蜜。」

「要不要換一種說法？」他建議道。「這並不是食物或水，所以技術上來說，人生中並不『需要』它。」

「你這是在說笑吧？太荒謬了。」

56 無窗戶的廂型車時常被歹徒用來綁架、性侵等，故衍生此類笑話。

「至少刪掉這個加強語氣的『需要』。」

但是當我質疑那個百分之兩千的正確性，他只是嚴肅地點點頭。「這是真的。」

突如其來的爆裂聲，讓我緊張到車子一偏。我單手抱著後腦杓，快速檢查一下有沒有受傷。就在心跳瘋狂加速之下，我發現原來是左邊有建築工人正在組裝一間麥式豪宅。有時在等地鐵或過馬路，我會突然出現幽靈性頭痛或肩膀痛，我會用手去碰它，再看看自己的手，期望會看到血。最後一個發現自己被槍擊的人，總是才剛被槍擊的人。

右邊矗立一間瓦瓦。我用力扭轉方向盤，轉進停車場，衛星導航的女聲變得疑惑。「繼續往左、繼續往左。」她訓斥我。我一直戳按鍵，戳到她終於靜下來。

我從袋子撈出我的手機。沒有路克的簡訊，我打開電子郵件，發現一封拉森老師——安德魯——寄來的信，內容是關於星期天午餐的事。「今天比我想像還要艱難。」我寫道。「可以快速見個面嗎？」我頓了一下，知道這樣寫太急切，於是我寫。「想來一片 **Peace A Pizza**？」為了安德魯，我願意吃碳水化合物。

Peace A Pizza 是我們高中常去的家庭式餐廳，馬校長是那裡的超級粉絲，總是每月的最佳顧客，他還會拍一張在鏡頭前豎起大拇指的丟臉照片，掛在汽水區旁。狄恩有一次在馬校長臉上寫下。「人家愛披薩愛久久」（註57）。他當然並沒因此受罰，即便大家都知道是他幹的。

我按下傳送，等了五分鐘，知道他不會這麼快回覆。我決定先回飯店。說不定等我回到那裡，他就會打電話來。

57　狄恩是模仿英文不佳的性工作者拉客用詞，在這邊把愛你改成愛披薩。

拉德諾飯店跟許多地方一樣，都標榜自己是幹線區最主要的精品旅館——婚宴場地——其實不過是使用浮濫的萬豪酒店，擁有廣大的停車場，後方不遠處就有公路呼嘯而過。

我住的這間客房之前房客一定有抽菸，而且並不是很謹慎。我們雜誌的美容總監，曾經在上《今日秀》時因為三手菸味道，拚命擰絞雙手——那是一種深埋在醜陋沙發布裡的味道，而且會對皮膚造成明顯、極大的傷害。通常我會打電話到櫃檯，像個咄咄逼人的小賤人要求換房間，然而我發現房間裡陳腐的氣味對我有一種撫慰作用。我想像有個女孩，像我一樣的邊緣人，整個人蜷縮在窗邊的印花扶手椅裡，雙眼瞇起，深深吸了一口菸，燃燒的菸頭彷彿在回應她。我決定設定她是回來參加葬禮的。她跟父母也不親，所以才會在這裡，而不是住家裡。我對她有一種親切感，像是多了一個同伴，讓我沒那麼孤寂。因為我就是這樣，在星期五晚上六點，看著TBS播的《一吻定江山》最後一幕。我捧著一杯裝滿溫伏特加的馬克杯，努力抗拒迷你吧裡M&M的誘惑，它就像費城某區的妓女在拉客一樣，希拉蕊曾到那附近刺青，當時她在下背刺了一隻蝴蝶。

我寫信給安德魯已經是一小時前的事了，而我唯一收到的郵件卻是酷朋，提醒我關於抽脂、角蛋白、瑞典按摩和分段式換膚雷射的團購時間快截止了。還有一封來自薩克斯百貨，推薦我一雙美金一千一百九十五的 Jimmy Choo 蛇皮踝靴。我可沒那麼凱。

我看了一下明天早上七點的通告表，思索在梳化人員抵達前，有多少時間可以出去慢跑一下。我根本不指望睡得著，但我可不想一直待在這裡。我突然靈光一閃，把咖啡杯放下，開始在床頭櫃翻找——啊哈——找到了，電話簿，我雙手捧著古老的黃頁。

拉森、拉森、拉森，我心裡想著，翻到字首L的部分，暗紅色指甲在姓名欄上劃過去，找到「拉」。

有三個拉森，但只有一個住在哈弗福德的格雷斯區。有一次練跑，安德魯有提過他的老家，他用「老家」，安德魯就是用這麼甜蜜的說法，所以我知道這就是了。

我看了一眼話筒。我可以打這個號碼，只要不是安德魯接的，我就直接掛掉。惠妮說不定也在那裡，他父母當然也會在。但是，我的天啊，萬一他們家有裝那種來電顯示在電視螢幕上的裝置，那該怎麼辦？我有跟安德魯說過，我會住這裡。萬一他們正在看不曉得什麼公共電視節目，結果被我這通電話打斷，電視螢幕上閃著拉德諾飯店這幾個大字，又該怎麼辦？萬一他母親先接起電話，卻被我掛斷，他就會知道是我打的。我完全不認識安德魯的父母，不過我想像他們是退休學者，兩人都有一頭柔軟的白髮，手裡拿著紅酒，用一種低調、敬重的語氣，從歐巴馬政府的觀點來討論能源危機。就是這種智識訓練才能教育出像安德魯・拉森這樣的人，他的情緒智慧深深吸引了我，讓我成為他的超級迷妹。

伏特加打開了一條清晰的記憶通道，因為我馬上回想起中學到同學家過夜的把戲。電話號碼前加上米（＊）六七就可以隱藏來電資訊。我決定先打我的手機試試看，先按下那個密碼，然後是九一七區域號碼。我膜拜我的九一七區域號碼。不再是費城女孩，我是紐約客。

手機螢幕出現「未知號碼」，我開心地笑了，真不敢相信，竟然奏效了。

我從咖啡杯裡再多收集一點勇氣。你知道嗎，也許就算是他父母接的電話，我也不必掛斷。這是多麼完美無辜的請求。製作單位更改我星期天的通告，所以沒辦法一起吃午餐，我只是想趁我們都在這裡，跟他見個面。這並不是謊言。如果我同意亞倫問我的事，我的通告時間就會不一樣。

我按下＊六七，停頓一下，緊接著耳裡傳來輕柔的撥號音，好幾英里外，拉森家的電話響起刺耳鈴聲。

「拉森家。」接電話人的語氣讓人腦袋彷彿要裂開。

「嗨。」我起身開始踱步。可是我忘記有電話線，而且還很短，結果手上的話筒就這麼飛了出去，摔到後方地板上。「該死！」我脫口而出，趕緊蹲下伸手去抓它。

「哈囉？」躺在地上的話筒傳來質疑的聲音。「哈囉？」

「嗨。」我又說了一次。「抱歉。拉森先生在嗎？」

「說話。」

「抱歉，我是說安德魯．拉森。」

「我就是，妳是誰？」

我很想掛斷。這麼做事情就容易多了，只是我被肌肉記憶綁架，抓著電話的指關節已經變白。「我是歐妮．法納利，我想聯繫你兒子。」我又補了一句，好讓這個要求不會太冒昧。「我是他的學生。」

老拉森先生的口氣突然轉變。「我的天啊，女孩，我還以為妳是那些亂打電話的瘋子。」他笑道。「等一下。」

他放下電話。我模模糊糊聽到一些聲音。經過一段痛苦的沉默，我聽到小安德魯．拉森的聲音。「蒂芙妮？」

我完全不記得那些裝模作樣和藉口，只是告訴他實話。跟他說今天不好過，而且我好孤單。

※　※　※

安德魯並沒有帶惠妮來過週末。我一聽到這個，不禁屏住呼吸，希望他會建議我們去喝一杯，而不是我原本的想法，在 Peace A Pizza 見面，但他只是說：「Peace A Pizza，我好幾年沒去那裡了，四十分鐘後？」

我把話筒放回去，發出咯噠一聲就像我的控訴。披薩。現在還這麼早，太陽高掛天空，彷彿在嘲笑我。一切都很正常，完全沒有不良意圖。我一方面鬆了口氣，一方面又覺得失望，兩種情緒交戰，難以抉擇。

我一進到飯店房間就把臉上的舞臺妝洗掉，眼神避開日光燈直射的位置，粉底和蜜粉全都卡在眼睛和嘴巴周圍。二十八歲，感謝我光滑的橄欖色肌膚，我經常被誤認大學才剛畢業，但這種狀況不曉得還能維持多久。我看過人們被老化擊垮，就像迅速蔓延的癌症。這世界上所有的抗氧化物都不足以抵擋它的發生。

我重新化妝——修色隔離霜、遮瑕霜、古銅粉、睫毛膏和唇釉。路克總是覺得我的化妝包怎麼可以重成這樣，實在太不可思議了。「這些垃圾妳真的每一樣都有用到嗎？」他問過我一次。這是一種稱讚，因為是的，我全都用到了。

等我爬上路克的吉普車，時間是六點五十分。十四分鐘，這是從這裡到布林莫爾的時間，距離只有兩英里。恐懼悄然升起——並不是因此我才能遲到地剛剛好。我是真的害怕自己的好運是不是要用盡了。宇宙法則別無選擇，只能介入，伸出指頭把有著一雙惡毒雙眼的豪華休旅車拉過來衝進我的車道，將我困在光滑的車體和安全島之間，方向盤撞裂我的胸骨，其中一片戳進我的心臟或肺葉。證明讓我逃出自助餐廳是多麼大的錯誤，只因為我是未來要做大事的人，反正那五個人也絕對無法成就那些事。有時我會陷入沮喪的泥沼，我會這樣告訴自己，當我的心靈之眼只看得見安絲麗的頭顱像堅果一樣裂開，那天的夜晚似乎永遠不會降臨。

※　※　※

我不曉得安德魯開的是什麼車，所以當我開進擁擠的停車場，根本無從找起。我胃裡只裝了一杯飲料，目前正竄起一股強勁的迷霧，卻依然壓不過焦慮。這地方處處可見青少年的四肢，修長的雙腿根本擠不進桌底，就跟妮爾一樣，他們雙腿交叉伸到走道上，形成一排排傾倒的彈簧單高蹺。沒看到安德魯，我退到角落、等待。

店門打開，一陣涼爽的風帶著安德魯一起進來，我感覺像是不知該把手臂放哪裡——是要交疊在一起，還是一手握住另一邊手肘？他穿著針織毛衣和牛仔褲，看得出來都是高級品，那件牛仔褲應該是巴尼斯精品店裡優雅瘦削的造型師幫他挑的。

我對他輕揮一下手，他朝我走了過來。

安德魯吹了聲口哨。「人好多。」我同意，再次希望他提議我們去別的地方，但他只是說：「我們應該去排隊吧。」

高中覺得新奇的披薩，至今仍是重點行銷項目。通心粉起司披薩、培根起司漢堡披薩、伏特加茄汁管麵披薩——我曾經為它瘋狂。現在唯一想到的是，碳水化合物中的超級碳水化合物。難怪我當年是個超級大胖豬。

我把剛才的想法跟安德魯說，他大笑。「妳從來就不是超級大胖豬。」他拍了拍自己結實的肚子。「這傢伙才是。」這是真的。他曾經是個圓滾滾、愛玩的兄弟會男孩。我還是不敢相信安德魯當老師的時候才二十四歲。那天晚上在他臥室，他二十四歲，他把我從惡夢中叫醒，我求他留下來。他同意之前，臉上滿是哀傷。長久以來，我都覺得那是因為他可憐我，但是現在，我納悶是不是還有其他因素。是不是有可能他是在哀悼我們之間巨大的鴻溝，如果我們的年齡差距低於五歲，事情將會如何演變？

透過玻璃隔屏，裡面擺著堆上滿滿配料的披薩，自顧自地耀眼，比我這些日子以來吃的正餐還要多，我的胃渴望地張大了嘴。

我點了一片瑪格麗塔披薩。安全的選擇，我合理化，因為沒有火花代表沒有火花會遺留在我齒間。安德魯點了一片地中海蔬菜披薩。

店裡只剩沒有桌子的座位，隔壁還坐著一對不斷咯咯笑、瘦巴巴的傢伙，餐巾鋪在大腿上，一副害怕突然勃起的樣子，如果我跟安德魯全程都必須在這裡，我可不想浪費時間坐在這兩人旁邊。我朝門口點點頭。「要不要坐外面？」

前門有兩條長椅，但都被占據了，安德魯和我繞到旁邊，坐在人行道上，紙盤戰戰兢兢地在我們腿上保持平衡，砂礫在我們的牛仔褲屁股底下，刺痛我們的皮膚。

我吃了一口。「我的天啊。」我哀號道。

「比不上紐約的。」安德魯說道。

「人間美味。」我舉起手指。「婚禮節食。」

安德魯點頭。「惠妮當初也很瘋狂。」一塊粗壯的朝鮮薊從他披薩跌到地上的爛泥裡。我想到安絲麗的頭，只得把紙盤放在腿上。茄汁醬類似鮮血的濃稠度。有時蕃茄醬對我也有相同效果，通常是因為想起佩頓的慘狀。我會想著他那張面目全非的臉，一整天揮之不去，所有紅色食物都是地雷。包括肉類。光是想到就無法忍受。我把餐巾紙放在嘴邊，強迫自己吞下最後一口。

「今天很不好過，是吧？」

安德魯坐得很靠近，但沒有近到會碰到大腿的危險。他那天早上沒有刮鬍子，後頸被夏日陽光晒成古銅色。他看起來很傷心的感覺。

「問題不在我必須談這件事。」我說道。「我並不在乎。我在乎的是相信我的人。」我兩手扶在地上往後傾，我絕不會在紐約街角這麼做。「工作結束後，我環顧工作人員，心中不禁納悶，他們真的相信我嗎？我不曉得該怎麼做才能讓大家相信我。」我看著路上車子一台接著一台超過去。「我會盡全力去做。」我深吸一口氣，過去的絕望在我心中燃燒，彷彿被用力吸了一口的菸。讓我對一些並不想擅長的事，卻突然擅長了起來，若不是我以軍事化監督的方式控制自己，很有可能刀子一滑，對路克下手過重，切斷我這一生辛苦建立的一切。然而，當我在安德魯身邊，我的頭勉強只到他肩膀，我心想像他這麼高大的人一定很難控制自己，我心想是否值得為了他離開蘇格蘭格子一族。

「妳現在正是在這麼做啊。」安德魯說道。「說出妳自己的故事。如果這樣，人們仍然不相信，妳也盡力了。」

我順從地點頭，不過並沒有被說服。「你知道最讓我抓狂的是什麼嗎？」

安德魯咬了一口他的披薩，油水宛若閃亮的小溪流一路流到他的手腕。他在溪流消失在毛衣袖口之前，趕緊咬一下手腕，把它吸起來。我看著白色齒痕逐漸消失。

「狄恩後援會。」我說道。「他們比狄恩更讓我痛恨。尤其是女人。你不會相信她們寄給我的那些可怕的垃圾，現在都還繼續傳。」我借用中西部教堂女士嚴厲的語氣，她們通常都有好幾層下巴和毛茸茸的膝蓋。「上帝知道妳做了什麼，下輩子妳會有報應的。」我撕下披薩爽脆的邊緣。「他媽的近親繁殖的基督教瘋子。」我馬上就後悔自己脫口而出的話。路克聽我這樣說話也許會笑出來，但安德魯不會希望從我口中聽到這種話。脆弱，我提醒自己，這對他才有用。「抱歉。他們根本不曉得狄恩對我做了什麼。」

安德魯啜了一口汽水。「那為什麼不告訴他們？」

「這就是……」我嘆了口氣。「這就是我媽不希望我說出來的事。路克也不希望。他當然知道那些人幹了什麼事，但我不希望他父母知道那天晚上的事，太丟臉了。」我發現沒有沾到紅醬的披薩皮，小心咬了一口。「當然不只是因為我媽或是路克。我也很猶豫是否要揭露這些訊息，尤其是對連恩。對一個在大家心目中停留在十五歲的男孩來說，這是很嚴重的指控。」我看著一群青少年在人行道打打鬧鬧，手裡拿著星巴克。當我跟他們一樣大的時候，咖啡喝起來像汽油，如今則是我的午餐。「一個十五歲男孩被一路追殺到教室，胸膛中槍。就算是我也會覺得其中有問題，我不知道，也許還是不要去捅這個馬蜂窩。」

安德魯嘆了口氣。「這真的很難抉擇，蒂芙。」

我雙手捧著下巴。「如果是你是我，你會怎麼做？」

「如果是我？」安德魯拍了拍掉到腿上的食物碎屑，變換一下姿勢，膝蓋對著我。「我想還是有辦法可以讓妳誠實，卻又不必說死人的壞話。換作是我當然不會錯失可以揭露狄恩真面目的機會。」他膝蓋不小心刷過我大腿，他急忙抽走。「這世界上沒有人比妳更有資格有此殊榮。」

我讓眼睛充滿淚水，然後轉過頭讓他能看見。要這麼做並不費力，我的胸口就像毛巾，可以不斷擰了又擰。「謝謝你。」

安德魯朝我微笑。牙齒卡著芝麻葉，這讓我更愛他。

我利用機會。「要不要開車到布萊德利，看看今天晚上有什麼事？」當然，我過去就想像過這種場景，只是不覺得自己真的會開口。然而天空已經敗給黑暗，安德魯的披薩只剩下麵包邊，而我還不能讓他離開。安德魯說好，而且他說好的方式就像一直在等我開口問，而我的心跳朝四肢擴散。

※　※　※

安德魯說他開車就好。他開著一輛ＢＭＷ，車子磨損的程度剛剛好，毫不費力展現出天生有錢人的氣息，那是一種我永遠也無法自然表現出來的感覺。後座有高爾夫球桿，前座中央置物箱有個星巴克空杯。安德魯伸手過來。「把那個拿給我，好嗎？」他問道。我把杯子傳給他，看到杯子側面寫著「惠妮」，還註明拿鐵、無脂牛奶。我再也想不出比這更適切的話來形容安德魯不吃漢堡的妻子：惠妮是那種會在星巴克點無脂拿鐵的女人。

安德魯先將咖啡杯丟到附近垃圾桶才上車。他啟動引擎，傳來「心靈矇蔽」樂團詭異的哭喊，原來他一直在潘朵拉聽九〇年代音樂。有多少次，我開在相同的道路上，聽著相同歌曲？若是許久以前，安德魯和我像這樣肩並肩坐在他車上，一定會引起注意。現在還是會，只是為了不同原因。

從這邊開車到布萊德利並不遠。左轉上藍卡斯特大道，再左轉到北羅柏斯路，就會接到蒙哥馬利大道。布萊德利學生拿到駕照前，經常都是走路到 Peace A Pizza。我跟亞瑟也常這麼做。

我們左邊就是足球場，一片夏日翠綠，空蕩蕩的。安德魯的大手打一下方向燈，我們耐心等候轉彎。接下來車燈照到足球場球門，經過通往亞瑟家的道路，我以前都是走這條路到他家。芬勒曼太太始終沒有搬家，即使兒子與高采烈策畫了殺害自己同學的計畫，就在聲譽卓越的布萊德利中學，她仍然沒有離開。媒體悲傷一片哀悼之聲。「這裡怎麼會發生這種事？」而且有一度確實是如此。校園槍擊原屬於中西部那些中產階級、有商店街的小鎮，那裡沒有常春藤聯盟，槍枝是聖誕禮物。車子沿著人行道行駛，安德魯轉頭看著我。「要闖進去嗎？」

我從車窗看到學校的黑眼睛。我踏進布萊德利，總是會有一種喉嚨快燒起來的感覺，幾乎要吐出來。我現在應該也快感覺到了，這個地方對我來說就像是巴甫洛夫反應，然而安德魯宛如一張網，將恐懼隔絕在外。我模糊記得，剛認識路克，他對我似乎也有相同作用——喚醒我體內的希望和溫暖，因此我才睡得著——安德魯的手伸了過來，我在座位上趕緊往後一縮。「對不起。」他微笑說道，撥弄一下我的安全帶扣環。「有時會卡住。」

「不會，對不起，我只是嚇了一跳。」我吞吞吐吐說道，卡在胸口的安全帶稍微鬆脫。

※ ※ ※

運動中心鎖上。「加油，布萊德利。」我喃喃說道，安德魯嘟囔表示同意，扶著門。出事後，政府和媒體都施壓要求布萊德利必須加強保全系統，加裝金屬探測器並僱用持槍警衛，不過學校仍堅守立場。據行政單位的說法，這只是單一事件，沒有理由再讓學生受到驚嚇，請一些動不動就開槍的傭兵來侵犯學生的隱私權，隨便要搜誰的身就搜誰的身。父母也支持他們，許多都是布萊德利畢業校友，而且沒人想看到沙林傑第一任妻子的母校變成像一般市區公立學校那樣戒備森嚴。

我們走下樓梯進入籃球場。「我很確定穿這種鞋是不能進去裡面的。」安德魯看著我的麂皮踝靴，這雙是頗有品味的低跟款，我踏上球場外圍的地毯。

我不理會他，直接踏上擦得亮晶晶的橡木地板。我的鞋子發出憤怒的節奏，安德魯停下來看著我拖著鞋跟走，留下一條朦朧的白色線條，最後則是一聲刺耳的吱聲。他跟著我踏出地毯，樂福鞋踩著我走過的痕跡。

※ ※ ※

體育館帶著我們來到科學教室廳，我微笑看著一張黃銅表框的元素週期表。「你認識哈登老師（註58）嗎？」哈登老師是進階化學的老師，留著小鬍子，而且會不自覺抽動，因為他不幸的名字和奇怪的個性，讓他成為廣為人知的變態，而且大家都叫他勃起老師。

「妳是說勃起老師？」安德魯笑道，讓他瞬間年輕十四歲。

我停下腳步。「你知道我們都這樣叫他？」

「蒂芙，全部老師都這麼叫他。而且他的名字本來就是勃起老師。」他對著我揚起下巴，要求更多肯定。「這是一種跳躍邏輯。」

我的笑聲在空蕩蕩的走廊翻滾，跳了七個階梯，來到舊大樓。往上走右轉是自助餐廳，左轉是英文教室廳。我心想那個聲音正彈跳在鯊魚和我曾經走過的空間，就在我們失去連恩後，於是我馬上希望能收回那些笑聲。

我們右邊就是電腦教室，曾經是個超級浪費的教室，如今充滿未來感的平臺裝配著iPad。往裡面一看，我們的影像出現在漆黑教室的玻璃上。

安德魯的指關節壓在窗框。「我甚至無法想像大家是怎麼說我的。」

「大家沒有說你什麼，所有人都愛你。你離開後，大家都很崩潰。」

58 「Hardon」分開寫（唸）「Hard on」有勃起之意。

透過玻璃，我看到安德魯頭都垂到胸口。「巴頓家族出爛招。」他看著反射在玻璃上的我。「反正那本來就是我待在那裡的最後一年。教書只是我的過渡而已，等年紀大點再確定未來方向。剛畢業時，我還沒準備好要找真正的工作。雖然如此，」他嘴角扭到另一邊，思索著。「事情發生後，我原本預計再待久一點，至少再一年，可以幫助你們走出來。」

我從來沒想過，原來拉森老師還可以在學校多待一點時間。發現拉森老師也是狄恩從我身邊奪走的另一樣東西，我胸口興起一股怒火。我們繼續走下去，來到高三和高四的休息室門口。我走進去，儘管對它不熟悉，整個空間仍充滿了威脅感。我幾乎沒待過這裡，就算已經升高四。儘管符合進來這裡的年齡，還是有排他原則的，這裡可不是邊緣人可以來享受休閒時光的地方。我剩餘的布萊德利高中生涯，並非完全沒朋友。我有鯊魚。我們一直都很親密，只是上大學之後就失聯了。這件事讓我至今仍很後悔。我在女子越野馬拉松隊也有些朋友，只是我每年都不參加她們的活動。為了讓路克對我刮目相看，我讓慢跑變成了一種折磨和艱苦的運動，在此之前，我其實很喜歡慢跑。隨著腳下一步步達成英里數，有一種撫慰作用，在那一刻，我完全不會自我懷疑。

安德魯在敞開的門口徘徊。他個子高到雙手都能碰到拱形天花板。他身體往前傾，寬闊的胸膛往外擴張，整個人擋在路口。我以前也會玩這種遊戲，就在我剛踏入青春期，胸部變大，渴望同年齡男生也能趕上我的腳步：參加派對時，在潮濕的地下室，我會掃描屋裡所有國一生，心想哪個男生夠強壯可以抱起我。無論對方是誰，無論是不是滿臉油光、青春痘，只要他夠強壯，足以傷害我，就是我要的人。我差不多也是在那時候認識自己——我想要一個可以傷害我，卻不會這麼做的人。路克讓我失望，我知道安德魯不會。

「你有想過亞瑟嗎？」我問他。

安德魯雙手滑進口袋裡，只剩下大拇指露出外面。《女性雜誌》的身體語言專家告訴我，當一個人雙手放進口袋裡，表示他覺得害羞——除非他露出大拇指，那是自信的象徵。「說實在，經常想起，是的。」

我點頭。「我也是。」

安德魯踏進休息室，縮短我們之間的距離，就像一台遇險飛機，看著我的信號行進。只要他願意，大可越過這條界線，這個地方已經被碾碎，只剩下我早已消融的鋼鐵意志，有如磨細的麵粉。白天只剩下灰色，白色房間在我們周圍變得陰暗，我們彷彿在一部黑白電影中。「妳都想到他什麼？」

我用眼神追蹤他肋骨的弧度，思考我的問題。「我想到他有多聰明。充滿洞察力的那種聰明，亞瑟對人的瞭解是我永遠無法做到的。他真的可以看穿他們，我希望我也可以那樣。

安德魯又往前走了幾步，直到站在我面前，將他的手肘放在窗台上。他上脣微微上揚。「妳不認為妳能看穿人嗎？」

「我盡量。」我愉悅地微笑，這是調情嗎？

「妳是個很務實的人，蒂芙。」他指著我的腹部。「千萬不要質疑這點。」

我低頭看著他的指頭，離我的身體只有幾公分。「你知道還有什麼嗎？」我問道。

安德魯等我繼續說下去。

「他很有趣。」我看著窗外，底下是中庭的一隅。「亞瑟是個有趣的人。」我曾經這樣跟路克說，他整個人彈起來遠離我。

安德魯眼睛瞇起來，回想對亞瑟的記憶。「有時候真的非常有趣。」

「但我不覺得難過。」我平靜地說道。「這樣很壞嗎？我並不後悔對他做的事，我沒有感覺。」我的手從左邊滑過右邊——就是這麼平淡。「我想像殺了他的時候，我沒有感覺。」我深呼吸又吐氣，那聲音聽起來就像吹涼熱呼呼的食物。「我最好的朋友認為，我還在驚嚇之中，沒有走出這件事的陰影。所以我阻絕了任何情緒，讓自己沒有創傷。」我搖頭。「我真希望是如此，但我不這麼認為。」

安德魯眉頭深鎖，等我說下去。我沒有繼續說，他問。「那妳是怎麼想的？」

「也許——」我門齒咬著下唇。「我是個冷血的人。」我直接進入下個階段。「我是個自私的人，只對自己有利的事有感覺。」

「蒂芙。」安德魯說：「妳並不自私，妳是我認識最勇敢的人。以妳的年紀，歷經那樣的事件，妳還是挺過來了——而且妳不只挺過來了，妳還是勇敢的倖存者，持續茁壯成長——這真的很了不起。」

我忍住淚水，害怕接下來要說的話會把他嚇跑。「我有辦法刺死我朋友，卻無法承認我即將嫁給一個不對的男人。」

安德魯看起來很惱怒。「真的嗎？」

我決定這麼做之前就有思考過，我還是有時間把這些話收回來，然後編一些藉口掃除所有疑慮，反正我經常這樣對自己，不過我還是點了點頭。

「那妳在做什麼？為什麼不離開？」安德魯的話聽起來很刺耳，只是讓我感覺更糟。我以為某種程度上，每個人對另一半都會有所保留。

我聳聳肩。「還不夠明顯嗎？我害怕。」

「害怕什麼？」

我盯著安德魯肩膀後某個點，努力思考怎麼解釋。「跟路克在一起，有時候會讓我有一種……一種無法言喻的孤單感。但這並不是他的錯——」我一根指頭抹一下眼睛下方。「他不是壞人，只是不瞭解。可是後來我自己想想，誰能？誰能瞭解我這段不堪回首的人生？我不是好相處的人，也許這個人是我能找到最好的一個。而且還是有好的一面，跟他在一起有一種保障。」

安德魯的臉皺了起來。「保障？」

「我腦子裡一直有一種想法——」我拍拍自己的額頭。「如果我叫歐妮・哈里遜，就沒有人能傷害我。蒂芙妮・法納利是那種會被壓垮的女孩，說不定歐妮・哈里遜就不會。」

安德魯稍微駝背好跟我平視。「我不記得蒂芙妮・法納利有被壓垮。」

我用拇指和食指比出約一英吋寬度。「還是有，大概這麼小。」

安德魯嘆了口氣，緊接著，我的臉龐貼在他優雅的毛衣上，他的指頭抱住我的後腦。我們之間很少有碰觸的機會，這讓我整個人失去防備，真的，他的味道和他的肌膚，比我記憶中的還要美好。我突然有一股難以言喻的哀傷，對路克、對惠妮，還有對他那兩個有著美麗名字的孩子，所有已投資的心全都橫亙在我們之間，在它們的洞穴裡崩毀。

※ ※ ※

安德魯的舊教室擺設沒變，三張長桌形成一個括弧，老師則在教室前面掌控全局。只是舊亞麻油氈面桌子和不搭調的爛椅子，已經換成光滑的鐵桌和凳子。非常Restoration Hardware（註59），就算放在我自己公寓也不突兀，我選擇了這種風格，哈里遜太太曾形容為「折衷主義」。我看著桌面，細細檢視自己扭曲的倒影：尖長的下巴、一隻眼睛在這裡，一隻眼睛在那裡。高中時，每當長青春痘，只要有任何可以反射出一點點倒影的平面，我都會嚴格檢視著它——光潔的教室窗戶和自助餐廳熟食區的玻璃隔屏。如果教室裡有這麼多機會在我面前，我絕對無法專心上課。

安德魯在他的舊桌子前走來走去，檢視他繼任者的一些小擺設。

「妳知道佛萊德曼老師還在這裡工作。」安德魯說道。

「真的嗎？」我還記得那天他領著亞瑟走出教室，赫斯特太太極力假裝沒有被嚇到，問題是她根本就嚇死了。「他一直都有點遲鈍。」

「真的——」安德魯轉身靠著桌子，兩隻腳交疊，就像他在上課時那樣。「巴柏非常聰明。太聰明了，實在不適合當老師。所以根本沒辦法跟學生打成一片。」安德魯單手放在額頭上。「他跟我們其他人是不同等級的。」

我點頭。外面已經從薄暮變成一片漆黑，但是英文與語言廳正好面對主要街道，路燈照耀，還能看到布林莫爾學院的藝術大樓。

59　美國奢華家具品牌，以二十世紀初風格為主，近來也有許多現代風格。

「所以大家才這麼喜歡上你的課。」我說道。「你跟我們同等級，比較像同儕。」

安德魯大笑。「我不曉得這是不是讚美。」

我也笑了。「是真的讚美。」低頭又瞥了一眼自己的哈哈鏡倒影。「能有這麼年輕的老師很棒，跟大家差不了多少歲。」

「我真的不曉得自己對大家有多少幫助。」安德魯說道。「我從沒見過如此惡劣的情況。我不曉得，說不定我高中也有過這種事，只是我沒發現而已。」他思考片刻。「但我以為我已經注意到了，我很快就知道布萊德利發生很可怕的事。而妳——」他指著我。「妳根本一點機會也沒有。」

我不喜歡這種說法，你總是有機會。只是被我自己搞砸了。「我在這裡的時候不是很敏銳。」我說道。「不過如果真要找到什麼正面意義的話，我學會如何保護自己。」我用指關節刷過桌子的金屬尺規。「不管你相不相信，亞瑟真的教了我很多事。」

「還有更好的學習方式。」安德魯說道。

我露出哀傷微笑。「我也會敞開心胸歡迎這些機會，我盡全力去面對一切。」

安德魯下巴塞進脖子，彷彿在思索美國自然史博物館和荷頓・考菲爾德害怕改變之間究竟有什麼重要的連結。「妳一直對我很誠實，所以——」他清了清喉嚨。「我也想對妳誠實。」

燈光在他後方形成一小塊完美空間，讓我只能看得到他的剪影，看不到臉、看不到表情。我的心在胸膛綻放，確信他一定是要坦承什麼重要的事。我們之間連結，我們微妙的化學反應——這些並不是我的想像。「關於什麼？」

「那個晚餐，並不只是世界真的很小的結果。」他呼吸聲真的好吵。「我早就知道路克是妳的未婚夫。是我請他安排那場晚餐，我才能見到妳。」

希望宛如氣溫升起。「你怎麼會知道？」

「我根本記不得是誰跟我說的，有個同事知道我在這裡教過書。對方告訴我，路克和一個布萊德利女孩訂婚。路克曾跟我提過妳的名字——歐妮——只是我不記得布萊德利有叫歐妮的女孩。於是我上臉書查。」安德魯模仿打字動作，然後雙手摀住臉，像女孩一樣可愛的動作，然後大笑。「天啊，真是丟臉，不過我看路克的臉書，看到了妳的相片，我不敢相信那就是妳。」

天空已經停止轉變，教室裡一片寂靜，籠罩在黑夜陰影之中。只是不知什麼原因，路燈被遮住，轉瞬間，他後方少了炫目的黃色燈光，我看到安德魯整張臉。他看起來嚇壞了。

一輛車正準備停在舊大樓入口，車燈彷彿銀色小子彈，我們一起看向窗外。當駕駛打開車門走出來。「警衛」的字樣被截斷，他大搖大擺跨步走向學校。

就在開始感到暈眩之前，我的心突然迅速往下沉，然後又跳了回去，總是這個順序。我拒絕稱這個為恐慌症發作，只有那些緊張的搭機旅客和神經質的文青才會恐慌症發作。不管他們心中的惡魔是什麼，根本無法跟我相比，那種知道有什麼事要發生的驚恐，從我逃出自助餐廳以來，一直都在等待有什麼壞事要發生。什麼時候輪到我。「他是來找我們的嗎？」

安德魯搖搖頭。「不知道。」

「他來這裡做什麼?」

安德魯又說了一次。「不知道。」

警衛消失在建築物裡，我們遠遠聽到門砰地關上的聲音和一聲叫喊。「哈囉?」安德魯一根指頭放在脣上，指示我靠過去。他把桌子前的椅子推開，接下來，我真不敢相信，我們一起爬進桌子底下，安德魯彎下腰，挪動他巨大的四肢，好讓我有空間擠進來。

我們膝蓋對著膝蓋，安德魯將椅子拉回來擋在我們後面，將我們擠進桌底，然後對我露齒一笑。

除了暈眩，我再也感覺不到自己的心跳，另一個恐慌症發作的徵兆——沒有堅強的悸動收縮，只有悲傷的白旗——幾分鐘內，我確實感覺到教室裡有人。我們剛才看到的人真的是警衛嗎?好幾年來，《女性雜誌》曾寫過大量文章警告女性歹徒會假扮警察、水電工，甚至快遞員，進入妳車裡、房子，甚至妳。他們的目標就是妳，不管是強暴、折磨，或是殺害。我的視線似乎變成針孔那麼細小，就像關掉舊電視，螢幕完全變黑前，會有一個小點停留。我沒有呼吸，我很確定。我的心跳停止了，這就是最後一點意識，大腦的神經元還有些殘餘的光亮，直到完全燒盡。

一束光芒掃過教室前方，有個人清了清喉嚨。「有人在這裡嗎?」

他的語氣低沉、平穩，跟班一樣。「啊哈。」如此一般，就像「嗨」、「不」、「當然」。

拉森老師摀住嘴巴，看著他眼睛周圍多出了烏爪，我知道他正在忍住笑，我的臀部開始顫動——為什麼是臀部?也許是因為我不是站著，若是如此會是雙腿顫動，但現在是臀部支撐我。

燈光消失，我們甚至聽到腳步聲離去，但我知道他還在那裡，我感覺得到他。他會用誇張的方式像是要走開，然後再偷偷回來，等著我們爬出去，兩個蠢白痴以為自己安全了。模仿犯。布萊德利努力假裝我們不需要擔心，不過我們還是會擔心。我們永遠都會擔心。拉森老師低聲說：「我想他走了。」我搖頭，絕望地瞪大眼睛看著他。

「什麼？」拉森老師又低聲說一次，他把椅子推回去。

我抓住他粗大的手腕，朝他搖搖頭，求他不要爬出去。

「蒂芙妮。」拉森老師低頭看著我的手，我看到他臉上的驚恐，知道我們死定了。「妳的手像冰塊。」

「他還在這裡。」我用嘴型說道。

「蒂芙妮！」拉森老師甩開我的手，爬出去，完全不理會我瘋狂比手勢要他回來。他扶著椅子站起來，我整個人縮進桌底更深處，等著突然砰一聲槍響，鮮血浸濕拉森老師的頭顱。不過我只聽到。「他走了。」

拉森老師跪下來，看進桌子底下，像是看籠裡的流浪貓。他眉頭緊鎖，似乎十分悔恨，準備為我哭泣。「他走了。我們安全了，他不會對我們做出什麼事的。」我一動也不動，他頭低垂，嘆了口氣，用滿是後悔的語氣說：「蒂芙，對不起。該死，我在想什麼……桌子……對不起。」他伸出一隻手，用眼神懇求我握住。

今天跟安德魯在一起，我全程戴上受害者面具，心想這是他希望我呈現出來的感覺。然而，當我朝他伸出雙臂，完全沒有在表演，那種癱軟和發抖，四肢根本提不起來，他必須握住我的手肘，那是他唯一找得到堅固支點，他唯一能扶我站起來的方式。我下半身也好不到哪裡去，他必須將我整個人靠在他胸膛。我們就這樣抱在一起許久，比需要的時間還久，等我雙腿終於可以施力，什麼都不做才是最危險的部分。終於，他的手回應了我柔軟的腰間，我們相擁而吻，在這一切驚恐之後，這真的是最棒的舒緩。

第十四章

記憶中的醫院是綠色的。綠色地板、綠色牆壁，警察眼睛底下掛著有如壞疽的凹陷。我一直乾嘔，甚至還嘔出黯淡的黃綠色物質，沉入馬桶底下。我按下沖水，想起媽總是跟我說要穿乾淨的內衣褲。「因為，蒂芙妮，萬一妳發生車禍怎麼辦？」我身上的內衣褲並沒有不乾淨，只是舊了，而且跨下還有破洞，大到毛都會鑽出來透氣。那可是早在我時常到修芭（註60）對著那位印度女人張開雙腿的年代。「全部？」「全部。」

我先將破爛的內衣褲塞進休閒褲的褲腳，才把它們全部塞進透明證物袋裡拿給女警官，潘薩科爾警官長的很像男人。裡面已經裝著我的 **J. Crew** 線衫和維多利亞的祕密坦克背心，衣服被鮮血染成漸層色，而且根本還沒乾。味道令人懷念，如此熟悉。我在哪裡聞過這個味道？也許是在清潔用品。或是在莫爾文的ＹＭＣＡ，我第一次學游泳的地方。

不管是誰收到那個證物塑膠袋，裡面的衣服沾到好幾個死掉青少年的ＤＮＡ，他們還會在休閒褲褲管找到內褲，這是一定的，畢竟那並不是什麼完美的藏匿地點。但是看著我的內褲在那個塑膠袋裡晃啊晃，等一下還要展示出來，讓我很沮喪。我受夠所有讓我覺得丟臉的東西被展示出來。

我在病房裡，身上穿著薄病人服，踮著腳走到病床上坐下，雙手抱著胸膛，試圖包住

60　紐約頂級專業除毛沙龍。

自己的胸部。沒有穿胸罩，它們似乎顯得好巨大、不可預測。媽坐在病床旁椅子上，我嚴格禁止她接近我，或是碰我，或是做出任何事情，她正在哭。這讓我很火大。

「謝謝妳。」人妖警官對我說道，只是她的語氣一點也聽不出感激之意。

我把兩隻腳收在身體底下，我好幾個星期前刮腿毛，不希望被人看到腳踝的黑點。醫生，也是女性（沒有男人可以進來，即便是爸也只能在走廊等）走過來進行檢查。我堅持自己沒有受傷，但是列維特醫師說，有時候因為我們受到極大驚嚇，所以不曉得其實我們受傷了，她只是想確定不是這樣而已。可以讓她檢查嗎？我很想對她大叫，不要把我當打破傷風預防針的五歲小孩。我才剛把刀子刺進某個人的胸膛。

「抱歉，」人妖警官擋住列維特醫師的路。「我必須先在她身上採證，妳在檢查過程有可能破壞證物。」

列維特醫師往後退。「沒問題。」

人妖警官拿著她的採證小工具箱走過來，我突然瞭解，若是只有漂亮的列維特醫師要進行檢查該有多好。我到現在都還沒哭出來。我看了很多《法網遊龍》，知道自己會這樣應該是因為還處於驚嚇中，但那並沒有讓我感覺比較好。我是應該要哭，而不是想著晚餐，說不定媽今天會讓我盡情地吃，畢竟我經歷了這種事。我們要去哪裡？我光是想到這些可能性已經開始流口水了。

人妖警官在我指甲底下採證，這部分還好。可是接下來她將我的病人袍解開，淚水開始流下，平穩而猛烈，我抓住人妖警官有如火腿的手腕。「住手！」我不斷聽到這個字，剛開始，我還以為是人妖警官叫我住手，後來才發現原來是我自己，而且我奮力抵抗她的手，就好像她是狄恩，我又踢、又打、又咬。我的病人袍敞開，巨大無比的胸部全都露了出來，我發現媽也過來壓住我，她看到我的裸體，我趕緊翻身避開，然後又吐了。人妖警官的拉子風黑色長褲沾到我的嘔吐物，這讓我我幾乎要笑出來。

※　※　※

我醒來的時候，感覺像是回到過去。我以為自己會在醫院是因為在莉亞家抽大麻出現不良反應。我以為，那裡一定有好多被我激怒的人。

我張開眼睛前，先在自己身上拍了拍，發現已經有人幫我綁好病人袍，不禁鬆了口氣，我整個人躺在白色厚毯子裡，兩邊牢牢塞進床底下。

寂靜的病房裡空蕩蕩的，窗外已是黃昏。晚餐時間。我想去柏圖奇餐廳，我決定了。我現在的心情剛好想吃他們的佛卡夏和起司麵包。

我用手肘撐起身體，三頭肌都在發抖，讓我明瞭自己對它們平常的貢獻，實在太覺得理所當然了。我的嘴唇有一層薄膜，讓我的舌頭伸不出來。而且根本是黏在上面，我得用拳頭抹掉。

門突然打開，媽走進來。「噢！」她後退了一步，嚇了一跳。她手裡拿著一杯咖啡和乾癟的餡餅。我那時根本不喝咖啡，但我都想要，因為我好餓。「妳醒了。」

「幾點了？」我的聲音粗啞，像是生病了。我吞一下口水，確認我的喉嚨沒有受傷。

媽甩一下衣袖，露出她的假勞力士鑽錶。「六點半。」

「我們去柏圖奇吃晚餐。」我說道。

「甜心。」媽彎下腰，正準備在床邊坐下，然後想起我的警告，趕緊站直。「現在是早上六點半。」

我再一次看向窗外，知道是早上讓我明白外頭光線原來是晨光，而不是薄暮。「早上了？」我重複說道。我又開始覺得暈眩，又哭了起來。我好氣自己什麼都不懂。「為什麼讓我睡在這裡？」我質問道。

「列維特醫生給妳吃藥，記得嗎？」媽說道。「讓妳放鬆下來。」

我瞇起眼睛，努力回想卻想不起來。「我不記得了。」我哭喊道，雙手摀住臉。我默默哭泣，卻不曉得自己在哭什麼。

「乖，蒂芙妮。」媽輕聲說道。我看不見她，但我想像她把手伸出來，卻又記起我的警告。她認命地嘆了口氣。「我去找醫生。」

媽的腳步聲逐漸遠離，我想起班的小腿肚，如此慘白，讓我想吐，消失在濃煙裡。

媽並不是跟列維特醫生一起回到病房。這個醫生穿著褪色牛仔褲，而且並不是水洗效果，細長的腳踝從褲腳露出來，穿著全新白色運動鞋。她留著一頭閃耀的銀色短髮，看起來就像那種戴著寬邊草帽在自家花園照顧蕃茄的女人，結束之後再回到陽台獎勵自己一杯檸檬水。

「蒂芙妮。」她說道。「我是柏金斯醫師，不過我希望妳叫我安妮塔。」她的要求平靜而堅定。

我兩隻手抹去雙頰的油和淚水。「好。」我說道。

「需要我幫妳拿什麼東西嗎？」安妮塔問道。

我吸了吸鼻子。「我真的很想刷牙、洗臉。」

安妮塔嚴肅地點了點頭，宛如這件事很重要。「等我一下，我來幫妳處理。」

安妮塔離開五分鐘後回來，手上拿著旅行牙刷、兒童水果口味牙膏和多芬香皂。她幫我下床。安妮塔碰我沒關係，因為她似乎不是那種會突然歇斯底里崩潰的人，害我還得去安慰她。

我打開水龍頭，這樣才不會聽到安妮塔和媽趁我用浴室的時候，談論我的事。我上完廁所，開始洗臉、刷牙，把一長條黏膩甜味牙膏吐在洗臉槽裡。它拒絕從我嘴脣掉下來，我還得用手指把它刮下來。

等我回來，安妮塔問我肚子餓不餓，當然，我超餓的。我問媽咖啡和餡餅在哪裡，她說爸吃了。我瞪了她一眼，爬回床上。

「妳要吃什麼，我去幫妳買，甜心。自助餐廳有貝果、柳橙汁、水果、蛋和麥片。」

「貝果。」我說：「奶油乳酪和柳橙汁。」

「我不確定他們有沒有奶油乳酪。」媽說道。「他們可能只有賣奶油。」

「每一個賣貝果的地方一定會有奶油乳酪。」我怒道。

這麼沒禮貌的回應，通常媽都會氣到罵我是不知感恩的賤人，但是媽不敢在安妮塔面前這樣做。所以她只是假裝笑得很燦爛，轉身離開，我看到她後腦有個凹痕，顯示出她睡在硬邦邦的醫院椅子上。

「我坐這邊可以嗎？」安妮塔指著床邊的椅子。

我聳聳肩，像是這跟我一點關係也沒有。「當然。」

安妮塔坐下，本來想把雙腳塞在身體底下，但是椅子太小又太不舒適。她只能坐下來，一腳從容地掛在另一隻腳上，兩隻手放在膝蓋上。她的指甲呈現淡紫色。

「過去二十四小時真是辛苦妳了。」安妮塔說，這並不全然是對的。二十四小時以前，我才剛起床。二十四小時前，我只是一個討人厭的屁孩，根本不想去上學。十八小時之前，我才發現人腦裡的黏液長什麼樣，人臉若是少了皮膚、嘴唇和奇怪的青春痘，究竟會是什麼模樣。

我點頭，儘管她的計算是錯的，安妮塔說：「妳想跟我談談這件事嗎？」

我喜歡安妮塔坐在我床邊，而不是對面，盯著我看，活像我是醃漬屍體，等著解剖。幾年之後，我才發現這是心理學技巧，能讓人們敞開心胸。我在《女性雜誌》寫過一些相關文章，如果必須跟「妳的男人——」我真痛恨那個詞——談一些困難的話題，那就在開車的時候談，因為兩個人肩並肩的時候，他比較容易接受妳的話，如果妳想跟他提同居的事。

「亞瑟死了嗎？」我問道。

「亞瑟已經死了。」安妮塔回道，語氣平和，就事論事。

我早知道答案，然而從一個從未見過亞瑟的人口中說出來，還是讓我很震驚。這人不過在幾個小時前才知道亞瑟這個人的存在。

「還有誰？」我放膽問下去。

「安絲麗、奧莉薇亞、希奧多、連恩和佩頓。」我根本沒發現，原來泰迪的本名是希奧多。「喔，還有班。」她補充道。

我等著她想起更多名字，可是她並沒有。「狄恩呢？」

「狄恩活下來了。」安妮塔說，而我目瞪口呆地看著她。我離開的時候，確定他已經死了。「不過他的傷勢很嚴重，也許再也沒辦法走路。」

我把毯子拉到嘴巴。「再也沒辦法走路？」

「子彈從他的鼠蹊部掠過脊椎。他將獲得最好的醫療。」安妮塔說道。「他能活下來，真的很幸運。」

我吞一下口水，同時開始打嗝，衝擊力道讓我胸痛。「班是怎麼死的？」

「他自殺了。」安妮塔說道。「這是他們兩個的計畫。妳一定很難過自己得這麼做。」

我很怕跟安妮塔說，我一點也不覺得難過。我什麼感覺都沒有。

媽出現在門口，一手拿著飽滿的貝果，另一手拿著一罐柳橙汁。「他們有奶油乳酪！」

媽自作主張把奶油乳酪塗在貝果上，只是根本塗得不夠多，但我實在太餓，所以沒對她發火。好怪，怎麼會這麼餓。這種感覺不像是午餐時間，通常距離早餐不到幾個小時，頂多在歷史課上，肚子咕嚕咕嚕叫。可是現在，飢餓卻彷彿在你全身擴散，不只是你的胃。事實上，你的胃並不會痛，但是你的四肢無力、虛脫，你的下巴理解這種感覺，奮力以最快速度咀嚼。

我大口吞下柳橙汁。每一口都讓我更渴，我把包裝壓扁，試圖喝到最後一口。

媽問我還要什麼，但我不想了。食物和柳橙汁已經讓我復活，讓我有力氣去思考過去十八小時發生的事。它占領整個房間，雖然看不見，卻不斷膨脹，短時間內是不會消散的。不管我走到那裡，都會隨著它的弧度移動，不幸猶如滂沱大雨浸潤一切。

「不曉得可不可以——」安妮塔身體往前傾，雙手壓在膝蓋上，爭取媽的支持。「讓我單獨跟蒂芙妮談呢？」

媽肩膀往後縮，站直身體。「我想那要看蒂芙妮的意願。」

這正是我想要的，然而在安妮塔的支持下，我的渴望若是直接表達出來，實在太強勁。我輕聲說出來，以免傷到她的感情。「沒關係的，媽。」

我不曉得媽指望我說什麼，因為她看起來很驚訝。她收拾散落我腿上的柳橙汁空包裝和紙巾，拘謹地說：「當然沒問題，很好。需要我的話，我就在外面走廊。」

「可以麻煩妳順便把門關上嗎？」安妮塔在她後面說道，媽在門口掙扎片刻，無法忍受這種難堪，我真的替她覺得難過。她終於把門關上，門在她後方緩緩闔上，我看到了她的臉，她以為我沒看到。她看著天花板，緊緊抱住瘦削的身體，前後搖晃，扁著嘴嗚咽。我真想大喊，叫爸擁抱快去她，該死。

「我感覺妳母親在的時候，妳似乎很不自在。」安妮塔說道。

我不發一語，我現在覺得應該要保護她。

「蒂芙妮。」安妮塔說道。「我知道妳受了很多苦，超過一個十四歲孩子所能應付。可是我需要問妳幾個關於亞瑟和班的問題。」

「我昨天已經把所有事情跟潘薩科爾警官說了。」我抗議道。確定狄恩已經死了之後，我逃出自助餐廳，飛快衝向剛才貝絲走的那條路，只是我沒有像她那樣邊跑邊尖叫。我不曉得班在哪裡，我也不想引起注意。其實那時他已經飲彈自盡了，但我不可能知道這點。後來我發現有一整排特警隊蹲在那裡，每一隻槍都指著逐漸接近的我，我以為他們是瞄準我。結果我真的轉身跑回學校。但其中一個追上我，護送我穿過一群眼神活像google搜尋的旁觀者，還有一群歇斯底里的母親，穿著丟臉的遛狗家居服，對著我喊她們寶貝的名字，問我他們是不是安全。「我想我殺了他！」我說道，醫護人員原本想把氧氣罩套在我臉上，不過警官阻止了他們，要求我說更多細節，我告訴他們是班和亞瑟。「亞瑟・芬勒曼！」他們問我的時候，我不斷不斷尖叫，哪個班？哪個亞瑟？我根本想不起來班姓什麼。

「我知道。」安妮塔說道。「他們很感激妳提供的資訊。但是我並不是要問妳昨天發生的事，我是要拼湊出亞瑟和班究竟是什麼樣的人，釐清他們為什麼要這麼做的原因。」

關於安妮塔的角色，突然讓我很緊張。「妳是警察嗎？我以為妳是精神科醫生。」

「我是司法心理醫師。」安妮塔說道。「偶爾會幫費城警局作諮詢。」

聽起來比警察還可怕。「所以妳到底是不是警察？」

安妮塔微笑，眼睛周圍出現三條明顯皺紋。「我不是警察。但我開誠布公跟妳說，妳跟我說過的話，我全都會跟他們說。」她調整一下坐姿，討好地說道。「我知道妳已經提供許多很重要的資訊，但我想我們能談談亞瑟。妳和亞瑟的關係，我知道你們是朋友。」

她的眼神快速掃過我，像是在讀報紙。看我不發一語，她又試了一次。「妳和亞瑟是朋友嗎？」

我兩隻手無助地垂在床上。「他真的很氣我。」

「嗯，朋友都會吵架。」

「我們曾經是朋友。」我不情願地說道。

「他為什麼氣妳？」

我玩弄醫院毯子上脫落的線頭。要說出整段故事，必須從那天晚上在狄恩家的事說起。可是我不能說出來，絕對不能。「我偷走……他和他爸的合照。」

「為什麼要這麼做？」

我伸直腳趾頭，試圖把那種不悅感趕走。這就像媽問了太多關於我朋友的事。她挖得越深，我越難守住那些她拚命想得到的資訊。「因為他說了一些很惡毒的話，我只是想報復而已。」

「他說了什麼？」

我用力扯下鬆脫的線頭，一小撮線也跟著掉了出來。我不能把亞瑟說的那些惡劣的話跟安妮塔說，因為那樣我就必須跟她說狄恩的事。還有連恩和佩頓。媽如果發現那天晚上發生的事，一定會殺了我。「他很氣我跟狄恩、奧莉薇亞，和那些男生混在一起。」

安妮塔輕點一下頭，似乎理解。「所以她認為妳背叛他？」

我聳聳肩。「我想是這樣，他不喜歡狄恩。」

「為什麼？」

「因為狄恩對他很壞，他也對班很壞。」我突然胸有成竹，想到了一個辦法可以讓我毫髮無傷掙脫這個泥沼。我必須快速、自信地將所有人引導至我希望的方向，否則他們將一直挖、挖、挖，挖到十月那個晚上。我決定大方提供資訊。「妳知道狄恩和佩頓對班做了什麼嗎？」

安妮塔深色眼睛閃著好奇光芒，我告訴她所有的事。

安妮塔似乎很滿意我提供的資訊，感謝我如此「勇敢、忠實」，如果我想回家，我可以回家了。

※ ※ ※

「狄恩也在這間醫院嗎？」我問道。

安妮塔收拾東西正要離開，聽到我這麼問，她暫停下來。「我想或許有可能，妳想見他嗎？」

「不。」我說道，隨即又說：「也許吧，我不曉得，這樣不好嗎？」

「想聽我的建議嗎？」安妮塔說道。「若是我會回家，跟家人好好相聚。」

「我今天必須去學校嗎？」

安妮塔凝視著我，表情很奇怪。這是另一個重要的表現，只是當時我並不瞭解，直到後來。「學校會關閉一段時間。我不確定他們預計怎麼結束這學期。」安妮塔的新運動鞋沒有加裝減少摩擦力的鞋墊，她離開的時候，鞋子踩在光滑的醫院地板上，發出嘎吱嘎吱的聲音。然後媽回來了，這次跟爸一起，他看起來一點也不想待在這裡，跟這兩個瘋女人困在這裡。

※　※　※

我很驚訝發現自己竟然很傷心要離開醫院，看著人們急忙趕去上班，男人穿著乾洗好的西裝，女人開車送孩子去公立學校，為了錯過蒙哥馬利和莫里斯大道的燈號咒罵，現在他們就要遲到了。這世界不管你在不在，都會繼續運轉，沒有一個人例外，有辦法停下這一切。

因為媽抖得太厲害，所以由爸開車。「小心！」她伸出骨瘦如柴、發抖的雙手幫我擋在頭頂。

我爬進車子裡，身上穿著薄病人袍，大腿感受到冰冷、堅硬的皮革。這件病人袍將一直待在我的衣櫥，直到大學。我喝醉的時候，最喜歡穿著它悠閒地躺著。我後來之所以把它丟掉，只是因為妮爾說我留著它真的很變態。

我們在布林莫爾醫院停車場繞了一圈，直到發現出口。爸很少來這個區域，而且媽一路上都在煩他。「不是啦，巴柏，左轉、左轉！」「天啊，狄娜，放輕鬆。」

離開優美的鎮上，沿途風光從可愛的小精品服飾店和豪華車子，變成麥當勞停車場和簡樸的購物商場，突然一陣驚恐進入我精巧的情緒迷宮。萬一布萊德利永遠不會復學呢？再也沒有任何聯繫能將我跟幹線區連結在一起。我需要布萊德利。發生了這麼多事，我無法再回去蒙特聖德蕾莎，回到那個壯麗的平庸人生。「我會再回去布萊德利嗎？」這個問題似乎讓媽的肩膀更沉重，它們在我眼裡看來甚至更往下沉。

「我們不知道。」媽說道，爸也同時說：「當然不可能。」

媽喝道。「巴柏。」側臉看來更為嚴厲。媽的喝斥很有威力，她把這項天賦遺傳給我。
「你答應我的。」
我額頭貼在車窗上，往右邊移動，在玻璃留下菱形汗漬。那塊多芬香皂對我油亮的T字區沒有幫助。「等等，你答應什麼？」
他們沒有回答我，兩人繼續盯著前方，這些反應讓我更緊張。
「哈囉？」我說的更大聲。「你答應什麼？」
「蒂芙妮。」媽手指壓著兩邊鼻翼，舒緩即將出現的頭痛。「我們根本不曉得學校會怎麼決定。妳爸爸同意先聽行政單位怎麼說，再決定我們要怎麼做。」
「有我表達意見的餘地嗎？」
我承認，我的口氣就是個十足欠揍的死孩子。爸往左邊一轉，用力踩下煞車。媽整個人往前傾，身上安全帶發出男人般的咕噥聲。
爸回過頭指著我，臉上冒出醜陋的青筋，對著我大吼。「沒有，妳沒有！妳沒有！」
媽倒抽一口氣。「巴柏。」
我整個人縮進角落。「好啦。」我輕聲說道。「拜託，好啦。」眼睛底下已經紅了起來，我一哭整張臉就會漲紅，像是有人用力把酒精擦在我臉上。爸發現他的手還指著我，緩緩把手放下，塞在兩腿間。
「蒂芙妮！」媽半個身體轉過來，一手放在我膝蓋上。「我的天啊，妳好蒼白。甜心，妳還好嗎？爹地不是故意要嚇妳，他只是太難過了。」我一直覺得媽是個美女，只是操勞讓她變得醜陋，早已不是原來的她。她輕聲啜泣，似乎在找尋什麼適當的話安慰我。終於，她好不容易說出來了。「大家只是都很難過而已！」我們坐在那裡一陣子，等媽哭完，車子不斷從旁呼嘯而過，我們的車子就像搖籃般震動。

※ ※ ※

回家後，我們又為了另一件事僵持。媽希望我睡在房間。安妮塔有給她一罐藥，如果我崩潰可以吃，而且如果我有任何需要，她也可以隨時拿給我——食物、面紙、雜誌和指甲油，萬一我想美甲的話。可是我需要電視，我需要被提醒，世界還是跟平常一樣沒有改變，一如往常地愚蠢，脫口秀和誇張做作的肥皂劇也繼續演下去。雜誌也有同樣效果，把你帶到一個傻瓜世界，只是一旦你做完最後一頁的心理測驗，發現沒錯，你是個控制狂，所以男人都被妳趕跑了，咒語也跟著解除了。我需要進入絨毛城的永久居留權。

爸直接進主臥室。二十分鐘後，刮好鬍子，穿著休閒褲和那件醜得要死的黃色襯衫，他雖然很少到學校接我，但我很怕他穿這件去。

「你要做什麼？」媽問道。

「我要去辦公室，狄娜。」爸打開冰箱，拿了一顆蘋果，咬下一口，牙齒咬下果肉的樣子，就像我把刀子插進亞瑟的背。我別過臉去。「不然妳以為我要幹麼？」

「我只是以為今天應該全家在一起。」媽說道，有點太開心了，我突然同情起某個幹線區家庭，兄弟姊妹、叔叔伯伯、阿姨姑姑，全都住在附近，還有一棟世代流傳的房子。

「可以的話，我也想要。」爸咬著蘋果，從門廊衣櫥拿出他的外套穿上。「我會盡量早點回家。」離開前他還要我好好休息。謝謝，爸。

爸關上門，我們的淺地基搖晃了一下。媽等搖晃停止才說：「好吧，如果妳喜歡躺在沙發上，那就躺，不過我希望妳不要看新聞。」

新聞。我甚至沒想到要轉到那裡，要不是媽提起，結果我現在只想看新聞了。我凝視著她，挑戰地問。「為什麼不要？」

「因為妳看了會很難過。」媽說：「他們會播出那些畫面——」她突然住嘴，緊抿著雙唇。「妳不需要看那些。」

「什麼畫面？」我繼續逼問。

「拜託，蒂芙妮。」媽求我。「尊重一下我的想法。」

我說我會，儘管我並不會。我上樓淋浴、換衣服後，又回到樓下，想要轉到新聞，可是媽正在翻冰箱。這間房子的廚房中央有一片大窗，這樣就能在餐桌上看到客廳電視。我不想聽到媽說我不尊重她的想法，於是我把電視轉到MTV台。

幾分鐘後，我聽見媽在廚房走來走去，嘟囔著我們沒食物了。「蒂芙妮。」她說：「我要去一趟雜貨店，妳想要什麼？」

「蕃茄湯。」我說：「還有 Cheez-It 餅乾。」

「飲料呢？汽水？」

她明知道從我開始慢跑就不喝那種東西了。拉森老師說，除了水之外，其他飲料都會讓我們脫水。我翻了翻白眼說：「不要。」聲音小到勉強讓她聽見。

媽繞到沙發前，低頭往下看，活像我是躺在棺材裡的屍體。她找到一條毯子，在空中抖了抖，蓋在我身上，完美的陷阱。

「我實在不想留妳一個人單獨在家。」

「我沒事。」我哀號道。

「我離開後，千萬不要看新聞。」她懇求道。

「我不會。」

「我知道妳會。」媽說道。

「那妳幹麼叫我不要看？」

媽嘆了口氣，坐在我對面小沙發上，她一坐下，椅墊陷了下去。她拿起遙控器說：「如果妳真要看，我寧願妳是跟我一起看。」她的態度像第一次抓到我抽菸什麼的。「以免妳有什麼問題要問。」她補了一句。

媽把頻道從MTV轉到NBC，我確定這個時間《今日秀》應該是在節目上測試最新款吸塵器，可是今天的節目卻獻給「又一樁校園槍擊悲劇」。麥特・勞爾站在舊大宅前的人行道上，背面正是被自助餐廳大火薰得焦黑的部分。

「幹線區是全國最富裕的區域之一。」麥特說道。「今天早上，我不曉得聽到多少次，有人說不敢相信這裡會發生這種事，然而，這確實是真的。」鏡頭從他身上轉到學校天際，麥特則一一細數傷亡情形。「七人死亡，包括兩名槍手在內，五名槍下受害人。一位受害者死於自助餐廳爆炸，官方證實放在背包裡的管型土製炸彈，就放在平時學校最受歡迎學生的餐桌旁。警方相信至少有五顆炸彈，最後只有一顆爆炸，若是全部引爆，這場大屠殺將更為慘烈。九名學生送醫，傷勢嚴重但沒有生命危險。有些恐怕會失去手腳。」

我倒抽一口氣。「失去手腳？」

媽眼裡滿是淚水，看起來眼睛更大。「這就是我說的原因。」

「有誰？誰會這樣？」

媽發抖的手撫著額頭。「有些名字我不認識，所以忘記了。不過有一個是妳朋友，希拉蕊。」

我踢掉毯子，它纏在我的雙腿，我真想把這他媽的毯子撕成碎片。柳橙汁彷彿在我胃裡沸騰。「她怎麼了？」

「我不確定。」媽啜泣道。「不過我想是她的腳。」

我很想衝到浴室再吐出來，但來不及了，到處都是噁心的綠色膽汁，我吐了。媽說沒關係，這些汙漬她用去漬清潔劑都可以清掉，沒問題的。最重要的是，我只想休息。她給我一顆安妮塔的藥丸，我只想休息。

※　※　※

我醒來幾次，聽到媽在講電話，她說：「這真的太貼心了，可是她正在睡。」

後來我又睡下，墮入無邊黑暗，我費了好大的勁卻還是摸不到邊際。我試了幾次還是放棄，再次陷了進去。等我眼睛終於刺穿幽暗，看到光亮時，已經是晚上，我好不容易開口問媽，她剛才在跟誰說話。

「有幾個人打電話來。」媽說道。「妳以前的英文老師打電話來問妳狀況——」

「拉森老師？」

「是啊，還有別的學生母親，她們發起電話慰問鏈活動。」

學校目前無限期停課。媽說好在我不是高四生。「妳想想看，現在一片混亂，妳還要忙著送出大學申請書？」她發出嘖嘖聲表達同情。

「拉森老師有留電話嗎？」

「沒耶。」媽說道。「但他說晚點會再打來。」

今天晚上電話沒再響過，我在沙發上度過第一個夜晚，表情木然盯著電視螢幕，聽著四個孩子的母親貝佛莉不斷咆哮說，現在只有腹直肌DVD才能讓她恢復身材，而且她會用盡一切方法達到目的。客廳燈光一直亮著，我們家格局還有個問題，因為二樓走廊是開放式，所以只要從樓上四個房間任一間走出來，都可以扶著欄杆看到底下的我，也就是粉彩壓克力毯子下的凸起。爸還從房間衝出來幾次，憤怒地說底下光線從門底透進房間，讓他根本睡不著。最後我終於跟他說，這些瑣碎難看的電視畫面，可以掩蓋不斷在我心中重複播放的恐怖景象，後來他再也沒從房間出來。

太陽升起之後，我才昏昏沉沉睡著，等我醒來，電視已經關上，我到處找不到遙控器。

「爹地拿走了。」媽聽到我到處翻找的聲音，從廚房說道。「他先出門幫妳買了一堆雜誌才去上班。」

通常媽都會監控我看的雜誌。但她給了爸一大串名單，叫他全部買回來，裡面甚至有教我如何「讓他胯下燃燒」的雜誌。我知道，這只是因為他們不讓我看電視，算是給我一點安慰。我很珍惜那些雜誌，至今仍有一箱放在我小時候的床底下。它們讓我想搬到都市——不管哪座大都市都可以——穿著高跟鞋，過著華麗美好的生活。在它們的世界中，所有一切都是華麗美好的。

※　※　※

慵懶的午後，媽在短沙發上打瞌睡，我在長沙發上伸懶腰，研究煙燻妝教學，門鈴突然響起。

媽瞬間清醒過來，責難地看著我，像是我製造噪音吵醒她。我們默默瞪視彼此，直到門鈴再次響起。

媽用手梳了梳頭髮，在黑色髮根裡攏了攏，讓頭髮看起來蓬鬆，壓了壓眼睛下方，清一下睫毛膏汙漬。「該死。」她兩隻腳甩了甩才站起來，試圖掃除睡意。結果並沒什麼用。她一路搖搖晃晃走到前門。

我只聽得見模糊說話聲，然後媽說：「喔，當然。」等她回到客廳，身旁多了兩個眉頭深鎖的男人，穿著那種地下室沙發棕的西裝。

「蒂芙妮。」媽用她女主人的口吻說道。「這兩位是警探……」她指頭壓著太陽穴。「抱歉，警探，我已經忘了你們的名字。」她的聲音從悅耳的男高音降下來，看起來一副又要哭了。「最近真的很不好受。」

「當然。」年輕、比較瘦那個說道。「我是迪克森警探。」他朝他夥伴點一下頭。「這位是維西諾警探。」維西諾警探跟我很多親戚的膚色一樣，少了夏日古銅膚色，我們幾乎一整年都呈現出病態的綠色。

媽叫我。「蒂芙妮，妳可以站起來嗎？」

我把那頁煙燻妝教學折起來作記號，聽話站起來。「還有其他人死了嗎？」

迪克森警探白金色眉毛皺在一起。若不是它們像鬃毛雜亂，真的很容易被忽略，以為他根本沒有眉毛。「沒有人死掉。」

「喔。」我看著指甲。我之前讀的煙燻妝教學裡有提到，指甲有白斑表示缺乏鐵質，而鐵質會讓你有濃密、閃亮的頭髮，所以你不會希望缺鐵。沒有白斑。「我父母不讓我看新聞，所以我不知道現在發生什麼事。」我看了兩個警探一眼，表情像是說，這會不會太扯？

「這樣對妳比較好。」迪克森警探說道，媽看著我得意洋洋地微笑，讓我好想用雜誌丟她的頭。

「有地方讓我們坐下來談談嗎？」迪克森警探問道。

「發生什麼事了嗎？」媽單手摀著嘴，不好意思地說道。「對不起，我是說有什麼其他事發生嗎？」

「沒發生什麼事，法納利太太。」維西諾警探清了清喉嚨，脖子上鬆垮的綠色皮膚抖了抖。「我們只是想問蒂芙妮幾個問題。」

「我在醫院已經跟警察談過了。」我說道。「還有那個精神科醫師。」

「心理學專家。」迪克森警探糾正我。「我們知道。我們只是想釐清幾件事，希望妳能幫助我們。」他尖細的眉毛挑起，懇求我提供協助。好多人需要我的幫助。

我看著媽，她點頭。「好的。」

媽問兩位警探要不要吃點什麼——咖啡、茶，還是點心？迪克森警探要了一杯咖啡，維西諾警探則搖搖頭。「不用，謝謝妳，法納利太太。」

「叫我狄娜就好。」媽說道，維西諾警探並沒有對她微笑，通常大部分男人都會微笑。我們三人坐在餐桌前，媽將咖啡豆放進咖啡機上面。當機器開始研磨豆子，我們都必須提高音量才能聽見對方的聲音。

「蒂芙妮。」迪克森警探開口。「我們知道妳和亞瑟的關係。你們發生過爭執，就在那個……意外發生前。」

我一直點頭：是啊、是啊、是啊。「他很氣我。我從他房間拿走照片，還在我這裡，如果你們——」

迪克森警探單手舉起。「我們到這裡不是來談亞瑟的。」

我默默眨了眨眼睛。「那你們是要談什麼？」

「狄恩。」迪克森警探觀察我聽到這個名字的反應。「妳和狄恩是朋友嗎？」

我腳趾頭在廚房硬木地板上劃來劃去。我以前時常會穿著襪子在這裡滑行，兩條手臂平舉起來，假裝在衝浪。結果有一天，一條八公分長的木條刺進我的襪子裡，直接戳進我的足弓，之後我再也不玩這個遊戲了。「不算是。」

「但曾經是。」維西諾警探插話道。這是他第一次跟我說話，以目前的近距離，我注意到他的鼻子往左邊彎，像是可以塑型的黏土，被人推到一邊。「在某段時間？」

「也可以這麼說。」我同意。

迪克森警探瞄了一眼維西諾警探。

「妳最近對狄恩有什麼不滿嗎？」

我瞥了媽一眼，她正努力想在磨刀片噪音底下，聽到我的回答。「有點，嗯，我想是的。」

「可以跟我們說為什麼嗎？」

我檢視我的雙手，我健康的指甲。奧莉薇亞再也不必擔心缺鐵問題。我突然想到最後一次見到她，是在化學課，她塗著綠色指甲油，低頭拚命寫筆記。希拉蕊也擦同樣的指甲油，一定是她說服奧莉薇亞試試看的，因為奧莉薇亞不是那種願意嘗試實驗性化妝的人。或者，她們說不定是在表達對足球隊的支持。我突然開始神遊，如果你擦著綠色指甲油死掉，如果你遇到意外死掉，頭髮也沒洗——所有日常小事全都像膠合板被刮掉——可以用莎莉韓森的產品保養嗎？你的牙齒和骨頭都還在，但其他部分都腐爛了呢？這就是奧莉薇亞，全身上下只剩下綠色指甲。迪克森警探重複他的問題。

「蒂芙妮。」媽叫我。機器喀噠停了下來，讓她接下來的話突然變得很大聲，意外地強調。「請回答警探的問題。」

就像那些浴缸玩具，一放進溫水裡就會脹大四倍，斗大的淚水讓我眼睛跟著脹大。我沒辦法隱藏那天晚上發生的事。為什麼我會以為可以？我把拳頭壓進我的眼睛，用力揉。「有很多原因。」我嘆了口氣。

「是不是媽媽不在這裡，妳可以比較自在說出發生了什麼事？」迪克森警探和善地問道。

「對不起。」媽把迪克森警探的咖啡放在他手肘旁。「比較自在什麼？發生什麼事？」

※　※　※

律師到場後，阿德莫爾警局那扇四方形窗子變得一片漆黑，在走廊昏黃的燈光下，他介紹自己叫丹。迪克森警探堅持我們不需要律師，他看起來人這麼好，媽幾乎相信了他，然而她打電話到辦公室找爸之後改變了主意。那個律師是爸同事介紹的，他女兒曾在夏天因為在藥物影響下開車遭到逮捕。媽和我都不太信任那個人。這傢伙有點胖胖的，頭髮很亂，西裝褲腳層層堆積在腳踝，活像肥碩的鬥牛犬脖子。

我們在冷冰冰的訊問室，在警探加入我們之前，丹（「沒有一個稱職的律師會叫丹。」媽怒道）想先從我口中聽到故事全貌。他們真的會故意調低屋子裡的溫度，盡量讓你覺得很不舒服，這樣你才會趕緊認罪，大家才能準時回家吃晚餐。

「所有細節都很重要。」丹把襯衫袖子捲起來，他穿著刺眼的海軍藍正式襯衫，看來似乎是在 Jos. A. Bank 買二送一特價時買的。他先前就脫下外套，披在椅背上，完全沒注意到左邊肩膀已經滑下去，只剩下右邊掛在上面。「從妳進學校那一刻，所有事情都很重要。所有跟這件事有關聯的每一個人，妳跟他們所有的互動。每一件事。」

連我自己都不相信剛開始有多順利，狄恩和奧莉薇亞的接納，讓我成為學校受歡迎人物，慘的是我的好日子並沒有持續多久，馬上就發生悲慘的事。我直接進入那天晚上在狄恩家的細節，當我回想那天的事，彷彿歷歷在目，我述說佩頓對我做的事，你知道的，那種事。「口交？」丹問道，在毫不留情的日光燈底下，我一定漲紅了臉。「是的。」我囁嚅說道。我一個一個點名，描述整晚是怎麼昏昏沉沉的，在不同時間醒來，首先是佩頓，再來是其他人。我告訴他後來發生什麼事，那天晚上奧莉薇亞家發生的事，我臉上的傷不是她家的狗造成的。我很擔心把拉森老師拉下水，但是丹說所有細節都很重要。

「拉森老師……」丹清了清喉嚨，他看起來跟我一樣難為情。「那天晚上在他公寓。」

我盯著他片刻，然後才明白他的意思。「不。」我說道。「拉森老師絕不會做出那種……事。」我顫抖表達我的噁心。

「但是拉森老師知道這樁集體強暴案？他可以證實這個故事嗎？」

那是第一次有人用「集體」稱呼發生在我身上的事。集體強暴案。我當時並不知道那些事可以視為強暴。「是的。」

丹在他的小筆記本上作紀錄，他的筆停下來。「現在，關於亞瑟的事。」

他有憂鬱症嗎？他有吸毒嗎？（「不。」我說：「我是說有，但只是大麻。」「大麻就是毒品，蒂芙妮。」）我回想他是否有跟我說過什麼，有沒有可能用他的方法警告過我，他計畫要做的事？

「我知道——」我聳聳肩。「他有那把槍，他在自助餐廳用的那把。」

丹整個人定格，久久沒有眨眼，我幾乎要在他面前揮揮手，高唱「喲—吼」，就像廣告裡那樣。「妳怎麼會知道？」

「他拿給我看的，在他家地下室，那是他爸爸留下的。」丹的眼睛還是眨都沒眨。「沒有上膛什麼的。」我緊張地說道。

「妳怎麼知道？」丹問道。

「他拿槍指著我，說是開玩笑的。」

「他拿槍指著妳？」

「他也有讓我握槍。」我反擊地說道。「他不會笨到叫我拿著槍，卻又不跟我說槍已經上膛。萬一我……」我停下來，因為丹的頭已經垂到胸口，像是在飛機上睡著了。

「怎麼？」

丹的頭壓著胸口讓他的聲音聽起來悶悶的。「妳碰了槍？」

「頂多兩秒而已。」我趕緊說道，試圖修復我製造的破壞，無論那是什麼。「然後我就還他了。」丹還是沒看我。「怎麼了？這樣很糟嗎？」

丹兩隻手擠壓兩側鼻翼，支撐自己頭的重量。「有可能。」

「為什麼？」

「因為如果他們在槍上發現妳的指紋，事情有可能變成非常、非常糟。」

頭頂的燈不斷閃動，發出劈哩啪啦的聲音，就好像夏日晚上聚集了一堆昆蟲，啪嗤作響，我終於明白丹的意思，難道媽也知道這件事？爸知道嗎？他們會不會認為我有涉案？

「蒂芙妮。」丹說道，語氣又尖又驚訝。「妳究竟知不知道自己為什麼會在這裡？」

※※※

丹和我結束我們的「帕瓦」（註61）後，就要換迪克森警探上場了，他像是我的美式足球隊教練，而我是四分衛主力，整個小鎮的希望都放在我健壯的肩膀上，他們允許我去上廁所，也可以見媽和爸。他們坐在訊問室外的長凳上。爸雙手抱頭，彷彿不敢相信這竟然是他的人生。彷彿他若是可以就這樣睡著，也許醒來之後能發現自己已經身在別處。媽雙腿交叉，穿著襪子的腳，一半從挑逗的高跟鞋露出來。我先前有跟她說，不要穿那樣到這裡，但她堅持。她還試圖叫我化點妝（「可以上點睫毛膏再走吧？」），我直接把廚房燈關上，直接到車裡等，留她一個人在黑暗中眨眼睛。

我們接近時，爸起身跟丹握手。

我問媽。「妳知道他們認為我跟這件事有關嗎？」

「他們當然不會這樣想，蒂芙妮。」她說道，語氣尖銳、毫無說服力。「他們只是想釐清所有可能性。」

「丹說他們在槍上找到我的指紋。」

丹聽到媽尖叫「什麼？」肩膀稍微抖了一下。「只是說有可能、有可能。」

「狄娜！」爸低吼道。「小聲一點。」

媽指著爸，壓克力指甲因為憤怒而發抖。「不用你來告訴我該怎麼做，巴比。」她收回她的手，握成拳頭，牙齒咬住指節。「這都是你的錯。」她啜泣道，緊閉著雙眼，淚水

61　北美印第安語泛指「聚會、會議」之意，時至今日已演變成一種慶典。

滾落擦上厚粉底的臉頰。「我早跟你說過！蒂芙妮需要那些衣服，這樣才不會被排擠，現在你看看，他們究竟做了什麼！」

「這都是我的錯，因為我不肯付衣服的錢？」爸嘴巴張大，他的臼齒都是黑的。爸痛恨牙醫。

「拜託！」丹用力噓道。「這裡不是吵架的地方。」

「妳真是不可理喻。」爸嘟囔道。媽只是把滿是髮膠的僵硬頭髮往後一甩，重新坐下。

「我不知道他們是不是有她的指紋。」丹說道。「但是蒂芙妮跟我說，亞瑟給她看過一把槍，應該就是我們認為——」他雙手舉起，像是在馬路上指揮往南車輛停下來的交通警察。「用在犯罪現場那兩把其中一把。而且他還讓她握過。」

媽看我的表情，不禁讓你為這些父母難過。他們總是認為瞭解你，可是當他們發現根本不是那麼回事，他們的表情就像被自己的孩子耍了一樣。我跟丹說出那晚在狄恩家的事之前，有問他是不是會跟我父母說：「如果妳不願意的話，我不會跟他們說。」丹說道。「這是客戶祕密。但是，蒂芙妮，根據事情的發展，終究必須說出來，所以他們最好是先從妳口中聽到會比較好。」

我搖搖頭。「我實在沒辦法告訴他們這些事。」

丹說：「我可以，如果妳希望我說的話。」

鞋跟踩在斑紋亞麻地板的踢韃聲宣布迪克森警探到了，我們都在等他開口。「各位還好吧？」他瞄了一眼手腕，即便他根本沒戴手錶。「那我們就開始吧？」

我不知道現在幾點了？不過當我在丹身邊坐下，迪克森警探坐在我們對面，維西諾警探坐在角落，我的胃發出不耐煩的呻吟。

滿是髒汙的桌子，就跟亞瑟的眼鏡一樣，只放了一杯水（給我的），一台錄音機占據了中間的位置。迪克森警探按下按鍵說：「二〇〇一年，十一月十四日。」

「應該是十一月十五日。」維西諾警探敲了敲他的錶面。「十二點六分。」

迪克森警探糾正自己並補充道。「現場有迪克森警探、維西諾警探、蒂芙妮•法納利，以及她的律師丹尼爾•羅森博格。」發現丹的全名，讓我對他增加不少信心。

我又正式說了一遍自己的故事，每一個下流的細節。在一屋子多毛的中年男人面前，承認自己最丟臉、跟性有關的祕密。

迪克森警探和維西諾警探並沒有像丹那樣，不時打斷我的話提出問題。讓我覺得可以保留某些部分不要說，可是當我這麼做的時候，丹會輕推我一下。「後來妳在瓦瓦超商碰見拉森老師，記得嗎？」

我說完之後，迪克森警探伸懶腰打了好大的哈欠。他維持同樣姿勢，兩條腿伸長，雙手抱頭，盯著我許久。「所以。」他終於開口。「妳的故事是說，那天晚上在狄恩家，狄恩、連恩和佩頓強暴妳？後來在奧莉薇亞家，狄恩又做了一次？」

我看著丹，他點點頭，我回答他。「是的。」我說道。

「蒂芙妮，我不懂。」維西諾警探靠著牆，胸膛抵在小肚子上。他全身布滿看起來覺得很癢的黑色毛髮。「我想我不能理解的是，如果狄恩，強暴妳——」然後十分無禮地笑了。「為什麼亞瑟這樣對他，妳會想救他？」

「我是要救我自己。」

「但是亞瑟是妳的朋友。」維西諾警探高高在上地說，一副我忘記這件事。「他不會傷害妳。」

「他曾經是我朋友。」我直直盯著桌子，盯到眼前都模糊了。「可是我也很怕他。他很氣我，我拿走那張他父親的照片……我不覺得你可以理解，他有多氣這件事。我跟你說，他在屋裡追打我。」

「讓我們回到前面談的。」迪克森警探回頭警告地看了一眼維西諾警探。「跟我談談狄恩和亞瑟的關係。」

我想到亞瑟房間裡的畢業紀念冊。他們的笑容和真摯的面容。完全不曉得這個世界為什麼全部變了樣。「他們國中時是朋友。」我說道。「亞瑟跟我說過。」

「他們什麼時候不再是朋友？」迪克森問道。

「亞瑟說是在狄恩受歡迎之後。」我聳聳肩。古老的故事。

「亞瑟有說過想傷害狄恩嗎？」

「沒有。」我說道。「不算是。」

維西諾抓住這點。「『不算是』是什麼意思？蒂芙妮。」

「沒有，好嗎？他沒有。」

「從來沒有？」迪克森溫和地繼續刺探。「回想一下。」

「我是說，平常是會說一些難聽的話，罵罵他之類的。但是沒有，亞瑟從沒說過，『我要拿著我爸的槍，到學校把狄恩的老二轟掉』。」說到「老二」我不禁輕笑出聲。我突然打嗝，只能沉默下來，痛苦的笑聲，有如野火在葬禮擴散開來那種，在一片哀戚死寂中，突然有人打嗝，健怡可樂嗝。

「我的客戶累壞了。」丹說道。「你們應該讓她先回家休息，別忘了，她才十四歲。」

「奧莉薇亞・卡普蘭也一樣。」維西諾警探說道。

聽到奧莉薇亞的名字讓我身體坐直。我摩擦雙臂的雞皮疙瘩。「希拉蕊現在怎麼了？」

「她被截肢了。」維西諾警探淡淡說道。

我顫抖啜了一口水。房間似乎更冷了，我吞下這一口水，液體滑進我的肺裡，我不禁瑟縮。「可是她會沒事吧？她會回布萊德利嗎？」我看著迪克森，提出這個從我離開醫院就一直想問的問題。說不定他有答案。「我是說布萊德利，學校不會關閉或怎樣吧？」

「妳希望這樣嗎？」迪克森背後的維西諾回道。

我不曉得怎麼讓維西諾警探理解，我有多不希望這種事發生。我無法回到少了幹線區的生活，雖然距離僅有幾英里。這區區幾英里就是耶魯和西切斯特大學的差異，也是長大後離開你家迷你麥式豪宅搬到紐約的差異，不要過著手摸著肚子，腫得像吃太飽的壁蝨，裡面的寶寶不斷踢啊踢的生活。我兩手一攤放在桌上。「我只是希望所有事情回歸正常。」

「噢。」維西諾說道，手指著我，一副理解的樣子。「現在可以了嗎？可以了嗎？把那些讓妳這麼痛苦的人全都除掉，就可以了嗎？」臉上掛著有如氰化物的惡毒笑容，譏諷誇張地指著我，活像薇娜・懷特（註62）指著只有贏家才能帶回家、全新耀眼的豐田Camry。「帶她進來，各位觀眾！她來了！來到我們現場的就是最幸運的倖存者。」

62 美國長青遊戲節目《幸運之輪》主持人之一，深受觀眾歡迎。

丹怒瞪著維西諾。「這有點超過了吧，警探。」

維西諾警探雙臂抱胸。「對不起喔。」他嗆道。「比起擔心蒂芙妮・法納利的感受，我還有更重要的事要處理。」

丹嗤之以鼻，懶得理他，轉身看著迪克森。「你還需要什麼嗎？」他拍拍我的背。「我想目前對我客戶最好的，就是讓她回家休息。」

休息。再也無法舒緩我的心情，照理說應該舒緩的，但再也不會了。

※　※　※

在走廊外，丹要求跟我單獨談一下。他說早上會過來，跟我父母「好好談談」關於那些我無法跟他們說的事。隔天是星期五，我寧願他等到星期一，這樣我就不必整個週末跟媽和爸綁在一起，他們一定會很厭惡我。可是丹說，等到星期一很有可能事情就走漏了，相信我不希望我父母從《費城詢問報》看到這件事，對不對？「既然無法避免就不要再拖了。」丹手放在我肩上，我盯著地板，他鞋子的假皮做的有夠假，看起來好像塑膠。

「妳表現得很好。」丹說道。「維西諾是個惡霸。他是故意要激怒妳的，可是妳並沒有落入陷阱。很好。」

「可是他們認為這件事是我跟亞瑟一起策畫或怎樣的。」我說道。「他們怎麼可以這麼想。」

「他們並沒有。」丹說道。「就像妳母親說的，他們只是要釐清所有可能性。」

「我還需要回到這裡嗎？」

「有可能。」丹對我微笑，那是一種激勵的笑容，一般是用在真相不如預期，需要勇氣去面對時，人們鼓勵你的笑容。

※　※　※

媽逼我吃一顆安妮塔給的藥丸，幫助我睡覺。我希望留著晚點吃，這樣才能等媽和爸去睡覺後，打開各台新聞報導，轉靜音，打開字幕，可是媽堅持我在她面前吃下去。當這是他媽的維他命，而不是安眠藥，後來他們發現這會讓人上癮，就像海洛因。

十五分鐘後，睡眠伴隨那些奇怪的夢來襲，我心想，呃，真奇怪。我看到一顆有如覆盆子的東西從我頭頂長出來，如珠寶般美麗，飽滿成熟。我不斷想用頭髮遮住它們，然而每當我經過鏡子，還是能看到它巨大飽滿的側面。很快地，又長出更多——有一顆長在髮線，另一顆在耳朵。*我要把它們割掉，應該會很痛*，我心想。通常到這裡，我就會驚醒，但是安妮塔的藥丸讓我的本能變得遲鈍，於是我只是抽動一下，又深深陷進剛才那個詭異、恐怖的兔子洞裡。

我在人群間。我只知道他們是我同學，只是我根本不認識他們任何人。我們站在碼頭邊緣，甲板是黯淡的棕色和黃色，一種復古風格，彷彿那些剛踏入二十一世紀的紐約插畫。突然有個聲音輕輕說：「亞瑟還活著。」然後變成興奮的噓聲，朝我而來。「亞瑟還活著？」我質問道，卻沒有任何人面對我的質問。

人群開始推擠，全部人都在移動，想要找出亞瑟。我奮力想擠出人群，然而我也是集體恐懼的一部分。我知道如果能掙脫就能找到他，我們這樣永遠找不到他。

緊接著我就出來了，亞瑟站在我面前，大笑。甜美的笑，就好像他正在看《六人行》，錢德說了什麼話讓他大笑。錢德一直是他的最愛。

「你還活著？」我倒抽一口氣，亞瑟不斷大笑。

「嗨！」我用拳頭打他胸口。「你還活著？為什麼不告訴我？」我打得更用力，只要能停止他那發狂的大笑。一點都不好笑。「你怎麼可以不跟我說？」

「不要生氣。」亞瑟抓住我的拳頭，對我微笑。「我在這裡，不要生氣。」

我醒來感覺糟透了，再來是一陣頭暈腦脹——我才剛醒來，怎麼可能發生什麼壞事？轉瞬間，我突然開心了起來，就好像星期六早上，你以為必須起床準備上學，結果發現，喔，今天是週末。會有一陣子，週末會失去魔力。每件事都會。

爐子上有烹煮食物的聲音，電視盒上面顯示十二點四十九分。丹說他早上會過來。他來過了嗎？他已經把所有可怕的細節都跟媽和爸說了嗎？而我卻在不遠處冒著冷汗、痛苦地翻來覆去。

毯子已經變成一坨，擠在我上半身，我雙腳都露了出來。我翻身拖著沉重、過熱的身軀爬起那一瞬間，空氣中聞到一股溫暖、充滿澱粉的汗臭味。「媽？」我喊道，焦慮地想得到回應，這能讓我知道她有多生氣。

我聽到媽赤腳踏在廚房的腳步聲，然後來到客廳地毯，再也沒腳步聲了。「妳起床了！」她雙手合掌。「那個藥丸讓妳昏睡，是吧？」

她不可能瞭解那種感覺。「丹來過了嗎？」

「他有打來，我告訴他下午再來比較好，因為妳還在睡。」

我吞一下口水，舌頭卡在上顎有點久。我恐慌地又吞了一下口水，試圖讓它不要卡在上面。「爸呢？」

「喔，甜心。」媽說道。「他去辦公室了。有些大案子，他可能週末也要工作。」

「真的嗎？」我從來不曉得爸週末還得工作，從來沒有。

媽把我的如釋重負錯認為難受。「我確定他會早點回家的。」

「丹什麼時候要過來？」

「就要來了。」媽說道。「妳要去洗個澡嗎？」她故意捏著鼻子，揮了揮手。「妳聞起來有點太熟了。」

我有可能現在聞起來像奧莉薇亞，我幾乎要這麼說。腐爛。差一點點說出口。

※　※　※

我洗澡都要很久。「妳到底在裡面做什麼？」上學的早上，爸會敲著門這樣問道。我不曉得我在裡面「做什麼——」不就是大家都會做的事嗎，我心想，只是我需要的時間比較久。

從星期二以來，我才洗過兩次澡，加起來都比我平常一次的時間還短。我會不斷聽到聲音，不斷拉開浴簾，深信自己會看到亞瑟的鬼魂站在那裡，像一大坨魁梧憤怒的空氣。

我關掉水龍頭，背上甚至還有殘餘的肥皂泡沫。「媽？」我大聲喊道。每當我被自己嚇到，有時候最好的療癒就是聽到媽不悅地喊回來。「不要用喊的，蒂芙妮。」

我又叫了一聲媽，這次真的很大聲。還是沒回應。我圍著毛巾，身上還在滴水就走到浴室地板上，拉開門大喊。「媽——！」

「我的老天，我在講電話！」她的聲音說明了一切。

我偷偷走回自己房間，潮濕的腳掌在地毯留下深色腳印。我拿起電話筒，壓在耳朵上。我一直吵著要有自己的電話，真的有了之後，我在把手貼上粉紅閃亮貼紙，就像《甜蜜芳心》裡的瑞雅。

我聽到丹後半段的對話「……表示她是在校外嗎？」

「不可能。」媽嗤之以鼻。「她最近有到奧莉薇亞家過夜。」

「我想狄恩就是在那天晚上攻擊她的。」丹說道。「她睡在安德魯‧拉森家。」

「她的越野馬拉松教練？」媽哭喊道。丹和我聽著她擤鼻涕。「我再也不認識這個女孩了。」我拉緊身上的毛巾。這個女孩。「她怎麼可以這麼做？」

「青少年通常會做出一些愚蠢的行為，狄娜。不要對她太嚴厲。」

「噢，拜託。」媽怒道。「我也唸過高中。像蒂芙妮那樣身材的女孩，去參加一個只有男生的派對，然後還喝多了，她會不知道自己究竟在做什麼嗎？蒂芙妮應該很清楚。她知道這個家庭的價值觀是什麼。」

「就算是這樣。」丹回道。「小孩子都會犯錯。蒂芙妮犯錯了，而這個錯讓她付出了相當慘痛的代價。」

「警察全都知道了嗎？」媽現在滿腦子一定想著實在太丟臉了，荒謬，這種事竟然發生在我們這樣的家庭，我們家是有家族價值觀的。

「蒂芙妮昨天晚上告訴他們了。」

「然後呢？他們怎麼想？難道他們認為是蒂芙妮策畫這場大屠殺，她和學校其他被排擠的同學一起完成她的復仇行動？」媽「哈！」了一聲，宛如這是世界上最可笑荒謬的事情。

「我認為這是其中一個可能性。」丹說，我可以想像媽臉上的震驚。丹竟然不覺得這很可笑荒謬。「問題在於，他們沒有任何證據可以證明這個理論。」

「那把槍呢？蒂芙妮握過那把槍。」

「我還沒聽到關於這件事的任何消息。」丹說道。「希望永遠不要聽到。」

「萬一出現了呢？」

「就算真的有，也很難成為足以起訴蒂芙妮的罪證。而且假如亞瑟到處炫耀那把槍，如果有其他小孩指紋在上面也說的過去，而且我確信，若是如此，剛好能證實蒂芙妮的故事。」

媽大大鬆了口氣，在電話中十分清晰。「很感激你打電話給我。」她說道。「希望這些荒謬的猜測快點結束。」

「我相信會的。」丹說道。「他們只是在吹毛吹疵。」

媽再次感謝丹，然後說再見。等我確定只剩我一個人在線上，我才掛斷電話，我把話筒從而耳邊拿走時，發出濕濕的波一聲。我將話筒在毛巾上抹了抹才放回話座，非常小心翼翼放下去。

「蒂芙妮妮！」當我的名字響徹整間房子，媽的聲音也變得支離破碎。我沒有回答，只是任水滴在我周圍臥室地毯上——綠松石顏色，媽讓我自己選的。因為長黴菌而褪色——她總是不斷嘮叨我都把溼毛巾丟在地板上——這不過讓她又多了一個恨我的理由。

※　※　※

媽說我不是她教出來那個女兒。我一直哭，但她的雙脣一直維持緊抿的嚴厲線條。之後，我們兩個陷入沸騰的沉默。還是沒有學校何時復學的消息，我好幾天都在沙發上度過，昏昏沉沉地看電視，只有起來吃飯或洗澡，或是去上廁所。沒有人要跟我說話，這表示也沒人會叫我關掉電視新聞。

槍擊事件發生後七天，布萊德利不再是頭條新聞，新聞上提到沒有任何新進展，只有接近自助餐廳爆炸地點的同學和父母，傷心流淚的訪問——但其實也沒那麼接近，若真的很接近，他們就不會活下來，還能在攝影機前面，四肢完好、動作誇張地接受訪問。有個記者不經意提到警察正在調查是否有其他人涉案的可能性，可是卻沒有名字也沒有進一步細節披露。

到了星期一下午，迪克森警探打電話過來跟媽說，我們必須立刻到警局一趟，並帶著我們的律師，我很氣那位名主播凱蒂・庫瑞克竟然沒在新聞中提到我即將面對的新進展。

丹在警局跟我們會合，穿著同樣那件太寬鬆的西裝。如果媽和我有說話的話，我會問她為什麼丹的穿著這麼糟，他不是律師，應該賺很多錢嗎。我對律師的認識不多，都是來自《虎克船長》，羅賓・威廉斯演一個工作狂、賺很多錢的律師，完全沒空和自己小孩在一起。

迪克森警探和維西諾警探帶領丹和我進入偵訊室時，爸還在前往警察局的路上。今天，維西諾拿著一疊厚厚的資料夾，擺出一臉狡猾、明白的笑容。

「蒂芙妮。」我們分別在對面坐下，迪克森警探說道。「最近如何？」

「還好吧。」

「真高興聽到這個。」維西諾插話，沒有人理他。

「我們很瞭解過去幾天，妳一直都在擔驚受怕。」迪克森說道，他的語氣、他的身體語言，以及他奇怪的眉毛，他全身上下都散發出一種友好氣息。「我們想給妳機會主動說明任何重要資訊，也就是有可能在上次談話時，妳漏掉沒提出的部分。」他指著自己的頭，表示這些重要資訊很有可能就這樣消失不見。

我看著丹，昏黃的燈光下，顯得我們兩個有多無助。不管那個文件夾裡裝了什麼，都正好符合維西諾的意圖。「就不要再遮遮掩掩了，警探。」丹說：「蒂芙妮對你們據實以告，我認為你們也應該對她釋出相同的善意。」

我眉頭緊鎖看著大腿，瘋狂在腦中搜尋，不確定那是不是真的。

迪克森抿著下脣，點點頭，像是說有這個可能，但他還是必須先被說服。「就讓蒂芙妮回答。」他說道，然後三個人都看著我，滿臉期待。

「我不知道。」我說道。「我把覺得重要的事全都告訴你們了。」

「妳確定？」維西諾問道。他拿著資料夾指著我，揮了揮，一副我應該知道理面有什麼。

「是的。說實話，如果我漏了什麼事情，也不是我故意要隱瞞。」

丹拍拍我的手安慰我。「你們何不直接告訴我們，請我們過來的原因？」

維西諾用力將資料夾摔在桌上，衝擊力道讓封面掀了開來，一大疊彩色列印提醒了我。迪克森故意緩緩將布萊德利畢業紀念冊的拷貝攤在桌上，好讓丹和我看清楚。

維西諾參差不齊的黃色指甲壓在每一張相片上，將亞瑟和我寫在上面的字唸出來。「把我的老二切下來」、「塞進我嘴裡」、「RIP HO」（願ＨＯ安息），最後一個是我寫的。拉森老師要我們在墳墓插畫上創作萬聖節俳句，就在「RIP Farmer Ted」（願農夫泰德安息）下方。當時覺得真是幼稚的作業，可是卻一直卡在腦子裡揮之不去。後來，我快速把它寫在奧莉薇亞的照片上，亞瑟邊唸邊陰險地笑。

「這是妳的筆跡，對吧？」迪克森問道。

丹犀利的目光凝視著我。「不要回答，蒂芙妮。」

「我們並不需要她的回答。」維西諾說道，朝迪克森點點頭，手上拿著另一份文件。筆記本。亞瑟和我經常互相傳來傳去的筆記本，即便在上課時間，想到什麼就寫什麼，完全不需要掩飾。有些無關緊要……例如馬校長根本就是一隻旅鼠，還有艾爾莎・懷特變成浪女了。上面的酢漿草綠字體就跟寫在紀念冊上的一模一樣，那隻筆原本是我要表達對布萊德利的忠誠，如今顯得很可笑。而不是為了讓他們確認那個綠色筆跡就是我。我國中唸的是天主教學校，那些修女根本不曉得怎麼解釋文學中的性意含，於是乾脆避開這個課程，改上文法和書法課。我完美的草寫筆跡在紀念冊上一覽無遺，我的DNA就在那每一筆優雅的筆劃裡。

你有看到希拉蕊今天的頭髮嗎？

好噁心。快去洗澡，小甜派。她的妹妹一定很臭。可是她真的有妹妹嗎。國中時就有謠言說她其實是男人。要不然也是陰陽人。我不敢相信狄恩上過她。

狄恩和希拉蕊。什麼時候？我滿肯定她是處女。

噢，拜託。大家都知道這件事。狄恩到處插（沒有冒犯之意）。他就是那種會娶前美國小姐，然後還會去跟星期五餐廳的胖女服務生亂搞的人。這世界如果沒有他會好很多。同意的話，請舉手說要去上洗手間。

你絕不會相信，剛才在洗手間發生什麼事。

妳最好趕緊告訴我，還有三分鐘鈴聲就要響了。

佩姬・派屈克在用驗孕棒。

另一篇筆記。另一天。這篇日期在最上面，因為是我開始寫的，我被教育不管寫什麼，都要把日期寫在右上角，就算是愚蠢、亂寫的筆記。

十月二十九日，二〇〇一年

今天狄恩在走廊撞見我，叫我貨櫃車。我認真考慮要轉學。

（其實並沒有！這麼說只是想讓亞瑟提醒我，布萊德利優於蒙特聖德蕾莎的所有理由，他會開心地說：「噢，妳想念足球媽媽訓練營（註63）嗎？）

妳每星期至少會說一次想轉學。我們都很清楚。我來幫妳殺了他們全部。如何？

讚喔，那我們要怎麼做？

我有我爸的槍啊。

如果你被抓怎麼辦？

我才不會被抓。我邪惡又聰明。

63　通常是形容白人中產階級媽媽，住郊區、生活重心就是孩子，熱衷讓孩子參加各類課外活動，開著休旅車忙碌奔波接送孩子、處理家務。

我不曉得如何讓警探理解，這只是我們說話方式。我們只是年輕又殘忍。有一次足球隊在前往客場比賽的巴士上，有個國中部新鮮人被一片橘子噎到，沒有人出來幫他，或甚至稍微有點警覺，狄恩和佩頓，全部人都在笑，直到他臉上毫無血色，眼睛都快爆出來（副經理才終於發現出了什麼事，趕緊用哈姆立克急救法救他）。幾個星期後，那些傢伙興高采烈地跟我們說這個故事，一遍又一遍，大家笑到脖子青筋都冒出來了，那個被橘子噎到的可憐孩子，眼睛盯著餐桌，努力不要哭出來。

「只要看一下妳學校的筆記，我幾乎馬上能肯定這就是妳的筆跡，還有妳用的綠色筆。」維西諾警探滿足地拍著肚子，彷彿吃了一頓大餐。

「如果你們想搜索蒂芙妮的東西，先去申請搜索令再說。而如果你們手上已經有搜索令，早就拿出來了。」丹身體往前傾，朝維西諾冷笑。

「那只是在開玩笑。」我輕聲說。

「蒂芙妮！」丹警告我。

「說真的。」迪克森警探說道。「最好是先從她口中說出來。因為在我們談話同時，我們已經在申請搜索令。」

丹朝我眨眼，試圖作決定。最後，他終於點頭，嘆了口氣。「告訴他們。」

「那只是開玩笑。」我又說了一次。「我以為他在開玩笑。」

「妳是嗎？」維西諾警探問道。

「當然。」我說道。「我根本沒想過會發生這種事，完完全全想不到。」

「我雖然離開高中有幾年了，」維西諾開始踱步。「但是，小女孩，妳最好相信，我們從未開這種玩笑。」

「你們兩個有一起討論過這個……計畫……口頭上？」迪克森警探問道。

「沒有。」我說道。「我是說，我不認為。」

「什麼叫作『我不認為』？」維西諾質問。「究竟有或沒有。」

「我根本……沒放在心上。」我說道。「沒錯，有可能他有開這種玩笑，也許我也有，可是我根本沒放在心上，因為我根本不覺得那是真的。」

「但妳確實知道他有一把槍，而且就是用在槍擊事件上那把。」迪克森說道，我點頭。

「妳怎麼知道的？」

我瞥了一眼丹，他示意我繼續說：「他拿給我看的。」

迪克森和維西諾面面相覷，震驚到兩個人那一瞬間再也沒有怒視著我。「什麼時候？」迪克森問道，我告訴他們那天下午在亞瑟家地下室的事。鹿頭、畢業紀念冊，包括他怎麼拿槍指著我，我跌在地上，受傷的手腕著地。

維西諾警探在角落搖搖頭，臉上的陰影看起來就像瘀青，他嘟囔道。「他媽的小鱉三。」

「亞瑟還有開玩笑——」迪克森在「開玩笑」上面特別加上引號。「說要傷害其他人嗎？」

「沒有。我以為他想傷害我。」

「看吧，」維西諾用噁心的指甲碰了碰下巴。「真有趣，因為跟狄恩說的剛好相反。」

我開口想說什麼，但是丹搶在我前面。「狄恩說了什麼？」

「亞瑟把槍拿給蒂芙妮。告訴她，現在就是機會，叫她轟掉——原諒我的粗話，不過我們現在面對的小孩就是這樣——這個速懶叫的老二。」維西諾抓了抓自己眼睛下方的斑點，做了個噁心的表情。「他說蒂芙妮伸手去拿槍。」

「我從沒說過我沒有去拿！」我整個人爆發。「但我是要用在他身上，而不是狄恩。」丹警告道。「蒂芙妮——」在此同時，迪克森拳頭重擊桌子，幾頁紀念冊拷貝飛到空中，又回到原來位置，沒有掉到地上，然後迪克森大吼。「妳說謊！」他的臉色就像快心臟病發，漲得通紅，只有天生金髮才會這樣。「從我們見面那一刻，妳就在說謊。」他不也在說謊，用他友善的面具愚弄我。

到最後，我得到一個結論，我必須假設根本沒有人說實話，於是我也開始說謊。

※　※　※

事件過後整整十天，我在新聞上看到第一場葬禮就是連恩。幾個小時後，我們收到一封來自布萊德利「家族」的電子郵件。事件發生後，他們開始這樣稱呼我們。「布萊德利家族」。即便是我，學校的黑羊，也有收到這封訊息。

媽也有收到，她問我是不是需要去買黑色洋裝。我發出那種她會說像精神錯亂的笑聲。「我不要去。」

「噢，妳要去。」她雙脣緊抿，薄得像一片草。

「我不要去。」我重複說道，這次語氣更激烈。我坐在沙發上，穿著襪子的雙腳放在咖啡桌上，上面都是毛髮和棉絮。那天偵訊後，已經過了三天，我沒有洗澡，沒有穿內衣，整個人散發出臭酸味。

「蒂芙妮！」媽哭道。然後深呼吸，雙手捧著臉，平心靜氣地說：「我們不是這樣教妳的，這是應有的禮貌。」

「我才不要去強暴我的傢伙的葬禮。」

媽倒抽一口氣。「不要這樣說話。」

「怎樣說話？」我大笑。

「他已經死了，蒂芙妮。他死的很慘，就算曾經做錯事，他只是個孩子。」媽捏了捏鼻子，吸一下鼻涕。「他不該死的這麼慘。」她音調提高，最後一個字還哽咽。

「妳根本沒見過他。」我把遙控器指著電視，關掉電源，這是我所能做出最華麗的宣言。我用滿是腿毛的雙腳踢開毯子，起身上樓，經過媽時，還怒瞪她一眼，直接回我房間，過去兩天我都沒踏進房門。

「妳必須去，否則我就不會幫妳付布萊德利學費！」媽在我背後喊道。

※　※　※

連恩葬禮當天早上，電話鈴響，我拿起話筒。「哈囉？」

「蒂芙妮！」對方很驚訝地喊出我的名字。

我手指繞著電話線。「拉森老師？」

「我一直打電話找妳。」他急忙說道。「妳還好嗎？沒事吧？」

在另一頭，媽也拿起電話。「哈囉？」

「媽。」我怒道。「我接了。」

三人全都沉默片刻。「哪位？」媽問道。

話筒傳來男人清喉嚨的聲音。「我是安德魯•拉森，法納利太太。」

「蒂芙妮。」媽怒道。「馬上掛掉電話。」

我纏著電話線的手指纏得更緊。「為什麼？」

「我說，掛掉——」

「沒關係。」拉森老師說道。「我只是打來看看蒂芙妮是不是沒事，再見，蒂芙妮。」

「拉森老師！」我尖叫，不過只剩下媽憤怒的聲音，伴隨著電話的嘟嘟聲。「我叫你不要再打了！她才十四歲！」

我尖叫吼回去。「就告訴妳沒發生什麼事！根本沒發生什麼事！」

※ ※ ※

你知道最病態的是什麼嗎？儘管我很害怕去參加連恩的葬禮，儘管我很氣媽逼我去，我仍然希望漂漂亮亮出席。

我花了一個小時準備，花了四十秒捲一隻眼睛的睫毛，讓它們翹得高高地，像是驚訝地瞪大了眼睛。爸必須工作（有時候我認為他只是坐在空辦公室裡，愁眉苦臉看著沒有開機的電腦），所以只有媽和我兩人不發一語地坐在明亮的櫻桃紅ＢＭＷ裡，只有在她踩油門時才會有暖氣，每當停紅燈時，兩人都會不約而同冷得發抖。

「我希望妳知道。」媽說，她放開煞車，隨即一股舒服的暖風吹來。「我並不是沒有譴責連恩的行為，當然要譴責。但是妳也要負一部分責任。」

「不要說了。」我懇求道。

「我只是要說，喝酒會讓自己陷入無法預料的狀況——」

「我知道！」我們開上高速公路，在那之後，車裡安靜又溫暖。

蒙特聖德蕾莎的教堂非常美麗，如果你很熱衷這類東西的話。但是連恩的「追思禮拜」（不是葬禮，大家都叫追思禮拜）。連恩家是貴格教派，所以我們是要去教會。因為我實在太迷惑，思索這件事稍微減少一點我對媽的不爽。「我以為貴格教派有自己的社區，而且不相信現代醫療什麼的？」

媽露出微笑，儘管發生了這麼多事。「那是艾米許。」

貴格教會是一棟單層樓護牆板建築，褪色、暗沉的白色牆板前有一棵樺樹，枝幹圍繞著房子，樹枝上零星有些紅色、橘色樹葉。儘管我們早到四十五分鐘，泥濘的草地上早就停了一長排閃亮的黑色轎車，媽被迫只能把車停在山丘上。我們走下來時，她還想握住我的手臂，但是被我抽開了，我快速衝到她前面，尷尬卻又心滿意足地聽著她在我後面的高跟鞋腳步聲。

但是越是接近入口，我看到人群、電視攝影機和我的同學，大家擁抱在一起，彼此互相安慰。眼前場景讓我瞬間緊張起來，慢下腳步讓媽跟上我。

「好壯觀的場景。」媽倒抽一口氣。面對那些穿著時髦黑色褲裝的女人，脖子上還戴著口香糖大小的珍珠項鍊，媽有意識地蓋住自己巨大的十字架墜飾。儘管在接近正午的明亮陽光底下，上面的假鑽依然色澤黯淡。

「走吧。」媽說道，昂首往前走。她的高跟鞋陷在草地裡，身體往後一傾再回來。幾綹噴了髮膠的頭髮沾到她粉紅色脣蜜，她把頭髮吐掉。「該死。」她嘟囔說道，努力把鞋子從泥巴裡抽出來。

當我們來到群眾旁，幾個同學突然呆住，溼潤的眼睛看著我，瞪得大大地。有幾個甚至走到一邊，讓我最傷心的是，他們並不是面露惡意。他們是真的很緊張。

到目前為止，教會裡面一半都沒坐滿。再過一會應該會全部坐滿，甚至有一些必須坐到外面，在攝影機前。媽和我趕緊進去裡面，在後面找到位置坐下來。媽彎下腰在長凳底下找尋跪墊，找到之後，跪下來，快速在胸前劃個十字架，雙手合十，緊閉雙眼，她那有如塑膠的睫毛都壓到自己臉頰。

有一家四人——女兒萊麗是布萊德利高三生——從左邊要坐進長凳，我推了一下媽，她張開眼睛，知道自己擋住別人的路。

「噢！」媽坐回去，將膝蓋往旁邊移，讓那一家人可以走進來。

他們坐下來，萊麗在我旁邊，我神情肅穆地朝她點一下頭。她是學生會會員，星期一早上的集會，她總是會站在講台上，報告週末洗車活動募了多少錢。她的五官就屬嘴巴最大，微笑的時候，眼睛會整個瞇起來，就像在躲避她的嘴脣。

萊麗點頭回應，大嘴巴的嘴角陷進一邊的臉。我從視角邊緣看到她靠向父親，在他耳邊竊竊私語。像是一種骨牌效應：現在她父親也斜靠向她母親，然後母親再跟妹妹說，妹妹尖聲抱怨。「為什麼？」母親低聲說了什麼，像是一種警告，一種賄賂，不管這個家庭在玩什麼遊戲，緊接著女孩站起來，翻了翻白眼，膝蓋微彎，走出了長凳，其他家人也跟著走出去。

這種情況發生了幾次。同學認出猶大坐在後排，有些根本不必停下腳步，直接走開，有些後來才注意到的就起身換位子。室內長凳很快就坐滿了人，就像在客滿的戲院裡，家人和一群群朋友必須分開坐才能有位子。我觀察每一個進來的人，擔心會看到希拉蕊或狄恩。我知道他們還在醫院，而且必須待上一陣子，但我還是在找尋他們。

「早說我們不該來。」我低聲跟媽說，語帶勝利，她根本不懂。

媽沒有回答，我看著她。她兩邊臉頰有一團粉紅，奮力想浮上來。

最後，終於有些友善的人來了。詢問座位是不是有人預定。「都可以坐。」媽豪爽地說道，活像那是她幫他們留的。

過沒幾分鐘，觀禮的人被迫必須站在教會外面，被空調聲音吵得根本聽不清楚其他聲音。我暗自在心裡確認，參加這場喪禮一半的學生，根本沒跟連恩講過幾句話，從他九月轉到布萊德利之後。奇怪的是，我覺得自己跟他有一種特殊的牽繫。我知道連恩做的事不對，然而在大學新鮮人那年，我卻原諒了他，就在每位新生都必須參加的性侵講座上。

首先是當地警察的專題演講，有個女孩舉手。「所以如果你喝醉了，不管怎樣就是強暴？」

「如果真是這樣，我已經被強暴幾百次了。」一個漂亮的大四生，開口緩和氣氛，當講堂充滿人們的竊笑聲，她很驕傲地說道。「如果妳已經醉到不省人事，根本無力同意，那才是強暴。」

「可是如果我說同意，結果卻醉死了呢？」女孩繼續說。

大四生看著警察。這種狀況總是很微妙。「根據經驗判斷。」警察說：「我們也會這樣跟男性說——你們都知道醉死是什麼樣子。你們很清楚一個人喝太多會怎樣，應該有辦法判斷你同伴的狀況，而不只是可以或不可以。」

我默默乞求那個女孩再問下去。「但萬一對方也醉死了呢？」

「這會是問題。」警察承認道。她給了所有人一個鼓勵的微笑。「盡力而為。」活像在健身房跑了幾英里或怎樣的。

我有時候會思考那件事。心想連恩是不是真有這麼壞。

也許他只是不曉得自己做的事是不對的。通常到了某個時刻，你會突然不再氣任何人了。

我沒參加過貴格教派的追思禮拜，媽也沒有，所以我們在網路上查到，他們並沒什麼儀式。人們只是站起來發表感想，大家想說什麼就說什麼。

很多人站起來說了一些關於連恩的好事，他父母，還有他弟弟，同樣那雙驚恐的藍眼睛，則聚在角落。羅斯先生不時會發出低沉、緩慢的哭吼，逐漸變強，傳到教會建築牆面，穿過管線和通風口傳到外面，於是站在外面的人們紛紛走避，金屬有如麥克風將聲音放大。早在卡黛珊家族在電視上公諸於世之前，我就知道人們隨時可以痛哭流涕，眼淚活像注射進去的源源不絕。原來富裕、超受歡迎的的整形外科醫師羅斯先生，跟那些去找他的狡猾家庭主婦沒兩樣，願意付出一切代價翻轉她們造成的損害，只要能綁住她們的丈夫。

人們起身訴說連恩是個多特別的男孩，多麼有趣、俊俏和聰明，他差點無法克制自己。聰明。現在的父母，總是用這個詞形容自己成績不好的孩子，要不是他們沒有好好發揮，要不就是其實他們並不聰明。在那一刻，我決定不再浪費時間，慢慢找出自己究竟是哪一種。我都要讓它發揮，只要能離開這裡。

※　※　※

追思禮拜結束後，大家魚貫走出教會，三三兩兩的女孩聚在一起哭泣，有三、四個哭得特別厲害，陽光無情地照在她們的金髮上，閃耀炫目。

墓地就在教會左邊，所有人都受邀參加入土儀式。人們在連恩墓地前圍了好幾圈，媽和我坐的地方離門口很近，所以我們站在內圈。當人群聚集，我感覺身旁有個人，然後我就感受到鯊魚黏膩的手正握住我的手，我感激地握回去。

連恩的父親捧著一個銀色瓶子，剛開始我還以為那是要放在連恩墓碑前的花瓶標記，後來我才明白，原來連恩就在那個瓶子裡。我參加喪禮的經驗不多，不過那幾次亡者都是埋在棺材裡。三個禮拜前，連恩還在說他有多痛恨潛艇堡的洋蔥。我無法相信一個還在抱怨洋蔥的人，竟然已經燒成灰燼。

我在對面另一圈看到拉森老師。我偷瞄了媽一眼，確定她沒在看，朝他輕揮一下手。他也輕揮一下回應。他身旁有個美麗的金髮女子。那是惠妮。

當濕濡的草地滿是正式的黑皮鞋，羅斯先生將骨灰罈傳給羅斯太太。你會以為整形醫師的妻子應該也是整形的產物，然而羅斯太太看起來就像一般媽媽。利用寬大的上衣隱藏有點圓的身材。如果她知道連恩那晚在狄恩家的行為，她會怎麼做，如果她知道他帶我去計畫生育中心拿事後避孕丸？不難想像她會嘆口氣說：「噢，連恩。」就像媽對我一樣，失望地看著連恩。

羅斯太太用清晰的口吻說：「這裡即將標記連恩與我們為伴的日子，但我不希望各位覺得要到這裡才能思念連恩。」她將骨灰罈放在胸口。「請將他銘記在心。」她嘴脣鼓起。「不管在哪裡。」羅斯醫生用力將連恩哭泣的弟弟擁入懷中。

羅斯太太退後一步，羅斯醫師一手優雅地抹自己的臉，虛偽地說：「很榮幸當他的父親。」他從妻子手上將骨灰罈拿過來，臉上又變成殘酷的表情，將他長子的骨灰灑在草地上。

※　※　※

我把車上廣播轉到 Y100，媽沒再說任何屁話。經過剛才那一切，她很慶幸有個勇敢的女兒讓她火大。

我們花了一點時間才開出停車場。我聽到有些小孩說要去Minella's吃東西，這也讓我哀悼。我永遠無法加入那些喧鬧的學生，他們會占據兩個位置，店家會翻白眼，卻也暗自開心這些高中生會來吃他們的烤起司三明治。

我們終於開到馬路上，一條蜿蜒的單線道，切入草原馬場，這裡的房子比較舊。我們距離幹線區核心不遠，有一群歷史建築，車道停著豪華奧迪，旁邊則停著傭人開的本田喜美。突然有一道灰色迷霧，模糊了窗外視線。媽看著後照鏡說：「那台車開太近了，真的很糟。」

我眨了眨眼睛，想看清楚遠方，從車子旁的後照鏡看過去。我那時還不會開車，不是很瞭解怎樣叫太靠近，怎樣叫正常。我認出那輛車，黑色Jeep Cherokee。那是足球隊員傑米‧謝里丹的車，佩頓的朋友。

「是有點太近了。」我認同地說。

媽肩膀聳起，採防禦姿態。「我不會超速的。」

我臉頰貼在冰涼的車窗上，再次看著旁邊後照鏡。「他只是想開快車跟朋友炫耀。」

「白痴。」媽喃喃說道。「學校才剛發生那種事，誰也不希望看到更多青少年死在車裡。」

媽繼續依照限速行駛，每隔幾分鐘就會看一下旁邊。「蒂芙妮，他們真的離我們太近了。」她又查看了一次。「妳認識他們嗎？可以跟他們打個信號嗎？」

「媽，我才不要跟他們打信號。」我整個人擠在車門。「拜託。」

「這真的很危險。」媽握著方向盤的指節都變白了。「我要靠邊停，但我怕慢下來，他們萬一——噢！」

傑米的車子從後面撞上我們，媽和我瞬間往前傾。車輪瘋狂打轉，媽的手也一樣，車子往爛泥、滿是坑洞的旁邊衝去。等媽終於穩住車子，踩下煞車，我們已經距離馬路大約九公尺，輪胎陷在爛泥裡。

「該死的混蛋！」媽倒抽一口氣。她發抖的手撫著胸口，然後轉頭看我。「妳還好嗎？」

我還沒告訴她沒有，我不好，媽一掌朝中央副儀表板拍下去。「混蛋！」

※　※　※

家裡有提到我應該考慮轉學。然而一想到要在別的地方重新開始，重新找到我在群體的地位，這一切都讓我只想躺下來，一直睡下去。反正我在布萊德利早已臭名遠播，我很清楚自己的地位，就是好好上課，午休跟鯊魚一起吃飯，然後回家唸書，專心開鑿離開這裡的隧道。媽甚至一度提到要在家教育，不過很快又收回這個想法，因為她說她就是在那段時間懷孕的（「媽。」我哀號道），而不曉得為什麼，我就是有辦法觸動她的心。我們有一種互相的理解，我幾乎要這麼跟她說，不過為了能繼續藉此控制她，我決定不要說出來。

媽告訴學校我要回去，他們便開始阻擋。「我很驚訝。」馬校長說：「蒂芙妮竟然會想回學校，我不能確定這對她是不是正確的決定。」他停頓一下。「我不確定這對我們是不是正確的決定。」

由於罪證不足，警方根本不能起訴我，然而這並不能阻擋輿論的公審。筆記和紀念冊上的胡言亂語、我的筆跡，凶手還把槍拿給我。安妮塔，這個我曾信任的人，評估我對死去的同學並沒有什麼情緒反應，而且我似乎很興奮能回學校上課，因為現在，我的「問題同學」都被消滅了。

最可惡的是來自狄恩的指控，他堅持亞瑟把槍拿給我，叫我殺了他。「我們不是計畫好了嘛。」亞瑟當然沒有說這種話，可是沒有人會去質疑一個受歡迎的六塊肌足球明星，而且還下半身癱瘓，原本擁有燦爛的未來、美好的人生，竟然在剛開始就被剝奪。媒體到處打探消息，靠夭了幾個星期，說這整件事有多可怕，應該把參與這樁悲劇的人全都送上法庭，才能伸張正義。來自全國各地臃腫、鍍金項鍊藏在豐滿乳溝裡的主婦，把藥妝店買來的廉價鮮花放在狄恩家草坪上，然後再回家寫一些錯字連篇的仇恨信件給我：

「妳就等著下被子糟報應吧。」

丹責備馬校長，他說如果學校不讓我回去的話，將面臨比目前正在處理的案件更大的訴訟。有些家長提出訴訟，以佩頓家長為首。舊自助餐廳的灑水系統根本沒有啟動，如果當初啟動的話，火勢就不會蔓延到布倫納波金廳。驗屍官判定佩頓死於吸入過多濃煙，而不是槍傷。若是經過醫療和整型手術，佩頓原本可以過著相對正常的生活。當火勢撲向布倫納波金廳，他還有意識，他受傷的臉吸入所有濃煙，就像熱湯裡的一大塊麵包。我真痛恨自己將他留在那裡，這將成為我永遠的遺憾。

後來狄恩被送往瑞士的寄宿學校，距離一家先進的醫院只有幾英里，他們對於脊椎損傷有專門的實驗療法。目標是為什麼讓他重新站起來，然而並沒有發生。不過狄恩卻在這個事件中找到好的一面。他寫了一本書，《學會飛翔》，成為國際暢銷書，到處演講，結果狄恩成為名人和備受敬重的激勵演說家。我有時會去看他的網頁，首頁上有一張狄恩的相片，坐在輪椅上傾身擁抱一個躺在病床上、沒有血色的光頭孩子。狄恩臉上那噁心虛假的同情，提醒了我，假如亞瑟真的把槍遞給我，說不定我真的下得了手。

希拉蕊也沒有回布萊德利。她父母把她轉到伊利諾州，她父親原本就是來自那裡。我寫過一封信給她，被原封不動退了回來，完全沒有拆封。

以安妮塔的觀點來看，當學校在春季復學時，那些讓我的生活如此悲慘的人全都不見了，這真的很不可思議。隔年，自助餐廳並沒有重建，午休時，我們在課桌上吃午餐。學校叫了很多披薩外賣，沒有一個人抱怨。布萊德利復學第一個月，我每天早上去學校前都會乾嘔。然而我必須建立自己對孤寂的忍受力，這才是重點。孤寂變成我的朋友，我不變的夥伴。我永遠可以倚賴它，而且也只有它能讓我倚賴。

我非常認真達成我在連恩的追思禮拜上所立下的誓言。大三時，我們去了一趟紐約行，造訪觀光客的熱門景點，我後來會很不屑那種行程，像是帝國大廈和自由女神像。有一次，我搭公車撞到一個女人，她穿著俐落的黑色西裝外套和尖頭巫婆鞋。手上拿著一支笨重的手機，壓在耳朵上，黑色提袋掛在手腕上，上頭有金色的 **Prada** 字樣。我一直都很崇拜 **Celine**、**Chloe** 或 **Goyard** 的經典地位，但是我當然認得出 **Prada**。

「抱歉。」我說道，往後退一步。

她迅速朝我點一下頭，完全沒有停止講電話。「樣本必須在星期五出來。」當她的鞋跟用力踩在人行道上，我心想，那個女人絕對不會被傷害。比起擔心中午會不會一個人吃飯，她還有更重要的事要處理。樣本星期五一定要出來。我想著在她忙碌、重要的人生中，還有什麼其他事，雞尾酒派對、私人訓練課程、採購舒爽的埃及綿床單，就是在那一刻，我開始著迷於遊歷在水泥摩天大樓之間。我看到成功可以成為一種保護，而且成功是由可以威嚇手機另一端卑微的人來定義，這個城市恐懼昂貴的有跟鞋，人們讓路只是因為妳看起來比他們更有地位。在某個地方，男人也適用這個定義。

我一定要成為那樣的人，我決定了，而且沒有人可以再傷害我。

第十五章

我通常會一直壓著門鈴，故意氣亞瑟。在叮咚——叮咚——叮咚聲之下，我會聽到他邊抱怨邊過來開門的聲音。「我的天啊，蒂芙。」他會惱怒地說道，終於把門打開。

今天我只是敲門，我不認為自己能忍受那個連續門鈴聲再度響起。

攝影機在我背後，我的胸部在鏡頭前整個膨脹起來。我一天根本吃不到七百卡路里，為什麼胸罩底下還是會有小凸起？究竟為什麼會這樣？

芬勒曼太太打開門。年紀和孤單完全攻占了她，就像戰時的盟軍。你攻占一半，另一半我來。她頭上的白髮從來沒有整理，鬆垮的皮膚將她的嘴角往下拉。芬勒曼太太個子很小，身材瘦弱（亞瑟的體重來自他父親）。像芬勒曼太太這樣天生虛弱又無助的人，竟然要面對這種事，實在是加倍殘酷。果凍般的肌肉、領有福利的法定盲人、經常性的頭痛，讓她更加衰弱，還有鼻竇感染。

大學一年級春季學期，當所有事終於告一段落，生活回歸應有的樣貌，前後差別就像一條超粗的線——大屠殺之前和之後——我收到芬勒曼太太的來信。信紙上的筆跡顯現她的手很不穩定，就像在行進的車上書寫，而且正開在滿是坑洞的馬路上。她希望我知道，她覺得很遺憾，我必須這樣做。她完全不曉得亞瑟心中正醞釀著憤怒和仇恨，對自己孩子——她竟然完全不知道，她不斷嚴厲責備自己。

媽不准我回信，但無論如何我還是回了（「謝謝妳。我絕不會把他做的事怪在妳身上。

我不恨他，甚至有時候還會想念他」）。有一天下午，我注意到她的車不在車道上，於是將那張紙條對折，從她家門底下滑進去。我沒那麼堅強，還無法私底下面對她，我感覺得出來，芬勒曼太太也一樣。

大學畢業後，芬勒曼太太偶爾會寄卡片給我，展開了一段詭異的關係。像是我訂婚消息逐漸披露後，或是她在《女性雜誌》看到一篇喜歡的文章，她還特別把它撕下來。「臉書讓你悲傷嗎？」」，連同一篇《紐約時報》的文章「臉書導致憂鬱」寄給我。她還把兩篇文章的日期圈起來——我的是二〇一一年五月刊出，《紐約時報》的則是二〇一二年二月七日。「妳搶先《紐約時報》。」她寫道。「勇敢的蒂芙妮！」就像老朋友之間的勉勵通信，然而並非如此，因為芬勒曼太太和我並不是朋友。這將是槍擊事件後，我們第一次面對面。

我膽怯地微笑。「嗨，芬勒曼太太。」

芬勒曼太太的臉就像皺巴巴的濕紙巾。我猶疑地往前走一步，她一手瘋狂朝我搧個不停，推開我的擁抱。「我沒事。」她堅持。「我沒事。」

※　※　※

客廳咖啡桌上，相簿和舊報紙疊得高高的。馬克咖啡杯的位置正好改變了泛黃《費城詢問報》上的頭條標題，**警方認為槍手是單獨行動**。芬勒曼太太拿起杯子，頭條上的「不」重新出現，糾正了我真正的命運。

「妳要喝什麼嗎？」芬勒曼太太問道。我知道她只喝綠茶，有一次我翻到她的存貨，當時我正恍惚地到處找尋 Nutella。

「嘿啊。」我很驚訝看到綠茶，亞瑟說道。綠茶對我這種人來說似乎很異國風，媽都喝 Folgers 即溶咖啡。「我媽很反對咖啡。」

「茶就好了。」我告訴她，我痛恨茶。

「真的嗎？」芬勒曼太太笨重的眼鏡從鼻子滑下來，她用食指把它推回去，亞瑟也是這樣做。「我有咖啡。」

「那咖啡好了。」我輕笑一下，鬆了一口氣，芬勒曼太太也一樣。

「各位男士呢？」芬勒曼太太問工作人員。

「拜託，凱瑟琳。」亞倫說道。「就像我之前說的，請假裝我們不在這裡。」在那一刻，我還以為芬勒曼太太又要解釋，我屏息等待，但她只是手一攤，大家也都嚇了一跳。「說得一副我辦得到似的。」她挖苦地笑道。

芬勒曼太太消失在廚房，我聽到櫥櫃開啟又關上的聲音。「要牛奶和糖嗎？」她喊道。

「牛奶就可以了！」我回她。

「又回到這裡有什麼感覺？」亞倫問道。

我環顧屋子，褪色的鳶尾花圖案壁紙，角落還有一台笨重的豎琴。芬勒曼太太以前會彈豎琴，但是現在琴弦裂開，就像需要深層潤髮乳的髮尾分叉。

「怪了。」我一說出來，馬上想起亞倫先前的指示。回答他的問題必須講出完整句子，因為他們會剪掉他的聲音，所以我說的話必須完整才有意義。「回到這裡感覺很奇怪。」

「來了。」芬勒曼太太小心翼翼走回客廳，遞給我一只奇形怪狀的醜馬克杯，感覺好像手做的。我看到底下有刻字：「獻給媽，愛妳的亞瑟，2/14/95」。因為沒有把手，當杯子燙到根本握不住時，我必須不斷左右換手。我輕啜灼熱的一口。「謝謝妳。」

芬勒曼太太在沙發旁邊不敢動。我們一起看向亞倫，祈求他的指示。

亞倫指著我旁邊的空位。「凱瑟琳，妳何不坐在歐妮旁邊？」

芬勒曼太太點頭，喃喃說：「好、好。」她繞過咖啡杯，坐在沙發另一頭。膝蓋對著大門，遠離廚房。我離廚房很近。

「如果妳們能坐近一點，我們會比較好拍。」亞倫對著我們指頭聚攏，表示他的意思。

我朝芬勒曼太太身旁「靠過去」，根本無法看她，不過我想像她臉上應該跟我一樣，掛著禮貌、難為情的微笑。

「好多了。」亞倫說道。

工作人員等我們說話，但是唯一的聲音卻是廚房洗碗機運轉的呼呼聲。

「妳們要不要一起看相簿？」亞倫建議。「談談亞瑟？」

「我還滿想看相簿的。」我試圖開啟話題。

我們兩人像是被程式設定好，芬勒曼太太機械性地傾身向前，拿起一本白色相簿。她揮掉上面薄薄一層灰，弄髒了她的小指邊，又回到壓膜封面上。

她把相簿攤在腿上，芬勒曼太太眨眨眼低頭看著相片中大概三歲的亞瑟。他正在尖叫，手上拿著空冰淇淋甜筒。「這是我們在阿瓦隆。」芬勒曼太太喃喃說道。「一隻海鷗飛下來——」她的手從空中往下揮。「直接把甜筒上的冰淇淋弄掉。」

我微笑。「我們曾經在這裡共吃一桶冰淇淋。」

「我知道他會這樣。」芬勒曼太太用力翻動頁面。「但不知道妳會，妳那麼小一隻。」她的口氣有點惡意。我不曉得該怎麼做，只能假裝沒聽出來。

「噢，這張。」芬勒曼太太下巴都快貼到胸口，深深嘆了口氣，眼裡滿是渴望看著那張相片，亞瑟蹲下來抱一隻黃色拉布拉多，他的臉埋在她奶油般的毛皮。芬勒曼太太敲了敲狗兒的大鼻子。「這是凱西。」她咧嘴微笑。「亞瑟很愛她，她每天晚上都睡在他床上。」

攝影師在我們後面移動，鏡頭拉近聚焦相片。

反光讓我看不清相片，於是我伸手壓住那頁，想調整一下方向。但是芬勒曼太太突然把相簿貼在自己胸口，下巴頂著相本皮革書背。眼淚滾落下來，懸在下巴上。「她死的時候，他還哭了。他哭了，所以他並不是他們說的那樣。他是有感情的。」

他們是怎麼說他的。心理變態、沒有能力感受人類真正情緒、只能模仿從他人身上觀察到的：悔恨、悲傷、同情心。

為了確定哪個人是主謀，他們花了很多時間和精力去拆解亞瑟和班之間的互動關係。理解他們的動機，可以為整個社區帶來平和，獲得的資訊也能避免類似事件發生在其他學校。布萊德利槍擊事件之後，全國最知名的心理學者詳細檢視所有證據——班和亞瑟的日記和他們的學業成績，以及鄰居和家族友人的訪談——所有細節都指向相同結論——亞瑟主導整個事件。

我讓自己的表情發出同情的信號，亞瑟用這種表情看著我好幾次。「妳知道我對他的記憶是什麼嗎？」

芬勒曼太太從咖啡桌上的面紙盒抽了一張面紙，她用力吸鼻子，臉都漲成紫紅色。她將面紙折成一半，再擦一下鼻子。「什麼？」

「我第一天轉進學校，什麼人都不認識，他對我很親切。而且當我被很多人排擠時，他是唯一站在我這邊的人。」

「這就是亞瑟。」他的名字在她口中發抖。「他不是怪物。」

「我知道。」我說道，不確定自己這句話是不是謊言。

我的確相信每個人對亞瑟的描述。但是根據安妮塔・柏金斯博士的官方報告指出，即便是心理變態偶爾還是能顯露真實情緒，發自真心的同情。我寧願相信他對我確實有某些真實情緒，儘管柏金斯博士以海爾式精神病態量表，藉由二十種指標人格特質和行為，偵測出精神病態的可能性，亞瑟的指數根本破表。

亞瑟對我做的那些事，就像一個保護欲強的哥哥，就算在最後一刻，他激動說出來的那些胡言亂語，插在他胸膛的刀柄，與地板完美平行。「我只是想幫忙。」這要不是一種模仿善意的行動，要不就是精心安排、恐怖的操控行為。柏金斯博士寫道，這種心理病態特別善於指出受害者的阿基里斯腱（致命弱點），並從中獲益，以符合他們的目的。只為了達到自己的終極目地，忘記妮爾吧，亞瑟才是我學習的源頭。

班性格抑鬱，還有自殺傾向，他並不像亞瑟一開始就計畫使用暴力，不過他也不反對這個想法。國中時，他和亞瑟就會交換如何擊垮他們那些白痴同學和老師的暴力想像，班一直認為這些都是開玩笑——亞瑟則是在等待時機，一旦有事情觸發，他就會認真看待並付諸實現。

凱兒希・金斯利畢業派對上發生的事，導致他第一次試圖自殺，也就是狄恩和佩頓在樹林裡對班的羞辱霸凌。班在自己手腕留下崎嶇不平的疤痕之後兩個星期，亞瑟去醫院看班，並在日記寫下發動攻擊的想法，他要策動一樁「布萊德利版的哥倫拜事件」。他在日記中寫道，他必須等到護士交班的空隙，才有辦法跟班單獨相處，這讓他覺得很火大。(「把我們當什麼了？他媽的兩個什麼都不會的嬰兒？」)他父親有一把槍，他們軍火庫的第一把武器。亞瑟可以弄到假證件，假裝滿十八歲——他當時看起來就比實際年齡老。網路上就有自製管炸彈的教學，他們很聰明，真的做得出來。直覺告訴他，班已經徹底崩潰，再也回不來了，事實也正是如此。班沒什麼好失去的，因為他本來就想死。如果終究會如此，說不定他也會希望那些欺負他的傢伙付出代價。

媒體推定亞瑟和班的確遭到霸凌——因為個性怪異，因為過胖，因為是同性戀。然而官方報告卻提出一個截然不同的故事，指出此事與霸凌根本無關，只有短期影響。不過他們一致同意亞瑟是同性戀，班卻不是。關於奧莉薇亞說，亞瑟在祕密基地幫班口交的事呢？那是謊言——渴望引起注意，愚蠢的青少年，製造不實八卦，不幸且諷刺的是，這一切只是火上加油。流言激怒、傷害了班，亞瑟將矛頭指向她。「我跟你保證，奧莉薇亞必死。」亞瑟在他的日記寫下，這是他死亡名單上第一個名字。只是亞瑟並不在乎死亡名單，真的不怎麼在意。這場攻擊不光是針對那些折磨他的人，或只是為了報仇，而是為了展現一種蔑視。他是針對那些智力低於他的人，在他心中，這表示每個人都是。他提出死亡名單，只是為了引班上鉤。他的目標是要用他的炸彈殺害整個自助餐廳的人——鯊魚、泰迪，幫他做三明治的貼心午餐阿姨，他喜歡烤牛肉和火腿之間夾起司——

我們全都是可獵捕的目標。他躲在布萊德利三樓廢棄的寢室中，等待炸彈引爆，他就可以下樓享受大屠殺的樂趣，最後再結束自己的性命。反正警察也會射殺他，精神病態患者最糟的惡夢就是被迫交出掌控權。如果他要死，一定要是他自己的決定。當他發現他的土製炸彈只有引爆一顆，只造成「微小」損害，於是他開槍。

柏金斯博士的報告，有一部分對外公開，我開始讀它，突然發現裡面有關於我的描述，我又回去重讀開頭幾段。就好像看到一張相片，卻沒發現自己也在裡面——那個皺著眉頭憤憤不平的女孩是誰？難道她不曉得這會讓她出現雙下巴嗎？轉瞬間，妳突然發現這世上其他人原來是這樣看妳的，因為那個憤憤不平女孩就是妳。

柏金斯博士將亞瑟和班歸類為二元體現象底下的「同伴」，這是一種犯罪學名詞，描述一對殺人共犯互相餵養對方的嗜血性。一個精神病態者（亞瑟）和一個抑鬱症患者（班），那個精神病態者最有可能成為掌控的一方，精神病態者渴望激起暴力欲望，一個急躁魯莽的同伴可以提供這個無價的服務：激起他屠殺的渴望。亞瑟和班計畫這場攻擊六個月，這段時間班幾乎都待在療養院裡，在醫生和護士面前，表演一場他不再有自殺意圖的說服大戲。在此同時，亞瑟找到一個新的啦啦隊，某個可以用她的痛苦和憤怒填補暴力遺缺的角色。這個跟班讓他維持熱度，直到他終於可以讓自己沸騰起來。她沒寫出我的名字，但還會有誰呢。有時候，我會這麼想，若是那次在亞瑟房間，我最後見到他那次，我沒有點燃他的怒火，接下來會發生什麼事。如果他做好準備，將他的計畫告訴我，問我要不要參與，究竟會發生什麼事。

「這張也是在海邊。」芬勒曼太太撫平膠膜上的皺摺。芬勒曼先生坐在海邊長椅上，手臂掛在椅背上，古銅色胸膛布滿凌亂、捲曲的黑色胸毛。亞瑟就在他身旁，站在椅子上指著天空，不曉得在對什麼大喊，芬勒曼太太瘦弱的手臂撐著他的腳，讓他不會跌倒。我很驚訝看到這張相片。

「芬勒曼先生還好嗎？」我委婉地問道。我有一張他和他兒子的合照，永恆銘記他與兒子最親密的一刻，但我還是沒見過這個男人。事情發生後，他出現在幹線區，然後在葬禮過後不久隨即消失。葬禮。當然，殺人者也要被埋葬。芬勒曼太太到處尋找願意主持亞瑟葬禮的拉比，她一個找過一個，卻不斷受到羞辱，遭到拒絕。我不曉得班他家的狀況，沒有人知道。

「喔。」芬勒曼太太說道。「克雷格已經再婚了。」她啜了一口冷茶。

「我不曉得這件事。」我說道。「對不起。」

「是啊。」芬勒曼太太人中沾到一小點茶葉，她並沒有將它擦掉。

「妳知道嗎。」我說：「我也有一張亞瑟和芬勒曼先生的照片。」

客廳突然一片光亮，陽光從雲層透了出來，芬勒曼太太瞳孔縮小。我都忘了她有一雙藍眼睛。「什麼？」

我冒險看了亞倫一眼。他正在指揮麥克風在房間移動，很明顯是因為我丟出的話。我雙手捧著微溫的馬克杯。「我有一張照片……嗯，亞瑟以前把它放在他房間裡。」

「相框是貝殼？」芬勒曼太太想知道。

「亞瑟和他爸爸的合照。」我點頭。「是的。」

芬勒曼太太臉上原先的溫和瞬間消散。即便是她臉上深深的皺紋，也有如窗片般裂開。「妳怎麼會有那張相片？我一直在找它，到處都找不到。」

我知道自己必須說謊，然而在那一刻，就像是有人抹去我心裡的話。我找不到任何話來回答她，卻不會讓她生氣。「我們之前吵架。」我承認。「我拿走了它。這真的很惡劣，我想惹他生氣。」我盯著冷掉的咖啡。「我一直沒機會還他。」

「我希望能拿回來。」她說道。

「當然。」我說道。「我真的很——」芬勒曼太太的尖叫聲打斷了我。

「啊！痛！」她突然把馬克杯往桌上一摔，剩下的混濁黃色茶液浸濕了報紙。「啊啊啊啊！」芬勒曼太太抓著自己的太陽穴，兩隻眼睛緊緊閉上。

「凱瑟琳！」亞倫和我一起大叫。「芬勒曼太太！」

「我的藥。」她呻吟道。「在水槽旁邊。」

亞倫和我衝向廚房。他先衝到水槽旁，將洗碗精和海綿推到一邊。「沒看到！」他喊道。

「浴室！」她痛到咬牙的聲音傳來。

我知道浴室在哪裡，這次我比亞倫先到。一罐橘色處方小藥罐就放在水槽台上，標籤上寫著服用指示：「剛開始疼痛服用一顆。」

「芬勒曼太太，這裡。」我搖出一顆在手上，一名工作人員拿一瓶水給她。她將藥放在舌上，喝水吞下去。

「我的偏頭痛。」她低聲說道。身體前前後後搖擺，雙手抱頭，指甲都變白了，她開始哭泣。「我不知道我怎麼會認為自己做得來。」她緊緊抱著頭。「我根本不應該同意，這實在太難受了，真的太難受了。」

※　※　※

「要我載妳回飯店嗎？」在芬勒曼家車道上，亞倫問道。

我指了指街上。「我自己有車，謝謝。」

亞倫瞇著雙眼，看著房子，在黯淡的夜色下，　傾衰敗。許久前，這間房子也曾美麗明亮過，不過那應該是亞瑟住在這裡前的事。我試圖想像五十年前，來自全國各地的布萊德利女孩曾經看過它的原貌，她們遠道來此接受頂尖教育，然而當丈夫和孩子成為人生第一順位，她們根本用不著這些知識。「比起任何人，我想她一定最不好受。」他說道。「這麼說並不是說妳不會難受。」

我看著樹枝上一片樹葉被風吹落。「沒關係，我也一直這麼認為。其他死去的人，至少還算死得壯烈。」

「壯烈。」亞倫重複這個詞，點頭表示認同。「人們的確喜歡善良的受害人。」

「這是我從未享有的特權。」我皺著眉頭，為自己感到悲哀。「我知道這聽起來很自憐，但我覺得我像是另一種受害者。」我並沒有對亞倫承認這點，但我昨晚坐在安德魯兒時的床上，的確跟他這麼說。當時他父母已經開車前往海邊房子，他們喜歡在星期五晚上出發，車子比較少。就在我們連滾帶爬鑽進他車裡，我建議回旅館前，我可以過去喝一杯再走嗎？體育館的樓梯讓我們氣喘吁吁。安德魯轉過頭回答我，皺著眉頭。

「什麼？」我質問道。

他伸手過來。「妳頭髮有東西。」捏起一些東西，用力一拉，連帶把我幾根頭髮都拔了起來，彷彿連我的思緒都變得模糊，忘卻我的良知。「好像是木屑什麼的，應該是剛才在桌底下沾到的。」

我們在安德魯家廚房喝了伏特加，參觀了屋子，最後來到他的舊臥室，話題又回到路克身上。我再次試圖解釋他對我的意義，他證明了我是個正直的好人。「路克‧哈里遜不會娶一個臭婊子殺人兇手。」我說道。「他修正了我。」我低頭看著自己的手，看著我那耀眼的盔甲。「我只是想被修正。」

安德魯坐在我旁邊，溫暖的大腿貼著我的。有時候在擁擠的地鐵上，我的腿根本無處可躲。紐約客對於這種不情願的身體接觸，通常都會很火大，可是我私底下其實很享受這種感覺，四周身體產生的熱氣，對我有一種撫慰作用，我還可以在陌生人肩頭睡著。「妳有愛過他嗎？」安德魯問道，我眼睛眨了眨，努力抵抗疲勞來襲，想著要怎麼回答他。

我覺得憤怒、痛恨、挫敗和憂傷，就好像是一種有形的布料。這個是絲綢、這個是天鵝絨、這個是舒爽的棉織品。可是我再也無法跟你說，愛路克屬於哪一種質料。我把手伸進安德魯的掌心，看著他將我的婚戒轉一圈。「我太累了，無法回答這個問題。」

安德魯引領我躺下來。幾滴淚水滑落到我的髮線，我用力想呼吸，發出巨大的噪音，卻還是失敗。我實在太緊張，全身發熱，連體溫計都會判定我發高燒無法去上學。安德魯感受我的肌膚，滾燙、不斷冒汗，他起身關燈，開窗時遇到一些阻力。我聽到外頭傳來規律的聲音，好幾秒之後，冷風吹了進來，我感激地顫抖。「涼風也許有點幫助。」安德魯說道。我很想再親他一次，但是他從背後抱住我，巨大的手臂繞在我身上。我腳上還穿著鞋子，睡意卻已襲來，就好像罕見、燦爛，曇花一現的流星雨。

※ ※ ※

通常在特殊情況我們才會到陽明軒吃晚餐，像是除夕、生日之類的。高中畢業典禮之後，媽帶我和鯊魚一起去。爸沒有去，他說全都是「女孩們」，我們可以比較盡興。

在停車場裡，安德魯的BMW卡在兩台休旅車之間，我一打開餐廳大門，過去對這個地方的感覺又回來了，最近幾乎沒有這種感覺了，眼前是一群盛裝的中年父母，空氣中充滿撲鼻香味，又鹹又油的醃菜。宛如我等不及接下來就要發生的事。

離開芬勒曼太太家之後，我打電話跟媽道歉，跟她說我真的沒有心情出去吃晚餐。「我知道今天不好過。」媽說道，比過去二十四小時，路克跟我說的話還要多。他只傳給我一行簡訊，問我一切都好吧。「很順利。」我回覆他這句。他的沉默讓我肆無忌憚。

「晚安。」領檯一看到像我這種人，眼睛開心地到都瞇了起來。「請問有訂位嗎？」

我根本沒有機會回答他。因為我聽到有個高亢的聲音，興奮地喊我的名字，回頭看到媽和阿姨琳蒂。兩人都穿著黑色寬褲，脖子上圍著圖案複雜的絲巾，手鐲互相碰撞發出叮噹聲響。媽媽的豪華晚餐服。

媽和我只是看著對方，我則在心中調製要跟她說的謊言。幸運的是，她後方剛好有個吧檯。太好了，她看不到在遠方角落等我的安德魯。我傳了簡訊給路克之後，再傳了簡訊給他，邀他過來。「利用」我們的訂位。我按下傳送鍵後，底下立刻出現三個點，然後消失。之後又出現了兩次，安德魯才終於回覆。「什麼時候？」

※ ※ ※

「我都不曉得這裡也有外賣。」我們坐下後，媽說道。她翻開菜單。「太好了。」

我撫平腿上的餐巾。「好什麼？他們又不會送到妳手上。」

「太遠了。」琳蒂阿姨抱怨道。她用亞克力指甲在空杯上敲了敲，喝斥正在隔壁桌清潔的服務生。「水呢？」琳蒂阿姨是媽的妹妹。長大後，她比媽苗條又漂亮，但她並未因此比較優雅。不過媽現在居上風，因為琳蒂阿姨的女兒嫁給警察，而她女兒即將嫁給一個華爾街的傢伙。

「琳。」媽說：「相信我，這裡的菜值得開這麼遠的車。」一副她是這裡的常客。

媽決定就算我不來也不取消訂位。其實路克早就留下信用卡資料付了這頓晚餐錢，但我不想假設這是她一定要來的原因。我慌忙找尋藉口，最後決定跟她說，我會過來，但會點外帶回飯店吃。

她跟我說爸不過來時，我喃喃說道。「他真的很不像父親。」媽嘆了口氣，求我不要跟她談這個。

琳蒂阿姨突然大笑。「辣小牛肉餃？」她做了個鬼臉。「聽起來不是很中國菜。」

媽看著我，一副很可憐她的樣子。「這叫做融合菜，琳。」安德魯就站在媽後方遠處，他朝我打手勢。他沿著餐廳邊緣走，往櫃檯和洗手間走去。

「幫我點檸檬香茅蝦好嗎？」我拿起餐巾，丟在桌上。「我要去一下洗手間。」

媽往後坐，幫我把桌子拉開。「妳不需要開胃菜嗎？」

「幫我選個沙拉就好。」我回頭說道。

我先到洗手間找。甚至還推開男仕洗手間，假裝我是要找女仕洗手間。一位留鬍子的父親正在烘手，提醒我搞錯了。我喊了安德魯的名字，離開時還聽見那個男人又重複說了一次，這次語氣憤怒。

媽和琳蒂阿姨都背對著我。於是我匆匆往大門走去。外頭的空氣一點味道也沒有，我甚至不確定自己是不是有在呼吸。夜晚的視線不是很好，我花了點時間才聚焦，然後才看到安德魯靠在他磨損的車身旁，像是一直都在那邊等我的樣子。

我張開雙臂跟他道歉。「她擋住我的視線。」

安德魯離開車子，走到餐廳旁路燈照不到的鷹架底下跟我碰面。他的指頭像巫婆一樣搖了搖。「母親的直覺，就好像她知道妳正面臨什麼不好的事。」

我搖頭大笑，表示他完全錯了。我不喜歡安德魯把我們之間的關係稱為「不好的事」。「才不是，她只是很喜歡可以在陽明軒吃到免費晚餐。」我往後退到餐廳紅磚外牆，安德魯靠上前。

他捧著我的臉，我閉上眼睛。我有可能就在這裡睡著，而且還是站著，他用大拇指撫摸我的雙頰，無味的微風吹起我的頭髮輕拂我臉龐。我雙手放在他手上。「找個地方等我。」我說道。「等一下我再去找你。」

「蒂芙。」他嘆了口氣。「也許這樣就好了。」

我抱緊他，努力讓自己的聲音聽起來很輕鬆。「別這樣。」

安德魯嘆了口氣，雙手從我手下抽出來，握住我的肩膀，就像哥兒們，我心裡稍微裂成碎片。「昨天晚上，我們有可能做出無法挽回的事。」他說道。「但是我們並沒有。也許我們應該到此為止，免得做出後悔的事。」

我搖搖頭，小心翼翼控制自己的音調。「跟你做任何事，我絕不會後悔。」

安德魯將我擁入懷中，我以為自己真的說服了他，直到他說：「也許我會。」

餐廳門突然打開，傳來喧鬧的笑聲。我真的很想大喊，叫全部人他媽的給我閉上狗嘴。當你看到其他人都開開心心時，最難保持冷靜。「我們什麼事都不必做。」我說道，真痛恨自己的語氣聽起來這麼絕望。「我們可以找個地方喝一杯，聊天就好。」

安德魯的心跳聲在我耳邊怦怦吵著。他聞起來像棗子，全身散發出古龍水和緊張的氣息。我感覺到他在我頭頂嘆了口氣。「我跟妳在一起，無法只是跟妳說話，蒂芙妮。」

某處的擋風玻璃終於四分五裂。我知道自己要展開攻擊了，我手肘貼著安德魯的胸膛，用力一推。他沒想到我會這樣，倒抽一口氣，不曉得是風吹的原因，還是純粹嚇了一跳，他踉蹌往後退。「你他媽的當然不能。」我把他推開。「我只是想要一個朋友。但你不過是另一個想跟布萊德利公車有一腿的傢伙。」

安德魯站在街燈下，我看到他整張臉皺在一起，滿是受傷的表情，我立刻就恨自己了。「蒂芙妮。」他試圖解釋。「我的天啊，妳很清楚不是這樣的。我只是希望妳快樂，我一直都是這麼想。可是這個——」他指著我們兩人。「這樣並不會讓妳快樂。」

「噢，比那更好！」我殘酷地大笑。「有個人告訴我，什麼才會讓我快樂。真他媽的就是我需要的。」不要這樣，不要說這些。「我很清楚，好嗎？」我稍微上前一步，直到我們幾乎碰在一起。「我很清楚什麼對自己最好。」

安德魯和善地點點頭。「我知道妳懂。」他抹去我臉上的淚水，但那只是讓我哭得更厲害。這會是他最後一次碰觸我嗎？「那就去做吧。」

我抓住他的手，放在我臉上，決堤的淚水和鼻涕流滿他的手。「我不能，我知道我辦不到。」

餐廳門打開，發出刺耳噪音。一對情侶從安德魯和我之間穿過去，他們飽足、開開心心小跑步走下樓梯。男人在街上等女人，等她追上他，馬上摟著她。她經過我的時候，假裝沒看到我淚眼朦朧，但是我從她表情看得出來她知道，也知道她在想什麼，情侶吵架，好在我們今晚很開心。若是我們真的能成為情侶，我願意犧牲一切，我們會為了安德魯花太多時間在工作上吵架，還有我花太多錢在巴尼斯精品店，不管是在吵什麼，絕不是我們現在真正在吵的。

我們等他們走去開車，聽到車門關上的聲音。先是她的車門，過了幾秒才換他關上車門。他竟然還幫她開車門，我恨他們。

安德魯說：「我絕不是故意要讓妳生氣，蒂芙妮。我實在不願意看到妳這樣。」他兩條手臂往上揮，很氣自己。「是我讓事情失控的，我實在不該這麼做，對不起。」

我也很想跟他說對不起，這也不是我希望發生的事。然而我無法說出口，只說出了更多謊言和藉口。「我想我讓你誤解了路克。」安德魯雙手舉起，試圖阻止我解釋，但我還是繼續說下去。「像我這樣的人很難快樂。這是我最接近快樂的機會，而且這真的是很重要的——」

「我不是有意暗示——」

「所以，你怎麼可以。」我哭到打嗝，實在很丟臉。「覺得。」又打了一個嗝。「我很可憐。」

「我沒有。」安德魯說道。「我從來沒這麼想過，我只是被妳嚇了一跳。妳照顧佩頓，握著佩頓的手，儘管他曾經那樣對妳。妳不曉得自己有多棒，妳應該跟一個能夠欣賞妳的人在一起。」

我將襯衫衣領立起，像是要拿它擦自己的臉，但事實卻不是。我默默啜泣，升起我的保護面具。我聽到安德魯昂貴的皮鞋上前一步的聲音，但是我搖搖頭，沉默地警告他不要靠近。

他站在距離我整整一個身體之外，默默等著，我則忙著把自己的襯衫毀了。現在我根本沒辦法把它還給時尚編輯部了。我必須假裝弄丟了或是怎樣，策畫這個新謊言成了唯一能讓我冷靜下來的事。也是唯一能讓我從裡到外，不再哭泣的事，它給了我力量清了清喉嚨，好不容易冷靜下來。「我媽應該在想我去了那裡。」

安德魯站在人行道上點點頭，就好像他一直在那邊看著我，給我一點隱私。「好。」

至少我好不容易發出了聽來很愉悅聲音道出晚安，再轉頭走上階梯。安德魯在我背後繼續等待，確定我安全進去裡面。反正我也配不上他。

※　※　※

「妳終於出現了！」我擠進兩張桌子間，坐進包廂，媽說道。「我幫妳點了他們最普通的沙拉。」她將酥脆的麵條浸入橘色醬汁咬了一口。「我知道妳正在進行瘋狂節食計畫。」

「謝謝。」我重新將餐巾丟在我腿上。

琳蒂阿姨先看到我的臉。「妳還好嗎？蒂芙。」

「不是很好。」我直接把酥脆麵條丟進嘴裡，並沒有沾任何醬汁，大力咀嚼。「我是說，我一整個下午都跟被我殺死男孩的母親在一起，所以這應該可以解釋我為什麼有點憂鬱。」

「蒂芙妮・法納利。」媽倒抽一口氣。「妳不能這樣跟妳琳蒂阿姨說話。」

「好吧。」我又塞了一些麵條進嘴裡，好想把整碗往喉嚨裡倒，只要能填滿飢餓的憤怒缺口。「那我就這樣跟妳說話。」

「我們是來這裡好好吃一頓晚餐的。」媽怒道。「如果妳執意要毀了這頓飯的話，大可離開。」

「如果我離開，路克的信用卡也會跟著我離開。」我大聲咀嚼，給她一個殘酷的微笑。

媽好不容易維持表面的平和，其實她心底很驚慌，竟然讓琳蒂阿姨看到這種場景。相信我的表姊妹不會像這樣讓自己母親丟臉，畢竟她嫁給一個執法人員。媽回頭看著琳蒂阿姨，感覺全身每一吋骨頭都在尖叫，恨不得像打一隻蛇那樣狠狠打我，她用迪士尼公主那種噁心的甜美語氣說：「可以讓我和蒂芙妮獨處一下嗎？」

琳蒂阿姨似乎很失望錯過這場戲，不過她還是拿起掛在椅背上的包包。「反正我需要去一下洗手間。」

媽等我們再也聽不到琳蒂阿姨，她一邊走身上珠寶一邊叮噹作響，活像該死的遊行樂隊。她撥一下眼前的隱形頭髮，準備開始說教。「蒂芙妮，我知道妳現在壓力很大。」她伸手過來，我馬上把手抽走。媽盯著我手原本放的位置片刻。「妳必須振作起來，妳只差一點點就要失去路克了。」她用拇指和食指做出一公釐的寬度，表示我只差這麼一點點。

她竟然知道這件事，實在太令人驚訝了。驚訝到很可疑。「妳又怎麼知道？」

媽往後一坐，雙臂抱胸。「他打電話給我，他很擔心。他要求我不要告訴妳，可是——」她往前傾，脖子露出青筋。「看到妳今晚的表現，我覺得妳需要知道。」

想到事情有可能再也不是我能掌控的，我沒有安德魯，說不定什麼人都沒有，讓我胸口一緊。我變換一下坐姿，努力不要顯露出真的很擔心的模樣，雖然我確實如此。「他究竟說了什麼？」

「妳不再是妳了，蒂芙妮。妳變得好鬥，充滿敵意。」

我大笑，活像這是我聽過最可笑的事。「我想參加紀錄片，他卻覺得我不應該。他希望我搬到倫敦，要我放棄紐約他媽的時報的機會。」我在媽的怒視下，降低音量。「所以現在是怎樣？為自己挺身而出變成了充滿敵意？」

媽跟我一樣壓低音量。「這跟有沒有敵意一點關係也沒有，懂嗎？重點在妳現在的行為跟當初路克愛上的女孩不是同一個人。」剛才我在外頭跟拉森老師戰鬥時，服務生把水送來了，她啜了一口。「如果妳希望婚禮成真，最好恢復到原來那個妳。」

我們的座位在角落，凶猛的沉默放大整間屋子的歡樂、喧鬧氣氛。我看到琳蒂阿姨正從洗手間出來，準備回座位。我曾經跟她和媽一起去她女兒結婚的寒酸小婚宴公司，那裡的經理炫耀他們「交誼廳」的燈光會隨著駐店 DJ 播放夜店音樂，可以從霓虹粉紅依序變換成綠色到藍色。然後她還吹噓他們的菜單，主菜是每份一百美元的海陸大餐，因為她就只有這麼一個獨生女，所以會不惜巨資。真是可笑，如果我的婚宴籌劃才收取我，嗯，我們這點費用，我會他媽的開心到跳起來。這段記憶讓我覺得口渴，專家說這種感覺有可能暗示你的基本生理需求沒有得到滿足。琳蒂阿姨看著我，表情帶著試探和疑問，我一口喝下我的水，點頭回應她，水裡的冰塊撞到我的牙齒，讓我不禁縮了一下。

※ ※ ※

我付了帳單，媽提醒我要打包。「給爸吃吧。」我慷慨地說道。我跟媽正面對決，而我輸了。「我回飯店也沒地方放這些食物。」

我們走到外面停車場，琳蒂阿姨和媽都說要我幫她們謝謝路克的晚餐。我跟她們說我一定會跟他說。

「什麼時候回曼哈頓？」媽問道，她故意說曼哈頓而不是紐約，以為這樣可以顯示她很懂。

「明天下午。」我說道。「還有一段要拍。」

「嗯。」琳蒂阿姨說道。「好好休息一下，甜心。沒有比睡一頓好覺更好的化妝了。」

我的微笑有如一把刀子，砍進我頭裡。我跟媽點頭道別，想像自己頭頂活像橡果南瓜被依等分俐落切下來，準備作成我那噁心、無麩質的晚餐。我等媽和琳蒂阿姨坐進那台破爛ＢＭＷ。我父母最後一次有錢升級新款是七年前的事。我之前有建議沒那麼浮誇，維修較便宜的車型，媽卻笑著說：「我才不要開本田喜美，蒂芙妮。」對媽來說，成功並不是在《紐約時報雜誌》工作，而是嫁給一個像路克・哈里遜這樣的男人，他可以供得起任何她假裝供得起的東西。

就在媽和琳蒂阿姨緩緩開出停車場，我鼓起勇氣瞥了一眼那台比媽更舊款的ＢＭＷ，在我離開它一小時後，依然在原來那個位置上。

我經過那輛車，假裝沒注意到上面的紐約車牌。車裡突然有些動靜，緊接著尾燈閃一下紅燈向我致意。等我把吉普車門解鎖，安德魯已經離開了。

※　※　※

五年前，布林莫爾學院砍掉祕密基地跟馬路之間的屏障樹林。累積多年的空啤酒罐，瓶口沾滿幾十年前青少年的ＤＮＡ，全部被收集起來資源回收，經過美化之後，擺上野餐桌和鞦韆，中間還有一座端莊的噴泉，變身為美好的公園。星期天早上，我循著他在草地上留下的狹長軌跡走到盡頭，攝影機就在我背後。

他抬頭看著我，我想他現在對每個人都必須這樣。「芬妮。」

我咬著下脣，當我聽到這個名字，努力讓自己維持冷靜，然後才開口說道。「真不敢相信你竟然把我找到這裡，狄恩。」

亞倫催促我坐在長椅上。狄恩和我高度一致，他會比較好拍，而我們之中只有一個人可以讓兩人高度一致。我剛開始還猶豫不決，不過當我發現狄恩低頭盯著地上，羞愧地紅著臉冒汗，我默默同意了。

我們終於坐定，工作人員排列在我們面前，活像他們是行刑隊伍，然而我們都不曉得怎麼開始。這是狄恩要求的會面，是他要求亞倫來問我是不是願意跟他見面。這就是星期五第一天拍攝完之後，我要離開攝影棚他特別走過來跟我說的事。

「他想幹麼？」我當時這樣問亞倫。

「他說他想道歉。把事情解釋清楚。」亞倫看著我，一副這不是很棒嗎？

我知道自己承諾路克不要提到那天晚上的事。我知道我自己說過，我不想提那天晚上的事。但如果狄恩終於有意願承認他們對我做過的事，終於願意證實，我突然明瞭自己一直都在自欺欺人，而且毫無自覺。我當然想談這件事。

我和狄恩現在平視了，我朝他挑起雙眉，充滿期待。我才不要當那個先談起的人。狄恩試圖勾起懷舊心情，這不過表示他還是很蠢。「記得我們在這裡玩得多開心嗎？」他環顧四周，臉上渴望的表情，無意間顯露出一種羞辱。

「我記得你就是在這裡邀我去你家。我記得我去了，還被傳來傳去，活像禮物袋。」太陽從雲層冒出來，我眼睛瞇起。「我記的很清楚，就像昨天才發生。」

狄恩手指抽動一下，就像被電擊到，然後握緊放在腿上。「我真的很抱歉，事情變成那樣。」

「變成怎樣？」我到這裡就是為了這個嗎？得到這種政客式的模糊道歉，迴避實際責任？我雙眼瞇起，處處可見鳥爪皺紋，但我不在乎。「怎麼不說『我很抱歉，在妳十四歲時，趁妳喝的爛醉占妳便宜』？『我很抱歉，在奧莉薇亞家又企圖再做一次，很抱歉甩妳巴』——」

「不要拍這個。」狄恩將輪椅一轉，背對攝影機，他敏捷的動作讓我嚇的說不出話來。攝影師疑惑地看了亞倫一眼。「不要拍這個。」狄恩又說了一次，俐落地緩緩朝他接近。

攝影師還在等亞倫的指示，但他只是站在原地，臉色蒼白、表情茫然。我突然想到，我剛才跟狄恩說的話著實讓他嚇了一大跳。要不是狄恩美化那晚的細節，要不就是亞倫完全沒聽過這件事。他說他想道歉。把事情解釋清楚。我明瞭亞倫根本不曉得狄恩要抱歉什麼。「亞倫？」攝影師問道，亞倫似乎現在才又連上線。他清了清喉嚨說：「納森，停下來。」

我看著狄恩的背，發出尖銳的笑聲。「你究竟想幹麼？狄恩。如果我們連真正發生什麼事都不能談，那有什麼好碰面的？」我起身，這是最簡單有力的武器。

狄恩操作輪椅轉過身來。至少我的障礙不是生理上的，不必一輩子坐在輪椅上度過餘生。年近三十的狄恩並沒有像其他人那樣出現歲月摧殘的痕跡，然而對狄恩來說，這只會讓他覺得更糟，奇怪的是，我瞭解他的心情。他的頭髮依然濃密，上半身還可說是輕巧敏捷。額頭上出現一條受人敬重的皺紋，就像信封封口一樣，不過也只有這條皺紋。永恆被困在輪椅上坐看人生，幾年後，即使在歲月的折騰下變得憔悴凋零，至少不會覺得自己的人生有多可惜。

不出意料，他結婚了，娶了一個超性感正妹，一大早坐在餐桌前就打扮得宜，穿著高跟鞋，擦上厚厚的唇膏。閃亮的唇蜜，我至今仍極力抗拒的東西，媽俗艷的美感標準已經深植在我骨子裡。我看過她上《今日秀》片段——來自南方，宗教狂熱者。說不定不相信婚前性行為，或者除了生育之外任何性行為，這對狄恩來說真是剛剛好。我很確定他再也無法享受《女性雜誌》封面上保證的任何情慾魔力。亞瑟造就了這點。

狄恩回頭跟工作人員確認。「你們沒拍下來，是吧？」

亞倫有點暴躁地說：「你有看到攝影機對著你們嗎？」

於是狄恩說：「可以讓我跟蒂芙妮獨處一下嗎？拜託。」

亞倫看著我，我點頭用嘴型回應「沒事。」

攝影機面對天空，此時雲層又開始翻騰。「我們真的得在下雨前把這段拍完。」

亞倫突然甩頭，指示大家退到一邊。「沒問題的。」

工作人員跟著亞倫離開，他跨大步伐拉開跟我們之間的距離。狄恩等工作人員全都聚集在路邊才回頭面對我。下巴青筋突出，跳兩下又停下來。

「可以坐下嗎？」

「我寧願站著，謝謝。」

狄恩轉動輪椅。「好—吧。」他嘴角突然揚起。「妳要結婚了嗎？」

我的手垂在兩側，剛好就在他的視線前。我第一次忘記我的綠寶石驕傲，忘記它的魔法，變身的威力。我手指攤開，平貼在側面，低頭看著它，每個女孩被問起都會做這個動作。興奮來得如此迅速，感覺像是全新體驗。我就好像凝視著一隻死蟲般看著那玩意。「三星期後。」

「恭喜。」

我把手插進後面口袋。「可以直說你的目的嗎？狄恩。」

「蒂芙，說實話——」

「我現在叫歐妮（Ani）。」

狄恩下唇突出，在他腦子重複這個名字。「蒂芙妮（TifAni）——」

「最後三個字母。」

他唸出我的舊名，感受這個名字。「很美的名字。」他做出結論。

我始終十分平靜，讓他知道他的意見對我來說一點也不重要。天空震顫，一道長雨滴打在狄恩鼻頭。「嗯，首先，我要跟妳道歉。」狄恩說道。「我很久以前就想這麼做了。」他抬頭看著我，有點太熱切了，就像媒體專家教他那樣，道歉時必須這麼做。「我對待妳的方式——」他呼出一口氣，厚唇也跟著振動。「我真的很不應該，我很對不起。」

我閉上眼睛，慢慢鼓起勇氣將痛苦記憶吞下去。舒緩之後，我再次張開眼睛。「可是你不想在鏡頭面前說出來。」

「我會在鏡頭前說出來。」狄恩說道。「我會為對妳的不實指控跟妳道歉。我會說妳伸手去拿槍是為了阻止亞瑟和班——」我張嘴想說話，但狄恩舉起一隻手，指間上戴著自己的銀色婚戒。「蒂芙——歐妮，我是說——不管妳相不相信，可是當時我真的認為妳有涉入。妳想像一下，在我眼裡看來是什麼情形。妳突然這樣跑進來，我又知道妳和亞瑟是朋友，我知道妳一定很氣我，他又要把槍遞給妳，還叫妳結束我的生命，妳甚至還伸手去拿。」

「我根本嚇死了，你也看到我求他饒我一命。」

「我知道，但是我當時腦子一片混亂。」狄恩說道。「我失血過多，同樣嚇得要死。我只知道他要把槍遞給妳，而妳還伸手去拿。那些警察跑來找我，說他們確定妳有參與。我只是很迷惑……而且憤怒。」他意有所指地動一下輪椅。「我很憤怒。可是亞瑟和班已經死了，而妳還活著，所以我把所有憤怒都發洩在妳身上。」

這就是律師丹說的情況，他當時警告過我會這樣。因為真正的壞人已經死了，每個人都在找尋怪罪的目標，而我似乎十分符合這個角色。

我提醒狄恩。「但是我根本沒見過班。」

「我知道。」狄恩說道。「後來我花了一點時間復原，而且開始思考，才明瞭這一切根本跟妳無關。」

「那你為什麼不出面把真相說出來？你知道我一直都會收到那些仇恨信件嗎？來自你的粉絲。」最後那兩個字因怒火而顫抖。

「因為我很憤怒，狄恩說道。「什麼都沒有了，只剩下憤怒，還有怨恨。而妳卻什麼事也沒有。」

我大笑。全部人都如此確定我什麼事也沒有，這一切只能怪自己，誰叫妳演出這場大戲。「不見得。」

狄恩上上下下打量我，不是帶有顏色的眼光。只是一種最明顯的觀察。我身上穿著簡約卻昂貴的衣服，要價美金一百五十元的髮型設計。「妳看起來很好啊。」

狄恩雙腿併攏，膝蓋以下形成一個V字型。我心想他每天早上起床是不是都把它們擺成那樣。又一滴雨打下來，這次更多圓滾滾的雨滴，落在我額頭。「既然如此，我們幹麼私底下說這些？亞倫說你想把事情解釋清楚。」

「我是。」狄恩說道。「我會在鏡頭前把這些全說出來。我會解釋當時我有多迷惑，而且實在太憤怒，以至於沒辦法澄清狀況。我會道歉，而妳會原諒我。」

我怒火中燒。「是嗎？」

「是的。」狄恩說道。「因為妳想洗刷妳的名聲，而我可以幫妳完成。」

「那你又能從中獲得什麼？」

「歐妮，」狄恩雙手搭成尖塔狀。「我的不幸帶給我巨大財富。」

他後方不遠處有一台賓士，司機穿著整齊的制服等待接送狄恩到下一個約會。「你還真是人們的心靈導師呢，狄恩。」

「嘿──」他咯咯笑著。「妳不能怪我善加利用這點吧？」

太陽又出現了。彷彿找到理解，綻放該死的光芒。

「我想我沒辦法。」我說道。

「這還真是美好的巧合。」狄恩身體往前傾。像是很興奮跟我分享他接下來要說的話。「我正在進行的最新一本書，內容正是請求原諒的力量，此時此刻就是計畫的實現。」

我全身僵硬。「真是天註定啊。」

狄恩笑倒在自己毫無作用的跨下。「妳真是犀利，歐妮。妳一直都是如此，希望妳丈夫欣賞這點。」他嘆了口氣。「我妻子實在他媽的蠢。」

「未婚夫。」我糾正他。

狄恩聳了聳肩，像是這一點關係也沒有。「好，未婚夫。」他又回頭查看一下，確保只有我聽得見他要說的話。「這對……我的粉絲……來說是很大的衝擊——」他輕笑一下，像是對我示好。「看到我們達成某種和解。不過我也覺得，人們應該會理解，我為什麼花了這麼長的時間才走到這裡，還有一開始我為什麼會迷惑。我並非故意要毀了妳的名聲，當時我嚴重受創。但是如今，我終於鼓起勇氣承認這件事。不過……呃，換句話說。這些其實都不是藉口，是吧？」他停頓下來，彷彿在考慮是不是要跟我說接下來的事。「我妻子懷孕了，妳知道嗎？」

我面無表情地盯著他。

「我的親生骨肉。」他抬頭看著我，在陰晴不定的天空下瞇著雙眼。「這年頭真的很神奇。」他帶著不可思議的語氣。「只需要進行一個非侵入性手術，實驗室和培養皿，這樣就好了，我是個家庭型的男人，而這也正是我支持者的希望。他們是我的衣食父母，所以我很樂意遵循這個價值，即便孩子……」他做了個鬼臉，同樣的表情我以前做過很多次了。有一刻，他只是端詳眼前的馬路，思索自己即將面對一個永遠無法跟他追逐嬉戲的孩子，無法教他踢足球。他清了清喉嚨，再次看著我。「不過話說回來，我不認為這件事可以說服妳。」

「沒錯。」我同意道。「這實在滿卑鄙的。」

「這是私底下的道歉。」狄恩歪著頭，評估我的表情，補充道。「現在是正式道歉，我真的很對不起。」

我低頭看著他。「我希望你回答一些事。」

狄恩下巴再次收緊。

「你們一開始就計畫好了嗎？那天晚上在你家的事？」

狄恩緊張兮兮的模樣，像是被冒犯一樣。「我們當初就像惡魔，歐妮。沒有計畫。只是——」他又看著空蕩蕩的道路，思考怎麼說下去。「有點像是一種競爭，誰能上新來的女孩。可是當我們回到我房間，我根本不知道連恩做了什麼。直到隔天我才知道發生什麼事。」

我上前一步，震驚到很想逼他把剩餘的祕密全都抖出來。「你不知道連恩做了什麼？」

狄恩瑟縮一下。「不過聽著，我知道佩頓做了什麼。但是我……我不知道，我不認為那有什麼不對。我不知道——」他聳了聳肩。「那對我來說不是性。我當時不懂佩頓和我的行為是不對的。」看著我的表情，他馬上補上。「但我現在知道了。」

太陽又消失了，突然縮回陰鬱的雲層背後。「你現在知道什麼？」

狄恩眉頭皺在一起，活像我是老師，提出了一個很困難的問題，而他很想說出正確答案。「那樣做是不對的。」

「不——」我手指像斜往下的箭頭指著他。「我要你說出來，那究竟是什麼行為。如果要我陪你玩下去，這是我應得的，你們之中終於有一個人能當著我的面說出事實。告訴我，你們對我做了什麼。」

狄恩嘆了口氣，思索我的要求。過了片刻，他承認了。「我們對妳做的事……就是強暴，可以了嗎？」

那個詞就像癌細胞，撕裂我的胃。就像恐怖攻擊、飛機墜毀。我在前半輩子從亞瑟手中死裡逃生，於是所有我害怕的事都將找上門。然而我依舊搖了搖頭。「不，不需要其他那些轉移焦點的話。『這是強暴』——我很清楚這種避重就輕。我希望你說出來，你對我做了什麼。你們對我做了什麼。」

狄恩凝視著地上，隨著他臉上的掙扎逐漸消散，深鎖的眉頭也稍微緩和。「我們強暴妳。」

我摩擦雙脣，感受到美味的金屬味。此刻的我，感受到無比甜美，勝過路克求婚當下。「還有那天晚上在奧莉薇亞家——」

狄恩放棄地點了一下頭，打斷我的話。「我知道，我打了妳。這件事我沒有任何藉口，完全沒有。我只知道當時我認為自己被騙了，是妳誤導了我。這讓我真的很生氣，怒火蒙蔽了我。我至今都還很感謝奧莉薇亞的爸爸阻止了一切，否則，我不曉得會發生……」他停頓下來，因為雨滴驚動了等待的工作人員。

「嘿！哈囉？」亞倫喊道。「如果今天要拍完，我們得趕快。」

※　※　※

天空終於開始宣洩前，我們拍到了畫面。我被收買了嗎？我並不這麼認為。不過那只是因為這些年來，我還是有一些話藏在心裡沒說出來，這也是我暫時放過狄恩的因素。

也許我會懷疑，若是亞瑟來找我，問我要不要參加他的計畫，我會怎麼說，然而我一點也不懷疑，若是亞瑟把槍遞給我，我會怎麼做。因為槍若是到了我手上，我覺得自己說不定會直接轟掉那個操他媽速懶叫的爛老二。下一個才是亞瑟。

第十六章

我的鑰匙圈上有兩把鑰匙，再加上一張紐約運動俱樂部的通行卡，儘管從二〇〇九年我就不是他們的會員。這表示我有百分之五十的機會用正確的鑰匙開門，我不記得自己有拿對過鑰匙。

路克覺得這樣很可愛。他說這就像一種警告，讓他知道我到家了。「這樣我就能及時關掉色情影片。」他開玩笑道。「我看過路克看的色情片——頂著一對巨大的假奶，大叫對、對、對，就是那裡，加上滿身肌肉的白痴，不停在她身上犁田，看起來就跟報稅一樣有趣。路克認為我不喜歡色情片，但我只是不喜歡他看的色情片。我需要看有人痛苦的，痛是好事，痛是無法假裝的。

我用腳推開門。「嗨。」

「嗨。」路克坐在沙發上說道，看著我勉強對他露出笑容。「我想念妳。」

大門在我背後關上，我把袋子一丟。路克展開雙臂。「可以給我一個擁抱嗎？」

「可以幫我一下嗎？」這幾個字卡在我嘴邊，決定不說出來真的需要一點力氣。

我走向路克，整個人蜷縮在他腿上。「喔。」他說道。「妳還好嗎？寶貝。」

我把臉塞進他脖子裡。他身上的味道表示他需要沖澡，不過我一直都喜歡他有點髒。有些人天生就很好聞，路克就是其中之一。他當然是。「我累趴了。」我說道。

「需要我做什麼嗎？」路克問道。「要我怎麼幫妳？」

「我餓了。」我說道。「但不想吃東西。」

「寶貝，妳看起來很美。」

「不。」我說道。「並沒有。」

「嘿。」路克抬起我的下巴，逼我抬起頭看著他。「妳是我見過最美麗的女孩，而且妳將是最美麗的新娘。多吃一個起司漢堡也不會改變這件事的，一百萬個起司漢堡都不會改變。」

現在是提出的好時機，他正在歐妮瘋，最近這種狀況可說少之又少。不過在我開口前，路克的表情變得嚴肅。「對了。」他說：「我有事要跟妳談。」

我就好像坐摩天輪，車子到達頂點又瞬間往下衝。力道的變換讓我全身器官攪在一起，我的下腹不斷震動，彷彿心臟都掉到那裡。媽說對了嗎？

「轉調倫敦的機會來了。」路克說道。

我在腦中重複他的話，試圖調整，試圖確認瞬間墜落又彈起的腎、肺和心臟是什麼樣的感覺，就像在玩彈珠檯，正在瞄準目標。是失望嗎？如釋重負？接受？「喔。」我說道。「喔。」我又說了一次，突然好奇起來。「什麼時候？」

「他們希望我們過年那段期間搬過去，過完年就能開始上班。」

我傾身調整坐姿，變換壓在他身上的重量，這讓路克苦著一張臉。他在我底下移動，試圖找到舒適的位置。「你已經答應了嗎？」

「沒有。」路克說道。「當然沒有，我說我必須先跟妳談談。」

「你什麼時候要回覆他們？」

路克皺眉，思考一下。「我想應該差不多要在一週內回覆吧。」

我感覺得到路克雙腿韌帶緊繃，等待迎接我的崩潰。我瞬間瞭解保持冷靜才能發揮我的影響力。接受代表我會傷心，然而另一個選項卻讓我恐懼，而我實在厭倦恐懼了。「我必須跟蘿蘿談談。」我說，想像在她辦公室面談，她那張化學冷靜臉孔，根本無法表達她認為我做出大錯特錯的決定。「說不定她能在英國版幫我找到工作。」

路克露出微笑，一臉驚訝。「我相信她一定可以的。」他慷慨地補上一句。「她愛死妳了。」

我點頭，一個順從的歐妮。我玩弄他襯衫的扣子說：「其實我也有話要跟你說。」

路克的金色眉毛抽動一下。

「紀錄片公司想拍攝婚禮。」我在路克能打斷我的話反對前，馬上接下去。「他們只是覺得我的故事很感人，而且他們還提出可以幫我們製作婚禮錄影帶，這還滿酷的，當然是免費的。」白人喜歡偶然的免費好處。

狄恩操縱輪椅爬上斜坡，進入他私人汽車的無障礙座位後，亞倫來到我面前。我一直都表現地很勇敢、毫無畏懼。當他發表對我的敬意，我不禁覺得難為情。「妳真的可以說是某種悲劇英雄。」亞倫說道。「我想若是能以你的婚禮作為電影的結束，一定很有力量。經過了這麼久，妳終於有了幸福結局，這是妳應得的。」

我沒有反對，這是比較簡單的結局。

我知道就在我告訴亞倫，我必須跟路克討論這個想法同時，路克也正跟公司合夥人說他必須跟我討論倫敦的事，我們兩人都有自己想要的東西，但只有另一個人能幫對方完成。我心想路克是否離開他的會議，踏著自信的腳步，想像公司配給我們光鮮亮麗的現代公寓，將這個劇本中可能的掃興元素全都清除，也就是我。他說不定還會想，要說服她根本不是問題，對一個人生在失敗中輪迴的人來說，還能怎樣。

我跟亞倫的會談卻有截然不同的結果。我等到獨自坐在吉普車上才做出反應。我們的吉普車，我冷酷地提醒自己。我緊緊抓著方向盤，用力到牙齒都在打顫，然後趴在中控台上痛哭，將自己的絕望全都發洩在散發些微惡臭的皮革上，感覺像是很久以前，路克某個朋友把啤酒潑在上面，而且根本沒有清理。

路克抓了抓頸背往內生長的汗毛。「免費的？」

這似乎是贊同的意思，買家突然有種後悔的感覺。為什麼不叫他拒絕？為什麼不跟他吵架，哭著說：「我辦不到。」這次一定要說真話？我提高音量，蓋過那個可能性。「免費的。而且你知道，他們是專家，非常專業。」

路克盯著電視上頭空蕩蕩的白色牆壁，思索著。我一直想到布魯克林跳蚤市場去找「怪異有趣」的東西掛在上面。「但是我真的很討厭我們的婚禮出現在那部紀錄片上。」

「只會在最後放幾分鐘而已。」我說道，準備好一套謊言。「我們有最後剪輯權。」

路克搖頭晃腦，思考著。「妳信任他們？」

我點頭，表示無論如何我還是這麼認為的。我決定不再輕視亞倫之後，他讓我很訝異。「沒錯，我信任他們。」

路克頭往後傾，頭的重量讓棕色皮革沙發陷下去。這組沙發是路克父母買給我們的。我從和妮爾共享上頭有健怡可樂和披薩汙漬的沙發床到這組沙發，這皮革摸起來就像奶油，媽第一次來拜訪我們時說過，法式指甲摸著它們奶油般的表面。有時轉變似乎來得太快、太激進。應該要有過渡期，而我卻直接跳過，似乎不太公平了。就好像我後來將因此受到懲罰。

「路克。」我的淚水終於決堤，從我駕著吉普開上西部公路就在醞釀，轉瞬間，隨著從西村變成翠貝卡，一種迷失的驚恐有如滾雪球般越來越嚴重，我要去的地方不再是家。「這週末整體來說真的很棒。我第一次有那種感覺，所有人都站在我這邊，真的。狄恩站在我這邊。我見到了狄恩，我認為他們想——」

「妳見了狄恩？」路克的頭突然抬起。我盯著沙發，他的頭在沙發留下明顯凹痕。「我以為妳並沒有要談他的事。」路克憤怒地咬著大拇指。「我就知道那些製作人根本想操控妳。」他把口水抹在自己襯衫上，一拳用力打在大腿。「我就知道應該要陪妳去。」

一種刺痛的感覺，有如電擊般竄過我背脊。我這輩子從沒想過自己需要幫狄恩・巴頓說話。「我見狄恩是因為我想見狄恩。」我怒道。「不要緊張，我們沒有談到強暴的事。」

那兩個字冷酷地阻止了路克，我從未大聲說出來，從未對任何人說過。

「他改變了說法。」我說道，緊接著是讓人不舒服的沉默，證實我一直以來對路克的懷疑：他根本不認為那是強暴。他覺得那只是不幸的意外，因為一群精蟲沖腦的屁孩混在一起喝多了。「他不再覺得我跟事件有關聯。」我突然想起那張相片，我答應要還給芬勒曼太太，我兩條腿從沙發扶手上放下來，起身朝角落書架走去。我蹲在書架底下找尋收藏布萊德利物品的資料夾——新聞剪報、告別式紀念卡片、亞瑟和他父親在單調的澤西海邊歡笑的相片，相框貼著粉彩貝殼，銘記這份記憶。

「他說的？」路克在我背後說道。

我搖了搖資料夾，試圖找出那張相片。「他親口告訴我的。他在鏡頭前，為他說過的那些話跟我道歉。」

路克隔著咖啡桌看我究竟在做什麼。「妳在找什麼？」

「那張相片。」我說道。「亞瑟和他爸的合照。我答應芬勒曼太太要還她。」我將所有東西倒在地板上。「不在這裡。」我把所有東西再翻找一次。「什麼鬼？」

「說不定妳把它放在別處，忘記了。」路克說道，突然一副熱心的樣子。「慢慢找，會出現的。」

「不可能，我根本沒動過它。」我一條腿放在另一隻上，坐在硬木地板上。

「嗨。」路克從沙發上起身，發出像是撕下貼紙的聲音。我感覺到他的手放在我背上，蹲在我身旁，幫我把資料全都收起來。「會出現的。像這種東西，通常都會在你沒在找它時突然出現。」

我看著他將我的悲劇整齊好，臉上的關心讓我鼓起勇氣再問一次。「亞倫瞭解讓攝影機進入我們婚禮還滿突兀的，他會裝得像一般影片製作人。」

路克將資料夾闔上。「我只是不想在婚禮上看到一整個攝影團隊。」

我搖搖頭，伸出兩根指頭。「就這樣，一共只會出現兩個人。」

「兩個人？」

「我也是這樣跟他們說。」看，路克，我們的想法一致。「他們承諾只會出現兩個人。大家只會當他們是一般影片製作人，沒有人會看得出差別。」我沒提到大家都必須簽署權利讓與書，我只想先得到他的同意。

路克在大腿上把那一大堆證據收好。「這麼做會讓妳開心，是吧？」

我需要一點眼淚，不過只要讓我淚光閃閃就好，不要流下臉頰——那樣就過度了。

「這會讓我非常開心。」我沙啞地說道。

路克頭垂到胸膛，嘆了口氣。

「那就這麼做吧。」

我一把抱住他。「我現在就想吃起司漢堡。」

適時耍可愛，古怪歐妮風，因為路克笑了。

※　※　※

「妳真的太誇張了。」我一踏進市中心莎莉・赫什伯格沙龍，妮爾說道。「他媽的快吃點東西。」

我選擇把這句話當笑話，在她面前小轉一圈，接待室咖啡桌上放著一疊雜誌，妮爾只是拿起最上面皺皺那本，瞪著封面上的布蕾克・萊佛莉，我受傷地在她身旁坐下。櫃檯後坐著一個還沒到青春期的模特兒，她問我要不要咖啡。「拿鐵。」我說道。

「脫脂牛奶？」她問道。

「全脂。」

「那不算食物。」妮爾喃喃說道。

我的髮型設計師出現在我們面前。「噢我的天啊啊。」魯本雙手貼著臉頰，就像麥考利克金在《小鬼當家》那樣。「妳的顴骨出現了。」

「不要鼓勵她。」妮爾翻開《W》，用力過猛，撕下了大半頁。妮爾和我不談這個，完全不。

「噢，拜託。」魯本朝她甩了甩手。「這是她的婚禮。我們可不能有一隻他媽的殺人鯨走紅毯。」他伸手扶我。「來吧，美人。」

魯本說我應該試試碧姬・芭杜的大蓬髮，因為我現在臉很瘦。「小豬臉可不適合。」他開始幫我整頭上髮捲。「這可以讓頭髮看起來更豐厚。」魯本從來沒有建議我碧姬・芭杜髮型，直到我瘦到四十七點五公斤。

媽說她實在不懂，我為什麼要在紐約做頭髮，反正一遇到南塔克特的濕氣，還不是又要重來。我告訴魯本，他冷哼一聲。「妳媽媽什麼都不懂。」

路克這禮拜稍早已經前往南塔克特，不過我在《女性雜誌》可沒相同自由度。當我要求星期五請假，再加上兩個禮拜蜜月假，編輯管理部駁回。後來還是蘿蘿出面才成功。她認同我的蜜月選擇——八天在馬爾地夫，三天在巴黎。我還沒跟她說倫敦的事，儘管路克已經回覆公司合夥人，答案是要去。

「太棒了。」她說道。「而且妳知道，馬爾地夫正在下沉。所以趕緊去吧、去吧，免得太遲。」

魯本頂著一顆古銅色禿頭，眼鏡架在優雅的鼻子尾端。他從來不會像亞瑟那樣把眼鏡推上去。只是從玳瑁鏡框上方斜往下看，一手拿著圓梳，一邊梳理我的頭髮，抓起一綹頭髮扭轉直到尾端像聖誕禮物緞帶那樣捲曲充滿彈性。

妮爾瞄了一眼手錶。她二十分鐘前還拿著我的拿鐵晃來晃去，然後把它遞給我，臉上掛著一點點抱歉的微笑。我猜她知道我會度過難關，所以也沒必要再懲罰我。「快十一點了。」她說道。我們的班機兩點從甘迺迪機場起飛，而且我們還得回我公寓拿行李。

魯本在我頭髮使用一些美髮用品，脫掉我身上的黑色袍子，用力親了我頭頂一下。「我要看照片。」他說道。「妳會是最美麗的新娘。」他雙手放在心上，我從鏡子看到他眼淚流下來。「噢！」他哭道。「最美麗的新娘。」

※　※　※

妮爾和我開始朝我公寓進攻，把外套和雨傘的水抖掉。我們到市中心就開始下雨了，現在很難叫到計程車。

「說真的。」妮爾說道。「我們真的得走了。」

我正在翻冰箱，把接下來兩週會腐敗的食物全都丟掉。

「我知道。」我說道。「但我還是必須把這些東西丟掉。我可不想回到發臭的公寓。那會讓我抓狂。」

「你們的垃圾間在哪？」妮爾雙手拿著垃圾袋。「我來處理，妳趕緊拿好行李。」

大門在妮爾身後關上，剩下我一個人。我跪下來，把手伸進我們放在水槽櫥櫃底下的清潔用品，找到一盒乾淨垃圾袋，拿出來時，碰到了那排瓶罐，似乎有什麼東西掉下散了出來。看起來像一團海綿綠不明物體，直到像洩完氣的瓦斯，全部吐了出來，默默倒在一旁。我把它捏起來，仔細端詳，心想妮爾還要多久才會回來，看到我坐在地上，全身發抖，活像一隻濕淋淋的落水狗。

※　※　※

「我第一次聽到歐妮這個名字是二〇一一年十一月六日，我弟弟寄給我一封電子郵件。」葛蘭特發表這段談話時，兩手焦躁地靠近自己的臉，才能看清楚講稿。「『感恩節我會帶一個女孩回家，』他說。『她的名字發音是「歐妮」，不是「安妮」。唸錯的話，我會殺了你。』」

所有人都開心地笑了。噢，這些哈里遜男孩。

葛蘭特瞄了一眼雙手捧著的紙條。「我想當兩個人註定要在一起，你會看到他們在一起會比單獨生活幸福。」

底下發出同意的聲音。

「歐妮是我見過最貼心的女孩，不過說句老實話，她是個怪咖。」這句話又引發一連串笑聲，這句話應該不會像以前那樣讓我驚訝。那不就是我精心為路克設計的個性嗎？可愛的古怪？還能時不時用犀利言語讓他維持警覺，這算是額外小小的紅利吧？「我知道我弟弟就是愛她這點，我們就是愛她這樣。」

我看著妮爾。她用嘴型說「他見過最貼心的女孩？」翻了翻白眼。我回過頭看著我未來大伯，希望沒有其他人看到。

「現在換來說我弟弟。」葛蘭特笑道，大家也笑了。他們知道他也準備了一些好話。

「嗯，沒什麼人能跟得上我弟弟的腳步。他就是那種最後一個離開酒吧，一大早還是第一個跑去衝浪的人。等你到了那裡，他已經衝了一個小時了，而且他總是要比你多待一個小時，你心想，老兄，要我在凌晨三點喝一杯尊美醇威士忌，我真的沒辦法。」葛蘭特手撫著額頭，一副頭痛的樣子。「妳竟然能忍受這個，祝福妳，安妮，抱歉，歐妮。」現在笑聲開到最大了，我用海克力士的無窮神力才能擠出笑容，加入大家。

葛蘭特耐心等待大家安靜下來。他臉上的笑容吃了他大半張臉，繼續說下去。事情進行的很順利。「但這就是路克和歐妮最棒的部分，他們不必「忍受」彼此。他們無條件愛著對方，擁有超人的能量，克服所有一切。」

路克找到我的手，指頭像爪子纏住我的指頭，就好像麻痺到骨子裡了。他將我的手拉到他腿上，我全身就快爆裂。另一個我，正在為廚房的發現擾動沸騰。我離開紐約就隱藏情緒，思索要怎麼處理、要怎麼演這齣戲。在飛機上，妮爾一路糾纏我。「拜託，究竟發生什麼事了?」「妳知道我有多討厭坐飛機。」我看著窗外說道。

「我弟弟需要像歐妮這樣的人。一個能讓他知道真實和人生的人。家庭、小孩和穩定。」他微笑看著我。「她就是。」

我用肩膀摩擦臉頰，不存在的癢。

「而在某種程度上，歐妮也需要像我弟弟這種人。可以做她堅強的後盾，當她開始暴衝，有個人能讓她鎮靜下來——」他刻意強調那兩個字，有一種強烈的敵意，甚至還朝路克會意地眨一下眼睛。「就在她失控的時候。」當她開始暴衝，我終於理解了，彷彿整個人從身體抽離出來，瞬間一切變得清晰，路克跟他哥哥和朋友一起喝著啤酒，嘲笑著我。我甚至能聽到他說：「她真的很不可理喻。」原來他一直在取笑我，取笑我偏執的驚恐、取笑我那愚蠢、牢不可破的恐懼症，殘酷的事實全都無情揭露出來，我身體每一吋都在痛。

「我好興奮想看看兩人會過著什麼樣的生活。」葛蘭特說道，歡欣的語氣搭配我瞬間做出的決定，格外刺耳，最終且驚人的決定。「當然，最重要的是，可以到他們超棒的倫敦公寓大鬧一場了。」大家全都笑了。「還有，歐妮，什麼時候會有小哈里遜啊，至少我們都知道路克對凌晨三點渴(註64)並不陌生喔——」更多的笑聲，膽汁在我喉嚨沸騰。我吞了下去，朝葛蘭特和其他人舉杯。「相互扶持。」

「相互扶持。」我也加入大家的歡呼。眾人撞杯慶賀，發出清脆聲響——不！不！不！我一口飲下我的香檳。儘管憤怒已在頂端凝結。

路克靠過來吻我。「妳讓我好開心，寶貝。」我用盡全身力氣戴上微笑。有人拍了拍路克肩膀，他回頭跟對方開始聊蜜月的事。我手放在他膝蓋上——有趣，這將是我最後一次這樣碰他——說：「我要去洗手間。」

我艱難地穿過屋子，到處都是歡樂氣氛。「哈囉、哈囉、嗨。」「妳真美！」「謝謝！」「恭喜！」「謝謝！」「嗨，哈囉，嗨。」「好開心見到你」好開心，我什麼時候開始說出這麼恐怖的話？

64　飢渴的雙關語。

婚禮籌劃在Topper's（南塔克特的庭園景觀餐廳）後面架設單一隔間洗手間，這場彩排晚餐，餐廳收取我們三萬美金。「通常是工作人員使用。」她說道。「不過如果今晚妳和路克需要點隱私，也可以使用。」她單眼眨一下，我驚恐地瞪著她。

我鎖上廁所門。頭頂沒有燈，只有檯子上一盞瓷器檯燈，燈光發出朦朧金黃色光芒，我就像置身老電影。我平靜、小心翼翼將馬桶蓋放下，就好像這是教堂長椅。我坐下來，洋裝裙子收集了每個曾坐在這裡的新娘DNA，我身上這件Milly洋裝是零號，我再也不可能瘦到可以穿下這件。

我打開Bottega Veneta手拿包，蓋子打到我的鼻子。我一直找，終於找到綠色貝殼粗糙、褪色的材質，就在我指間。

過了一會我聽到敲門聲。我嘆了口氣，站起來——上場了，準備好了嗎？——門稍微開一小縫，只露出眼睛、鼻子和嘴巴，是妮爾。外面的燈光完全不一樣。

她微笑，嘴角從狹窄的臉型消失。「在幹麼啊？」

我沒有說話。妮爾鑽進門裡，用拇指抹去一滴黑色眼淚。

「剛那是怎樣？」她說道。「妳是葛蘭特見過最貼心的女孩？這裡真的有人認識妳嗎？」

我大笑。而且還是笑到流眼淚那種恐怖大笑，像是要把胸腔所有的痰都搖出來。

「妳想做什麼？」妮爾問道。

她耐心聽完我說的話，低聲吹一下口哨。「這場爛戲是要怎麼演下去。」

※ ※ ※

南塔克特氣溫顛倒，冷空氣困在熱氣底下。所以才會經常起霧，灰女士，籠罩整座島，即使天氣晴朗、萬里無雲。

當然只要在渡船口看得到船，今天就是晴朗天氣。你會很期待看到湛藍天空高掛大地之上，清新、明亮宛如投影機螢幕上的保護圖片，結果你一回頭，發現背後只是朦朧無力的薄霧牆。妮爾突然出現在我身旁，把冰涼的啤酒塞進我手裡。

「租車行應該就在港口再過去，有段距離。」她說道。

啤酒從瓶口緩緩流出來。「沒錯。」我用手背抹一下嘴。「就在那裡。」

「妳確定不坐飛機？」

「我現在無法忍受飛行。」我說道。

妮爾背倚著船欄杆。「所以妳什麼時候要問？」

我單手遮住眼睛，端詳著她。「問什麼？」

「妳可以搬來跟我同住，等妳安頓下來。」她微笑道。在灰色迷霧下，她的牙齒特別明亮，幾乎看不見。「就像二〇〇七年，回到過去。只是這次沒有老鼠。」

我在洗手間門口請妮爾幫我做一件事，幾分鐘後，路克用Prada樂福鞋推開門。「歐妮？妳還好嗎？我找不到金柏莉，幻燈片秀的音樂不——」

他一看到我指間的貝殼，表情馬上沉了下來，變得完全不一樣。我甚至沒有等他鎖上門就問。「你把亞瑟和他爸的合照怎麼了？」

路克轉身緩緩將門關上，感覺像是只要能拖延接下來要發生的事，怎樣都好。「妳已經很生氣了，我不想讓妳更生氣。」

「路克，現在就告訴我，否則我要——」

「好。」他雙手朝我推過來。「好。」

「那個週末約翰來紐約，他帶了古柯鹼。我跟他說這太蠢了，妳知道我對那些東西的想法。」路克意有所指地看著我，活像他對毒品的批評可以赦免自己做的事。

「他未婚妻也想吸。我們回公寓時，他需要一張照片，我不知道那玩意怎麼運作，但他說他們通常會在鏡子或是表框相片上吸。」

「所以你就把亞瑟和他爸的照片拿給他們。」

「我不想拿我們的相片給他啊！」路克說道，活像他只有兩個選擇，活像我們沒有好幾百張相片，公寓裡到處都是我們跟那些討人厭的拍照狂朋友的相片。

「然後發生什麼事？」

「有人把它翻倒了。」路克模仿這樁犯罪，一手在空中揮了一下。「結果就破了，我就把它扔了。」

我在他臉上找尋一絲後悔。「連同相片？」

「如果妳看到那張相片沒有那個白痴相框，就會知道發生了什麼事。妳……妳對這類事那麼敏感，一定會抓狂。」路克雙手放在胸膛，活像需要保護自己，怕我會對他怎樣。

「我只是覺得這樣比較好，對妳也比較好。不要沉浸過去。更何況妳幹麼留著那種東西？」他抖了一下，繼續說。「真的讓人很毛，歐妮。」

我捧著那塊貝殼放在大腿上，小心翼翼彷彿那是一隻受傷的幼鳥。「我真不敢相信你會這樣做。」

路克跪在我面前，就像那天跟我求婚時那樣，我一直覺得那是我人生最快樂的一天。他試圖抹去從我臉頰流下來的睫毛膏，我避開了他。「對不起，歐妮——」即便這樣，他還是努力讓自己聽起來像受害者，聖路克竟然必須忍受我，為我的情緒不穩、我的怪咖風、我的病態精神病。「拜託，不要讓這件事毀了今晚。」

路克的朋友在外面，其中一個對另一個大喊你是他媽的娘娘腔。我握著那片貝殼，彷彿那是顆壓力球。我握緊它，聽到了裂開的聲音。「這個不會毀了今晚。」我讓他抹去一滴眼淚，這是他最後一次碰我。然後我告訴他，接下來會發生什麼事。

第十七章

噢，真是一團亂。哈里遜家、我父母、妮爾、路克，以及所有不同陣線聯盟，全都在爭取對個別最有利的情況。最後是妮爾決定叫一輛計程車，帶我回哈里遜家，我會在其他家人回家前，先收拾好行李，我們會去住旅館，隔天早上就離開。哈里遜太太跟我討論接下來的安排，表情很奇怪，混雜著憤怒和同情，她只是就事論事，就跟她往常一樣。

媽根本看也不看我一眼。

從現在開始，只剩下法納利家族的感恩節和聖誕節。每年媽都會把假樹靠在牆上，上面還有假結霜，掛上七彩燈，只有這樣。唯一喝的就是很酸的黃尾袋鼠喜若紅酒。我已經準備好要這麼過了，準備好了。

※　※　※

我完全不記得坐車回哈里遜家的過程，包括打包，入住碼頭旁的三星旅館。妮爾的藥丸將這些記憶掃去。

等我們把門打開，進入超大房間，已經過了午夜。我肚子拱成漂亮的弓式，找到了電話，迷迷糊糊撥了客房服務。「晚安。」只有電話錄音奚落我。「客房服務從早上八點到晚上十一點。免費早餐開始的時間是——」

「沒了。」我試圖把話筒放回話座，卻整個掉在地上，一動也不動，硬邦邦如死屍。

「我好餓！」我哭喊著。

「好好好，怪咖。」妮爾就像腳下有輪子一樣移動。輕巧、優雅、充滿決心。她正在跟櫃檯講電話，氣勢十足提出要求。她點了烤起司三明治、雞塊、薯條、冰淇淋三明治。我把它們全都吃光。我想我邊嚼著薯條邊睡著了。睡眠就像一片夜之海，我不斷試圖把頭從水裡伸出來呼吸，直到妮爾的藥丸把我拉回水裡。於是我睡著了、我睡著了。

※　※　※

我也毀了自己在紀錄片中的故事。差不多就在我做出這個「將讓我後悔一輩子」（媽說的）的決定，差不多一個月後，我跟亞倫碰面，我們約在距離洛克菲勒中心幾條街，往東的一間小型錄音室。

我也換工作了。我現在是《Glow》雜誌的專題主編。官位很大，不過這個品牌完全不能跟《女性雜誌》相提並論。當然也沒有《紐約時報雜誌》的威望，蘿蘿提醒我，我們就快成功了，她真不敢相信我會放棄。

「他們提出的薪資多出三萬美金。」我伸出什麼都沒戴的手指。「我需要這筆錢，我欠很多人很多錢，沒辦法等了。」

「我實在厭惡竟然要失去妳。」她終於做出結論。「不過我瞭解。」我整理辦公桌那天，她跟我說，有一天我的名字會重新登上她的版權頁。我哭了出來，她說：「還記得妳寫過一篇文章，關於在辦公室哭對事業有多傷嗎？」她朝我眨一下眼睛，隨即大步朝走廊走去，對著數位主編大吼，趕緊把封面文案字數給她。

我以為自己會十分痛恨指頭上少了有如魔法般的象徵重量，有了它，所有人都不敢惹我，因為我完成了人生每一樣目標。若說我一點也不想念那只綠寶石邪惡的光芒，那是騙人的，不過我以為我會非常介意，結果其實還好。如果有個男人邀我共進晚餐，我希望他愛上的是貨真價實的我，就像葛蘭特和其他這麼多人相信路克是這樣對我的。也許他不會害怕我的刺蝟個性，不害怕我是怪咖，也許他會透過我帶刺的鬃毛，看到其中的甜美。他會瞭解超越並非絕口不提，不為此傷心痛哭。

※　※　※

「記得要怎麼做吧？」亞倫問道。

「報出名字和影片上映時的年齡，還有攻擊事件發生時的年齡。」上一次，我在鏡頭前介紹自己是歐妮・哈里遜，當時我真的如釋重負，因為等紀錄片上映，我就會合法擁有這個名字。我必須再拍一次，糾正錯誤，穿上跟第一次在鏡頭前留下永恆一刻，講述我的故事相同的服裝。所有鏡頭將會接在一起，才能以單一鏡頭呈現出來。完全看不出來我的過去和現在已經有如經歷一場大地震的板塊構造那樣互相碰撞，出現了裂縫，重塑我的人生歷程。我不能再跟《女性雜誌》借那些衣服，而且就算要去買也不便宜。

亞倫朝我伸出粗短的大拇指，並對他的助理點一下頭。我現在看到這個手勢的真實涵義——貼心，絕沒有拍馬討好之意。

就在我應該去渡蜜月，正在沙灘上享受陽光時，我接到亞倫的電話，這通電話改變了一切。

「妳是對的。」他說道。

我正在長長的隊伍中等待咖啡，但是我放棄位置，走到外面，為了隱私，我窩在小巷子裡。

「我正在看影片。妳和狄恩都別了隱藏式麥克風，攝影機把你們對話全都錄下來了。」

我把話筒貼近耳朵，勝利地呼出一口悠長的氣。聽到狄恩終於說出「強暴」這個詞，對我有正面的影響力，真的就是一種治療。不過那並非我叫他說出來的唯一因素，我經常上《今日秀》，所以很清楚如果你戴著隱藏式麥克風，攝影機幾乎可以錄下任何對話——嘲諷主持人莎凡娜那件愚蠢的粉紅洋裝，還有上鏡頭前，緊張地去洗手間尿尿的對話。狄恩應該也知道，畢竟他現在是名流。雖然我並不確定，是不是會發生什麼事，自己要怎麼面對他的招認，但我真的希望會，所以為了以防萬一，我決定挑戰路克，談論那天晚上的事。現在再也沒有哈里遜的名聲會被玷汙的問題了，我已經做出決定。「所以我們能播出這段，是不是？作為我故事的佐證。」

「身為導演，如果我說這件事沒讓我很興奮的話，那就是騙人的，因為這可是真正的獨家內幕消息。」亞倫說道。「不過作為妳的朋友，」他的話讓我嘴唇抖動。「這個果實更為甜美。這是妳應得的，妳的真相應該要被說出來。我只是——」他嘆了口氣。「我只是想確認，妳是不是準備要好面對反作用力——我想像人們應該會很憤怒。」

咖啡廳後門打開，服務生把一包垃圾丟進垃圾桶。我等他消失回廚房。「是啊，他們一定會。」我同意道，盡量一副寬大為懷的樣子。「還真可怕呢。」

「那不是我——」聽到我的反諷，亞倫頓了一下。「真的。」他說道。緊接著，他的語氣充滿理解和憤慨，為我抱屈。「真的。」

拍板打下，所有人安靜無聲，讓我說話。亞倫朝我點頭：開始。我坐直身體說：「我是蒂芙妮・法納利，二十九歲，二〇〇一年十一月十二日，我十四歲。」

亞倫說：「再一次，只講妳的名字。」

拍板最後再拍一次。

「我是蒂芙妮・法納利。」

感謝

謝謝我父母，不僅容忍像我這樣奇怪和創造力旺盛的小孩，還不時鼓勵和讚美，即便我做了許多奇怪的事，像是騎著三輪車在家附近繞行，頭上還戴著鑲蕾絲邊的公主面紗，鄰居全都在盯著我看。謝謝你們總是支持和鼓勵我的想像力，投資我的教育，將其視為優先考量，儘管那表示必須犧牲他們自己的生活。謝謝你們作為我的榜樣，你們的企圖心就是辛勤工作和奉獻精神。有你們這樣的父母才是貨真價實最幸運的女孩。若沒有你們，就沒有現在的我。

感謝我超酷的經紀人，Paradigm 經紀公司的 Alyssa Reuben，多年來一直支持我創作。我終於完成這本書，完成蒂芙妮，我就知道自己可以讓它變得更好，有時候一早醒來，我還不敢相信我竟然辦到了，這是真的嗎。謝謝妳相信我，即便我都還沒開始相信自己。

謝謝我最好的朋友 Cait Hoyt，在我們都還是紐約菜鳥時，勉強和我作朋友。如果沒有妳，我要怎麼辦？妳是獨一無二的特別雪花族。

謝謝我的編輯，Sarah Knight，第一個電眼看完整本書，在我根本還沒想到那些想法前就幫我釐清思緒，當我腸思枯竭時，逼我用「銳利目光」聚焦在文字上，讓我明白不能就這樣「放過」它們。

謝謝我的電影經紀人，CAA的 Michelle Weiner，她跟我說拍電影就像推大石上山頭。謝謝妳的推動，也謝謝妳推薦美麗的珠寶。

謝謝我的公關 Kate Gales，關注每一分細節，就好像這是她的婚禮，讓我覺得自己在一位能人之手，謝謝我的市場經理，Elina Vaysbeyn，在幕後辛苦工作。謝謝 Simon & Schuster 所有工作人員的激勵和支持的電子郵件，我預計將它們表框掛在我未來的巨大書桌上，謝謝：Carolyn Reidy、Jonathan Karp、Marysue Rucci 和 Richard Rhorer。

謝謝我的導師 John Searles，我知道那個詞會讓你笑出來，可是實在沒有更貼切的話來形容了。你錄取我進入《柯夢波丹》，我只是個天真、崇拜你作品的二十三歲女孩。謝謝你不斷地支持和鼓勵，跟我說，我辦得到的，聽我邊哭夭邊完成。當我正式踏入事業的交叉路，你又讓我開心歡笑。

謝謝 Kate White 教我要有破釜沉舟的決心，問我要什麼，如何找出人們的喜好。妳的建言對我的事業是莫大的幫助，我絕對不會忘記。

謝謝 Joanna Coles 和 Joyce Chang，兩位極具啟發的主編，妳們充滿了勇氣和驅動力，以最棒的方式挑戰我。

我還要感謝我的兄弟 Kyle，謝謝你對我的愛和支持，到處跟每個願意聽的人講這本書，在我的人生扮演最明亮的位置。我早知道你一定會變成這樣的人，我以你為傲。

謝謝我丈夫的家人：Barbara，成為我頭號粉絲和最快讀完的讀者／更新者，還有 Andy 和 Natalie，毫無疑問地，你們打破了預購紀錄，謝謝你們遍及英國和美國的愛和支持。

我還要特別感謝 Dave Cullen，讓人大開眼界的書《Columbine》，提供了應負起哥倫拜高中攻擊事件責任者的許多深入心理分析。

給我自己那群「討人厭的拍照狂」朋友，你們友善又可愛，一點也不像書中角色，你們是最熱烈的支持者，容忍過去一年來、我喝太多紅酒就會滔滔不絕說這本書的事——謝謝你們。

現在來談談我的磐石：謝謝我丈夫 Greg，我的「經理」，讓我當有「才華」的那個。謝謝你在我為了獨占客廳工作，把你趕到臥室後還能保持風度。謝謝你跟每個願意聽的人說我的事，成為我第一個預購的人，毫無保留以我為傲，讓我更愛你。

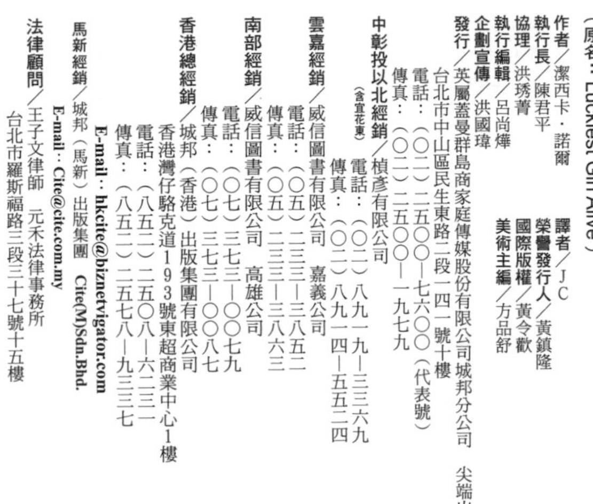
逆思流

最幸運的女孩

（原名：Luckiest Girl Alive）

作者／潔西卡．諾爾
譯者／ＪＣ
執行長／陳君平
榮譽發行人／黃鎮隆
協理／洪琇菁
國際版權／黃令歡
執行編輯／呂尚燁
美術主編／方品舒
企劃宣傳／洪國瑋
發行／英屬蓋曼群島商家庭傳媒股份有限公司城邦分公司　尖端出版
台北市中山區民生東路二段一四一號十樓
電話：（〇二）二五〇〇－七六〇〇（代表號）
傳真：（〇二）二五〇〇－一九七九
中彰投以北經銷（含宜花東）／楨彥有限公司
電話：（〇二）八九一九－三三六九
傳真：（〇二）八九一四－五五二四
雲嘉經銷／威信圖書有限公司　嘉義公司
電話：（〇五）二三三－三八五二
傳真：（〇五）二三三－三八六三
南部經銷／威信圖書有限公司　高雄公司
電話：（〇七）三七三－〇〇七九
傳真：（〇七）三七三－〇〇八七
香港總經銷／城邦（香港）出版集團有限公司
香港灣仔駱克道１９３號東超商業中心１樓
電話：（八五二）二五〇八－六二三一
傳真：（八五二）二五七八－九三三七
E-mail：hkcite@biznetvigator.com
馬新經銷／城邦（馬新）出版集團　Cite(M)Sdn.Bhd.
E-mail：Cite@cite.com.my
法律顧問／王子文律師　元禾法律事務所
台北市羅斯福路三段三十七號十五樓
二〇一七年十二月一版一刷
二〇二二年十一月一版二刷

■中文版■

郵購注意事項：
1. 填妥劃撥單資料：帳號：50003021戶名：英屬蓋曼群島商家庭傳媒（股）公司城邦分公司。2. 通信欄內註明訂購書名與冊數。3. 劃撥金額低於500元，請加附掛號郵資50元。如劃撥日起 10～14日，仍未收到書時，請洽劃撥組。劃撥專線TEL：(03) 312-4212 ・ FAX：(03) 322-4621。E-mail：marketing@spp.com.tw

國家圖書館出版品預行編目資料

最幸運的女孩 / 潔西卡.諾爾 著 ; JC 譯.
--1版.--臺北市：尖端出版, 2017.12 面 ; 公分.--(逆思流)
譯自:Luckiest girl alive
ISBN 978-957-10-7829-8(平裝)

874.57 106017964